O PODER

2ª Edição

Tradução
Rogério Galindo

Planeta minotauro

Título original: *The Power*

Preparação: Renata Lopes Del Nero
Revisão: Isabela Talarico e Maitê Zickuhr
Projeto gráfico e diagramação: Bianca Galante
Ilustrações de miolo: Marsh Davies
Capa: Adaptada do projeto original de Nathan Burton

DADOS INTERNACIONAIS DE CATALOGAÇÃO NA PUBLICAÇÃO (CIP)
ANGÉLICA ILACQUA CRB-8/7057

Alderman, Naomi
O poder / Naomi Alderman ; tradução de Rogério Galindo. - 2. ed. - São Paulo : Planeta, 2021.
368 p.

ISBN 978-65-5535-288-7
Título original: The power

1. Ficção inglesa 2. Mulheres - Ficção I. Título II. Galindo, Rogério

21-0077 CDD 823.92

Índices para catálogo sistemático:
1. Ficção inglesaana

2021

Editora Planeta do Brasil Ltda.
Rua Bela Cintra, 986 – 4o andar
01411-0002 – Consolação
São Paulo – SP
www.planetadelivros.com.br
faleconosco@editoraplaneta.com.br

Esta é uma obra de ficção. Os nomes, personagens, lugares e eventos são produto da imaginação da autora ou são usados de modo fictício, e qualquer semelhança com pessoas reais, vivas ou mortas, ou com eventos e locais reais é mera coincidência.

Para Margaret e para Graeme,
que me mostraram maravilhas

O povo foi a Samuel e disse: constitui-nos um rei sobre nós, para que ele nos guie.

E Samuel disse a eles: este será o costume do rei que houver de reinar sobre vós; ele tomará os vossos filhos e os empregará nos seus carros de guerra, e como seus cavaleiros, para que corram adiante dos seus carros. E os porá por chefes de mil, ou encarregados de cinquenta; e para que lavrem a sua lavoura, e façam a sua sega, e fabriquem as suas armas de guerra e os petrechos de seus carros. E tomará as vossas filhas para perfumistas, cozinheiras e padeiras. E tomará o melhor das vossas terras, e das vossas vinhas, e dos vossos olivais, e os dará aos seus servos. E as vossas sementes, e as vossas vinhas dizimará, para dar aos seus oficiais, e aos seus servos. Também os vossos servos, e as vossas servas, e os vossos melhores moços, e os vossos jumentos tomará, e os empregará no seu trabalho. Dizimará o vosso rebanho, e vós lhe servireis de servos. Então, naquele dia, clamareis por causa do vosso rei, que vós houverdes escolhido; mas o Senhor não vos ouvirá naquele dia.

Porém, o povo não quis ouvir a voz de Samuel; e disseram: não, mas haverá sobre nós um rei. E nós também seremos como todas as outras nações; e o nosso rei nos julgará, e sairá adiante de nós, e fará as nossas guerras.

Ouvindo, pois, Samuel todas as palavras do povo, as repetiu aos ouvidos do Senhor.

Então o Senhor disse a Samuel: dá ouvidos à sua voz, e constitui-lhes rei.

I Samuel 8

Associação dos Homens Escritores
New Bevand Square

27 de outubro

Cara Naomi,

Terminei o maldito livro. Mando para você, com todos os fragmentos e desenhos, na esperança de que você possa me dar alguma orientação ou de que pelo menos eu possa finalmente ouvir o eco deste calhau caindo no poço.

A primeira pergunta que você vai me fazer é sobre o que é isso. "Não é outro livro chato de história", foi o que prometi. Depois de escrever quatro livros me dei conta de que nenhum leitor comum vai se dar ao trabalho de encarar montanhas infinitas de provas, de que ninguém se importa com tecnicalidades como a datação de descobertas e comparações entre camadas arqueológicas. Já vi plateias revirarem os olhos enquanto tento explicar minha pesquisa. Então o que fiz aqui é algo híbrido que espero ter mais apelo para o público em geral. Não é exatamente história nem é exatamente um romance. Uma espécie de "reelaboração ficcional" da narrativa que os arqueólogos concordam ser a mais plausível. Incluí algumas ilustrações de achados arqueológicos que espero serem sugestivas, mas os leitores podem — e certamente muitos vão! — passar por cima delas.

Tenho perguntas para você. É chocante demais? Muito difícil aceitar que algo assim possa ter acontecido, mesmo tanto tempo atrás? Há o que eu possa fazer para a coisa toda parecer mais plausível? Você sabe o que dizem sobre a "verdade" e a "aparência da verdade" serem opostas.

Incluí algumas coisas terrivelmente perturbadoras sobre a Mãe Eva... mas todos sabemos como essas coisas funcionam! Certamente ninguém vai ficar angustiado demais... até porque hoje em dia todo mundo diz ser ateu. E todos os "milagres" na verdade podem ser explicados.

Bem, desculpe-me, vou me calar agora. Não quero influenciar você, só leia e me diga o que acha. Espero que seu livro esteja indo bem. Mal posso esperar para lê-lo, quando estiver pronto para ser mostrado. Muito obrigado por isso. Fico tremendamente grato por você dedicar seu tempo para me ajudar.

Com muito amor,
Neil

Casa da Perfeição
Lakevik

Caríssimo Neil,

Uau! Que presente! Dei uma folheada e mal posso esperar para mergulhar no livro. Vi que você incluiu algumas cenas com soldados do sexo masculino, policiais do sexo masculino e "gangues de meninos", bem como disse que faria, seu danadinho! Nem preciso dizer o quanto gosto desse tipo de coisa. Tenho certeza que você lembra. Estou tremendo de ansiedade.

Estou intrigadíssima para ver o que você fez com sua premissa. Será um alívio deixar meu livro um pouco de lado, para ser franca. O Selim diz que, se este novo livro não for uma obra-prima, vai me trocar por uma mulher que saiba escrever. Acho que ele não tem ideia de como esses comentários que ele faz sem pensar me deixam.

Enfim! Ansiosa para ler o livro! Acho que vou gostar desse "mundo governado por homens" de que você tanto tem falado. Certamente um mundo mais gentil, mais atencioso e — será que ouso dizer? — mais sexy do que este em que vivemos.

Mais em breve, querido!

Naomi

O

PODER

Um romance histórico

NEIL ADAM ARMON

A forma do poder é sempre a mesma; é a forma de uma árvore. Da raiz ao topo, com o tronco ramificando-se e voltando a se ramificar, espalhando-se por uma área cada vez maior em dedos esquadrinhadores sempre mais finos. A forma do poder é o esboço de algo vivo que força seu caminho rumo ao exterior, enviando seus finos ramos um pouco mais longe, e depois ainda um pouco mais longe.

É essa a forma dos rios que levam ao oceano – dos filetes para os arroios, dos arroios para os riachos, dos riachos para as correntezas, com o enorme poder acumulando-se e jorrando, tornando-se cada vez maior até se lançar no grande poderio do mar.

É a forma que o relâmpago assume ao deixar os céus para atingir a terra. O rasgão bifurcado no céu se transforma num padrão sobre a pele ou sobre a terra. Esses mesmos padrões característicos afloram em um bloco de acrílico atingido por eletricidade. Enviamos correntes elétricas por circuitos e interruptores posicionados de maneira bem organizada, mas a forma que a eletricidade deseja assumir é a de algo vivo, de uma planta, de um galho nu. Um ponto de ataque no centro, com o poder indo em busca do espaço à sua volta.

Essa mesma forma cresce dentro de nós, nossas árvores internas de nervos e vasos sanguíneos. O tronco, os caminhos se dividindo e dividindo-se novamente. Os sinais que saem das pontas de nossos dedos e são levados até a espinha, até o cérebro. Somos elétricos. O poder viaja dentro de nós como o faz na natureza. Meus filhos, nada aconteceu aqui que não esteja de acordo com a lei natural.

O poder viaja do mesmo modo entre as pessoas; é preciso que seja assim. As pessoas formam povoados, os povoados se transformam em cidades, as cidades se submetem às metrópoles e as metrópoles, ao estado. As ordens saem do centro para as pontas. Os resultados caminham das pontas para o centro. A comunicação é constante. Os oceanos não têm como viver sem pequenos filetes d'água, nem troncos inabaláveis de árvores sem pequenos botões, nem o rei cérebro sem as terminações nervosas. O mesmo vale para o que está acima e para o que está abaixo. Aquilo que vale na periferia vale também para o que está no centro de tudo.

Segue-se daí que há dois modos para que a natureza e o uso do poder humano se modifiquem. Um é a ordem emitida pelo palácio, uma determinação para as pessoas dizendo "É assim". Mas a outra, a mais certa, a mais inevitável, é aquela em que os milhares de milhares de pontos de luz enviem cada um uma nova mensagem. Quando o povo muda, o palácio não tem como se sustentar.

Como está escrito: "Ela pegou o raio em sua mão. Ela determinou que o raio dardejasse".

Do *Livro de Eva*, 13-17

FALTAM DEZ ANOS

ROXY

Os homens trancam Roxy no armário enquanto agem. O que eles não sabem é: ela já esteve trancada no armário antes. Quando não se comporta, é ali que a mãe a coloca. Só por uns minutos. Até que ela se acalme. Lentamente, nas horas que passou ali, ela soltou aos poucos a fechadura, usando as unhas ou um clipe de papel como chave de fenda. Ela podia tirar a fechadura quando bem quisesse. Mas não tirou, porque aí a mãe teria colocado um ferrolho do lado de fora. Para ela basta, sentada ali no escuro, saber que se realmente quisesse poderia sair. O conhecimento vale o mesmo que a liberdade.

Então é por isso que eles acham que ela está trancada, sã e salva. Mas ela consegue sair. É assim que ela vê.

Os homens chegam às nove e meia da noite. Roxy devia ter ido à casa dos primos naquela noite; estava marcado fazia semanas, mas ela ficou emburrada porque a mãe comprou a calça errada na Primark, e por isso a mãe disse: — Você não vai, vai ficar em casa. — Como se Roxy quisesse muito visitar os merdinhas dos primos.

Quando os sujeitos chutam a porta e veem Roxy ali, fazendo birra ao lado da mãe, um deles diz: — Merda, a menina está aqui. — São dois homens, um mais alto com cara de rato, outro mais baixo, de queixo quadrado. Ela não conhece nenhum dos dois.

O mais baixo pega a mãe pelo pescoço; o mais alto persegue Roxy pela cozinha. Ela está quase na porta dos fundos quando ele a agarra pela coxa; ela cai para a frente e ele a apanha pela cintura. Ela chuta e grita. — Vá se foder, me solte! — E quando ele cobre a boca de Roxy com a mão, ela a morde forte, a ponto de sentir o gosto do sangue. Ele xinga, mas não solta. Carrega Roxy pela sala. O baixinho empurra a mãe contra a lareira. Roxy sente algo crescer dentro de si, embora não saiba o que seja. É só uma sensação na ponta dos dedos, um formigamento nos polegares.

Ela começa a gritar. A mãe diz: — Não machuquem minha Roxy, não machuquem minha Roxy, porra, vocês não sabem no que estão se metendo, isso vai virar um inferno, vocês vão querer nunca ter nascido. O pai dela é o Bernie Monke, meu Deus.

O baixinho ri. — A gente trouxe um recado pro pai dela, na verdade.

O mais alto enfia Roxy no armário debaixo da escada tão rápido que ela só entende o que está acontecendo quando vê que tudo ficou escuro à sua volta e sente o aroma doce-empoeirado do aspirador. A mãe começa a gritar.

Roxy respira rápido. Ela está assustada, mas tem que ir atrás da mãe. Ela gira um dos parafusos da fechadura com a unha. Um, dois, três movimentos e ele cai. Uma fagulha salta do ponto em que o metal do parafuso encontra a mão. Eletricidade estática. Ela se sente estranha. Concentrada, como se pudesse enxergar de olhos fechados. Parafuso de baixo, um, dois, três movimentos. A mãe dizendo: — Por favor. Por favor, não. Por favor. O que é isso? Ela é só uma criança. Ela é só uma menina, pelo amor de Deus.

Um dos homens ri baixinho. — Pra mim não parece nem um pouco uma criança.

A mãe dá um grito agudo; como metal em um motor com defeito.

Roxy tenta entender em que ponto da sala os homens estão. Um está com a mãe. O outro… Ela ouve um som à sua esquerda. O plano dela é: sair abaixada, bater na parte de trás dos joelhos do mais alto, pisar na cabeça dele e depois são duas contra um. Se eles estavam com armas, não mostraram. Roxy já brigou antes. As pessoas falam coisas sobre ela. E sobre a mãe. E sobre o pai.

Um. Dois. Três. A mãe grita de novo, e Roxy empurra a fechadura e bate na porta com toda a força para escancará-la.

Ela dá sorte. A porta pegou nas costas do sujeito mais alto. Ele tropeça, perde o equilíbrio, ela agarra o pé direito dele que estava no ar e ele desaba no tapete. Há um som de algo se quebrando e ele sangra no nariz.

O baixinho está com uma faca no pescoço da mãe. A lâmina cintila, prateada e sorridente.

Os olhos da mãe ficam esbugalhados. — Fuja, Roxy — ela diz, apenas um sussurro, mas Roxy ouve como se fosse dentro de sua cabeça: — Fuja. Fuja.

Roxy não foge de brigas na escola. Se você foge, nunca mais vão parar de falar: — Sua mãe é uma puta e seu pai é um canalha. Cuidado, a Roxy vai roubar seu livro. — Você tem que pisar neles até eles implorarem. Você não foge.

Alguma coisa está acontecendo. O sangue pulsa nos ouvidos dela. Uma sensação de formigamento se espalha pelas costas, pelos ombros, pelas clavículas. A sensação diz: você consegue. Ela diz: você é forte.

Roxy pula sobre o sujeito de bruços, gemendo e batendo no rosto dele. Ela vai agarrar a mãe pela mão e fugir dali. Elas só precisam chegar à rua. Lá fora, à luz do dia, isso não pode acontecer. Elas vão achar o pai; ele vai resolver isso. São só alguns passos. Elas vão conseguir.

O baixinho dá um chute forte no estômago da mãe. Ela se dobra de dor, cai de joelhos. Ele sacode a faca sibilante diante de Roxy.

O mais alto geme. — Tony. Lembre. A menina, não.

O baixinho chuta o outro na cara. Uma vez. Duas vezes. Três vezes. — Não. Diga. A porra do meu nome.

O mais alto silencia. Seu rosto borbulha de sangue. Roxy sabe que está encrencada agora. A mãe grita: — Fuja! Fuja! — Roxy sente o formigamento nos braços. Como agulhadas de luz que vão da espinha até a clavícula, da garganta até os cotovelos, pulsos, até as pontas dos dedos. Ela cintila por dentro.

Ele tenta pegar a menina com uma mão, a faca na outra. Ela se prepara para dar um chute ou um soco nele, mas seu instinto diz algo novo. Ela agarra o pulso dele. Ela *torce* algo bem lá dentro do próprio peito, como se sempre tivesse sabido fazer aquilo. Ele tenta se soltar, mas é tarde demais.

Ela pega o raio em sua mão. Determina que o raio dardeje.

Há um estalido brilhante e um som que parece o de um furador de papel. Ela sente o cheiro de algo que lembra um pouco uma tempestade e um pouco o odor de cabelos queimados. O gosto debaixo da língua é de laranja amarga. O baixinho agora está no chão. Seu choro lembra uma melodia sem palavras. A mão dele se fecha e se abre. Há uma longa cicatriz vermelha percorrendo seu braço até o pulso. Ela consegue ver a cicatriz até debaixo dos cabelos louros: escarlate, num padrão que lembra uma planta, folhas e ramos, botões e galhos. A boca da mãe está aberta, ela está olhando, as lágrimas seguem caindo.

Roxy puxa a mãe pelo braço, mas ela está em choque e lenta, e sua boca ainda diz: — Fuja! Fuja! — Roxy não sabe o que fez, mas sabe que quando você está brigando com alguém mais forte e a pessoa cai, você vai embora. Mas a mãe não se move rápido o suficiente. Antes de Roxy conseguir colocá-la de pé, o baixinho diz: — Ah, não, vocês não vão.

Ele está alerta, erguendo-se, mancando entre as duas e a porta. Uma mão está caída, morta, ao lado do corpo, mas a outra segura a faca. Roxy lembra a sensação de ter feito aquilo, seja lá o que tivesse feito. Ela coloca a mãe atrás de si.

— O que você tem aí, menina? — diz o sujeito. Tony. Ela vai lembrar o nome para contar ao pai. — Uma bateria?

— Saia do caminho — diz Roxy. — Quer mais um pouco?

Tony dá dois passos para trás. Olha os braços dela. Tenta ver se ela tem algo atrás das costas. — Você derrubou, não foi, menina?

Ela se lembra da sensação. A torção, a explosão para fora.

Ela dá um passo na direção de Tony. Ele fica onde está. Ela dá mais um passo. Ele olha para a mão morta. Os dedos ainda se contraindo. Ele sacode a cabeça. — Você não tem nada.

Ele vai na direção dela com a faca. Ela estica a mão, toca nas costas da mão boa dele. Faz aquela mesma *torção*.

Não acontece nada.

Ele começa a rir. Segura a faca com os dentes. Agarra os dois pulsos dela com a única mão.

Ela tenta de novo. Nada. Ele força a menina a se ajoelhar.

— Por favor — diz a mãe, de um jeito suave. — Por favor. Por favor, não.

E então algo bate em sua nuca e ela apaga.

Quando ela acorda, o mundo está de lado. A lareira está lá, como sempre. Aparas de madeira queimando. Fumaça entrando nos olhos dela, a cabeça dói e a boca, uma massa disforme contra o tapete. Gosto de sangue nos dentes. Alguma coisa está pingando. Ela fecha os olhos. Abre de novo e sabe que se passaram mais do que uns poucos minutos. A rua lá fora está quieta. A casa está fria. E torta. Ela sente seu corpo. As pernas estão sobre uma cadeira. O rosto pende para baixo, pressionado contra o tapete e a lareira. Ela tenta se erguer, mas o esforço é demais, então se contorce e deixa as pernas caírem no chão. Dói quando caem, mas pelo menos ela está num nível só.

A memória volta em lampejos. A dor, depois a fonte da dor, depois aquilo que ela fez. Depois a mãe. Ela se ergue lentamente, percebendo que as mãos estão pegajosas. E que algo pinga. O tapete está encharcado, com uma mancha grossa vermelha em um grande círculo em volta da lareira. Ali está a mãe, a cabeça sobre o braço do sofá. E há um papel sobre o peito dela, com o desenho de um narciso feito com caneta hidrográfica.

Roxy tem catorze anos. É uma das mais novas e uma das primeiras.

TUNDE

Tunde nada na piscina, espirrando mais água do que o necessário, para chamar a atenção de Enuma, sem que fique clara sua intenção. Ela folheia *A mulher contemporânea*; ela volta os olhos para a revista sempre que ele olha, fingindo estar concentrada na leitura sobre Toke Makinwa transmitindo seu casamento de inverno surpresa em seu canal de YouTube. Ele sabe que Enuma está olhando. Ele acha que ela sabe que ele sabe. É excitante.

Tunde tem vinte e um anos e acaba de sair daquele período de sua vida em que tudo parecia ter o tamanho errado, ser longo ou curto demais, apontar para a direção errada, ser desajeitado. Enuma é quatro anos mais nova mas é mais mulher do que ele é homem, reservada mas não ignorante. Também não é excessivamente tímida, nem no jeito de andar nem no sorriso rápido que cruza seu rosto quando ela entende uma piada um instante antes dos outros. Ela veio de Ibadan para essa visita a Lagos; é prima de um amigo de um garoto que Tunde conhece da aula de fotojornalismo na faculdade. Eles passaram o verão numa turma que saía junto. Ele a viu já no dia em que ela chegou; o sorriso secreto e as piadas dela que de início ele não percebeu serem piadas. E a curva dos quadris, e o modo como ela preenchia as camisetas, sim. Foi bem difícil conseguir ficar a sós com Enuma. Mas Tunde é determinado.

Enuma disse no começo da viagem que nunca gostou da praia: areia demais, vento demais. Piscina é melhor. Tunde esperou um, dois, três dias e sugeriu um passeio – a gente podia ir todo mundo de carro até a praia de Akodo, fazer um piquenique, passar o dia lá. Enuma disse que preferia não ir. Tunde fingiu não notar. Na véspera do passeio ele começou a reclamar de dor de estômago. É perigoso nadar com dor de estômago – a água fria pode causar choque térmico. Você devia ficar em casa, Tunde. Mas eu queria ir para a praia. Você não devia nadar no mar. A Enuma vai ficar; ela pode chamar um médico, se você precisar.

Uma das meninas disse: — Mas vocês vão ficar os dois sozinhos, nesta casa.

Tunde queria que ela calasse a boca imediatamente. — Meus primos vão vir mais tarde — ele disse.

Ninguém perguntou que primos. Foi aquele tipo de verão quente, preguiçoso, com gente entrando e saindo da casa grande pertinho do Clube Ikoyi.

Enuma concordou. Tunde percebeu que ela não reclamou. Não deu um tapinha nas costas da amiga pedindo que ela também ficasse. Nem disse nada quando ele levantou meia hora depois de o último carro sair e se alongou e disse que se sentia muito melhor. Ela olhou enquanto ele pulava do trampolim menor para a piscina, com seu sorriso rápido à mostra.

Ele faz uma virada debaixo d'água. É uma manobra elegante, os pés mal aparecem na superfície. Ele fica pensando se ela viu aquilo, mas ela não está ali. Ele olha em torno, vê as pernas bem-feitas dela, os pés nus saindo da cozinha. Ela tem na mão uma latinha de Coca-Cola.

— Ei — ele diz, com um falso tom arrogante. — Ei, criada, me traga essa Coca.

Ela se vira e sorri com olhos grandes, límpidos. Ela olha para um lado, depois para o outro, e aponta para o próprio peito como se dizendo "Quem? Eu?".

Jesus, como ele deseja essa menina. Ele não sabe exatamente o que fazer. Antes dela só houve duas meninas e nenhuma virou "namorada". Na faculdade brincam que ele casou com os estudos, porque está sempre solteiro. Ele não gosta disso. Mas estava à espera de alguém que realmente desejasse. Ela era demais. Ele quer o que ela tem.

Ele coloca as palmas das mãos nas lajotas molhadas e se ergue saindo da água e chegando às pedras em um movimento gracioso que ele sabe mostrar os músculos dos ombros, o peito e a clavícula. Ele tem um bom pressentimento. Isso vai dar certo.

Ela está sentada em uma espreguiçadeira. Enquanto ele vai na direção dela, ela enfia as unhas debaixo do anel da latinha, como se estivesse prestes a abri-la.

— Ah, não — ele diz, ainda sorridente. — Você sabe que essas coisas não são pra gente do seu nível.

Ela segura a Coca contra o diafragma. A lata gelada resfria sua pele. Ele diz, recatadamente: — Eu só queria um golinho. — Ela morde o lábio inferior.

Ela deve estar fazendo de propósito. Tem que ser. Ele está excitado. Vai acontecer.

Ele fica de pé acima dela. — Dá pra mim.

Ela segura a lata com uma mão e faz com que ela role pelo próprio pescoço, como se estivesse se refrescando. Ela sacode a cabeça. E então ele vai para cima dela.

Eles brincam de luta. Ele toma cuidado para não fazer força demais. Ele tem certeza de que ela está gostando daquilo tanto quanto ele. Ela põe o braço acima da cabeça, segurando a latinha, para deixá-la longe dele. Ele empurra o braço dela um pouco mais para trás, fazendo com que ela arfe e contorça o corpo para trás. Ele tenta agarrar a latinha de Coca, e ela ri, baixinho e de um jeito agradável. Ele gosta do riso dela.

— A-há, tentando esconder essa bebida de seu senhor e mestre — ele diz. — Que lacaia má é a senhorita.

E ela ri de novo e se contorce mais. Os seios quase transbordam pelo decote em vê do maiô. — Você jamais terá esta lata — ela diz. — Vou defendê-la com a minha vida!

E ele pensa: *Inteligente* e *bonita, que o Senhor tenha piedade da minha alma*. Ela ri, e ele ri. Ele deixa o peso do corpo repousar sobre o corpo dela; ela está quente debaixo dele.

— Você acha que tem como não me entregar isso? — E investe outra vez, e ela se retorce para escapar. Ele agarra sua cintura.

Ela coloca sua mão sobre a dele.

Há esse aroma de flor de laranjeira. Um vento sopra e joga um punhado de flores brancas na piscina.

Ele tem uma sensação na mão como se um inseto o tivesse picado. Olha para espantar o bicho, e só o que há na mão dele é a palma quente dela.

A sensação aumenta, contínua e rapidamente. De início são picadas na mão e no braço, depois um enxame de pontadas, depois vem a dor. Ele está respirando rápido demais para conseguir emitir algum som. Não consegue mexer o braço esquerdo. O coração pulsa forte nos ouvidos. Um aperto no peito.

Ela continua rindo, de um jeito agradável e baixinho. Ela se reclina para a frente e o puxa para mais perto. Olha nos olhos dele, íris raiadas de luzes marrons e douradas, lábio inferior úmido. Ele está com medo. E está excitado. Ele percebe que não teria como impedi-la, independentemente do que ela quisesse fazer agora. A ideia é assustadora. A ideia é eletrizante. Ele está dolorosamente teso agora, e não sabe quando isso aconteceu. Ele não sente absolutamente nada no braço esquerdo.

Ela se reclina, hálito de chiclete, e dá um beijo de leve nos lábios dele. Depois se solta, corre para a piscina e mergulha, num movimento fácil, treinado.

Ele espera o braço recuperar as sensações. Ela nada em silêncio, sem chamar por ele nem espirrar água nele. Ele está excitado. Está envergonhado. Ele quer falar com ela, mas tem medo. Talvez ele tenha imaginado tudo aquilo. Talvez ela xingue se ele perguntar o que aconteceu.

Ele vai até o quiosque na esquina para comprar um refrigerante de laranja gelado e não ter que falar com ela. Quando os outros voltam da praia, ele mais do que feliz faz planos para visitar um primo que mora mais longe no dia seguinte. Tunde quer muito se distrair e não ficar sozinho. Ele não sabe o que aconteceu, nem tem alguém ali com quem queira falar a respeito. Quando pensa em perguntar para Charles, seu amigo, ou para Isaac, a garganta se fecha. Se ele contasse o que aconteceu, iam achar que ele era doido, ou fraco, ou que estava mentindo. Ele fica pensando no jeito que ela riu dele.

Ele se pega procurando sinais do que aconteceu no rosto dela. O que foi aquilo? Ela quis fazer aquilo? Ela tinha planejado, especificamente, machucá-lo ou assustá-lo, ou foi só um acidente, involuntário? Será que ela sabia que tinha feito aquilo? Ou não era ela e sim algum defeito que acontecia no corpo dela em situações sensuais? Ele ficava ruminando aquilo. Ela não dá o menor indício de que alguma coisa aconteceu. No último dia da viagem ela está de mãos dadas com outro rapaz.

Uma vergonha parecida com ferrugem corrói o corpo dele. Ele pensa compulsivamente naquela tarde. Na cama à noite: os lábios dela, os seios pressionando o tecido macio, o contorno dos mamilos, a completa vulnerabilidade dele, a sensação de que ela poderia subjugá-lo quando quisesse. Ele acha a ideia excitante e se masturba. Ele diz a si mesmo que está excitado pela memória do corpo dela, pelo cheiro de flor de hibisco no corpo dela, mas não tem como ter certeza. As coisas se entrelaçam em sua cabeça: luxúria e poder, desejo e medo.

Talvez seja porque ele tenha tocado tantas vezes na memória a fita do que aconteceu naquela tarde, porque queria uma prova material, uma fotografia, ou um vídeo, ou uma gravação em áudio, talvez seja por isso que ele pensa em pegar o telefone primeiro, no supermercado. Ou talvez algumas coisas que estão tentando ensinar na faculdade – sobre jornalismo cidadão, sobre ter "faro para reportagem" – tenham ficado na cabeça dele.

Ele está no Goodies com Isaac, seu amigo, uns meses depois daquele dia com Enuma. Eles estão no corredor das frutas, sentindo o odor das goiabas maduras que vem do outro lado da loja como as mosquinhas minúsculas que sentam na superfície das frutas que já passaram do ponto, com a pele rachada. Tunde e Isaac falam sobre meninas e sobre as coisas de que as meninas gostam. Tunde tenta esconder lá no fundo do corpo sua vergonha para que o amigo não possa adivinhar que ele tem um conhecimento secreto. E então uma menina que está fazendo compras sozinha começa a discutir com um homem. Pode ser que ele tenha trinta anos; ela talvez tenha quinze ou dezesseis.

Ele estava falando com a moça de um jeito sedutor; Tunde achou no começo que os dois se conheciam. Ele só percebe que cometeu um erro quando ela diz: — Saia de perto de mim. — O sujeito sorri tranquilo e dá um passo na direção dela. — Uma menina bonita como você merece um elogio.

Ela dobra o corpo, olha para baixo, respira fundo. Ela engancha o dedo na borda de uma caixa cheia de mangas. Ele sente algo: um formigamento na pele. Tunde tira o telefone do bolso, começa a filmar. Alguma coisa vai acontecer aqui e é a mesma coisa que aconteceu com ele. Ele quer ter aquilo, poder levar aquilo para casa e ver quantas vezes quiser. Ele vem pensando naquilo desde o dia com Enuma, esperando que alguma coisa assim acontecesse.

O sujeito diz: — Ei, não vá embora. Dá um sorriso pra mim.

Ela engole em seco e continua olhando para baixo.

Os aromas no supermercado ficam mais intensos; Tunde consegue detectar inalando uma única vez as fragrâncias individuais das maçãs e dos pimentões e das laranjas doces.

Isaac sussurra: — Acho que ela vai dar com uma manga nele.

Vós não podeis dirigir os relâmpagos? Ou eles dizem a vós: — Eis-nos aqui?

Tunde está gravando quando ela se vira. A tela do telefone fica borrada por um momento quando ela ataca. Fora isso, ele consegue filmar tudo com grande clareza. Ali está ela, pondo a mão no braço dele enquanto ele sorri e acha que ela está fazendo o showzinho de fúria só para diverti-lo. Se você pausar o vídeo por um momento nesse ponto, dá para ver a descarga elétrica. Há o rastro de uma figura de Lichtenberg subindo em espiral e ramificando-se como um rio pele acima, do pulso rumo ao cotovelo, à medida que os vasos capilares explodem.

Tunde segue o sujeito com a câmera enquanto ele cai no chão, convulsionando e engasgando. Ele gira para enquadrar a moça enquanto ela sai correndo do mercado. Há um barulho no fundo de gente pedindo ajuda, dizendo que uma menina envenenou um homem. Bateu nele e o envenenou. Enfiou nele uma agulha cheia de veneno. Ou, não, tem uma cobra no meio das frutas, uma víbora ou uma serpente escondida nas pilhas de frutas. E alguém diz: — *Aje ni girl yen, sha!* Aquela menina era uma bruxa! É assim que as bruxas matam os homens.

A câmera de Tunde volta para o sujeito no chão. Os calcanhares do homem tamborilam no piso de linóleo. Há uma baba rosa em seus lábios. Os olhos se reviram. A cabeça vai de um lado a outro. Tunde achou que se conseguisse capturar na tela do telefone a janela iluminada não teria mais medo. Mas ao olhar para o sujeito cuspindo muco vermelho e chorando, ele sente o medo correr por sua espinha como um fio quente. Agora ele sabe o que sentiu à beira da piscina: que Enuma podia matá-lo se quisesse. Ele mantém a câmera apontada para o homem até que a ambulância chegue.

É esse vídeo que, quando ele coloca na internet, dá início à história do Dia das Meninas.

MARGOT

— Tem que ser falso.

— A Fox News diz que não.

— A Fox News diz o que for pra fazer as pessoas ligarem na Fox News.

— Tá. Mesmo assim.

— O que são aquelas linhas saindo das mãos dela?

— Eletricidade.

— Mas isso é... Quer dizer...

— Sim.

— De onde veio aquilo?

— Nigéria, acho. Apareceu ontem.

— Tem um monte de doido por aí, Daniel. Mentirosos. Golpistas.

— Tem mais vídeos. Depois que apareceu esse, são uns... quatro ou cinco.

— Tudo truque. O povo fica empolgado com essas coisas. Como chamam mesmo isso aí? Um meme. Sabe aquela história do Slender Man? Umas meninas tentaram matar a amiga como homenagem para o cara. Isso. Horrível.

— São quatro ou cinco vídeos por *hora*, Margot.

— Caraca.

— Pois é.

— Bem, e o que você quer que eu faça?

— Feche as escolas.

— Você tem *ideia* do que os pais vão fazer comigo? Tem ideia de quantos milhões de pais são *eleitores* e do que farão se eu mandar seus filhos pra casa hoje?

— Você tem ideia do que o sindicato vai fazer se um professor se machucar? Se ficar aleijado? Se morrer? Tem ideia de quanto iam *responsabilizar* a gente?

— Se *morrer*?

— Não dá pra ter certeza.

Margot olha para baixo, para as mãos, agarrando a borda da mesa. Ela vai ficar com cara de tacho se fizer isso. Só pode ser uma coisa que fizeram para chamar a atenção para algum programa de TV. Ela vai ser a estúpida, a prefeita que fechou as escolas desta grande área metropolitana por causa de uma *pegadinha*. Mas e se ela não fizer nada e acontecer alguma coisa… O Daniel vai virar o governador deste grande estado que alertou a prefeita, que tentou convencê-la a fazer algo, mas não foi ouvido. Ela quase consegue ver as lágrimas escorrendo pelo rosto dele durante a entrevista ao vivo nas redes sociais direto da Mansão do Governador. Merda.

Daniel dá uma olhada no celular. — Anunciaram que vão fechar escolas no Iowa e no Delaware — diz.

— Tá bom.

— "Tá bom" quer dizer o quê?

— "Tá bom" quer dizer "tá bom". Faça. Tá bom, eu vou fechar as escolas.

São quatro ou cinco dias em que ela mal vai para casa. Ela não se lembra de sair do gabinete, ou de dirigir para casa, ou de cair na cama, embora suponha que tenha feito isso. O telefone não para. Ela deita à noite agarrada com ele e acorda com ele na mão. Bobby cuida das meninas, ela não precisa se preocupar com isso e, Deus que perdoe, ela nem tem pensado nas filhas.

Essa coisa apareceu no mundo inteiro e ninguém sabe que merda está acontecendo.

No começo, havia rostos confiantes na TV, porta-vozes do Centro de Controle de Doenças dizendo que era um vírus, não muito grave, que a maior parte das pessoas se recuperava bem, e que só *parecia* que meninas estavam eletrocutando pessoas com as mãos. Todo mundo sabe que isso é impossível, certo, que é maluquice – os âncoras dos jornais riram a ponto de estragar a maquiagem. Por pura diversão, entrevistaram uma dupla de biólogos marinhos para falar sobre enguias elétricas e sobre o padrão corporal delas. Um sujeito de barba, uma moça de óculos, peixes num aquário – garante um bloco bacana para o noticiário da manhã. Você sabia que o cara que inventou a bateria tirou a inspiração dos corpos das enguias elétricas? Não sabia, Tom, que coisa fascinante. Ouvi dizer que elas podem derrubar um cavalo. Você está de brincadeira, nunca imaginei. Parece que um laboratório no Japão usou um tanque com enguias elétricas para fornecer luz para a árvore de Natal deles. Não dá pra fazer isso com essas meninas, será que dá? Acho que não, Kristen, acho que não. Se bem que parece que o Natal chega mais cedo a cada ano, não é? E agora a previsão do tempo.

Margot e a prefeitura levam a coisa a sério dias antes de os jornais entenderem que é pra valer. São eles que recebem os primeiros relatos de brigas nos playgrounds. Um tipo novo e estranho de briga que deixa os meninos – principalmente meninos, às vezes meninas – sem fôlego e com contrações musculares, com cicatrizes que parecem folhas que se desdobram correndo pelos braços e pernas ou pela carne macia do abdômen. A primeira coisa que passa pela cabeça deles depois de doença é uma nova arma, algo que essas meninas estão levando para a escola, mas à medida que a primeira semana vai passando e cedendo lugar à segunda, eles sabem que não é isso.

Eles se agarram a qualquer teoria maluca que aparece, sem saber distinguir entre o plausível e o ridículo. Tarde da noite, Margot lê um relato de uma equipe de Delhi que é a primeira a descobrir um trecho do tecido muscular estriado na região da clavícula das meninas que eles batizam de "órgão da eletricidade", ou de "trama", por causa das fibras retorcidas. Nas extremidades do pescoço há eletrorreceptores que permitem, eles teorizam, uma forma de ecolocalização elétrica. Brotos desse tecido foram observados por meio de imagens de ressonância magnética nas clavículas de recém-nascidas. Margot copia esse relato e manda por e-mail para todas as escolas do estado; por dias, é a única tentativa científica em meio a uma enormidade de interpretações fajutas. O próprio Daniel fica grato por um momento, antes de lembrar que a odeia.

Um antropólogo israelense sugere que o desenvolvimento desse órgão em humanos é uma prova da hipótese do macaco aquático; de que somos destituídos de pelos porque viemos dos oceanos, não das selvas, onde em algum momento causamos pânico nas profundezas como a enguia elétrica, como a arraia-elétrica. Pastores e televangelistas pegam o noticiário e o espremem, encontrando nas entranhas pegajosas sinais inconfundíveis do iminente fim dos tempos. Uma primeira briga eclode em um programa de debate de notícias entre um cientista que exige que as Meninas Elétricas sejam investigadas cirurgicamente e um homem de Deus que acredita que elas sejam um prenúncio do apocalipse e que não devem ser tocadas por mãos humanas. Já está em andamento um debate sobre se essa coisa sempre esteve latente no genoma humano e voltou a despertar ou se é uma mutação, uma deformidade terrível.

Pouco antes de dormir, Margot pensa em formigas com asas e em como todo verão havia um dia em que a casa do lago ficava cheia delas, forrando o chão, penduradas no madeirame, vibrando nos troncos de árvore, o ar cheio de formigas a ponto de você achar que elas iam entrar no nariz quando respirasse. Elas vivem debaixo da terra, essas formigas, o ano inteiro, completamente sozinhas. Elas nascem de ovos, comem o quê? Poeira e sementes ou alguma outra coisa. E elas esperam, e esperam. E um dia, quando a temperatura está certa pelo número certo de dias e quando a umidade é exata, elas… todas voam ao mesmo tempo. Para se encontrar. Margot não podia falar desse tipo de pensamento para ninguém. Iam achar que o estresse a deixou maluca e, sabe Deus, já tem bastante gente de olho em seu emprego. Mesmo assim, ela se deita na cama depois de um dia lidando com relatos de meninos queimados e meninos em convulsão e gangues de meninas brigando e sendo levadas para a cadeia para sua própria proteção e pensa: *por que agora? Por que justo agora?* E ela volta de novo àquelas formigas, só na espera, aguardando a primavera.

Depois de três semanas, Bobby liga e conta que pegaram Jocelyn brigando.

Eles separaram os meninos das meninas no quinto dia; parecia óbvio, quando descobriram que eram as meninas que estavam fazendo aquilo. Já há pais dizendo que os meninos não querem sair sozinhos, não querem ir muito longe. — Depois que você vê acontecer… — diz uma mulher de rosto pálido na TV. — Eu vi uma menina no parque fazendo isso com um menino sem qualquer motivo, ele estava sangrando pelos olhos. Os *olhos*. Depois que você vê isso acontecer, não tem mãe que deixe os filhos saírem de onde ela possa ver.

As coisas não podiam ficar fechadas para sempre; eles reorganizaram. Ônibus só-para-meninos levavam os garotos para escolas só-para-meninos. Eles aceitaram fácil. Bastava ver uns vídeos na internet para ter medo de que aquilo acertasse sua garganta.

Mas para as meninas não era tão simples. Era impossível isolar umas das outras. Algumas delas são bravas e outras são perversas, e agora que todo mundo sabe da coisa, há quem esteja competindo para ver quem é mais forte e mais hábil. Houve ferimentos e acidentes; uma menina cegou a outra. Os professores estão com medo. Os especialistas da televisão dizem: — Isolem todo mundo, segurança máxima. — Até onde se pode saber, são todas as meninas em torno de quinze anos. Se não forem todas, chega tão perto disso que nem faz diferença. Não dá para isolar todo mundo, não faz sentido. Mesmo assim, tem gente pedindo isso.

Agora pegaram Jocelyn brigando. A imprensa fica sabendo antes de Margot conseguir chegar em casa para ver a filha. Carros de reportagem se preparam no gramado em frente à casa quando ela chega. Senhora prefeita, a senhora quer comentar os boatos de que sua filha mandou um menino para o hospital?

Não, ela não quer comentar.

Bobby está na sala com Maddy. Ela está sentada no sofá entre as pernas dele, tomando leite e vendo *Meninas superpoderosas*. Ela ergue os olhos quando a mãe entra, mas não se mexe, e volta os olhos outra vez para o televisor. Dez anos de idade com cabeça de quinze. Ok. Margot beija o topo da cabeça de Maddy, embora Maddy tente desviar dela para ver a tela. Bobby aperta a mão de Margot.

— Onde está a Jos?

— Lá em cima.

— E?

— Assustada, como todo mundo.

— Pois é.

Margot fecha a porta do quarto suavemente.

Jocelyn está na cama, pernas para fora. Ela segura o sr. Urso. É uma criança, só uma criança.

— Eu devia ter ligado — diz Margot — assim que começou. Desculpe.

Jocelyn está quase chorando. Margot senta na cama gentilmente, como para evitar que um balde cheio entorne. — Seu pai me disse que você não machucou ninguém, nenhum machucado sério.

Há uma pausa, mas Jos não diz nada, então Margot simplesmente continua falando. — Tinha... mais três meninas? Sei que foram elas que começaram. Aquele menino não devia estar perto de vocês. Ele já teve alta do John Muir. O menino só ficou com uma cicatriz.

— Eu sei.

Ok. Comunicação verbal. Um começo.

— Essa foi a... primeira vez que você fez isso?

Jocelyn revira os olhos. Puxa a colcha com uma mão.

— Isso é muito novo pra nós duas, ok? Há quanto tempo você vem fazendo isso?

Ela murmura tão baixo que Margot mal ouve. — Seis meses.

— Seis *meses*?

Erro. Jamais expresse incredulidade, jamais cause alarme. Jocelyn ergue os joelhos.

— Desculpe — diz Margot. — É que é... uma surpresa, só isso.

Jos franze a testa. — Teve muita menina que começou antes de mim. Era... Era meio divertido... no começo, tipo eletricidade estática.

Eletricidade estática. O que era mesmo, você penteava o cabelo e grudava um balão no pente? Uma atividade para crianças de seis anos entediadas em festas de aniversário.

— Era uma coisa divertida, meio doida, que as meninas faziam. Tinha vídeos secretos na internet. Como fazer truques com isso.

Este é o exato momento, sim, quando um segredo que você esconde dos seus pais se torna precioso. Qualquer coisa que você saiba e que eles nunca ouviram falar.

— Como você... como você aprendeu a fazer isso?

Jos diz: — Sei lá. Só senti que eu podia fazer, sabe? É meio que um tipo de... *torção.*

— Por que você não falou nada? Por que não me contou?

Ela olha o gramado pela janela. Além da cerca alta dos fundos, homens e mulheres com câmeras se aglomeram.

— Não sei.

Margot se lembra de tentar falar com a própria mãe sobre meninos ou sobre as coisas que aconteciam nas festas. Quando é que as coisas *passavam do limite,* onde é que a mão do menino devia parar. Ela se lembra da completa impossibilidade dessas conversas.

— Me mostra.

Jos semicerra os olhos. — Não dá... Ia te machucar.

— Você andou treinando? Você consegue controlar para saber que não vai me matar nem me fazer ter uma convulsão?

Jos respira fundo. Enche as bochechas de ar. Solta aos poucos. — Sim.

A mãe acena com a cabeça. Esta é a menina que ela conhece: consciente e séria. Ainda é a Jos. — Então me mostra.

— Eu não consigo controlar a ponto de saber se não vai doer, ok?

— Vai doer quanto?

Jos separa bem os dedos das mãos, olha para as palmas. — Pra mim varia muito. Às vezes é forte, às vezes não é nada.

Margot aperta os lábios. — Ok.

Jos estica a mão, depois recolhe. — Eu não quero.

Houve um tempo em que cabia a Margot limpar todos os orifícios do corpo dessa criança. Ela não aceita não ter noção da força da filha. — Chega de segredos. Me mostra.

Jos está quase chorando. Ela coloca o indicador e o dedo médio no braço da mãe. Margot espera para ver Jos *fazer* algo; prender a respiração, ou franzir a sobrancelha, ou fazer esforço com o músculo do braço, mas não há nada. Só a dor.

Ela leu os relatórios preliminares do CDC observando que o poder "afeta particularmente os centros de dor do cérebro humano", o que significa que, embora pareça uma eletrocussão, a dor é maior do que o necessário. É um pulso direcionado que cria uma resposta nos receptores de dor do corpo. Mesmo assim, ela esperava ver algo; ver a carne se crispando e enrugando, ou ver a corrente formando um arco, rápida como a mordida de uma cobra.

Em vez disso, ela sente o cheiro de folhas molhadas depois de uma tempestade. Um pomar de macieiras, com frutas apodrecendo no chão, exatamente como era na fazenda dos pais dela.

E depois dói. Do ponto no antebraço em que Jos está tocando nela, começa como uma dor nos ossos, incômoda. A gripe, passeando por músculos e articulações. Depois fica mais forte. Alguma coisa está quebrando o osso dela, torcendo, fazendo com que ele se dobre, e ela quer dizer para Jos parar, mas não consegue abrir a boca. Aquilo corre pelos ossos como se estivesse estilhaçando tudo a partir do lado de dentro; ela não consegue evitar ver um tumor, um caroço sólido, pegajoso, transbordando numa explosão para fora da medula do osso do braço, explodindo a ulna e o rádio em fragmentos afiados. Ela sente náusea. Quer gritar. A dor irradia pelo braço e, de um modo nauseante, pelo corpo. Agora não há uma parte sequer do corpo que não tenha sido afetada; ela sente aquilo ecoar na cabeça e descer pela espinha, nas costas, em torno da garganta e se expandir, espalhando-se pelas clavículas.

As clavículas. Foram só alguns segundos, mas os momentos se prolongaram. Só a dor pode fazer com que se preste tanta atenção ao corpo; é assim que Margot percebe o eco que responde em seu peito. Em meio às florestas e montanhas de dor, uma nota soa em sua clavícula. Como se respondesse a uma semelhante.

Isso faz com que ela se lembre de algo. Um jogo de sua infância. Curioso: ela não pensava nesse jogo havia anos. Margot nunca contou a ninguém sobre ele; sabia que não devia, embora não soubesse dizer como sabia disso. No jogo, ela era uma bruxa e conseguia criar uma esfera de luz na palma da mão. Os irmãos brincavam que eram astronautas lançando raios com arminhas de plástico que vinham em caixas de cereais, mas o jogo com que ela se divertia sozinha entre as faias perto do limite da propriedade era diferente. No jogo dela, não havia necessidade de arma nem de capacete espacial nem de sabre de luz. No jogo da infância de Margot, ela se bastava.

Há uma sensação de ardência no peito e nos braços e nas mãos. Como um braço morto, acordando. A dor não passou, mas é irrelevante agora.

Outra coisa está acontecendo. Por instinto, ela põe as mãos sob a colcha de retalhos de Jocelyn. Ela sente o cheiro das faias, como se estivesse novamente sob a proteção daquelas árvores, com seu cheiro de almíscar de madeira velha e o barro molhado.

Ela enviou seu raio até os confins da terra.

Quando abre os olhos, há um padrão em torno de cada uma de suas mãos. Círculos concêntricos, um claro e um escuro, um claro e um escuro, queimados na colcha no lugar em que suas mãos agarraram. E ela sabe, ela sentiu aquela *torção*, e ela lembra que talvez sempre tenha conhecido aquilo e que aquilo sempre tenha pertencido a ela. Que podia pegar aquilo com a mão. Que podia dar ordem para que aquilo dardejasse.

— Meu Deus — ela diz. — Meu Deus.

ALLIE

Allie se levanta sobre o túmulo, inclina-se para trás para ler o nome – ela sempre tira um instante para se lembrar deles: ei, como é que vão as coisas, Annabeth MacDuff, mãe amorosa que agora descansa? – e acende um Marlboro.

Os cigarros estão entre os quatro ou cinco mil prazeres da vida que a sra. Montgomery-Taylor considera detestáveis aos olhos do Senhor, só a brasa brilhante, a inalação, a fumaça que sobe dos lábios separados seriam suficientes para dizer: vá se foder, sra. Montgomery-Taylor, vá se foder com a mulherada da igreja e esse tal de Jesus Cristo, também. Bastaria fazer as coisas do jeito de sempre, impressionante o bastante e promissor o suficiente para os meninos das coisas que poderiam ocorrer em breve. Mas Allie não quer acender seu cigarro do jeito de sempre.

Kyle faz um gesto com o queixo e diz: — Ouvi falar que uns caras mataram uma menina no Nebraska semana passada por fazer isso.

— Por fumar? Que foda.

Hunter diz: — Metade dos alunos sabe que você consegue fazer isso.

— E daí?

Hunter diz: — Seu pai podia te usar na fábrica. Economizar na conta de luz.

— Ele não é meu pai.

Ela faz a prata cintilar nas pontas dos dedos novamente. Os meninos observam.

Quando o sol se põe, o cemitério ganha vida com grilos cricrilando e sapos coaxando, à espera da chuva. O verão foi longo e quente. A terra anseia por uma tempestade.

O sr. Montgomery-Taylor é dono de uma empresa de embalagem de carne com sedes aqui em Jacksonville e em Albany e até em Statesboro. Eles chamam de embalagem de carne, mas na verdade é produção de carne. Matança de animais. O sr. Montgomery-Taylor levou Allie para ver quando ela era mais nova. Ele passou por aquela fase em que se via como um bom homem educando uma menininha para enfrentar o mundo dos homens. Ela sente uma espécie de orgulho por ter visto a coisa toda sem tremer nem desviar o olhar nem ficar emotiva demais. A mão do sr. Montgomery-Taylor ficou no ombro dela como uma pinça durante a visita toda, apontando para mostrar a ela os currais onde os porcos são criados antes de ser mortos. Porcos são animais muito inteligentes; se ficam assustados, a carne perde o gosto. Você tem que ter cuidado.

As galinhas não são inteligentes. Eles deixam a menina ver as galinhas serem retiradas da caixa, brancas e com penas macias. As mãos pegam as galinhas, viram para mostrar seu traseiro branco como neve e prendem suas pernas na correia que as leva até um banho eletrificado. Elas gritam e se agitam. Uma a uma, elas ficam rígidas, depois moles.

— É um jeito bondoso de fazer as coisas — disse o sr. Montgomery-Taylor. — Elas nem sabem o que aconteceu.

E ele ri, e os empregados riem também.

Allie percebeu que uma ou duas galinhas ergueram a cabeça. A água não foi suficiente para que elas ficassem inconscientes. Elas continuavam acordadas enquanto passavam pela linha de produção, continuavam conscientes quando entraram no tanque de escaldar.

— Eficiente, higiênico e bondoso — disse o sr. Montgomery-Taylor.

Allie pensou nos discursos que a sra. Montgomery-Taylor, em êxtase, fazia sobre o inferno e sobre as lâminas rodopiantes e a água escaldante que vão consumir todo o seu corpo, óleo fervente e rios de chumbo derretido.

Allie queria sair correndo pela linha de produção e tirar as correntes das galinhas e libertá-las, selvagens e furiosas. Ela imaginou as galinhas indo especificamente atrás do sr. Montgomery-Taylor, vingando-se a golpes de bico e garras. Mas a voz disse para ela: não é o momento, filha. Seu momento não chegou. A voz jamais se enganou até hoje, em nenhum momento da vida dela. Então Allie acenou com a cabeça e disse: — É bem interessante. Obrigada por me trazer.

Pouco depois da visita à fábrica ela percebeu que podia fazer aquilo. Não havia urgência naquilo. Foi como no dia em que ela percebeu que o cabelo estava longo. Devia ter acontecido ao longo do tempo, silenciosamente.

Eles estavam jantando. Allie pegou o garfo e uma fagulha saltou de sua mão.

A voz disse: faça de novo. Você consegue fazer isso de novo. Concentre-se. Ela retorceu ou estalou algo em seu peito. Lá estava, uma fagulha. Boa menina, disse a voz, mas não mostre para eles, isso não é para eles. O sr. Montgomery-Taylor não percebeu, e a sra. Montgomery-Taylor não percebeu. Allie manteve os olhos baixos e o rosto impassível. A voz disse: esse é meu primeiro presente para você, filha. Aprenda a usar.

Ela treinou no quarto. Fez uma fagulha saltar de uma mão para a outra. Fez o abajur na mesinha de cabeceira ficar mais brilhante, depois menos brilhante. Queimou um buraquinho minúsculo num lenço de papel; treinou até conseguir transformar aquele buraco numa agulhada. Menor. Essas coisas exigem atenção constante, concentração. Ela é boa nisso. Ela nunca ouviu falar de outra pessoa que consiga acender cigarros assim.

A voz disse: vai chegar o dia de usar isso, e nesse dia você vai saber o que fazer.

Normalmente ela deixava os meninos encostarem nela se quisessem. Eles acham que foi para isso que vieram ao cemitério. Uma mão escorregando coxa acima, um cigarro tirado da boca como um doce, colocado de lado enquanto eles se beijam. Kyle se encosta ao lado dela, coloca a mão no abdômen dela, começa a amassar o tecido da blusa dela. Ela faz um gesto para que ele pare. Ele sorri.

— Vem cá — ele diz. Ele puxa a blusa dela um pouco para cima.

Ela dá uma agulhada nas costas da mão dele. Não muito. Só o suficiente para fazer com que ele pare.

Ele tira a mão. Olha para ela e, ofendido, para Hunter. — Ei, o que deu em você?

Ela encolhe os ombros. — Não tô a fim.

Hunter senta do outro lado dela. Ela está num sanduíche entre os dois agora, os dois corpos apertados contra o dela, protuberâncias nas calças mostrando as intenções deles.

— Tá bom — diz Hunter —, mas olha só, foi você que trouxe a gente aqui e a gente *está* a fim.

Ele põe um braço sobre o abdômen dela, polegar roçando o seio, a mão grande e forte em torno dela. — Vem cá — ele diz —, a gente vai se divertir, só nós três.

Ele se aproxima para um beijo, a boca aberta.

Ela gosta de Hunter. Ele tem um metro e noventa e quatro, ombros largos e é forte. Eles já se divertiram juntos. Não é para isso que ela está aqui. Ela tem um pressentimento sobre o dia de hoje.

Ela põe a mão na axila dele. Uma agulhada, bem no músculo, precisa e cuidadosa, como uma faca afiada no ombro dele. Ela aumenta a força, como se fizesse o abajur ficar mais e mais quente. Como se a faca fosse feita de fogo.

— Puta que pariu! — diz Hunter, e dá um pulo para trás. — Puta que pariu! — Ele está com a mão direita na axila esquerda, massageando. O braço esquerdo treme.

Kyle agora está com raiva e puxa Allie em sua direção. — Por que você fez a gente vir até aqui, se você…

E ela pega Kyle na garganta, bem abaixo da mandíbula. Como uma lâmina de metal cortando sua laringe. A boca dele se abre um pouco. Ele faz ruídos de quem se engasga. Ainda respira, mas não consegue falar.

— Vá se foder, então! — grita, Hunter. — Ninguém vai te dar carona pra voltar!

Hunter se afasta. Kyle pega a mochila escolar, ainda com a mão na garganta. — Sifudê! — ele grita, enquanto eles voltam para o carro.

Ela espera um bom tempo até escurecer, deitada sobre o túmulo de Annabeth MacDuff, mãe amorosa que agora descansa, acendendo um cigarro após o outro com a crepitação de seus dedos e fumando todos até o fim. O ruído da noite aumenta à volta dela e ela pensa: vem me pegar.

Ela diz para a voz: ei, mãe, é hoje, não é?

A voz diz: com certeza, filha. Você está pronta?

Allie diz: manda ver.

Ela escala a gelosia para entrar na casa. Os sapatos pendurados em volta do pescoço, um cadarço amarrado no outro. Ela coloca os dedos dos pés, e os dedos das mãos enganchamm e agarram. A sra. Montgomery-Taylor viu Allie uma vez escalando uma árvore, um, dois, três, e lá foi ela, e disse: — Dê uma olhada nisso, ela escala igual um macaco. — Ela disse como se há muito suspeitasse que este fosse o caso. Como se estivesse apenas esperando para descobrir.

Allie chega à janela de seu quarto. Ela tinha deixado a janela apenas um tantinho aberta, e agora ergue o vidro, tira os sapatos do pescoço e os joga para dentro do quarto. Ela passa pela janela. Ela olha o relógio; não chegou nem a se atrasar para o jantar e ninguém vai poder reclamar de nada. Ela deixa escapar uma espécie de risada, baixa e rouca. E uma risada responde à risada dela. E ela percebe que há mais alguém no quarto. Ela sabe quem é, claro.

O sr. Montgomery-Taylor sai da poltrona como se fosse uma das máquinas de longos braços de sua linha de produção. Allie toma fôlego, mas antes que possa dizer um "a" ele dá um tapa violento na boca dela, com a parte de trás da mão. Como um *backhand* em uma quadra de tênis do clube. O estalo da mandíbula dela é o "pou" da bola batendo na raquete.

Esse tipo específico de raiva sempre foi muito controlado, muito silencioso. Quanto menos ele diz, mais furioso está. Ele está bêbado, ela sente pelo cheiro, e está furioso, e murmura: — Eu vi você. Vi você no cemitério com aqueles meninos. Sua. Vagabunda. Nojenta. — Cada palavra pontuada por um soco, um tapa ou um chute. Ela não se recolhe em posição fetal. Não implora para que ele pare. Ela sabe que isso só faz o processo durar mais tempo. Ela afasta os joelhos. A mão dele está no cinto. Ele vai mostrar a ela que espécie de vagabunda ela é. Como se já não tivesse mostrado tantas vezes antes.

A sra. Montgomery-Taylor está sentada lá embaixo ouvindo polca no rádio, tomando xerez, lentamente mas sem parar, pequenos goles que não podem fazer mal a ninguém. Ela não se importa em ir ver o que o sr. Montgomery-Taylor faz lá em cima à noite; pelo menos ele não está à toa pela vizinhança, e essa menina mereceu o que está tendo. Se um repórter do *Sun-Times*, que por algum motivo se interessasse pelas ninharias que ocorrem nessa casa, pusesse um microfone diante dela naquele momento e dissesse: sra. Montgomery-Taylor, o que a senhora acha que seu marido está fazendo com aquela menina miscigenada de dezesseis anos que a senhora trouxe para casa em nome da caridade cristã? O que a senhora acha que ele está fazendo para que ela grite e se desespere assim? Se perguntassem a ela – mas quem é que iria perguntar? – ela diria: ora, ele está dando uma surra nela, e bem que ela mereceu. E se o repórter insistisse – Do que a senhora estava falando, então, sobre ficar à toa pela vizinhança? –, a boca da sra. Montgomery-Taylor se contorceria um pouco, como se houvesse um odor desagradável no ar, e depois o sorriso voltaria a seu rosto e ela diria, em tom confidencial: você sabe como são os homens.

Foi em outros tempos, anos atrás, quando Allie estava com o corpo prensado, a cabeça apertada contra a cabeceira da cama, a mão dele em volta da garganta dela bem assim, que a voz falou pela primeira vez, claramente, lá dentro de sua cabeça. Desde antes de ela vir para a casa dos Montgomery-Taylor; desde a época em que ela passava de casa em casa e de mão em mão havia uma voz baixinha e distante dizendo quando tomar cuidado, alertando sobre o perigo.

A voz havia dito: você é forte, você vai sobreviver a isso.

E Allie disse, enquanto ele apertava o pescoço dela cada vez mais forte: mãe?

E a voz disse: claro.

Nada de especial aconteceu hoje; ninguém pode dizer que ela foi provocada mais do que o normal. É só que todo dia a gente cresce um pouco, todo dia tem alguma coisa diferente, e com o passar dos dias de repente algo que era impossível se torna possível. É assim que uma menina vira mulher. Passo a passo, até estar tudo pronto. Enquanto ele entra nela, ela sabe o que pode fazer. Que tem a força, e talvez ela tenha aguentado o bastante por semanas ou meses, mas só agora ela tem certeza. Ela pode fazer isso agora sem possibilidade de falhas e retaliações. Parece a coisa mais simples do mundo, como estender a mão e mexer no interruptor para apagar a luz. Ela não entende por que não decidiu apagar essa luz velha antes.

Ela diz para a voz: é agora, não é?

A voz diz: você sabe.

Há um odor de chuva no quarto. Por isso o sr. Montgomery-Taylor olha para cima, acha que enfim a chuva chegou, que a terra ressecada está bebendo em grandes goles. Ele acha que a chuva pode estar entrando pela janela, mas o coração dele está contente com a ideia da chuva, mesmo enquanto continua o que está fazendo. Allie põe as mãos nas têmporas dele, esquerda e direita. Ela sente as palmas das mãos da sua mãe em torno de seus dedos pequenos. Ela acha bom que o sr. Montgomery-Taylor não esteja olhando para ela e sim olhando a janela, em busca da chuva inexistente.

Ela criou um canal para o trovão e estabeleceu um caminho para a tempestade.

Há um clarão de luz branca. Um cintilar de prata que cruza a testa dele e circula sua boca e seus dentes. Ele tem espasmos e sai de dentro dela. Ele treme e convulsiona. Os dentes batem. Ele cai no chão com um baque forte e Allie receia que a sra. Montgomery-Taylor tenha ouvido algo, mas ela está com o rádio ligado alto, portanto não há passos na escada nem uma voz chamando. Allie ergue a calcinha e a calça jeans. Ela se debruça para ver. Há uma espuma vermelha nos lábios dele. As costas estão curvadas para trás, as mãos em posição de garras. Parece que ele ainda respira. Ela pensa: eu podia chamar alguém agora, e talvez ele sobreviva. Então ela coloca a palma da mão sobre o coração dele e reúne o punhado de relâmpago que ainda lhe restou. Ela manda o raio para dentro dele bem ali, no lugar em que os seres humanos são feitos de ritmos elétricos. E ele para.

Ela pega umas poucas coisas do quarto. O dinheiro que guardou num lugar debaixo do peitoril da janela, uns poucos dólares, o bastante para agora. Um rádio de pilha que foi da sra. Montgomery-Taylor na infância e que tinha sido dado de presente para ela num daqueles momentos de gentileza que servem para turvar e deixar menos clara até mesmo a simples pureza do sofrimento. Allie deixa o celular, por ter ouvido dizer que dá para rastrear essas coisas. Ela vê de relance um pequeno Cristo de mármore pregado a uma cruz de mogno na parede sobre a cabeceira de sua cama.

Pegue, diz a voz.

Eu me saí bem?, diz Allie. Você está orgulhosa de mim?

Ah, muito orgulhosa, filha. E você vai me deixar ainda mais orgulhosa. Você vai fazer maravilhas no mundo.

Allie joga o pequeno crucifixo na sacola de viagem. Ela sempre soube que não devia falar para ninguém sobre a voz. Ela é boa em manter segredos.

Allie olha uma última vez para o sr. Montgomery-Taylor antes de sair pela janela. Talvez ele nem saiba o que aconteceu. Ela espera que ele saiba. Ela queria poder mandá-lo vivo para o tanque de escaldar.

Ela pensa, enquanto desce pela gelosia e atravessa o quintal, que talvez devesse ter surrupiado uma faca da cozinha antes de sair. Mas aí ela lembra – e o pensamento faz com que ela ria – que, exceto para cortar a carne do jantar, na verdade ela não precisa de uma faca para nada, para absolutamente nada.

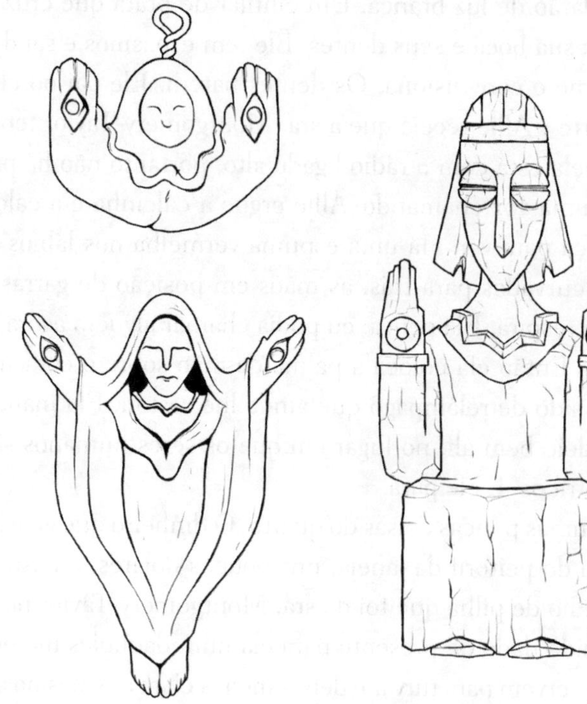

Três imagens da Santa Mãe, de aproximadamente quinhentos anos. Encontradas em uma escavação no Sudão do Sul.

FALTAM NOVE ANOS

ALLIE

Allie anda e se esconde, se esconde e anda por oitenta e dois dias. Pega carona onde dá, mas na maior parte do tempo, anda.

No começo, não é muito difícil encontrar alguém disposto a dar uma carona para uma menina de dezesseis anos, atravessando o estado, tentando esconder o que fez. Mas, à medida que ela segue para o norte e o verão vira outono, cada vez menos motoristas respondem ao polegar que ela estende pedindo carona. Cada vez mais gente desvia, em pânico, afastando-se dela, mesmo ela não estando no meio da pista. Uma mulher faz o sinal da cruz enquanto o marido segue dirigindo.

Allie, logo no começo, comprou um saco de dormir usado na Goodwill. O cheiro não é bom, mas ela deixa arejando toda manhã e ainda não pegou nenhum dia de chuva forte. Ela está gostando da viagem, apesar do estômago vazio na maior parte do tempo e dos pés doídos. Em algumas manhãs ela acordou logo depois da aurora e viu os contornos bem marcados e brilhantes das árvores que o sol acabava de desenhar e sentiu a luz brilhar em seus pulmões e ficou feliz por estar ali. Uma raposa cinzenta chegou a andar lado a lado com ela por três dias, sempre a alguns metros de distância, nunca perto o suficiente para que houvesse contato, mas também nunca se afastando demais, exceto para pegar um rato uma vez, voltando com o cadáver mole na boca e sangue no focinho.

Allie perguntou para a voz: ela é um sinal? E a voz disse: ah, sim. Vá em frente, menina.

Allie não anda lendo os jornais nem escutando seu radinho. Ela não sabe, mas ficou totalmente por fora do Dia das Meninas. Ela não sabe que foi isso que salvou sua vida.

Em Jacksonville, a sra. Montgomery-Taylor subiu as escadas na hora de dormir imaginando que o marido estaria no escritório lendo o jornal e que a menina estaria devidamente de castigo por sua desobediência. No quarto da menina, ela viu o que havia para se ver. Allie deixou o sr. Montgomery-Taylor com as calças nas canelas, seu membro ainda parcialmente entumecido, uma espuma de sangue manchando o tapete creme. A sra. Montgomery-Taylor ficou sentada na cama desarrumada por meia hora, só olhando para Clyde Montgomery-Taylor. Ela respirava – depois de um ligeiro sobressalto inicial – lentamente, com regularidade. O Senhor deu, ela disse por fim para o quarto vazio, e o Senhor tirou. Ela ergueu as calças de Clyde e trocou a roupa de cama, tomando cuidado para não pisar nele. Depois pensou em colocar Clyde numa cadeira diante de sua escrivaninha e mandar lavar o tapete, mas, embora sofresse com a vergonha que era o corpo dele ali, lambendo o chão, ela achou que não tinha forças para erguê-lo. Além disso, a história fazia mais sentido se ele estivesse no quarto da menina, ensinando o catecismo.

Ela chamou a polícia e, quando os policiais chegaram, demonstrando compaixão, à meia-noite, ela deu seu depoimento. Ter dado um lar para o lobo e socorrido o cão raivoso. Ela tinha fotos de Allie. Aquilo seria suficiente para encontrá-la em poucos dias, não fosse por, naquela mesma noite, terem começado os telefonemas para aquela delegacia, e para a de Albany, e a de Statesboro, e por todo o país, espalhando-se, ramificando-se, cada vez mais, os telefonemas fazendo acenderem as luzes nas delegacias de polícia como uma vasta teia que se expandia.

Numa cidade litorânea cujo nome ela nunca soube, Allie encontra um bom lugar para dormir no pequeno bosque ao lado das casas; um lugar seco e coberto onde ela podia deitar encolhida, perto da margem de um rio, onde a rocha formava uma espécie de gruta. Ela fica ali por três dias porque a voz diz: tem algo aqui para você, minha menina. Procure e vá pegar.

Ela está exausta e faminta o tempo todo e é como se a tontura já fizesse parte dela, o que não é de todo desagradável. Ela ouve a voz com mais clareza quando os músculos zunem assim e já se passou um tempo desde sua última refeição; isso já fez com que ela sentisse a tentação de parar de comer, especialmente porque tem certeza de que os tons da voz, seu som rouco e divertido, são iguais à melodia com que a mãe dela fala.

Allie não se lembra na verdade da mãe, embora saiba, evidentemente, que teve uma. Para ela o mundo começou com um clarão de luz aos três ou quatro anos. Ela tinha ido ao shopping com alguém, pois estava com uma bexiga numa mão e um geladinho na outra e alguém – não a mãe, disso ela tem certeza, se fosse ela saberia – estava dizendo: — Agora você tem que chamar essa senhora de tia Rose, e ela vai ser boazinha com você.

Foi naquele momento que ela ouviu a voz pela primeira vez. Quando ela olhou para cima, viu o rosto da tia Rose e a voz disse: — Boazinha. — Claro. Tá bom. Acho que não.

A voz nunca se enganou desde então. Tia Rose era uma velhinha má que xingava Allie quando bebia um pouco e ela bebia praticamente todo dia. A voz disse a Allie o que fazer; como escolher a professora certa na escola e contar a história de um jeito que nem de longe parecesse estudado.

Mas a mulher que veio depois da tia Rose era pior ainda, e a sra. Montgomery-Taylor era ainda pior. Mesmo assim, a voz evitou durante todos estes anos que o pior acontecesse com Allie. Foi por pouco, mas ela ainda tem todos os dedos das mãos e dos pés, e agora a voz está dizendo para ela: fique aqui. Espere.

Ela vai para a cidade todo dia e explora cada lugar quente e seco e de onde não seja expulsa. A biblioteca. A igreja. O pequeno museu da revolução, quente demais. E, no terceiro dia, ela consegue entrar escondida no aquário.

Não é temporada. Ninguém se preocupa muito em vigiar a porta. E o lugar não é muito grande, na verdade; cinco salas interligadas no final de uma série de lojas. "Maravilhas das Profundezas!", diz o cartaz lá dentro. Allie espera o cara que cuida da porta sair para ir pegar um refrigerante, deixando um aviso de "Volto em vinte minutos", abre a pequena porta de madeira e entra. Porque é realmente quente ali. E porque a voz mandou que ela procurasse em todo lugar. Não deixasse de verificar nada.

Ela sente que deve haver ali algo interessante assim que entra na sala cheia de tanques bem iluminados com peixes de centenas de padrões de cores patrulhando a água pra lá e pra cá. Ela sente no peito, na clavícula, nos dedos. Tem alguma coisa aqui; uma outra menina que pode fazer o que ela faz. Não, não é uma menina. Allie usa de novo aquele outro sentido, aquele que dá formigamento. Ela leu alguma coisa sobre isso na internet, outras meninas dizendo que sentem quando há outra mulher no mesmo ambiente prestes a usar seu poder. Mas em ninguém essa percepção é tão aguçada quanto em Allie. Desde que recebeu seu poder, ela consegue dizer imediatamente se alguém perto dela tem algo parecido. E tem algo assim aqui.

Ela descobre o que é no penúltimo tanque. Um tanque mais escuro do que os outros, sem os peixes coloridos, com suas guirlandas e frondes. O tanque contém criaturas longas, escuras e sinuosas que esperam no fundo, remexendo-se lentamente. De um dos lados do aquário há um mostrador com a agulha no zero.

Allie nunca viu esses animais antes nem sabe seus nomes.

Ela põe a mão no vidro.

Uma das enguias muda de direção, gira e faz algo. Ela consegue ouvir. Um som efervescente, um estalido. A agulha no mostrador dá um salto.

Mas Allie não precisa saber o que está sendo medido para entender o que acaba de acontecer. Esse peixe acaba de dar uma descarga elétrica.

Há um quadro-negro na parede perto do tanque. É tão emocionante que ela precisa ler três vezes e tem que se controlar para a respiração não se acelerar. São enguias elétricas. Elas fazem coisas malucas. Dão choques em suas presas debaixo d'água; sim, é isso mesmo. Allie faz um pequeno arco com o indicador e o polegar debaixo da mesa. As enguias se agitam no tanque.

Mas não é só isso que as enguias sabem fazer. Elas podem usar uma espécie de "controle remoto" para comandar os músculos de suas presas, interferindo nos sinais elétricos do cérebro. Elas podem fazer com que os peixes nadem em direção a suas bocas, se quiserem.

Allie fica ali de pé por um bom tempo. Coloca de novo a mão no vidro. Olha para os animais.

É um poder impressionante, de fato. Você ia precisar ter controle sobre ele. Sim, mas você sempre teve controle, filha. E seria preciso ter habilidade. Sim, mas você tem como aprender essas habilidades.

Allie diz em seu coração: mãe, pra onde eu devo ir?

E a voz diz: saia deste chão e vá daqui para o solo que vou te indicar.

A voz sempre soou meio bíblica, bem desse jeito.

Naquela noite, Allie quer deitar para dormir, mas a voz diz: não, ande. Vá em frente. O estômago dela está totalmente vazio e ela se sente estranha, zonza com a mente inquieta, cheia de pensamentos sobre o sr. Montgomery-Taylor, como se a língua mole dele ainda estivesse lambendo sua orelha. Ela queria ter um cachorro.

A voz diz: quase lá, minha garota, não se preocupe.

E em meio à escuridão Allie vê uma luz iluminando um cartaz. Está escrito: "Convento das Irmãs de Misericórdia. Sopa para os sem-teto e cama para os necessitados".

A voz diz: viu, eu te disse.

E só o que Allie sabe depois de passar pela porta é que três mulheres carregam seu corpo, chamando-a de "filha" e "querida" e exclamando quando encontram o crucifixo na bolsa porque esta é a prova do que elas esperavam ver no rosto dela. Elas trazem comida enquanto Allie senta, quase inconsciente, em uma cama macia, quente, e naquela noite ninguém perguntou quem ela era nem de onde vinha.

Ninguém presta muita atenção a uma menina miscigenada sem lar nem família que vai parar em um convento no litoral nessa época do ano. Ela não é a única a aportar nesse cais nem a que mais precisa de conselhos. As irmãs ficam felizes de encontrar uso para as camas vazias – elas moram num prédio que é grande demais para elas, construído quase cem anos antes, quando o Senhor ainda chamava mulheres aos montes para Seu casamento eterno. Três meses depois, elas colocaram beliches e criaram um cronograma de aulas comuns e de aulas dominicais e distribuíram tarefas em troca de refeições e edredons e um teto sobre a cabeça. O movimento populacional tem uma nova e grande maré, e os velhos costumes voltaram a imperar. Moças expulsas de casa – as freiras acolherão.

Allie gosta de ouvir as histórias das outras meninas. Ela vira confidente, amiga de várias delas até tornar sua história tão boa como as das outras. Lá está Savannah, que atingiu o meio-irmão no rosto com tanta força que, segundo ela, "apareceram teias de aranha nele, passando pela boca, pelo nariz, até pelos *olhos*". Savannah conta a história com olhos arregalados, mascando o chiclete com empolgação. Allie enfia o garfo na carne velha e dura do ensopado que as freiras servem de janta três vezes por semana. Ela diz: — O que você vai fazer agora? — Savannah diz: — Vou achar um médico que tire isso de mim. Que faça isso parar. — Uma pista. Há outras. Algumas meninas tinham pais que oraram achando que elas estavam possuídas por demônios. Algumas brigaram com outras meninas; outras continuam brigando aqui. Uma fez aquilo com um menino porque *ele pediu*: as meninas se interessam muito por essa história. Será que os meninos gostavam daquilo? Seria possível que desejassem aquilo? Algumas delas encontraram fóruns na internet que sugeriam que era isso mesmo.

Uma menina, Victoria, mostrou para a mãe como fazer aquilo. Ela conta, com a tranquilidade de quem fala do clima, que o padrasto espancava tanto a mãe que ela já não tinha um dente sequer na boca. Victoria despertou o poder na mãe encostando a mão nela e mostrou como usar aquilo, e a mãe expulsou a menina de casa, dizendo que ela era uma bruxa. Ninguém ali precisa de um fórum na internet para entender aquilo. Todas assentem com a cabeça e alguém passa para Victoria o pote de molho.

Em uma época menos caótica, talvez houvesse policiais, assistentes sociais ou alguém mais diligente da Secretaria de Educação perguntando o que estava acontecendo com essas meninas. Mas as autoridades estão simplesmente gratas por alguém estar ajudando.

Alguém pergunta a Allie o que aconteceu com ela e ela sabe que não pode dizer seu nome verdadeiro. Ela diz que se chama Eva e a voz diz: boa escolha, a primeira mulher; excelente escolha.

A história de Eva é simples e pouco interessante, nada que vá ficar gravado na memória. Eva é de Augusta e passou duas semanas na casa de uns parentes, a pedido dos pais; e, quando voltou, eles tinham ido embora, ela não sabe para onde. Ela tinha dois irmãos menores; os pais tinham medo do que podia acontecer com eles, ela acha, apesar de ela jamais ter machucado alguém. As outras meninas acenam com a cabeça e passam para a próxima história.

Não é o que eu fiz, Allie pensa, é o que eu vou fazer.

E a voz diz: é o que Eva vai fazer.

E Allie diz: sim.

Ela gosta do convento. As freiras, quase todas, são gentis, e Allie gosta da companhia de mulheres. Os homens nunca lhe deram muitos motivos para querer ficar perto deles. As meninas têm tarefas para fazer, mas quando terminam têm o oceano para nadar e a praia para passear, há balanças lá fora e o canto na capela é tranquilo e acalma todas as vozes na cabeça de Allie. Ela se pega pensando naqueles momentos de silêncio: talvez eu pudesse ficar aqui para sempre. Morar na Casa de Deus pelo resto da vida é tudo que eu peço.

Há uma freira, Irmã Maria Ignacia, que chama a atenção de Allie mais do que as outras. Ela tem pele escura como Allie, e olhos tranquilos, castanhos. Irmã Maria Ignacia gosta de contar histórias sobre a infância de Jesus e sobre como a mãe dele, Maria, sempre era boa com ele e como ensinava o menino a amar todas as coisas vivas.

— Vejam — diz Irmã Maria Ignacia para as meninas que se reúnem para ouvir suas histórias antes da oração noturna —, Nosso Senhor aprendeu a amar com uma mulher. E Maria está perto de todas as crianças. Ela está perto de vocês agora e trouxe vocês até nossa porta.

Uma noite, depois de as outras irem dormir, Allie inclina a cabeça na direção dos joelhos de Irmã Maria Ignacia e diz: — Posso morar aqui pra sempre?

Irmã Maria Ignacia acaricia os cabelos dela e diz: — Ah, você ia precisar virar freira para ficar aqui. E talvez você decida que quer outras coisas da vida. Um marido e filhos, um emprego.

Allie pensa: essa é sempre a resposta. Nunca querem que você fique para sempre. Sempre dizem que te amam, mas nunca querem que você fique.

E a voz diz, bem baixinho: filha, se você quer ficar, eu posso dar um jeito.

Allie diz para a voz: você é Maria, a mãe?

E a voz diz: se é o que você quer, minha querida. Se é isso que te leva adiante.

Allie diz: mas eles nunca querem ficar comigo, não é verdade? Nunca posso ficar.

E a voz diz: se você quer ficar, vai ter que dominar este lugar. Pense em como fazer isso. Não se preocupe, você vai descobrir um jeito.

As meninas brincam de lutar, testando suas habilidades uma na outra. Na água, na terra, cada uma dando pequenos choques e arrepios nas outras. Allie também usa esse tempo para praticar, embora seja mais sutil. Ela não quer que as outras saibam o que ela está fazendo, lembrando aquilo que leu sobre as enguias elétricas. Ela consegue, depois de muito tempo, emitir um choque minúsculo que faz as outras meninas mexerem o braço ou a perna.

— Ah! — diz Savannah, com o ombro voando para cima —, senti um arrepio!

— Ai — diz Victoria, enquanto Allie faz seu cérebro chacoalhar um pouco —, estou com dor de cabeça. Não consigo… não consigo pensar direito.

— Puta que pariu! — grita Abigail, com os joelhos curvando-se. — A água me deu uma puta cãibra.

Não é preciso um grande poder para fazer aquilo, e ela não machuca as outras. Elas nunca sabem que foi Allie, como as enguias no tanque, sua cabeça apenas um pouco acima da superfície, olhos arregalados e fixos.

Depois de uns meses, algumas meninas começam a falar em ir embora do convento. Passou pela cabeça de Allie – ou Eva, que é como ela chama a si mesma agora, até em pensamentos – que algumas outras meninas também podem ter segredos, também podem estar escondendo-se aqui enquanto a poeira baixa.

Uma das meninas, que elas chamam de Gordy, porque seu sobrenome é Gordon, convida Allie para ir com ela. — Nós vamos para Baltimore — ela diz. — A família da minha mãe tem parentes lá, eles vão ajudar a gente a se estabelecer. — Ela sacode os ombros. — Ia gostar se você me fizesse companhia no caminho.

Eva estava fazendo amizades com muito mais facilidade do que Allie. Eva é gentil e silenciosa e observadora; Allie era intransigente e complicada.

Ela não pode voltar para o lugar de onde veio e, na verdade, por que iria querer voltar? Mas ela não seria alvo de nenhuma grande caçada. Até porque sua aparência agora é diferente, o rosto está mais longo e mais magro, ela está mais alta. Ela está naquela fase da vida em que as crianças começam a usar seus rostos de adultos. Ela poderia ir para o norte, rumo a Baltimore, ou ir para alguma outra cidadezinha qualquer e trabalhar de garçonete. Em três anos, ninguém em Jacksonville se lembraria dela. Quando Gordy diz: "Vamos embora", Allie sabe que quer ficar. Ela é mais feliz aqui do que jamais fora em qualquer outro lugar.

Ela escuta atrás das portas e nos corredores. Sempre teve esse hábito. Uma criança em perigo tem que prestar muito mais atenção aos adultos do que uma criança amada e bem-quista.

É assim que ela ouve as freiras brigando entre si, e é assim que fica sabendo que talvez não tenha a menor chance de ficar.

É de Irmã Veronica, com seu rosto de granito, a voz que Allie ouve pela porta da pequena sala de estar.

— Você já viu? — ela diz. — Já viu acontecer?

— Todas nós vimos — ruge a superior.

— Então como você pode ter dúvida do que é aquilo?

— Contos de fadas — diz Irmã Maria Ignacia. — Jogos de crianças.

A voz de Irmã Veronica é alta a ponto de fazer a porta tremer um pouco, e Allie dá um passo para trás.

— Os Evangelhos também são *contos de fadas*? Nosso Senhor era mentiroso? Você está me dizendo que nunca houve um demônio, que quando Ele expulsa demônios dos homens Ele está só *brincando*?

— Ninguém está dizendo isso, Veronica. Ninguém está duvidando dos Evangelhos.

— Vocês já viram o noticiário? Já viram o que elas fazem? Elas têm poderes que os homens não deviam conhecer. O Senhor nos disse de onde vêm esses poderes. Todas nós sabemos.

Há um silêncio na sala.

Irmã Maria Ignacia fala com calma. — Ouvi dizer que a causa é a poluição. Tem uma matéria interessante no jornal. A poluição do ar está causando certas mutações no...

— É o Diabo. O Diabo anda por aí e testa os inocentes e os culpados, dando poderes aos condenados, como sempre fez.

— Ah, não — diz Irmã Maria Ignacia —, eu vi o bem no rosto delas. Elas são *crianças*, nossa obrigação é cuidar delas.

— Você veria o bem no rosto do próprio Satanás se ele batesse na porta com uma história triste e o estômago vazio.

— E eu estaria errada? Se Satanás precisasse comer?

Irmã Veronica ri parecido com um latido.

— Boas intenções! De boas intenções o Inferno está cheio.

A voz da superior encobre todas as outras. — Nós já pedimos orientação para o Concílio Diocesano. Eles estão orando. Enquanto isso, o Senhor nos mandou receber as crianças.

— Meninas mais novas despertaram isso em mulheres mais velhas. Isso é o Diabo operando no mundo, passando de mão para mão como Eva passou a maçã para Adão.

— Não podemos simplesmente jogar as crianças na rua.

— O Diabo vai acolher todas elas.

— Ou elas vão morrer de fome — diz Irmã Maria Ignacia.

Allie reflete por um bom tempo. Ela poderia ir embora. Mas ela gosta daqui.

A voz diz: você ouviu o que elas disseram. Eva passou a maçã para Adão.

Allie pensa: talvez ela estivesse certa ao fazer isso. Talvez fosse disso que o mundo precisasse. Uma sacudida. Algo novo.

A voz diz: essa é a minha menina.

Allie pensa: você é Deus?

A voz diz: quem você acha que eu sou?

Allie pensa: sei que você fala comigo quando eu mais preciso. Sei que você me levou pelo caminho certo. Me diga o que fazer agora. Diga.

A voz diz: se o mundo não precisasse ser sacudido, por que esse poder despertaria agora?

Allie pensa: Deus está dizendo ao mundo que deve haver uma nova ordem. Que os velhos costumes estão superados. Que os séculos passados já não valem mais. Assim como Jesus disse ao povo de Israel que os desejos de Deus haviam mudado, a época dos Evangelhos terminou e é preciso que surja uma nova doutrina.

A voz diz: a terra precisa de um novo profeta.

Allie pensa: mas quem?

A voz diz: pense, meu bem. Lembre, se você vai ficar aqui, você vai precisar dominar o lugar para que ninguém possa tirar isso de você. O único modo seguro, minha cara, é dominando o lugar.

ROXY

Roxy já viu o pai espancar gente antes. Viu o pai dar porrada bem na cara dos outros, com todos os anéis nos dedos, casualmente, bem quando estava dando as costas para ir embora. Viu o pai encher um cara de porrada até o nariz dele sangrar e ele cair no chão, e Bernie chutou a barriga do sujeito várias e várias vezes, e quando terminou, limpou as mãos com o lenço que tirou do bolso de trás, olhou para o rosto desfigurado do sujeito e disse: — Não tente me foder. Não pense que você pode foder comigo.

Ela sempre quis aquilo.

O corpo do pai sempre foi um castelo para ela. Um abrigo e uma arma. Quando ele coloca o braço em volta dos ombros da menina, ela sente um misto de terror e conforto. Ela já subiu as escadas correndo para fugir do punho dele. Ela viu como ele machuca as pessoas que querem machucá-la.

Ela sempre quis ter aquilo. É a única coisa que vale a pena ter.

— Você sabe o que aconteceu, não sabe, meu bem? — diz Bernie.

— O bosta do Narcissus — diz Ricky.

Ricky é o mais velho dos meio-irmãos dela.

Bernie diz: — Matar sua mãe é uma declaração de guerra, meu bem. E levou muito tempo pra gente ter certeza de que conseguia pegar o cara. Mas agora a gente tem certeza. E a gente está pronto.

Há um olhar que passeia pela sala, entre Ricky e Terry, o filho do meio, entre Terry e Darrell, o mais novo. Três filhos da própria esposa, e além deles Roxy. Ela sabe porque mora com a vó já há um ano e não com eles. Ela é parte da família e não é. Ela não faz parte o suficiente para participar do almoço de domingo, mas faz parte o suficiente para não ser deixada de fora de uma coisa como essa. Uma coisa como essa envolve todos eles.

Roxy diz: — A gente devia matar esse cara.

Terry ri.

O pai olha para ele e a risada para no meio do caminho. É melhor não mexer com Bernie Monke, nem se você for filho legítimo dele. — Ela tem razão — diz Bernie. — Você tem razão, Roxy. Provavelmente a gente devia matar esse cara. Mas ele é forte e tem um monte de amigos e a gente precisa ir com calma e tomar cuidado. Se for para fazer, a gente vai ter que fazer tudo de uma vez só. Derrubar tudo de uma pancada só.

Eles fazem Roxy mostrar o que consegue fazer. Ela se controla e cada um fica com um braço amortecido. Darrell xinga quando ela toca nele e ela fica com um pouco de remorso. Darrell é o único que sempre foi bacana com ela. Ele sempre trazia uma mousse de chocolate a mais quando o pai ia com ele até a casa da mãe dela depois da escola.

Depois que ela termina, Bernie esfrega o braço e diz: — É só isso que você consegue fazer?

Então ela mostra para eles. Ela viu coisas na internet.

Eles vão com ela até o jardim, onde Barbara, esposa de Bernie, tem um lago ornamental cheio de peixes alaranjados nadando um em volta do outro.

Está frio. Os pés de Roxy fazem barulho ao andar sobre a grama congelada.

Ela se ajoelha e coloca as pontas dos dedos no lago.

Há um cheiro, de repente, parecido com o de frutas maduras, doces e suculentas. O cheiro do auge do verão. Um lampejo de luz na água escura. Um som sibilado e uma crepitação.

E um a um os peixes sobem à superfície.

— Caralho! — diz Terry.

— Puta que pariu! — diz Ricky.

— A mãe vai ficar puta da vida — diz Darrell.

Barbara Monke nunca foi visitar Roxy, nem depois de a mãe dela morrer, nem depois do funeral, nada. Roxy fica feliz, por um momento, pensando nela ao voltar para casa, vendo todos os peixes mortos.

— Deixe que eu lido com sua mãe — diz Bernie. — Rox, querida, isso pode ser útil.

Bernie descobre alguns capangas que têm filhas mais ou menos na idade certa e faz com que elas também mostrem o que sabem fazer. Elas lutam, de brincadeira. Lutam uma contra uma, ou duas contra uma. Bernie observa as meninas no jardim, faiscando e cintilando. No mundo inteiro as pessoas estão enlouquecidas com essa história, mas tem algumas poucas pessoas que sempre olham para as coisas e pensam: "Qual é o lucro que isso pode dar, qual é a vantagem que eu posso ter com isso?".

Uma coisa fica evidente depois das lutas e dos treinos. Roxy tem um poder muito grande. Não só acima da média, mas também maior do que de qualquer outra menina que eles encontram para treinar com ela. Ela aprende um pouco sobre raio e alcance, aprende a fazer arcos e fica sabendo que o choque é mais forte quando a pele está molhada. Ela sente orgulho da própria força. Ela dá o melhor de si.

Ela é a mais forte que eles conseguiram encontrar, a mais forte dentre todas as que eles ouviram falar.

É por isso que, quando chega a hora, quando Bernie preparou tudo e eles sabem onde Narcissus vai estar, Roxy vai junto.

Ricky puxa a irmã para o banheiro antes de eles saírem. — Agora você não é mais criança, certo, Rox?

Ela faz que sim com a cabeça. Ela sabe disso, ou meio que sabe.

Ele pega um pequeno saco plástico que estava no bolso e bate nele até cair um pouco de pó branco na pia.

— Você já viu isso antes, não viu?

— Já.

— Já usou?

Ela faz que não com a cabeça.

— Ok, então.

Ele mostra como fazer, enrolando uma nota de cinquenta que tirou da carteira, e diz que ela pode ficar com a nota quando eles terminarem; é uma das vantagens do emprego. Ela se sente muito lúcida e muito consciente depois. Não que ela tenha esquecido o que aconteceu com a mãe. A raiva dela segue sendo pura e branca e elétrica, mas ela já não sente aquela tristeza. É só uma coisa de que ela ouviu falar há muito tempo. É bom. Ela é poderosa. Ela tem o dia inteiro na ponta dos dedos. Ela faz um longo arco entre as palmas das mãos, ruidoso e faiscante, um arco maior do que os outros que tinha conseguido fazer até então.

— Uau — diz Ricky. — Não vai fazer isso aqui, tá bom?

Ela diminui a força do arco e deixa o que restou cintilando entre as pontas dos dedos. Ela tem vontade de rir, só de ver tudo o que tem e como é fácil irradiar aquilo.

Ele põe um pouco do pó num saquinho limpo e enfia no bolso da calça jeans dela. — Caso você precise. Só use se ficar com medo, certo? *Não* faça isso no carro, pelo amor de Deus.

Ela não precisa. Tudo já pertencia a ela, de qualquer jeito.

As horas seguintes são como imagens soltas feitas pelo obturador de uma câmera. Fotos como as do celular dela. Ela pisca e vê uma imagem. Pisca de novo e já vê outra coisa. Ela olha para o relógio e são duas da tarde, olha um instante depois e já se passou meia hora. Ela não conseguiria ficar preocupada nem que tentasse. É bom.

Eles treinam Roxy para executar o plano. Narcissus vai estar lá só com dois capangas. Weinstein, sócio dele, traiu o amigo. Mandou Narcissus ir até esse depósito dizendo que os dois precisam conversar. Bernie e seus capangas vão estar esperando atrás de umas caixas, armados. Dois capangas estarão do lado de fora para fechar as portas, trancar todo mundo lá dentro. Pegar todo mundo de surpresa, começar o show; tudo feito e dá para chegar em casa a tempo de tomar chá. Narcissus não ia estar esperando. Na verdade, Roxy só estava indo junto porque merecia ver isso acontecer, depois de tudo que passou. E porque Bernie sempre foi o tipo do sujeito precavido; foi assim que ele sobreviveu por tanto tempo. Por isso ela está escondida no andar de cima do depósito observando por um buraquinho na grade que separa os dois andares, cercada por caixas.

Só como precaução. Ela está lá, olhando para baixo, quando Narcissus chega. O obturador abre, o obturador fecha.

Quando tudo acontece, é rápido e mortal e um desastre completo. Bernie e seus capangas estão no andar de baixo, gritam para Weinstein sair do caminho e Weinstein faz um gesto, se encolhe, como se tentasse dizer: deu merda, meu, deu bosta, mas ele se abaixa mesmo assim enquanto Bernie e os filhos avançam, e é aí que Narcissus começa a sorrir. E os capangas dele entram. Muito mais gente do que Weinstein disse que ia estar lá. Alguém mentiu. O obturador faz clique.

Narcissus é um sujeito alto, magro e pálido. Tinha uns vinte homens dele ali, por baixo. Eles atiram, espalhados pela entrada do prédio, usando portas de ferro para se proteger. Eles estão em maior número do que os capangas de Bernie. Três deles mantinham Terry abaixado atrás de uma única caixa de madeira. Terry, grande, lento, com sua enorme testa branca com marcas de acne, e Roxy vê quando ele ergue a cabeça acima da caixa para espiar. Ele não devia fazer isso, ela tenta gritar, mas não sai nada.

Narcissus mira com calma, usa todo o tempo do mundo; ele está sorrindo quando atira e depois surge um buraco vermelho no meio do rosto de Terry e ele cai para a frente como uma árvore derrubada. Roxy olha para suas mãos. Há longos arcos elétricos passando entre elas, embora ela não se lembre de ter dado nenhuma ordem para que isso ocorresse. Ela devia fazer alguma coisa. Ela está com medo. Tem só quinze anos. Ela pega o pacotinho do bolso da calça e cheira mais um pouco do pó. Vê a energia correr por seus braços e por suas mãos. Ela pensa, e é como se houvesse uma voz fora dela sussurrando em seu ouvido. Você foi feita para isso.

Ela está andando sobre uma grade de ferro. Essa grade está ligada às portas de ferro no andar de baixo que os homens de Narcissus usam como proteção. Tem muitos deles lá embaixo, tocando no ferro ou encostados na porta. Num lampejo, ela percebe o que pode fazer e isso a deixa empolgada a ponto de mal conseguir ficar parada. Um joelho começa a tremer. É isso, foram esses caras que mataram a mãe dela, e agora ela *sabe* o que fazer. Ela espera até um deles encostar as pontas dos dedos no trilho por onde a porta corre, outro estar com a cabeça inclinada contra a porta e um terceiro pegar numa maçaneta para se abaixar e atirar. Um deles dá um tiro que acerta o flanco de Bernie. Roxy respira lentamente com os lábios contorcidos. Vocês merecem, ela pensa. Ela eletrifica a grade. Três deles caem, costas arqueadas, gritando, em convulsões e rangendo os dentes e olhos revirados. Peguei vocês. Foram vocês que começaram.

E então eles veem Roxy. Imagem congelada.

Não sobraram muitos deles agora. Os dois grupos estão em número mais ou menos igual, talvez Bernie até esteja em vantagem, porque agora Narcissus está meio assustado; dá para ver na cara dele. Passos ressoam forte nas escadas de ferro, e dois sujeitos tentam agarrar Roxy. Um deles se aproxima bem do rosto dela, porque isso costuma assustar adolescentes normais, assusta qualquer menina, é mero instinto, mas ela só precisa colocar dois dedos na têmpora dele e deixar um choque percorrer a testa e ele cai no chão, chorando lágrimas de sangue. O outro agarra Roxy pela cintura – será que eles não entenderam ainda? – e ela encosta no pulso dele. Ela está começando a entender que não é preciso grande esforço para fazer com que eles parem de encostar nela, e está feliz consigo mesma até olhar para baixo e ver Narcissus indo rumo à porta que leva à parte detrás do prédio.

Ele vai fugir. Bernie está gemendo no chão, e Terry sangra pelo buraco na cabeça. Terry morreu, assim como a mãe dela, ela tem certeza disso, mas Narcissus está tentando escapar. Ah, não, você não vai fugir, seu merdinha, Roxy pensa. Ah, não, você não vai fugir mesmo.

Ela desce a escada correndo, cabeça baixa, e segue Narcissus pelo prédio, por um corredor, passando por um escritório vazio, sem divisórias. Vê que ele está virando para a esquerda e aumenta a velocidade. Se ele chegar ao carro, vai ter escapado e vai voltar com tudo para cima deles; não vai deixar ninguém vivo. Ela pensa nos capangas dele agarrando a mãe pelo pescoço. Ele deu a ordem. Ele fez isso acontecer. As pernas dela correm com mais força.

Ele passa por outro corredor, entra em uma sala – há uma porta que leva às escadas de incêndio e ela ouve a maçaneta e está dizendo: merda, merda, merda, para si mesma, mas quando ela faz a curva a toda velocidade Narcissus ainda está na sala. A porta estava trancada, não é? Ele pegou um cesto de lixo de metal e está batendo na janela para tentar quebrar o vidro, e ela mergulha exatamente como eles treinaram, desliza e mira na canela dele. A mão dela agarra a carne doce e nua do tornozelo dele e ela deixa a corrente passar para o corpo dele.

Ele não faz absolutamente nenhum som da primeira vez. Cai no chão como se seus joelhos tivessem cedido, apesar de seus braços continuarem tentando quebrar o vidro com aquele cesto, que acaba batendo na parede. E enquanto ele cai, ela agarra o pulso dele e dá outra descarga elétrica.

Pelo jeito como ele grita ela sabe que ninguém tinha feito aquilo com ele antes. Não é a dor; é a surpresa, o horror. Ela vê o traço percorrer o braço dele, exatamente como aconteceu com o sujeito na casa da mãe dela, e por ela pensar nisso, só por ela se lembrar disso, a energia corre com mais força e mais calor por seu corpo. Ele grita como se houvesse aranhas correndo por baixo de sua pele, como se elas estivessem dando picadas em sua carne por dentro.

Ela diminui um pouco a intensidade.

— Por favor — ele diz. — Por favor.

Ele olha para ela, tenta dar foco a seus olhos inundados. — Eu conheço você — ele diz. — Você é a menina do Monke. Sua mãe era a Christina, não era?

Ele não devia dizer o nome da mãe dela. Ele não devia. Ela pega o pescoço dele e ele grita, e depois ele diz: — Merda. Merda. Merda.

E depois ele fica tagarelando: — Eu lamento, desculpe, meu problema era com seu pai, mas posso ajudar você, você pode vir trabalhar pra mim, uma menina inteligente como você, forte como você, eu nunca senti nada assim. O Bernie não quer você por perto, acredite em mim. Venha trabalhar pra mim. Me diga o que você quer. Eu consigo pra você.

Roxy diz: — Você matou minha mãe.

Ele fala: — Seu pai matou três caras que trabalhavam pra mim aquele mês.

Ela fala: — Você mandou seus caras e eles mataram minha mãe.

E Narcissus fica tão quieto, tão quieto e tão parado que ela acha que ele vai começar a gritar de novo a qualquer momento ou que vai se atirar no rosto dela primeiro. Depois sorri e encolhe os ombros. Ele diz: — Se é assim, meu amor, eu não tenho nada pra te oferecer. Mas não era pra você ter visto. O Newland disse que você não ia estar em casa.

Tem alguém subindo as escadas. Ela escuta. Pés, mais de um par, botas nas escadas. Podem ser os capangas do pai dela, podem ser os de Narcissus. Pode ser que ela tenha que sair correndo ou pode ser que alguém atire nela a qualquer momento.

— Mas eu estava em casa — Roxy diz.

— Por favor — diz Narcissus. — Por favor, não faça isso.

E ela está lá de novo, lúcida e consciente com os cristais explodindo em seu cérebro, de volta à casa da mãe. Era exatamente o que a mãe dizia, exatamente. Ela pensa no pai com os anéis e as juntas dos dedos afastando-se da boca de um homem pingando sangue. Esta é a única coisa que vale a pena ter. Ela coloca as mãos nas têmporas de Narcissus. E o mata.

TUNDE

Ele recebe um telefonema um dia depois de colocar o vídeo na internet. — É da CNN — dizem do outro lado da linha. Ele pensa que é brincadeira. É o tipo de coisa que seu amigo Charles faria, uma piada boba. Ele ligou uma vez para Tunde fingindo ser o embaixador francês, e manteve o sotaque presunçoso por dez minutos antes de cair na gargalhada.

A voz do outro lado da linha diz: — Queremos o resto do vídeo. Vamos pagar quanto você pedir.

Ele diz: — O quê?

— Você é o Tunde? BourdillonBoy97?

— Sim?

— Aqui é da CNN. Queremos comprar o resto do vídeo que você colocou na internet sobre o incidente no mercado. E qualquer outro vídeo do gênero que você tenha.

E ele pensa: o resto? O resto? E daí ele lembra.

— Só tem… só está faltando um minuto ou dois no final. Outras pessoas entraram no quadro. Eu não achei que…

— Nós vamos borrar os rostos. Quanto você quer?

O rosto dele ainda está cheio de marcas do travesseiro e a cabeça dói. Ele diz o primeiro número absurdo que passa pela cabeça. Cinco mil dólares americanos.

E eles concordam tão rápido que ele sabe que devia ter pedido o dobro.

Naquele fim de semana ele sai perambulando pelas ruas e boates em busca de cenas para filmar. Uma briga entre duas mulheres na praia à meia-noite, a eletricidade iluminando os rostos ávidos da plateia enquanto as mulheres grunhem e se debatem para tentar agarrar o rosto, a garganta da outra. Tunde consegue imagens em *chiaroscuro* dos rostos delas contorcidos pela raiva, meio escondidos pela escuridão. A câmera faz com que ele se sinta poderoso; como se ele estivesse lá e ao mesmo tempo não estivesse. Façam o que quiserem, ele pensa, mas sou eu que vou transformar isso em algo. Sou eu que vou contar a história.

Tem uma garota e um garoto transando num beco. Ela acaricia a espinha dorsal dele com uma mão crepitante. O garoto se vira para ver a câmera de Tunde apontada em sua direção e para, e a menina dá um pequeno choque no rosto dele e diz: — Não olhe pra ele, olhe pra mim. — Quando eles estão chegando lá, a garota sorri, descarrega energia elétrica na espinha do garoto e diz para Tunde: — Ei, quer um pouco também? — É aí que ele percebe uma segunda mulher olhando de um ponto mais distante do beco e corre o mais rápido que pode, ouvindo as duas rindo lá atrás. Depois que está a uma distância segura, ele também ri. Ele vê na tela o que conseguiu filmar. As imagens são sensuais. Talvez ele quisesse que alguém fizesse o mesmo com ele. Talvez.

A CNN fica com aquelas filmagens também. Eles pagam. Ele olha o dinheiro na conta do banco e pensa: sou um jornalista. É só isso que aquilo significa. Eu descobri a notícia e eles me pagaram por isso. Os pais dele dizem: — Quando você vai voltar para a faculdade?

E ele diz: — Vou ficar fora este semestre. Experiência prática. — Esta é a vida dele começando; ele sente isso.

Cedo ele aprende a não usar a câmera do celular. Nas primeiras semanas, por três vezes uma mulher toca na câmera e o aparelho morre. Ele compra uma caixa cheia de câmeras digitais baratas de um caminhão no mercado de Alaba, mas sabe que não vai ganhar todo o dinheiro que quer – todo o dinheiro que sabe que pode ganhar – com o que pode filmar em Lagos. Ele lê fóruns de internet discutindo o que está acontecendo no Paquistão, na Somália, na Rússia. A empolgação faz sua espinha formigar. É isso. A guerra de Tunde, a revolução dele, a *história* dele. Bem aqui, pendurada na árvore para quem quiser pegar. Charles e Joseph ligam para ver se ele quer ir a uma festa sexta à noite, ele ri e diz: — Tenho coisa mais importante pra fazer, cara. — E compra uma passagem de avião.

Ele chega a Riad na noite do primeiro grande tumulto. É a sorte dele; se chegasse três semanas antes poderia ter ficado sem dinheiro ou perdido o entusiasmo antes da hora. Ia ter filmado a mesma coisa que todo mundo: mulheres de *batula* treinando descargas elétricas umas nas outras, rindo timidamente. O mais provável era que ele não tivesse conseguido absolutamente nada – aquelas imagens, na maior parte das vezes, foram feitas por mulheres. Para ser homem e filmar aqui ele precisava chegar na noite em que elas tomaram as ruas da cidade.

O estopim da revolta foi a morte de duas garotas, de mais ou menos doze anos. Um tio pegou as duas treinando sua bruxaria juntas; religioso, ele convocou seus amigos, e as meninas lutaram para não ser punidas e de algum modo acabaram espancadas até a morte. E as vizinhas viram e ouviram. E – quem pode dizer por que essas coisas aconteceram na quinta-feira, quando tudo podia ter passado despercebido na terça-feira? – elas revidaram. Uma dúzia de mulheres se transformou em cem. Cem viraram mil. A polícia recuou. As mulheres gritaram; algumas fizeram cartazes. Elas entenderam a força que tinham, todas ao mesmo tempo.

Quando Tunde chega ao aeroporto os seguranças nas portas avisam que não é seguro sair, que turistas estrangeiros devem permanecer no terminal e pegar o primeiro voo para casa. Ele precisa subornar três funcionários, um depois do outro, para conseguir escapar dali. Paga o taxista em dobro para levá-lo até o lugar em que as mulheres estão concentradas, gritando e marchando. É o meio do dia e o sujeito está assustado.

— Melhor ir pra casa — ele diz quando Tunde sai do táxi, e Tunde não sabe se ele está dizendo o que pretende fazer ou se aquilo é um conselho.

Três ruas depois, ele vê um rabicho da multidão. Tunde tem um pressentimento de que algo vai acontecer aqui hoje, algo que ele nunca viu antes. Ele está empolgado demais para ficar com medo. Ele vai ser a pessoa que vai registrar tudo isso.

Ele segue atrás das mulheres, segurando sua câmera perto do corpo para que não fique evidente demais o que está fazendo. Mesmo assim, algumas mulheres notam. Elas gritam para ele, primeiro em árabe, depois em inglês.

— Jornalista? CNN? BBC?

— Sim — ele diz. — CNN.

Elas riem, e por um momento ele fica com medo, mas logo isso se dissipa como uma névoa quando elas gritam umas para as outras: — CNN! CNN! — E mais mulheres se aproximam, polegares para cima, sorrindo para a câmera.

— Você não pode marchar com a gente, CNN — diz uma delas, seu inglês um pouco melhor do que o das outras. — Hoje não vai ter nenhum homem com a gente.

— Ah, mas… — Tunde arma seu largo sorriso sedutor. — Eu sou inofensivo. Vocês não iriam me machucar.

As mulheres dizem: — Não. Nada de homens. Não.

— O que eu preciso fazer pra convencer vocês a confiar em mim? — diz Tunde. — Olha, este é meu crachá da CNN. Não estou armado. — Ele abre a jaqueta, a tira e gira lentamente no ar para mostrar os dois lados.

As mulheres observam. A que fala inglês melhor diz: — Você pode estar com alguma coisa escondida.

— Qual é seu nome? — ele diz. — Você sabe o meu. Eu estou em desvantagem.

— Noor — ela diz. — Significa luz. Somos aquelas que trazem a luz. Agora, me diga, e se você tiver uma arma num coldre nas costas, ou um taser amarrado na panturrilha?

Ele olha pra ela, ergue uma sobrancelha. Ela tem olhos escuros, sorridentes. Ela está rindo para ele.

— Sério? — ele diz.

Ela faz que sim com a cabeça, sorrindo.

Ele desabotoa a camisa lentamente. Deixa as costas à mostra. Fagulhas voam entre os dedos delas, mas ele não tem medo.

— Nenhuma arma presa nas costas.

— Estou vendo — ela disse. — Panturrilha?

Deve ter umas trinta mulheres olhando para ele nesta hora. Qualquer uma delas poderia matá-lo com um único golpe. Mas agora ele ia até o fim.

Ele desabotoa o jeans. Abaixa as calças. Na multidão de mulheres à volta ouvem-se algumas inspirando mais forte. Ele gira lentamente.

— Nada de taser — diz Tunde — na panturrilha.

Noor sorri. Passa a língua pelo lábio superior.

— Então você pode vir com a gente, CNN. Vista-se e venha.

Ele se veste às pressas e vai cambaleando atrás delas. Ela estende o braço na direção de Tunde e pega a mão esquerda dele.

— No nosso país, é proibido homens e mulheres andarem de mãos dadas na rua. No nosso país, mulheres não podem dirigir carros. Mulheres não são boas com carros.

Ela aperta mais a mão dele. Ele sente o poder crepitando nos ombros dela, como a sensação que paira no ar antes de uma tempestade. Ela não o machuca; nem uma fagulha sequer vaza para o braço de Tunde. Ela o empurra pela rua indo em direção a um shopping. Na entrada, do lado de fora, dezenas de carros estão estacionados em fileiras bem organizadas, marcadas por bandeiras vermelhas e verdes e azuis.

Nos andares superiores do shopping, Tunde vê alguns homens e mulheres que observam. As jovens em torno dele riem e apontam para eles e fazem com que um estalido passe pela ponta dos dedos. Os homens recuam. As mulheres têm o olhar fixo, ávidas. Seus olhos ficam secos com aquela visão.

Noor ri enquanto manda Tunde ficar a uma boa distância do capô de um jeep preto estacionado bem perto da entrada. O riso dela é largo e confiante.

— Você está gravando? — ela diz.

— Sim.

— Não deixam a gente dirigir aqui — ela diz —, mas olha só o que a gente sabe fazer.

Ela coloca a palma da mão estendida sobre o capô. Ouve-se um clique e ele abre.

Ela sorri para ele. E coloca a mão sobre o motor, perto da bateria.

O motor liga. O carro acelera. Cada vez mais forte, cada vez mais barulhento, o motor batendo e gritando, a máquina toda tentando fugir dela. Noor ri enquanto faz isso. O ruído fica mais alto, o som de um motor que agoniza, e depois uma percussão enorme, explosiva, uma imensa luz branca que sai do bloco do motor, e a coisa toda derrete, se desmancha no asfalto, com gotas de óleo e aço quente. Ela faz uma careta, pega a mão de Tunde e grita no ouvido dele: — Corra! — E eles correm, correm pelo estacionamento, enquanto ela diz: — Olhe, filme, filme! — E ele se vira na direção do jeep bem no momento em que o metal quente atinge o combustível e o carro explode.

O barulho e o calor são tão fortes que por um momento a tela da câmera fica branca, depois preta. E quando a imagem volta há moças avançando em direção ao centro da tela, cada uma delas tendo o fogo como pano de fundo, cada uma carregando um relâmpago. Elas vão de carro em carro, dando partida e fazendo os blocos de motor arderem até derreter. Algumas conseguem fazer isso sem tocar nos carros; enviam seu poder a distância, e todas riem.

Tunde mira a câmera para o alto para mostrar as pessoas que observam das janelas, para ver o que estão fazendo. Há homens tentando arrastar suas mulheres para longe das janelas. E há mulheres afastando as mãos deles. Elas não se dão ao trabalho de dizer uma palavra sequer. Ficam só observando, observando. Ele sabe que isso vai correr o mundo e que tudo vai ser diferente, e está tão feliz que grita de felicidade, berrando com as mulheres em meio às chamas.

Em Manfouha, a oeste da cidade, uma senhora etíope mais velha sai de um prédio ainda não concluído, ainda com andaimes à volta, para cumprimentar as meninas, mãos erguidas, dizendo algo que nenhuma delas entende. As costas dela são arqueadas, ombros curvados para a frente, a espinha numa corcova entre as omoplatas. Noor põe a palma da mão entre as duas mãos dela, e a senhora idosa olha para ela como um paciente que observa o médico fazer um tratamento. Noor coloca dois dedos sobre a palma da mão da mulher e mostra a ela como usar aquilo que devia estar desde sempre dentro dela, devia estar esperando aqueles anos todos da vida dela para vir à tona. É assim que funciona. As mulheres mais novas despertam aquilo nas mais velhas; mas de agora em diante toda mulher terá aquilo.

A idosa começa a chorar quando a força suave daquele poder desperta suas conexões nervosas e os ligamentos. Dá para ver no rosto dela, na filmagem, quando ela sente algo despertar em seu corpo. Ela não tem muito a oferecer. Uma fagulha minúscula salta de um dedo dela para o braço de Noor. Ela deve ter oitenta anos, e lágrimas escorrem por seu rosto enquanto faz aquilo de novo e de novo. Ela ergue as palmas das mãos e começa a ulular. As outras mulheres imitam e a rua se enche com o som, a cidade está repleta dele; o país – pensa Tunde – deve estar repleto desse alegre alerta. Ele é o único homem aqui, o único filmando. A impressão é de que essa revolução é seu milagre pessoal, algo que vai virar o mundo de cabeça para baixo.

Ele anda com elas a noite toda e registra o que vê. No norte da cidade eles veem uma mulher em um quarto no andar de cima atrás de uma janela com grades. Ela deixa um bilhete cair por entre as grades – Tunde não consegue chegar perto o suficiente para ler, mas um murmúrio percorre a multidão à medida que a mensagem passa de mão em mão. Elas arrombam a porta e ele vai atrás delas, que encontram o sujeito que mantém a mulher como prisioneira escondido no armário da cozinha. Elas nem sequer se dão ao trabalho de feri-lo; levam a mulher com elas, numa multidão que não para de crescer. No campus do departamento de Ciências da Saúde um homem corre na direção delas, disparando com um rifle e gritando em árabe e inglês, dizendo que elas estão praticando uma ofensa contra seus superiores. Ele fere três mulheres na perna ou no braço e as outras caem sobre ele como uma maré. O som parece o de ovos fritando. Quando Tunde se aproxima o suficiente para mostrar o que foi feito, ele está absolutamente imóvel, com marcas retorcidas tão grossas percorrendo seu rosto e seu pescoço que se torna quase impossível discernir seus traços.

Por fim, quase ao nascer do dia, cercada de mulheres que não dão a menor demonstração de cansaço, Noor pega Tunde pela mão e o leva a um apartamento, a um quarto, a uma cama. — A casa é de uma amiga — ela diz —, uma estudante. — Seis pessoas moram ali. Mas metade da cidade fugiu e o lugar está vazio. A eletricidade não funciona. Ela gera uma fagulha com a mão para encontrar o caminho, e lá, iluminado por ela, ele tira a jaqueta, faz a camisa passar pela cabeça. Ela olha o corpo dele como fez antes: com franqueza e desejo. Ela dá um beijo nele.

— Eu nunca fiz isso antes — diz, e Tunde diz que o mesmo vale para ele e não sente vergonha.

Ela coloca a palma da mão no peito dele. — Sou uma mulher livre — diz.

Ele sente. É libertador. Nas ruas ainda há gritos e crepitar e o som esporádico de tiros. Aqui, no quarto coberto com pôsteres de cantores pop e astros de cinema, os corpos dos dois se aquecem juntos. Ela desabotoa a calça jeans dele, que ele tira; ela toma cuidado; ele sente a trama dela começando a zumbir. Ele está com medo, ele está excitado; tudo está misturado, como nas fantasias dele.

— Você é um homem bom — ela diz. — Você é bonito.

Ela passa as costas da mão pelos poucos pelos do peito dele. Deixa escapar um pequeno crepitar, um formigamento na ponta dos pelos, que brilham discretamente. A sensação é boa. Cada linha do corpo dele é realçada à medida que ela o toca, como se nada daquilo estivesse ali antes.

Ele quer estar dentro dela; o corpo dele já diz a ele o que fazer, como levar isso adiante, como pegar os braços dela, como colocá-la na cama, como consumar. Mas o corpo tem impulsos contraditórios; o medo é tão significativo como a luxúria, a dor física é tão forte como o desejo. Tunde se contém, querendo e não querendo. Ele deixa que ela estabeleça o ritmo.

Eles fazem tudo sem pressa, e é bom. Ela mostra a ele o que fazer, com a boca, com os dedos. Enquanto ela cavalga o corpo dele, suada e gritando, o sol surge para um novo dia em Riad. E quando está terminando, ela perde o controle e solta uma descarga de energia nas nádegas e na pélvis dele, e Tunde quase nem sente a dor, tamanho é o prazer.

Depois, naquela tarde, eles enviam homens em helicópteros e põem soldados nas ruas, armados com munição letal. Tunde está lá filmando quando as mulheres reagem. Elas são muitas; são muitíssimas e estão furiosas. Várias mulheres são mortas, mas isso só enfurece mais ainda as outras, e será que algum soldado pode continuar atirando para sempre, derrubando uma fila de mulheres após a outra? As mulheres derretem os percussores das armas, fundem a parte eletrônica dos veículos. Elas fazem isso felizes. — Era uma felicidade estar vivo naquela aurora — diz Tunde no *off* de sua reportagem, pois ele andou lendo sobre revoluções —, mas ser jovem era o próprio paraíso.

Doze dias depois o governo caiu. Há boatos, nunca provados, de que o rei foi assassinado; há quem diga que foi um membro da família, e há quem diga que foi um assassino israelense, e tem quem sussurre que foi uma das criadas que serviu lealmente por anos no palácio, que sentiu o poder na ponta dos dedos e não conseguiu mais se controlar.

Àquela altura, de todo modo, Tunde está outra vez em um avião. O que aconteceu na Arábia Saudita foi visto no mundo todo, e agora está acontecendo em todo lugar ao mesmo tempo.

MARGOT

— É um problema.

— Todo mundo sabe que é um problema.

— Pense, Margot. Digo, você já parou realmente pra pensar nisso?

— Estou pensando.

— A gente não tem como saber se *as pessoas nesta sala* conseguem fazer aquilo.

— A gente sabe que *você* não consegue, Daniel.

Risos. Em uma sala cheia de gente ansiosa, uma risada é um alívio. A risada cresce desproporcionalmente. Leva alguns instantes para que as vinte e três pessoas em torno da mesa de reuniões se acalmem de novo. Daniel está chateado. Acha que estão rindo dele. Ele sempre quis um pouquinho a mais do que tem direito.

— Obviamente — ele diz. — Obviamente. Mas a gente não tem como saber. As meninas, tudo bem, a gente está fazendo o que pode com elas – meu Deus, vocês viram a quantidade de foragidas?

Todos eles viram o número de foragidas.

Daniel insiste. — Não estou falando das meninas. Isso a gente está conseguindo controlar, mais ou menos. Estou falando de mulheres adultas. As adolescentes podem despertar essa coisa em mulheres mais velhas. Podem passar de uma pra outra. Agora tem mulheres adultas fazendo isso. Margot, você viu isso.

— É bem raro.

— A gente *acha* que é bem raro. O que eu estou dizendo é: a gente não sabe. Pode ser você, Stacey. Ou você, Marisha. Até onde a gente sabe,

Margot, você mesma pode ter como fazer isso. — Ele ri, e isso também faz surgir uma risadinha nervosa.

Margot diz: — Claro, Daniel, eu podia te eletrocutar agora mesmo. O governador rouba a atenção num dia que tinha combinado deixar a prefeita aparecer? — Ela faz um gesto, abrindo bem os dedos. — Pfffzzzt.

— Eu não acho graça, Margot.

Mas os outros em volta da mesa já estão rindo.

Daniel diz: — A gente vai fazer esse teste. Todo mundo, do estado inteiro, todos os funcionários públicos. Isso inclui a prefeitura, Margot. Sem discussão. A gente tem que ter certeza. Não dá pra ter alguém trabalhando num prédio público se a pessoa consegue fazer aquilo. É como andar por aí com uma arma carregada.

Faz um ano. A TV mostrou imagens de motins em partes remotas e instáveis do mundo, de mulheres assumindo o controle de cidades inteiras. Daniel tem razão. O mais importante não é o que as meninas de quinze anos podem fazer: isso você consegue controlar. O problema é que elas podem despertar esse poder em algumas mulheres mais velhas. Isso faz surgirem dúvidas. Há quanto tempo isso era possível? Como ninguém percebeu antes?

Nos programas matinais de TV eles entrevistam experts em biologia humana e em imagens pré-históricas. Essa imagem esculpida encontrada em Honduras, de mais de seis mil anos de idade, professor, não parece uma mulher com raios saindo das mãos? Bem, claro, essas esculturas muitas vezes representam comportamentos mitológicos e simbólicos. Mas pode ser que seja histórico, ou seja, essa imagem pode representar algo que realmente aconteceu. Pode ser. Você sabia que, nos textos mais antigos, o Deus dos Israelitas tinha uma irmã, Anath, uma adolescente? Sabia que ela era a guerreira, que era invencível, que falava com o relâmpago, que nos textos mais antigos ela matava o próprio pai e assumia o lugar dele? Ela gostava de banhar os pés no sangue dos inimigos. Os âncoras de TV riem, meio nervosos. Não parece exatamente um tratamento de beleza, não é, Kristen? Realmente não, Tom. Mas essa deusa destruidora, você acha que esses povos antigos sabiam de alguma coisa que nós não sabemos? É difícil saber, claro. E é possível que essa prática seja muito antiga? Você está me perguntando se as mulheres no passado podiam fazer isso e depois esqueceram? Parece uma coisa muito difícil de esquecer, não? Como alguém podia esquecer isso? Bem, Kristen, se um poder como esse tivesse existido, talvez tivesse sido deliberadamente eliminado, talvez a gente não quisesse uma coisa como essa à solta por aí. Você ia me contar se pudesse fazer uma coisa dessas, Kristen, não ia? Bem, sabe, Tom, talvez eu preferisse não contar isso pra ninguém. Os olhos dos âncoras se encontram. Algo se passa entre eles, sem que nada seja dito. E agora, a previsão do tempo.

A política oficial da prefeitura por enquanto, repassada em folhas xerocadas para escolas de toda aquela grande área metropolitana, é: abstinência. Simplesmente não façam aquilo. Vai passar. Mantemos as meninas separadas dos meninos. Em um ou dois anos irão inventar uma injeção que evite que isso aconteça e aí tudo vai voltar ao normal. É tão chato para as meninas que usam quanto para as vítimas delas. Esta é a política oficial.

Tarde da noite, em uma parte da cidade em que Margot sabe que não há câmeras de vigilância, ela estaciona o carro, sai, põe a palma da mão sob um poste de luz e se esforça ao máximo. Ela simplesmente precisa saber se tem algo em seu corpo; quer sentir o que é aquilo. A sensação é tão natural como qualquer outra, é algo que ela conhece e entende tão bem como a primeira vez em que fez sexo, como seu corpo dizendo: ei, olha só o que eu tenho.

Todas as lâmpadas da rua se apagam: pop, pop, pop. Margot ri alto, ali na rua silenciosa. Ela perderia o cargo se alguém descobrisse que ela fez aquilo, mas na verdade bastaria alguém descobrir que ela tinha como fazer aquilo para que ela perdesse o cargo, então meio que tanto fazia. Margot pisa fundo no acelerador, antes que as sirenes comecem a se aproximar. Ela fica pensando o que teria feito caso fosse flagrada, e ao fazer a pergunta ela sabe que ainda tem o suficiente dentro de si para desorientar pelo menos um homem, talvez mais – ela sente o poder chapinhando em sua clavícula, subindo e descendo pelos braços. Pensar nisso faz com que ela volte a rir. Ela percebe que está fazendo isso com mais frequência agora, rir à toa. Há uma espécie de tranquilidade permanente, como se dentro dela fosse verão o tempo todo.

Não era assim com Jos. Ninguém sabe por quê; ninguém pesquisou o suficiente sequer para fazer uma sugestão. Ela tem flutuações. Tem dias em que o poder dela é tão grande que ela faz cair o disjuntor da casa simplesmente acendendo a luz. Em outros dias, não tem nada, nem o suficiente para se defender caso alguma menina comece a brigar com ela na rua. Usam palavras desagradáveis para descrever uma menina que não consegue se defender ou que se recusa a fazer isso. *Coberta*, é como elas são chamadas, e *bateria arriada*. Esses são os menos ofensivos. *Molenga. Estalido. Frouxa. Pzit.* Este último, aparentemente, por causa do som de uma mulher tentando gerar uma fagulha e fracassando. Para máximo efeito, você precisa de um grupo de meninas todas sussurrando inofensivamente "*pzit*" enquanto você passa. As jovens continuam sendo terríveis. Jos passa cada vez mais tempo sozinha, enquanto as amigas encontram novas amigas com quem têm "mais coisas em comum".

Margot sugere a Jocelyn passar um fim de semana com ela. Ela fica com Jos; Bobby fica com Maddy. É bom para as meninas ter a mãe ou o pai só para elas. Maddy quer ir de ônibus à cidade para ver os dinossauros – ela nunca mais pôde andar de ônibus; no momento, o ônibus parece ser a parte mais divertida do passeio, não o museu. Margot anda trabalhando tanto. Vou levar a Jos para fazer pé e mão, ela diz. Uma folga vai fazer bem para nós duas.

Elas tomam café da manhã juntas na mesa perto da parede de vidro da cozinha. Jos pega mais ameixas cozidas e põe iogurte em cima, e Margot diz: — Você continua proibida de contar.

— Sim, eu sei.

— Eu posso perder o emprego se você contar *seja pra quem for*.

— Mãe, eu *sei*. Eu não contei pro papai nem pra Maddy. Não contei pra *ninguém*. Nem vou.

— Desculpe.

Jocelyn sorri. — É bem maneiro.

Margot de repente lembra o quanto iria gostar de ter um segredo para compartilhar com a mãe. Lembra como esse desejo fez até mesmo rituais como o uso de absorventes ou giletes para depilação cuidadosamente escondidas parecessem ligeiramente encantadores ou até mesmo glamorosos.

Elas praticam juntas na garagem à tarde, desafiando uma à outra, lutando e suando um pouquinho. O poder de Jos fica mais forte e mais fácil de controlar à medida que ela treina. Margot consegue sentir a oscilação, sente que Jos sofre quando o poder aumenta e depois de repente diminui. Deve haver algum modo de aprender a controlar isso. Deve haver meninas nas escolas de sua área metropolitana que tiveram de aprender a se controlar e que poderiam ensinar alguns truques para Jos.

Quanto a Margot: só o que ela precisa é saber que consegue manter aquilo sob controle. Eles vão fazer testes no trabalho.

— Entre, prefeita Margot Cleary. Sente.

A sala é pequena e só há uma janela minúscula bem lá em cima, perto do teto, que deixa entrar uma nesga minúscula de luz cinzenta. Quando a enfermeira aparece para a aplicação anual de vacina contra a gripe, é esta a sala que ela usa, e é aqui também que acontece a avaliação da equipe. Tem uma mesa e três cadeiras. Atrás da mesa há uma mulher com um crachá de segurança azul brilhante pendurado na lapela. Sobre a mesa há uma máquina: parece um microscópio ou um aparelho para exame de sangue; há duas agulhas e um visor para ajustar o foco e lentes.

A mulher diz: — Queremos que a senhora saiba, senhora prefeita, que todo mundo que trabalha aqui está sendo testado. A senhora não é a única.

— Até os homens? — Margot levanta uma sobrancelha.

— Bem, não, os homens não.

Margot pensa naquilo.

— Ok. E isso é… o que é isso exatamente?

A mulher dá um sorriso discreto. — É um exame obrigatório em todo o estado que testa a presença da trama, ou do poder eletrostático. — Ela começa a ler um cartão que fica perto da máquina. — Por favor, esteja ciente de que, de acordo com uma ordem do governador Daniel Dandon, válida para todo o estado, sua permanência no cargo exercido atualmente depende de sua concordância em realizar esse teste. Um resultado positivo não terá necessariamente impacto em futuros empregos. Existe a possibilidade de uma mulher ter um resultado positivo sem que saiba de sua capacidade de usar o poder eletrostático. O governo disponibilizará atendimento psicológico caso os resultados desse teste sejam perturbadores demais para a senhora, ou para ajudar a senhora a pensar em outras opções caso não seja mais vista como adequada para as funções.

— O que quer dizer — diz Margot — não ser adequada? O que isso quer dizer?

A mulher contorce os lábios. — O governador determinou que algumas funções, por envolverem contato com crianças e a população, não são adequadas.

É como se Margot pudesse ver Daniel Dandon, governador deste grande estado, atrás da cadeira da mulher, rindo.

— *Crianças e a população?* O que sobra para mim?

A mulher sorri. — Se a senhora não sentiu o poder se manifestar ainda, vai ficar tudo bem. Não tem nada para se preocupar, é só continuar com sua rotina normalmente.

— Não está tudo bem pra todo mundo.

A mulher liga a máquina. E o aparelho faz um zumbido suave.

— Estou pronta pra começar, senhora prefeita.

— E se eu disser não?

Ela suspira. — Se a senhora se recusar, eu vou ter que gravar e o governador informará ao Departamento de Estado.

Margot senta. Ela pensa: eles não vão conseguir provar que usei isso. Ninguém sabe. Eu não menti. Ela pensa: merda. Ela engole.

— Está bem — diz —, quero deixar registrado meu protesto formal por ser obrigada a passar por um teste invasivo.

— Ok — diz a mulher. — Vou registrar seu protesto por escrito.

E por trás do leve sorriso dela Margot consegue ver outra vez o rosto de Daniel, rindo. Ela coloca o braço sobre a mesa para receber os eletrodos, pensando que, no mínimo, no mínimo depois disso, mesmo que perca o emprego e tenha que abandonar suas ambições políticas, pelo menos ela não vai mais ter que olhar para a cara de idiota dele.

Eletrodos pegajosos são colocados nos pulsos, nos ombros, nas clavículas. Eles estão em busca de atividade elétrica, a técnica explica numa voz baixa, que parece um zumbido. — Não deve trazer qualquer desconforto para a senhora. Na pior das hipóteses, a senhora vai sentir uma ligeira pontada.

Na pior das hipóteses, minha carreira está encerrada, Margot pensa, mas não diz nada.

Tudo é muito simples. Eles vão disparar a função nervosa autônoma dela com uma série de impulsos elétricos de baixa voltagem. Funciona com todos os bebês do sexo feminino nos exames de rotina feitos hoje nos hospitais, embora a resposta seja sempre a mesma, porque todas as recém-nascidas agora têm aquilo, absolutamente todas. Você dá um choque quase imperceptível na trama; a trama responde automaticamente com um solavanco. Margot sente que sua trama está pronta, de todo modo – são os nervos, a adrenalina.

Lembre-se de parecer surpresa, ela diz para si mesma, lembre-se de parecer assustada e envergonhada e surpresa com esse fato totalmente novo.

A máquina faz um zumbido baixinho quando começa a funcionar. Margot conhece o procedimento. Eles vão começar com um choque absolutamente imperceptível, pequeno demais para ser notado. As tramas das recém-nascidas quase sempre respondem já nesse nível, ou no seguinte. A máquina tem dez configurações. O estímulo elétrico vai ficar mais forte, pouco a pouco. A certa altura, a trama de Margot, mais velha e destreinada, vai responder, dois semelhantes se atraindo. E aí eles vão saber. Ela inspira, expira. Ela espera.

No começo, ela não sente absolutamente nada. Simplesmente a sensação da pressão crescendo. No peito, na espinha. Ela não sente o primeiro nível nem o segundo nem o terceiro, enquanto a máquina vai passando suavemente por seu ciclo. O mostrador vai avançando. Margot pensa que seria agradável, bem agora, soltar uma descarga. É como a sensação, ao acordar, de que você deve abrir os olhos. Ela resiste. Não é difícil.

Ela inspira, expira. A mulher que opera a máquina sorri, faz uma anotação na folha xerocada com quadradinhos para fazer marcações. Quatro zeros em quatro quadradinhos. Quase chegando na metade. Claro, em algum momento vai ser impossível, Margot leu nos textos técnicos. Ela dá um sorriso triste para a técnica.

— A senhora está confortável? — a mulher pergunta.

— Estaria mais confortável com um copo de uísque — Margot diz.

O mostrador faz mais um clique e avança. Agora está ficando mais difícil. Ela sente a picada no lado direito da clavícula e na palma da mão. Vamos, o impulso diz, vamos. É como uma pressão que mantém o braço preso contra a mesa. Desconfortável. Seria tão fácil tirar esse peso todo de cima dela e se libertar. Ela não pode ser vista suando, não podem ver que ela está se esforçando.

Margot pensa no que fez quando Bobby contou que estava tendo um caso. Ela lembra como seu corpo ficou quente e frio, como sentiu a garganta se fechar. Ela lembra como ele disse: — Você não vai dizer nada? Você não tem nada a dizer sobre isso? — A mãe dela gritava com o pai por ter deixado a porta destrancada quando saía de manhã, ou por ter esquecido o chinelo no meio do tapete da sala. Ela nunca foi uma dessas mulheres, nunca quis ser. Ela andava por entre o frescor dos teixos quando criança, dando cada passo com um cuidado imenso, fingindo que se desse um passo em falso as raízes iam sair da terra e agarrá-la. Ela sempre soube exatamente como ficar em silêncio.

O mostrador dá mais um clique. Há uma bela fileira com oito zeros na folha xerocada da mulher. Margot estava com medo de não chegar a saber como era receber um zero, de que o teste acabasse mal tendo começado, sem ter a mínima chance. Ela inspira e expira. Agora está difícil, mas a dificuldade é familiar. O corpo dela quer algo, e ela está recusando o que ele quer. A comichão que sente, a pressão, é em toda a região frontal do tórax, seguindo para baixo pelos músculos da barriga, da pélvis, em torno das nádegas. É como se recusar a fazer xixi quando a bexiga exige. É como prender a respiração alguns segundos além do momento em que aquilo deixa de ser confortável. Não é surpresa que as recém-nascidas não consigam fazer isso. Surpreendente é terem encontrado alguma mulher adulta que conseguisse passar por isso. Margot sente a vontade de soltar uma descarga. E simplesmente se recusa.

A máquina faz clique e passa para a décima configuração. Não é impossível, nem de longe. Ela espera. O zumbido para. As ventoinhas zunem e depois ficam em silêncio. A caneta se ergue do gráfico. Dez zeros.

Margot tenta parecer decepcionada. — Nada, então?

A técnica encolhe os ombros.

Margot põe um pé atrás do outro tornozelo enquanto a técnica tira os eletrodos. — Nunca achei que eu tivesse. — Ela faz a voz falhar um pouquinho no fim da frase.

Daniel vai ver esse relatório. É ele que vai assinar. Apta, vai estar escrito, para trabalho governamental.

Ela contrai os ombros e deixa escapar uma risadinha que parece um latido.

E agora não há motivo para que ela não seja escolhida como encarregada do programa de testes que está sendo realizado em toda a grande região metropolitana. Absolutamente nenhuma razão. É ela quem libera o orçamento para o programa. Quem dá o ok para as campanhas de comunicação que explicam que essa tecnologia vai garantir a segurança de nossos filhos e filhas. É o nome de Margot, para dizer a verdade, que está nos documentos oficiais que dizem que o equipamento de testes vai ajudar a salvar vidas. Ela diz para si mesma, ao assinar os formulários, que provavelmente é verdade. Uma mulher que não consiga controlar sua descarga ao receber essa suave pressão é um perigo para si mesma, um perigo, sim, para a sociedade.

Há movimentos estranhos acontecendo agora, não só no mundo, mas bem aqui, nos Estados Unidos. Dá para ver pela internet. Meninos se vestindo de meninas para parecer mais poderosos. Meninas se vestindo de meninos para se livrarem do peso do poder, ou para se tornar insuspeitas lobas em pele de cordeiro. A Igreja Batista Westboro recebeu uma quantidade de novos membros insanos que acham que o dia do Juízo Final está chegando.

O trabalho que eles estão fazendo – tentar manter tudo *normal*, tentar manter as pessoas em segurança, indo para o trabalho e gastando seu dinheiro em atividades de lazer no fim de semana – é um trabalho importante.

Daniel diz: — Eu tento, eu realmente tento sempre ter alguma coisa positiva pra dizer, você sabe, mas eu simplesmente… — Ele deixa as páginas escorregarem das mãos, caindo sobre a mesa. — O seu pessoal não me deu absolutamente nada que eu possa usar aqui.

Arnold, o sujeito que cuida do orçamento para Daniel, faz que sim com a cabeça, em silêncio, segurando o queixo com a mão, um gesto estranho, anormal.

— Sei que não é sua culpa — diz Daniel. — Você não tem gente suficiente nem recursos – todo mundo sabe que você está fazendo o melhor que pode diante das circunstâncias –, mas simplesmente não dá para usar isso aqui.

Margot leu o relatório da prefeitura. É ousado, sim, sugere uma estratégia de sinceridade radical sobre a situação atual de proteção, sobre os tratamentos, sobre o potencial de reversão no futuro. (O potencial é zero.) Daniel segue falando, enumerando um problema depois do outro, sem nunca dizer exatamente "Eu não tenho coragem suficiente pra isso", mas é isso que ele está dizendo o tempo todo.

As mãos de Margot estão espalmadas contra a parte debaixo do tampo da mesa. Ela sente a crepitação aumentar enquanto ele fala. Ela respira muito lenta e regularmente; ela sabe que consegue controlar isso, é o controle que dá prazer a ela, no começo. Margot pensa exatamente no que pode fazer; enquanto Daniel fala, ela sente, simplesmente. Ela tem poder suficiente para agarrar Daniel pelo pescoço e esmagá-lo com um só golpe. Ainda sobraria o bastante para dar um choque nas têmporas de Arnold, no mínimo para deixá-lo inconsciente. Ela poderia fazer isso rápido o suficiente para não haver sequer ruído. Poderia matar os dois, bem ali, na sala de reuniões 5b.

Pensando nisso, ela se sente muito distante da mesa, onde a boca de Daniel continua a se abrir e fechar como a de um peixinho dourado. Ela está em um domínio muito mais elevado e sublime, um lugar onde os pulmões se enchem de cristais de gelo e tudo é muito limpo. Quase nem faz diferença o que está acontecendo. Ela poderia matar os dois. Esta é a verdade profunda. Ela deixa que o poder titile na ponta dos dedos, queimando o verniz da parte de baixo do tampo da mesa. Ela sente o doce aroma químico. Nada do que aqueles homens dizem tem real importância, porque ela podia matá-los em três movimentos antes de eles se mexerem nas suas confortáveis poltronas acolchoadas.

Não importa que ela não deva fazer, que ela jamais o fará. O que importa é que ela poderia, se quisesse. O poder de machucar é uma espécie de riqueza.

Ela fala repentinamente, passando por cima de Daniel, forte como uma batida na porta. — Não desperdice meu tempo com isso, Daniel.

Ele não é chefe dela. Os dois são iguais. Ele não pode demitir Margot. Mas fala como se pudesse.

Ela diz: — Você e eu sabemos que ninguém tem uma resposta ainda. Se você tem alguma grande ideia, eu quero ouvir. Caso contrário...

Ela deixa a frase sem acabar. Daniel abre a boca como se fosse dizer algo e a fecha de novo. Debaixo das pontas dos dedos dela, sob o tampo da mesa, o verniz amolece, se curva, se despedaça e cai em flocos sobre o tapete grosso.

— Era o que eu pensava — ela diz. — Vamos trabalhar nisso juntos, ok, meu caro? Não faz sentido um ficar jogando o outro para os lobos.

Margot está pensando em seu futuro. Você vai comer na minha mão, Daniel. Eu estou pensando grande.

— Sim — ele diz. — Sim.

Ela pensa: é assim que um homem fala. E esse é o motivo.

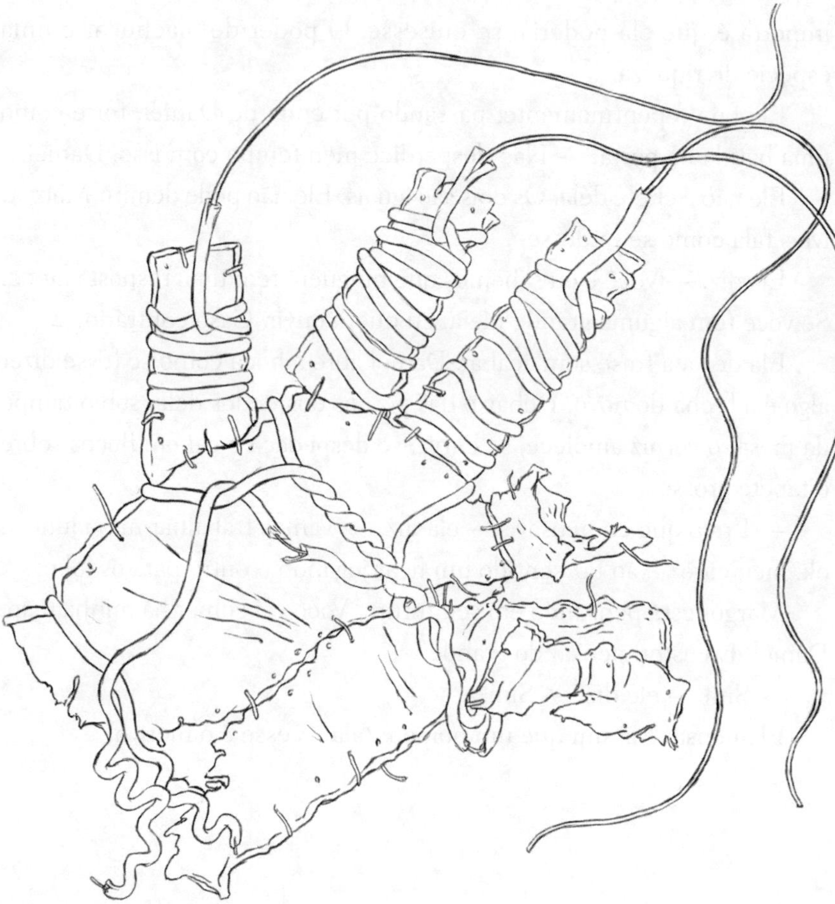

Arma rudimentar, de aproximadamente mil anos. Os fios serviam para conduzir o poder. Possivelmente era usada em batalha ou como punição. Descoberta em um cemitério na antiga Westchester.

FALTAM OITO ANOS

ALLIE

Ninguém exige muitos milagres. Nem o Vaticano nem um grupo de adolescentes confinadas há meses temendo por suas vidas. Você não precisa de tantos milagres. Dois bastam. Três são um exagero.

Há uma menina, Luanne. Ela é muito pálida, com cabelos ruivos e sardas salpicadas pelo rosto. Tem só catorze anos. Chegou há três meses e é amiga de Gordy. Elas dormem na mesma cama. Para ficar mais quente. — De noite faz um frio horroroso — diz Gordy, e Luanne sorri, e as outras meninas riem e cutucam costelas com seus cotovelos.

Ela não está bem, nunca esteve bem desde que seu poder chegou. Toda vez que se agita ou se assusta ou ri demais acontece uma coisa com ela; os olhos reviram e ela cai no chão onde estiver e treme como se fosse quebrar a espinha. — É só segurar — Gordy diz. — Só ponha os braços em volta dos ombros e segure até ela acordar. Ela acorda sozinha, é só esperar. — Várias vezes ela dorme por uma hora, ou mais. Gordy ficou sentada ao lado de Luanne, seu braço em volta dos ombros dela, no refeitório à meia-noite ou às seis da manhã nos jardins, esperando por ela.

Allie tem um pressentimento sobre Luanne. Um formigamento que diz algo.

Ela diz: é essa?

A voz diz: acho que sim.

Numa noite, há uma tempestade elétrica. Começa bem longe, no mar. As meninas observam com as freiras, de pé no deque, nos fundos do convento. As nuvens são de um roxo-azulado, a luz é nebulosa, os relâmpagos atingem uma, duas, três vezes a superfície do oceano.

Olhar uma tempestade elétrica dá comichão na trama. Todas as meninas sentem. Savannah não se controla. Depois de uns minutos, emite um arco que vai até a madeira do deque.

— Pare com isso — diz Irmã Veronica. — Pare já.

— Veronica — diz Irmã Maria Ignacia —, ela não causou mal nenhum.

Savannah dá uma risadinha, emite outro pequeno raio. Se realmente se esforçasse, ela conseguiria se controlar. Mas a tempestade tem algo de empolgante, algo que faz você querer participar.

— Amanhã você está sem nenhuma refeição, Savannah — diz Irmã Veronica. — Se você não consegue se controlar, nossa caridade não está à sua disposição.

Irmã Veronica já conseguiu expulsar uma menina que se recusava a parar de brigar dentro do convento. As outras freiras cederam nesse ponto; ela tem o direito de escolher aquelas em que percebe o Diabo operando.

Mas "sem nenhuma refeição" é uma frase pesada. Sábado é dia de bolo de carne.

Luanne puxa a manga de Irmã Veronica. — Por favor — diz. — Foi sem querer.

— Não encoste em mim, menina.

Irmã Veronica afasta o braço, dá um leve empurrão em Luanne.

Mas a tempestade já fez algo em Luanne. A cabeça dela sacode para trás e para o lado do jeito que todas elas conhecem. A boca começa a se abrir e se fechar, mas nenhum som sai. Ela cai para trás, se estatela no chão. Gordy corre para ela e Irmã Veronica bloqueia o caminho com a bengala.

— Deixe ela — diz Irmã Veronica.

— Mas Irmã...

— Já fomos tolerantes demais com essa menina. Ela não devia ter acolhido essa coisa no seu corpo e, já que preferiu fazer assim, vai ter que lidar com as consequências.

Luanne está convulsionando no deque, batendo com a nuca nas tábuas. Há sangue nas bolhas de saliva que se formam na boca.

A voz diz: vai, você sabe o que fazer.

Allie diz: — Irmã Veronica, posso tentar fazer com que ela não gere todo esse tumulto?

Irmã Veronica pisca para Eva, a garota silenciosa e trabalhadora que Allie vem fingindo ser há tantos meses.

Ela encolhe os ombros. — Se você acha que pode fazer alguma coisa pra impedir essa tolice, Eva, fique à vontade.

Allie se ajoelha perto do corpo de Luanne. As outras meninas olham como se ela fosse uma traidora. Todas elas sabem que Luanne não tem culpa – por que Eva está fingindo que pode fazer algo?

Allie sente a eletricidade dentro do corpo de Luanne: na espinha e no pescoço e dentro da cabeça. Sente os sinais subindo e descendo, balbuciando, tentando se ajeitar, confusos e fora de sincronia. Ela vê, como se visse com seus próprios olhos: há bloqueios *aqui* e *aqui*, e *essa* parte bem na base do crânio está fora de sincronia. Seria necessário apenas um pequeno ajuste, uma quantidade de poder que você nem sentiria, o tipo de fração que nenhuma outra pessoa conseguiria emitir, só uma minúscula corrente bem *aqui*, para resolver.

Allie coloca a cabeça de Luanne sobre a palma da mão, põe o dedo mínimo na curva na base do crânio, estende um fino filamento de poder e passa uma corrente *minúscula* por ali.

Luanne abre os olhos. O corpo para imediatamente de convulsionar.

Ela pisca.

E diz: — O que aconteceu?

E todas elas sabem que nunca é assim que as coisas acontecem, que Luanne deveria ter dormido por uma hora ou mais, que poderia ficar confusa por uma semana.

Abigail diz: — A Eva te curou. Ela tocou em você e você ficou curada.

E este foi o primeiro sinal, e dessa vez elas vieram dizer: essa é especial diante dos olhos dos Céus.

ϟ

Elas levam a Allie outras meninas que precisam de cura. Às vezes ela consegue pôr as mãos sobre elas e sentir sua dor. Às vezes tem algo causando dor desnecessária. Uma dor de cabeça, um músculo que se contrai, uma vertigem. Allie, a menina imprestável de Jacksonville, praticou o suficiente para que Eva, a jovem tranquila e silenciosa, possa impor suas mãos sobre o corpo da pessoa e encontrar o lugar exato onde é necessário enviar uma agulha de poder para consertar aquilo, ainda que temporariamente. As curas são reais, mesmo quando temporárias. Ela não tem como ensinar o corpo a funcionar melhor, mas pode consertar seus erros por um período.

E assim começam a acreditar nela. Que há algo dentro dela. Pelo menos é a crença das meninas, ainda que as freiras possam discordar.

Savannah diz: — É Deus, Eva? É Deus que fala por meio de você? É Deus dentro de você?

Ela diz isso baixinho uma noite no dormitório depois que as luzes já estão apagadas. Todas as outras meninas escutam, fingindo dormir em suas camas.

Eva diz: — O que você acha?

Savannah diz: — Acho que você tem o poder da cura. Como a gente lê nas Escrituras.

Há murmúrio no dormitório, mas ninguém discorda.

Na noite seguinte, enquanto elas se preparam para dormir, Eva diz para uma dezena de outras meninas: — Venham comigo à praia amanhã ao nascer do sol.

Elas dizem: — Para quê?

Ela diz: — Ouvi uma voz dizer: "Vá à praia ao nascer do sol".

A voz diz: muito bem, garota, diga o que tiver que dizer.

O céu está de um cinza-azulado pálido, semelhante a um seixo com plumas de nuvens, e o som do oceano é calmo como o de uma mãe que embala um bebê quando as meninas chegam à praia com suas roupas de dormir.

Allie fala com a voz de Eva, que é suave e baixa. Diz: — A voz me disse que devemos entrar na água.

Gordy ri e diz: — O que foi, Eva? Você quer nadar?

Luanne silencia Gordy pondo um dedo em seus lábios. Desde que Eva colocou o polegar em sua nunca, as convulsões de Luanne não duram mais do que alguns segundos.

Abigail diz: — E o que devemos fazer depois?

Eva diz: — Depois Deus vai dizer o que Ela quer de nós.

E esse "Ela" é um ensinamento novo, e chocante. Mas elas entendem, todas elas. Elas esperavam por essa boa-nova.

As meninas entram na água, camisolas e pijamas grudando nas pernas, fazendo caretas quando os pés encontram pedras afiadas, dando risadinhas, mas com uma sensação do sagrado que conseguem ver umas no rosto das outras. Algo vai acontecer aqui. O dia está nascendo.

Elas formam um círculo. Todas têm água pela cintura, mãos se arrastando pela límpida água fria do mar.

Eva diz: — Mãe Sagrada, mostre o que quer de nós. Batize todas nós com seu amor e nos ensine a viver.

E todas as meninas no círculo subitamente sentem seus joelhos cederem. Como se uma grande mão estivesse fazendo pressão sobre suas costas, forçando-as para baixo, fazendo com que elas abaixassem suas cabeças no oceano para se levantar, com água em cascata escorrendo de seus cabelos, ofegantes e sabendo que Deus tocou nelas e que neste dia elas nasceram de novo. Todas elas caem de joelhos na água. Todas sentem a mão que as pressiona para baixo. Todas sabem por um instante que vão morrer dentro da água, que não conseguem respirar, e então, ao serem erguidas, renascem.

Elas continuam no círculo, cabeças molhadas e maravilhadas. Só Eva permaneceu de pé, seca em meio à água.

Elas sentiram a presença divina em torno delas e entre elas, e Ela estava feliz. E os pássaros voaram sobre suas cabeças, bradando gloriosamente pela chegada de um novo dia.

Havia cerca de dez meninas no oceano naquela manhã, testemunhando o milagre. Até ali, elas não eram líderes no grupo de sessenta jovens que moravam com as freiras. Não eram as mais carismáticas, nem as mais populares, nem as mais engraçadas, nem as mais bonitas, nem as mais inteligentes. Se alguma coisa as unia, era o fato de serem as que mais sofreram, de terem histórias particularmente terríveis, de terem uma noção particularmente aguçada do que deviam temer nas outras e em si mesmas. Entretanto, depois daquela manhã, elas se transformaram.

Eva faz as meninas jurarem segredo sobre o que viram; no entanto, as meninas não conseguem se controlar e contam. Savannah conta para Kayla, e Kayla conta para Megan, e Megan conta para Danielle que Eva anda conversando com o Criador de todas as coisas, que traz mensagens secretas.

Elas procuram Eva e seus ensinamentos.

Elas dizem: — Por que você chama Deus de "Ela"?

Eva diz: — Deus não é mulher nem homem, mas ambas as coisas. Mas agora Ela veio nos mostrar um novo lado de Seu rosto, um lado que ignoramos por muito tempo.

Elas dizem: — Mas e Jesus?

Eva diz: — Jesus é o filho. Mas o filho vem da mãe. Pense: quem é maior, Deus ou o mundo?

Elas dizem, pois já aprenderam isso com as freiras: — Deus é maior, pois Deus criou o mundo.

Eva diz: — Então quem cria é maior do que a coisa criada?

Elas dizem: — Necessariamente.

Então Eva diz: — Assim, quem deve ser maior, a Mãe ou o Filho?

Elas fazem uma pausa, porque acham que suas palavras podem ser blasfemas.

Eva diz: — As Escrituras já sugerem isso. Já nos dizem que Deus veio ao mundo em um corpo humano. Já aprendemos a chamar Deus de "Pai". Jesus nos ensinou isso.

Elas admitem que é assim.

Eva diz: — Pois eu ensino algo novo. Esse poder nos foi dado para corrigir nosso pensamento tortuoso. É a Mãe e não o Filho a emissária dos Céus. Devemos chamar Deus de "Mãe". Deus Mãe veio à terra no corpo de Maria, que nos deu seu filho para que vivêssemos livres do pecado. Deus sempre disse que Ela voltaria à terra. E Ela volta agora para nos ensinar seus caminhos.

Elas dizem: — Quem é você?

E Eva diz: — Quem vocês dizem que eu sou?

Allie diz em seu coração: como estou me saindo?

A voz diz: você está indo muito bem.

Allie diz: essa é a sua vontade?

A voz diz: você acha possível que algo possa acontecer sem que seja vontade de Deus?

Vai haver mais do que isso, meu bem, pode acreditar.

Naqueles dias havia uma grande febre sobre a terra, e havia uma sede que desejava a verdade e uma fome que desejava compreender a intenção do Todo-Poderoso ao mudar assim os destinos da humanidade. Naqueles dias, no Sul, havia muitos pastores que traziam explicações: é uma punição por nossos pecados, é Satã que caminha entre nós, é um sinal do fim dos tempos. Mas nenhuma dessas era a verdadeira religião. Pois a verdadeira religião é amor, não medo. A mãe forte que embala seu filho: isso é amor e essa é a verdade. As meninas repassam isso de uma para outra, para outra. Deus voltou, e Ela traz uma mensagem para nós, só para nós.

No início de uma manhã poucas semanas depois, há mais batismos. É primavera, perto da Páscoa, festa dos ovos e da fertilidade e da abertura do ventre. O festival de Maria. Quando saem da água, elas não se importam em esconder o que lhes aconteceu, não poderiam nem se quisessem. No café da manhã, todas as meninas sabem, e todas as freiras.

Eva se senta debaixo de uma árvore no jardim e as outras meninas vão falar com ela.

Elas dizem: — Como devemos te chamar?

E Eva diz: — Sou apenas a mensageira da Mãe.

Elas dizem: — Mas a Mãe está em você?

E Eva diz: — Ela está em todas nós.

Mesmo assim as meninas passam a chamá-la de Mãe Eva.

Naquela noite há um grande debate entre as freiras das Irmãs da Misericórdia. Irmã Maria Ignacia – que, as outras percebem, é amiga daquela menina Eva – fala a favor da nova organização das crenças. É o que sempre foi, ela diz. A Mãe e o Filho, é a mesma coisa. Maria é a Mãe da Igreja. Maria é a Rainha dos Céus. É ela quem roga por nós agora e na hora de nossa morte. Algumas dessas meninas jamais foram batizadas. Elas resolveram se batizar por conta própria. Será que isso é errado?

Irmã Catarina fala sobre as heresias marianas e sobre a necessidade de esperar por orientação. Irmã Veronica faz esforço, se levanta e fica de pé, ereta como a verdadeira cruz, no meio da sala. — O Demônio está nesta casa — ela diz. — Nós permitimos que o Diabo criasse raízes em nosso seio e que fizesse seu ninho em nossos corações. Se não extirparmos agora esse cancro, estaremos todas condenadas.

Ela repete o que disse, mais alto, passando seu olhar de uma mulher para outra na sala: — Condenadas. Se não queimarmos essas meninas como fizeram com as outras em Decatur e Shreveport, o Diabo vai carregar todas nós. É preciso que o fogo consuma isso completamente. — Ela faz uma pausa. Irmã Catarina é uma oradora poderosa. Ela diz: — Vou orar esta noite, vou orar por todas vocês. Vamos trancar as meninas em seus quartos até o amanhecer. Temos que queimar todas elas.

A menina que estava ouvindo pela janela leva essa mensagem para Mãe Eva.

E elas esperam para ouvir o que ela dirá.

A voz diz: agora elas são suas, menina.

Mãe Eva diz: — Deixem que nos tranquem. A toda-Poderosa vai operar suas maravilhas.

A voz diz: será que Irmã Veronica não *percebe* que qualquer uma de vocês pode simplesmente abrir a janela e subir pela calha?

E Allie diz em seu coração: é por vontade da Toda-Poderosa que ela não percebeu.

ϟ

Na manhã seguinte, Irmã Veronica ainda está orando na capela. Às seis, quando as outras chegam para a vigília, ela está ali, prostrada, diante da cruz, braços estendidos, testa encostada na lajota fria. Só quando as mulheres se abaixam para tocar delicadamente no braço dela percebem que o sangue se acomodou em seu rosto. Ela está morta há horas. Infarto. O tipo de coisa que pode acontecer a qualquer momento com uma mulher daquela idade. E, enquanto o sol nasce, elas olham para a imagem na cruz. E veem que, esculpidas em sua carne, com linhas que pareciam escavadas por uma faca, estão as marcas semelhantes a folhas de samambaia do poder. E elas sabem que ela foi levada no momento em que presenciou este milagre e se arrependeu de todos os seus pecados.

A Toda-Poderosa voltou, como havia prometido, e Ela habita carne humana novamente.

O dia é de júbilo.

Há mensagens da Santa Sé, pedindo calma e ordem, mas com a atmosfera criada entre as meninas no convento é impossível que uma simples mensagem traga tranquilidade. Elas vivem a sensação de estar em um festival; todas as regras normais parecem ter sido suspensas. As camas ficam por fazer, as meninas pegam na despensa tudo o que querem comer, sem esperar a hora da refeição, cantam e tocam música. O ar resplandece. Quando chega a hora do almoço, já são quinze as meninas que pediram para também ser batizadas, e à tarde elas recebem o sacramento. Há freiras que protestam e dizem que vão chamar a polícia, mas as meninas riem e atingem as freiras com suas correntes de eletricidade até que elas fujam.

No fim da tarde, Eva fala à sua congregação. Elas gravam com seus celulares e mandam para o mundo todo. Mãe Eva veste um capuz, que ajuda a preservar sua humildade, pois não é dela a mensagem que prega, é a mensagem da Mãe.

Eva diz: — Não temam. Basta confiar, e Deus estará com você. Ela inverteu céus e terra por nós.

— Disseram a vocês que o homem governa a mulher como Jesus governa a igreja. Mas eu digo que a mulher governa o homem como Maria guiou seu filho pequeno, com bondade e amor.

"Disseram a vocês que a morte dele eliminou o pecado. Mas eu digo que ninguém tem seus pecados eliminados, e sim que cada um se une à grande obra da justiça no mundo. Muita injustiça foi feita, e é desejo da Toda-Poderosa que nós nos unamos para corrigir isso.

"Disseram a vocês que homem e mulher devem viver juntos como marido e esposa. Mas eu digo que para as mulheres é uma bênção maior viver juntas, ajudando umas às outras, reunindo-se em grupos e servindo de consolo umas às outras.

"Disseram a vocês que vocês devem se contentar com seu destino, mas eu digo que haverá um lugar para vocês, uma nova terra. Haverá um lugar que Deus nos mostrará e onde deveremos erguer uma nova nação, poderosa e livre."

Uma das meninas diz: — Mas não podemos ficar aqui para sempre. E onde fica essa nova terra, e o que vai acontecer quando vierem atrás de nós com a polícia? Este não é nosso lugar, não vão deixar a gente aqui! Vão prender a gente!

A voz diz: não se preocupe com isso. Tem alguém a caminho.

Eva diz: — Deus vai nos mandar Sua salvação. Uma soldada virá. E *você* será condenada por duvidar. Deus não esquecerá que você não confiou nEla nesta hora de triunfo.

A menina começa a chorar. As câmeras de celular dão *zoom*. A menina é expulsa do lugar naquela noite.

Em Jacksonville, alguém vê o noticiário na TV. Alguém vê o rosto por trás do capuz, meio escondido nas sombras. Alguém pensa: eu conheço este rosto.

MARGOT

— Olhe isso.

— Estou vendo.

— Você leu?

— Não tudo.

— Não é num país de terceiro mundo, Margot.

— Eu sei.

— É no Wisconsin.

— Estou vendo.

— Isso está acontecendo na porra do Wisconsin. Isso.

— Tente ficar calmo, Daniel.

— Deviam atirar nessas meninas. Atirar, pronto. Na cabeça. *Bam*. Fim da história.

— Você não pode atirar em *todas* as mulheres, Daniel.

— Tudo bem, Margot, a gente não vai atirar em você.

— Que bom, isso é reconfortante.

— Ah. Desculpe. Sua filha. Ela… Eu não atiraria nela.

— Obrigada, Daniel.

Daniel tamborila na mesa, e ela pensa, ela se pega pensando várias vezes: eu podia matar você por causa disso. Aquilo se tornou um zumbido constante na cabeça dela. Uma ideia a que ela volta o tempo todo como se fosse uma pedra lisa no bolso em que ela gosta de passar o dedo. Aqui está. Morte.

— Não é legal ficar falando em atirar em mulheres.

— Tá. Eu sei. Ok. É só…

Ele faz um gesto na direção da tela. Eles estão assistindo a um vídeo em que seis meninas fazem demonstração de seu poder uma para as outras. Elas olham para a câmera. Elas dizem: — Nós dedicamos isso à Deusa. — Elas ficaram sabendo daquilo por outro vídeo, em algum lugar na internet. Elas dão choques umas nas outras até que uma delas desmaia. Outra sangra pelo nariz e pelos ouvidos. Essa "Deusa" é algum tipo de meme de internet, alimentado pela existência do poder, por fóruns anônimos e pela imaginação dos jovens, que são agora o que sempre foram e sempre serão. Há um símbolo; é uma mão como a mão de Fátima, com um olho na palma, as linhas do choque saindo do olho como se fossem membros adicionais, como galhos de uma árvore. Versões pintadas com spray de tinta estão aparecendo em muros e desvios ferroviários e viadutos – lugares altos, pouco frequentados. Alguns fóruns na internet incentivam as meninas a se reunir para fazer coisas horríveis; o FBI tenta desativar as páginas, mas assim que uma some outra aparece para ocupar seu lugar.

Margot observa as meninas na tela brincando com seu poder. Gritando quando são atingidas. Rindo quando são elas que dão o golpe.

— Como está a Jos? — Daniel diz por fim.

— Ela está bem.

Ela não está bem. Está tendo problemas com seu poder. Ninguém tem conhecimento suficiente para explicar o que está acontecendo. Ela não consegue controlar o poder que há nela, e a situação está piorando.

Margot observa as meninas na tela em Wisconsin. Uma delas tem uma mão da Deusa tatuada no centro da palma. A amiga dela grita enquanto ela dá uma descarga elétrica, mas para Margot é difícil saber se está gritando de medo, de dor ou de prazer.

— E hoje no estúdio conosco está a prefeita Margot Cleary. Alguns de vocês devem se lembrar da prefeita Margot como a líder que agiu de modo rápido e determinado quando tudo começou, provavelmente salvando muitas vidas.

"E ela está aqui com sua filha, Jocelyn. Como vai, Jocelyn?"

Jos muda de posição na cadeira, inquieta. Essas poltronas parecem confortáveis, mas na verdade são duras. Tem alguma coisa pontuda a cutucando. A pausa dura um instante a mais do que deveria.

— Estou bem.

— Bem, você tem uma história interessante, não é, Jocelyn? Você andou tendo problemas?

Margot põe a mão no joelho de Jos e diz: — Como muitas meninas, minha filha Jocelyn recentemente passou a conviver com o desenvolvimento do poder.

— Nós temos um clipe mostrando isso, não, Kristen? Esta foi a coletiva de imprensa no gramado da sua casa. Se não me engano, você mandou um menino para o hospital, não foi, Jocelyn?

Eles cortam para o vídeo do dia em que Margot foi chamada para voltar pra casa. Ali está Margot, de pé nos degraus da residência oficial, pondo os cabelos para trás das orelhas daquele jeito que a faz parecer nervosa mesmo quando não está. No vídeo ela põe um braço em torno de Jos e lê um texto preparado para a ocasião.

— Minha filha se envolveu numa breve discussão — diz. — Nossos pensamentos estão com Laurie Vincens e sua família. Ficamos aliviados por saber que os danos que ele sofreu parecem não ser sérios. Este é o tipo de acidente que vem acontecendo com muitas meninas hoje. Jocelyn e eu esperamos que todos mantenham a calma e que permitam à nossa família deixar esse episódio para trás.

— Uau, parece que isso aconteceu há décadas, não, Kristen?

— Verdade, Tom. O que você sentiu, Jocelyn, quando machucou aquele garoto?

Jos vem se preparando para isso com a mãe há mais de uma semana. Ela sabe o que dizer. Sua boca está seca. Ela está bem treinada e vai em frente.

— Foi assustador — diz. — Eu não tinha aprendido a controlar o poder. Eu estava preocupada, imaginando que podia ter causado algum machucado mais sério. Teria sido bom… Teria sido bom se alguém tivesse me mostrado como usar aquilo corretamente. Como controlar aquilo.

Lágrimas escorrem dos olhos de Jos. Elas não ensaiaram isso, mas é excelente. O produtor dá um *zoom*, mudando o ângulo da câmera três para pegar o brilho da lágrima. Perfeito. Ela é tão jovem e inexperiente e bonita e triste.

— Parece realmente assustador. E você acha que teria ajudado se...

Margot interrompe de novo. A aparência dela também é boa. Cabelos lisos, macios. Sutis tons de creme e marrom nas pálpebras. Nada muito chamativo. Podia ser aquela tua vizinha que se cuida bastante, nada e faz ioga. Ambiciosa.

— Aquele dia me fez começar a pensar, Kristen, sobre como a gente pode realmente *ajudar* essas meninas. O conselho que damos hoje é simplesmente que não usem o poder.

— A gente não quer ninguém soltando relâmpagos no meio da rua, certo?

— Claro, Tom. Mas meu plano de três pontos é esse. — Muito bem. Assertiva. Eficiente. Frases curtas. Uma lista. Exatamente como no BuzzFeed.

— Um: criar espaços seguros para que as meninas pratiquem o uso do poder juntas. Primeiro um piloto na minha área metropolitana e, se as pessoas gostarem, em todo o estado. Dois: identificar meninas que saibam controlar bem o poder para ajudar as mais novas a aprender como fazer isso. Três: tolerância zero para uso fora desses espaços seguros.

Há uma pausa. Eles combinaram isso antes. A plateia que está ouvindo em casa precisa de um tempo para digerir o que acabou de escutar.

— Então, se eu entendo o que a senhora está propondo, prefeita Margot, a senhora quer usar dinheiro público para ensinar meninas a usar o poder com mais eficiência?

— Com mais segurança, Kristen. E estou aqui para medir o interesse. Em um momento como esse, acho que a gente deve lembrar o que diz a Bíblia: os que estão em cargos mais altos nem sempre são os mais sábios e nem sempre os mais velhos estão em melhores condições para decidir o que é certo. — Ela sorri. Citar a Bíblia – uma estratégia vencedora. — De todo modo, acho que é papel do governo apresentar ideias interessantes, não?

— A senhora está sugerindo uma espécie de *campo de treinamento* para essas meninas?

— Tom, você sabe que não é disso que estou falando. É simples: nós não deixamos que pessoas sem carteira de motorista saiam dirigindo, não é? Você não ia querer que alguém sem treinamento refizesse a instalação elétrica da sua casa. É só isso que estou dizendo: que meninas ensinem outras meninas.

— Mas como a gente vai saber o que elas vão ensinar? — A voz de Tom soa um pouco aguda agora, um pouco amedrontada. — Acho isso tudo muito perigoso. Em vez de tentar ensinar as meninas a usar isso, a gente devia estar atrás de uma cura. É o que eu penso.

Kristen sorri discretamente para a câmera. — Mas ninguém sabe qual é a cura, não é, Tom? O *Wall Street Journal* de hoje diz que um grupo multinacional de cientistas agora tem certeza de que o poder é causado por um acúmulo no meio ambiente de gás nervoso usado durante a Segunda Guerra Mundial. Esse gás teria mudado o genoma humano. Todas as meninas que nascerem a partir de agora terão o poder – todas. E elas terão isso durante a vida toda, assim como as mulheres mais velhas, caso alguém desperte isso nelas. Agora é tarde demais para tentar uma cura; precisamos de ideias novas.

Tom tenta dizer alguma outra coisa, mas Kristen simplesmente vai em frente: — Acho a ideia ótima, prefeita Margot. Se a senhora quiser meu aval, saiba que tem meu apoio total para esse plano.

— E agora, a previsão do tempo.

E-mail de: enderecodescartavel29457902@gmail.com

E-mail para: Jocelyn.feinburgcleary@gmail.com

Vi você na TV hoje. Tendo problemas com o poder. Quer saber por quê? Quer saber se tem mais gente com problema? Você não sabe de nada, menina. Esse buraco é bem mais embaixo. Essa confusão de gênero é só o começo. Precisamos colocar homens e mulheres no lugar certo de novo.

Vá a www.urbandoxspeaks.com se quiser saber a verdade.

— Como você se atreve?

— Ninguém do governo está fazendo nada, Daniel. Ninguém quer ouvir.

— Aí você me faz *isso*? Rede nacional de TV? Prometendo que vai ampliar a coisa *para o estado inteiro*? Caso você não se lembre, Margot, eu sou o governador do estado e você é só a prefeita da sua área metropolitana. Você foi pra uma TV em rede *nacional* falar que vai ampliar o programa para o estado todo?

— Não tem nenhuma lei que me impeça.

— Nenhuma *lei*? Não existe uma merda de uma *lei*? E o que você me diz dos acordos que a gente tem? Não valem nada? E o que você me diz se eu te falar que ninguém vai encontrar a merda do *dinheiro* pra esse projeto se você continuar fazendo inimigos? E o que você me diz se eu te contar que eu *pessoalmente* decidi que é minha *missão* derrubar qualquer proposta que você apresentar? Eu tenho amigos influentes nessa cidade, Margot, e se você acha que pode simplesmente passar por cima de tudo que a gente fez só pra virar uma espécie de *celebridade*...

— Se acalme.

— Eu *não vou* me acalmar porra nenhuma. Não é só a sua *estratégia*, Margot, não é só por você ir correndo para a *mídia*, é esse plano míope. Você vai usar *dinheiro público* basicamente pra ensinar agentes terroristas a usar suas armas de modo mais eficiente?

— Não são terroristas, são meninas.

— Quer apostar? Você acha que não vai haver terroristas entre elas? Você viu o que aconteceu no Oriente Médio, na Índia, na Ásia. Você viu na TV. Quer apostar que seu projetinho não vai acabar gerando umas merdinhas dumas jihadistas?

— Já acabou?

— Se eu...

— Acabou? Porque eu tenho bastante coisa pra fazer, então se você já acabou...

— Não, eu não acabei porra nenhuma.

Mas não adiantava dizer mais nada. Mesmo enquanto ele está ali no gabinete de Margot, cuspindo nos belos móveis e nos troféus de vidro esculpido recebidos por excelência na administração municipal, há gente fazendo telefonemas, mandando e-mails, postando tuítes e escrevendo em fóruns *on-line*. — Você ouviu aquela mulher falando na TV hoje de manhã? Onde é que eu assino para as minhas filhas participarem disso?

Falando sério, tenho três meninas, de catorze, dezesseis e dezenove anos, e elas estão se *destruindo* de tanto brigar uma com a outra. Elas precisam ir pra algum lugar. Gastar essa energia.

Antes do fim da semana, Margot já recebeu um milhão e meio de dólares em doações para seu projeto – desde cheques de pais preocupados até doações anônimas de bilionários de Wall Street. Agora há gente querendo investir no esquema. Vai ser uma parceria público-privada, um modelo em que governo e empresas podem trabalhar juntos.

Em menos de um mês, ela já encontrou lugares para os primeiros centros de testes na região metropolitana: escolas velhas que foram fechadas quando meninos e meninas foram segregados, locais com ginásios grandes e espaço ao ar livre. Representantes de seis outros estados chegam para visitar e se informar, e ela mostra seus planos.

E em menos de três meses tem gente dizendo: — Sabe, por que a Margot Cleary não se candidata a um cargo um pouco mais ambicioso? Chame-a aqui. Vamos fazer uma reunião.

TUNDE

Em um porão escuro de uma cidadezinha na área rural de Moldova, uma menina de treze anos com um discreto bigodinho traz pão velho e um peixe oleoso nem de longe fresco para um grupo de mulheres amontoadas em colchões sujos. Faz semanas que ela vem. Ela é nova e não muito inteligente. É filha do motorista do caminhão que leva os pães. A pedido dos donos, ele às vezes vigia a casa e as mulheres que são mantidas ali. Eles pagam alguma coisa pelo pão velho.

As mulheres tentaram pedir que a menina trouxesse coisas. Um celular – será que ela não podia dar um jeito de trazer um celular? Um papel, para escrever um bilhete – será que ela podia colocar uma coisa no correio para elas? Só um selo e um papel? Quando as famílias delas souberem o que aconteceu vão poder pagar a menina. Por favor. A menina sempre olhava para baixo e chacoalhava a cabeça com força, piscando os olhos úmidos e broncos. As mulheres acham que ela talvez seja surda. Ou mandaram que ela se faça de surda. Essas mulheres já passaram por coisas suficientes para terem desejado ser surdas e cegas.

A filha do motorista do caminhão de pão esvazia o balde com a merda e o mijo delas no bueiro do quintal, lava com uma mangueira e devolve a elas quase limpo, exceto por pequenos pedaços de cocô sob a borda. O cheiro vai ficar melhor pelo menos por uma ou duas horas.

A menina dá as costas para ir embora. Depois que ela sair, elas vão ficar de novo no escuro.

— Arranja um pouco de luz pra gente — uma das mulheres diz. — Você não tem uma vela? Uma luz qualquer pra gente?

A menina se vira em direção à porta. Olha para cima, para o térreo. Não tem ninguém ali.

Ela pega a mão da mulher que falou. Vira a palma para cima. E no centro da palma, essa menina de treze anos faz uma pequena *torção* com aquilo que acaba de despertar na sua clavícula. A mulher no colchão – vinte e cinco anos, e que achava que estava indo rumo a um bom emprego de secretária em Berlim – tem um sobressalto e estremece; os ombros se contorcem e os olhos ficam esbugalhados. E a mão que segura o colchão cintila com uma momentânea luz prateada.

Elas esperam no escuro. E treinam. Precisam ter certeza de que conseguem fazer tudo de uma vez só, de que ninguém vai ter tempo de pegar uma arma. Elas passam aquilo de mão em mão no escuro e se maravilham. Algumas estão há tanto tempo em cativeiro que nunca chegaram a ouvir nada sobre aquilo; para as outras, tudo não passava de um estranho rumor, de uma curiosidade. Elas acham que Deus mandou um milagre para salvá-las, assim como Ele resgatou os Filhos de Israel da escravidão. Saindo do lugar estreito, elas gritam. Em meio à escuridão, elas receberam luz. Elas choram.

Um dos capatazes vem tirar as correntes da mulher que achava que ia ser secretária em Berlim antes de ser jogada em um chão de concreto e de mostrarem a ela, tantas e tantas vezes, qual era seu verdadeiro emprego. Ele está com as chaves na mão. Elas imediatamente avançam sobre ele; e ele não consegue deixar escapar um som sequer e há sangue jorrando de seus olhos e ouvidos. Elas vão abrindo os cadeados com o molho de chaves.

Elas matam todos os homens da casa e ainda não estão saciadas.

Moldova é a capital mundial do tráfico de escravas sexuais. Há mil cidadezinhas aqui com entrepostos em porões e apartamentos em edifícios condenados. Eles também vendem homens e crianças. As meninas crescem dia a dia até que o poder se manifesta em suas mãos e elas podem ensinar às mulheres mais velhas. Isso ocorre várias e várias e várias vezes; a mudança aconteceu rápido demais para que os homens aprendessem os truques que seriam necessários. É uma dádiva. Quem vai dizer que aquilo não vem de Deus?

Tunde envia uma série de reportagens e entrevistas da fronteira da Moldova, onde o combate é mais intenso. As mulheres confiam nele por causa das matérias que fez em Riad. Não são muitos os homens que poderiam chegar assim tão perto; ele tem tido sorte, mas também tem sido inteligente e determinado. Ele sempre leva suas outras reportagens e mostra para qualquer mulher que diga estar no comando de cada cidade. Elas querem que suas histórias sejam contadas.

— Não foram só aqueles homens que fizeram mal pra gente — diz Sonja, uma mulher de vinte anos. — A gente matou eles, mas não foram só eles. A polícia sabia o que estava acontecendo e não fez nada. Os homens da cidade batiam nas esposas se elas tentassem trazer mais comida pra gente. O prefeito sabia o que estava acontecendo, os donos das casas sabiam o que estava acontecendo, os *carteiros* sabiam o que estava acontecendo.

Ela começa a chorar, esfrega os olhos com a mão. Mostra a tatuagem na palma da mão – o olho com as ramificações saindo.

— Isso significa que a gente vai estar sempre de olho — ela diz. — Como Deus olha por nós.

À noite, Tunde escreve rápido e com urgência. Uma espécie de diário. Anotações sobre a guerra. Essa revolução precisa de seu cronista. E vai ser ele. Ele pensa em um livro grande, abrangente – com entrevistas, sim, e também que avalie a maré histórica, que tenha análises região por região, país por país. Afastando-se para mostrar as ondas de choque do poder percorrendo o planeta. Aproximando-se muito para mostrar momentos únicos, histórias únicas. Às vezes ele escreve com tal intensidade que esquece que ele próprio não tem o poder nas mãos e nos ossos do pescoço. Vai ser um livro grande. Novecentas páginas, mil páginas. *Democracia na América*, de Tocqueville. *Declínio e queda*, de Gibbons. Na internet haverá, para acompanhar, uma infinidade de vídeos. *Shoah*, de Lanzmann. Reportagem feita do epicentro dos eventos, além de análise e discussão.

Ele abre o capítulo de Moldova com uma descrição do modo como o poder foi transmitido de mão em mão entre as mulheres, depois passa para o novo florescimento da religião *on-line* e como isso garantiu apoio para as mulheres que estavam tomando as cidades, e depois prossegue com a inevitável revolução no governo do país.

Tunde entrevista o presidente cinco dias antes de o governo cair. Viktor Moskalev é um sujeito baixinho que transpira muito e que conseguiu manter o país unido por meio de uma série de alianças e fazendo vistas grossas para as grandes organizações criminosas que vêm usando seu pequeno e despretensioso país como entreposto para negócios sujos. Ele mexe as mãos nervosamente durante a entrevista, tirando o tempo todo dos olhos os poucos cabelos que restam na cabeça e pingando suor na careca, embora a sala esteja bastante fria. Sua esposa, Tatiana – uma ex-ginasta que quase chegou a competir nas Olimpíadas – está sentada ao lado dele, de mãos dadas.

— Presidente Moskalev — diz Tunde, com uma voz deliberadamente relaxada, sorrindo —, entre nós, o que o senhor acha que está acontecendo no seu país?

Os músculos do pescoço de Viktor enrijecem. Eles estão sentados na grande sala de visitas de seu palácio em Chisinau. Metade da mobília é dourada. Tatiana acaricia o joelho dele e sorri. Ela também é dourada – luzes cor de bronze nos cabelos, glitter na curva das bochechas.

— Todos os países — diz Viktor lentamente — precisaram se adaptar à nova realidade.

Tunde se recosta na cadeira, cruzando as pernas.

— Isso não vai para o rádio nem para a internet, Viktor. É só para meu livro. Eu realmente queria sua avaliação. Quarenta e três cidades de fronteira estão hoje efetivamente sendo governadas por grupos paramilitares, compostos principalmente por mulheres que se libertaram da escravidão sexual. Quais são as chances de seu governo voltar a controlar essas áreas?

— Nossas forças já estão se movimentando para sufocar essas rebeliões — diz Viktor. — Dentro de alguns dias a situação vai se normalizar. — Tunde ergue a sobrancelha, numa expressão irônica. Risos contidos. Viktor está falando *sério*? Os grupos paramilitares capturaram armas, coletes à prova de balas e munição das organizações criminosas que derrotaram. Eles são virtualmente invencíveis.

— Desculpe, qual é exatamente seu plano? Bombardear o próprio país até arrasar com ele? Elas estão em toda parte.

Viktor sorri, enigmático. — Se tiver que ser assim, vai ser assim. Esse problema vai acabar em uma semana ou duas.

Caralho. Talvez ele vá mesmo bombardear o país inteiro e acabar presidente de uma pilha de detritos. Ou talvez simplesmente ainda não tenha aceitado o que está acontecendo. Vai render uma nota de rodapé interessante para o livro. Com o país desmoronando à sua volta, o presidente Moskalev parecia quase blasé.

No corredor, Tunde espera um carro da embaixada que vai levá-lo ao hotel. Hoje em dia é mais seguro andar com um carro de bandeira nigeriana aqui do que sob proteção de Moskalev. Mas os carros talvez levem duas ou três horas para passar pela segurança.

É ali que Tatiana Moskalev se encontra com ele: esperando em uma cadeira bordada que alguém ligue dizendo que o carro está pronto.

Ela anda pelo corredor com seu salto agulha. O vestido é turquesa, justíssimo, com babados e um corte que acentua as pernas fortes e os elegantes ombros de ginasta. Ela fica de pé diante dele.

— Você não gosta do meu marido, não é? — diz.

— Eu não diria isso. — Ele abre seu sorriso tranquilo.

— Eu diria. Você vai escrever algo ruim sobre ele?

Tunde põe os cotovelos no encosto da cadeira, deixando o peito aberto. — Tatiana — ele diz —, se vamos conversar sobre isso, será que tem alguma coisa para *beber* neste palácio?

Há conhaque num aposento que parece ser uma sala de reuniões saída de um filme dos anos 1980 sobre Wall Street: detalhes superbrilhantes em dourado e uma mesa de madeira escura. Ela serve uma dose generosa para cada um deles e os dois olham para a cidade. O palácio presidencial é um arranha-céu no centro da cidade; olhando de fora, parece apenas um hotel executivo quatro estrelas.

Tatiana diz: — Ele foi ver uma apresentação na minha escola. Eu era ginasta. Me apresentando na frente do ministro das Finanças! — Ela bebe. — Eu tinha dezessete e ele, quarenta e dois. Mas ele me tirou daquela cidadezinha no fim do mundo.

Tunde diz: — O mundo está mudando. — E os olhos dos dois se encontram rapidamente.

Ela sorri. — Você vai ter muito sucesso — diz. — Você é ambicioso. Já vi isso antes.

— E você? Você é… ambiciosa?

Ela olha para Tunde de cima a baixo e dá uma risadinha nasalada. Ela não deve ter mais de quarenta anos.

— Olhe o que eu sei fazer — diz. Apesar de ele achar que já sabe o que ela sabe fazer.

Ela põe a palma da mão no caixilho da janela e fecha os olhos.

As luzes no teto assobiam e se apagam por um momento.

Ela olha para cima, suspira.

— Por que elas estão… conectadas aos caixilhos das janelas? — diz Tunde.

— Instalação elétrica de segunda — ela diz —, como tudo neste palácio.

— O Viktor sabe que você consegue fazer isso?

Ela sacode a cabeça. — A cabeleireira me passou. Uma piada. Uma mulher como você, ela disse, nunca vai precisar. Tem gente cuidando de você.

— E tem? — diz Tunde. — Gente cuidando de você?

Ela riu agora, de verdade, a plenos pulmões. — Cuidado — diz. — O Viktor arranca seus testículos se ouve você falando assim.

Tunde também ri. — Será que é do Viktor que eu preciso ter medo? Mesmo agora?

Ela toma um longo e lento gole de seu copo. — Quer saber um segredo?

— Sempre — ele diz.

— Awadi-Atif, o novo rei da Arábia Saudita, está exilado no norte do país. Ele vem repassando dinheiro e armas para Viktor. É por isso que o Viktor acha que pode vencer os rebeldes.

— Você está falando sério?

Ela faz que sim com a cabeça.

— Você tem como arranjar algo que confirme isso? E-mails, faxes, fotos, qualquer coisa?

Ela sacode a cabeça.

— Vá atrás dele. Você é um menino esperto. Vai descobrir.

Ele passa a língua pelos lábios. — Por que você está me contando isso?

— Quero que você se lembre de mim — ela diz. — Quando for um sucesso, lembre que a gente teve essa conversa.

— Só a conversa? — diz Tunde.

— Seu carro chegou — ela diz, apontando para a longa limusine preta passando pelo cordão de isolamento do lado de fora do prédio, trinta andares abaixo deles.

Cinco dias se passaram quando Viktor Moskalev morre, de maneira súbita e inesperada, de um ataque cardíaco enquanto dormia. A comunidade internacional se surpreende quando, logo após sua morte, a Suprema Corte do país decide, de maneira unânime, em uma sessão de emergência, nomear sua esposa, Tatiana, como líder interina. Mais tarde haverá eleições em que Tatiana se candidatará ao cargo, mas o mais importante no momento é manter a ordem em um momento de dificuldade.

Mas, diz Tunde em sua reportagem, pode ter sido fácil subestimar Tatiana Moskalev; ela era uma articuladora política habilidosa e inteligente e que evidentemente soube se aproveitar da situação. Em sua primeira aparição pública, ela usava um pequeno broche dourado em forma de olho; alguns disseram que foi um aceno para a crescente popularidade dos movimentos *on-line* relativos à "Deusa". Alguns ressaltaram como é difícil diferenciar um ataque habilidoso com uso de descarga elétrica de um infarto comum, mas nunca houve comprovação para sustentar esses rumores.

É claro que momentos de passagem de poder raramente são tranquilos. Neste caso houve uma complicação causada por um golpe militar liderado pelo ministro da Defesa de Viktor, que tem mais da metade do exército a seu lado e consegue expulsar o governo interino de Moskalev de Chisinau. Mas os exércitos de mulheres libertadas das correntes nas cidades de fronteira estão, em grande maioria e por instinto, com Tatiana Moskalev. Mais de trezentas mil mulheres passavam todo ano pelo país, vendidas para uso de seus corpos úmidos e de sua carne frágil. Uma grande quantidade ficou no país, sem ter para onde ir.

No décimo terceiro dia do quinto mês do terceiro ano depois do Dia das Meninas, Tatiana Moskalev leva seu patrimônio e suas conexões, pouco menos da metade do exército e muitas de suas armas para um castelo nas colinas na fronteira de Moldova. E ali ela declara a independência de um novo reino, que une as terras litorâneas entre as velhas florestas e as grandes enseadas o que, para todos os efeitos, significa uma declaração de guerra contra quatro países, incluindo o próprio Grande Urso. Ela batiza o novo país de Bessapara, em homenagem a um antigo povo que viveu ali e que interpretava os textos sagrados das sacerdotisas que moravam no topo da montanha. A comunidade internacional espera para ver o desdobramento dos fatos. O consenso é de que Bessapara não tem como se manter por muito tempo.

Tunde registra tudo isso em anotações cuidadosas e guarda a documentação. Ele acrescenta: "Há cheiro de algo no ar, um cheiro como o da chuva depois de uma longa seca. Primeiro uma pessoa, depois cinco, depois quinhentas, depois vilarejos, depois cidades, depois países. Botão a botão e folha a folha. Alguma coisa nova está acontecendo. A escala da coisa aumentou".

ROXY ROXY ROXY

Tem uma menina na praia na maré alta, iluminando o mar com as mãos. As meninas do convento olham do topo do desfiladeiro. Ela entrou no oceano até a cintura, um pouco mais. Nem está de traje de banho, só de calça jeans e um casaco. E ateia fogo ao mar.

É quase crepúsculo, por isso elas veem com clareza. Correntes de algas estão espalhadas em uma bela e desordenada teia sobre a superfície da água. E quando ela envia seu poder para a água, as partículas e os detritos brilham levemente, e as plantas marítimas brilham ainda mais. A luz se estende por um grande círculo ao seu redor, iluminado por baixo, como se o grande olho do oceano observasse o céu. Há um som de bolas de chiclete estourando quando os ramos do sargaço queimam e os botões se incham e explodem. Há um cheiro de mar, salgado e verde e pungente. Ela deve estar a quase um quilômetro de distância, mas elas sentem o cheiro do alto do desfiladeiro. Elas pensam que a qualquer momento o poder dela vai se exaurir, mas ela continua lá; a luminescência cintilante na baía, o perfume que se espalha enquanto caranguejos e peixes pequenos afloram à superfície da água.

As mulheres dizem umas para as outras: Deus vai enviar sua salvação.

— Ela inscreveu um círculo na superfície das águas — diz Irmã Maria Ignacia. — Ela está na fronteira entre a luz e a escuridão.

Ela é um sinal da Mãe.

Elas avisam Mãe Eva: alguém chegou.

Eles deram a Roxy algumas opções de lugares para onde ela podia ir. Bernie tinha parentes em Israel; ela podia ficar com eles. Pense, Rox, praias com areia, ar fresco, você poderia ir para a escola com as filhas do Yuval; ele tem duas meninas da sua idade, e você tem que acreditar que os israelenses não estão mandando prender meninas por fazer o que você faz. Eles já alistaram as meninas no exército, estão dando treinamento para elas, Rox. Aposto que eles sabem coisas que você ainda nem desconfia. Mas ela faz uma busca na internet. Eles nem falam inglês em Israel, nem escrevem com alfabeto latino. Bernie tenta explicar que a maior parte das pessoas em Israel fala inglês, de verdade, mas mesmo assim Roxy diz: — Não, acho que não.

A mãe dela também tinha parentes perto do Mar Negro. Bernie mostra no mapa onde fica. Tua avó nasceu aqui; você nunca conheceu sua vó, não é? A mãe da sua mãe? Ainda tem primos lá. Ainda tem ligações de família; a gente também tem bons negócios com esse pessoal. Você poderia trabalhar com a gente, você disse que queria. Mas Roxy já tinha decidido para onde queria ir.

— Eu não sou burra — ela disse. — Sei que vocês precisam me tirar do país, porque estão procurando a pessoa que matou Narcissus. Não é um passeio.

E Bernie e os meninos pararam de falar e só olharam para ela.

— Você não pode dizer isso, Rox — disse Ricky. — Pra onde quer que você vá, você tem que dizer que está a passeio, ok?

— Eu quero ir para os Estados Unidos — ela disse. — Quero ir para a Carolina do Sul. Olhe. Tem essa mulher lá, Mãe Eva. Ela faz esses discursos na internet. Vocês sabem.

Ricky disse: — O Sal conhece umas pessoas para essas bandas. A gente pode arranjar um lugar pra você ficar, Rox, alguém pra cuidar de você.

— Não preciso de ninguém cuidando de mim.

Ricky olhou para Bernie. Bernie encolheu os ombros.

— Depois de tudo que ela passou — disse Bernie. E estava resolvido.

Allie senta numa pedra e molha os dedos na água. Toda vez que a mulher na água descarrega seu poder ela sente, mesmo a essa distância, como um gosto forte.

Ela diz no seu coração: o que você acha? Nunca vi alguém com tanto poder.

A voz diz: eu não disse que ia te mandar uma soldada?

Allie diz no seu coração: ela sabe do seu destino?

A voz diz: alguém sabe, meu bem?

Agora está escuro, e mal se veem as luzes da rodovia daqui. Allie mergulha a mão no oceano e envia a descarga mais forte que consegue. A água mal cintila. É o que basta. A mulher nas ondas anda na direção dela.

Está escuro demais para ver o rosto dela com nitidez.

Allie diz: — Você deve estar com frio. Tenho um cobertor aqui, se quiser.

A mulher na água diz: — Caramba, vocês são o que, da Defesa Civil? Imagino que você não tenha uma cesta de piquenique também, tem?

Ela é britânica. Isso é inesperado. Bem, a Toda-Poderosa escreve por linhas tortas.

— Roxy — diz a mulher na água. — Meu nome é Roxy.

— Eu me chamo...— diz Allie, fazendo uma pausa. Pela primeira vez em um bom tempo ela sente necessidade de dizer seu nome real à mulher. Ridículo. — Eu sou Eva — diz.

— Caraca — diz Roxy. — Meu Senhor, foi você que eu vim procurar, não? Cacete, cheguei hoje de manhã, voo noturno, puta troço desconfortável, vou te dizer. Tirei uma soneca, pensei em procurar você amanhã, mas você está aqui. É um milagre!

Viu, diz a voz, o que eu te disse?

Roxy levanta na pedra plana ao lado de Allie. Ela impressiona imediatamente. Há músculos fortes nos ombros e nos braços, mas não é só isso. Estendendo a mão, usando aquele sentido que ela desenvolveu e aperfeiçoou ao longo do tempo, Allie tenta medir o poder de Roxy.

Ela tem a sensação de estar caindo para fora do planeta. Aquilo não acaba. Infinito como o oceano.

— Ah — ela diz —, uma soldada virá.

— O que você disse?

Allie sacode a cabeça. — Nada. Uma coisa que me disseram uma vez.

Roxy examina a outra com o olhar. — Você é meio sinistra, hein? Foi o que eu achei quando vi seus vídeos. Meio sinistra, eu pensei. Você iria se dar bem num desses programas de TV – *Most Haunted*, já viu esse? Falando sério, tem alguma coisa pra comer? Tô *morrendo* de fome.

Allie procura nos bolsos e encontra uma barra de chocolate na jaqueta. Roxy devora tudo, arrancando pedaços grandes.

— Melhorou — ela diz. — Sabe quando você usou um monte de poder e aí fica morrendo de fome? — Ela faz uma pausa, olha para Allie. — Não?

— Por que você estava fazendo aquilo? A luz na água…

Roxy dá de ombros. — Foi só uma ideia que tive. Nunca tinha entrado no mar antes, queria ver o que dava pra fazer. — Ela olha para o oceano. — Acho que matei um montão de peixe. Provavelmente daria pra vocês jantarem aquilo a semana inteira se tivessem… — Ela balança as mãos. — Sei lá, um barco e uma rede ou um troço assim. Acho que pode ter uns que são venenosos. Existe peixe venenoso? Ou é só coisa tipo… *Tubarão* e tal?

Allie ri, contra a vontade. Fazia tempo que ela não ria. Que não ria sem antes decidir que rir era a melhor estratégia no momento.

Ela acaba de ter uma ideia, diz a voz. Acaba de ocorrer a ela. Ela veio procurar você. Eu te disse que uma soldada estava a caminho.

Sei, diz Allie. Fica quietinha um minuto, pode ser?

— Por que você veio me procurar? — diz Allie.

Roxy balança os ombros, como se estivesse esquivando-se, escapando de socos imaginários numa luta de boxe.

— Precisei sair da Inglaterra por um tempo. E vi você no YouTube. — Ela respira, solta o ar, ri sozinha e depois diz: — Olha, não sei, essas coisas todas que você diz, que Deus fez tudo isso acontecer por alguma razão e que é para as mulheres dominarem os homens… Eu não acredito em nada dessa história de Deus, tá bom?

— Tá bom.

— Mas eu acho… tipo, sabe o que estão ensinando pras meninas na Inglaterra? Técnicas de respiração! Sério, *respiração*. Uma parada tipo "mantenha o controle, não use, não faça nada, seja boazinha e fique de braços cruzados", entende o que estou dizendo? E, tipo, eu transei com um cara faz umas semanas e ele praticamente implorou pra eu fazer aquilo com ele, só um pouquinho, ele tinha visto na internet; ninguém vai ficar de braços cruzados pra sempre. Meu pai é bacana, e meus irmãos são bacanas, eles não são maus, mas eu queria falar contigo porque você é tipo… você está pensando no significado disso. Pro futuro, sabe? É empolgante.

Aquilo sai dela numa pressa tremenda.

— O que você acha que isso significa? — diz Allie.

— Tudo vai mudar — diz Roxy, pegando algas com uma mão enquanto fala. — É lógico, não? E a gente tem que encontrar um jeito de trabalhar junto nisso. Você sabe. Os caras têm uma coisa que eles podem fazer: eles são fortes. Agora as mulheres têm uma coisa também. E ainda tem as armas, elas não vão parar de funcionar. Um monte de caras com armas: eu não sou páreo para eles. A minha impressão é que… é emocionante, sabe? Eu estava falando isso pro meu pai. As coisas que a gente podia fazer junto.

Allie ri. — Você acha que eles vão querer trabalhar com *a gente*?

— Bem, alguns deles sim, e outros não, certo? Mas os sensatos vão querer, sim. Eu estava falando disso com meu pai. De vez em quando você não tem a impressão que você está numa sala e *sabe* quais meninas ali têm um monte de poder e quais não têm nada? Sabe, tipo… tipo um sentido-aranha?

É a primeira vez que Allie ouve outra pessoa falar sobre esse sentido que nela é tão aguçado.

— Sim — ela diz. — Acho que sei do que você tá falando.

— Caraca, ninguém entende o que eu falo. Não que eu tenha falado disso com um monte de gente. Bem, então: ajuda saber dizer pros caras, certo? Ajuda a trabalhar junto.

Allie achata os lábios. — Eu vejo as coisas de um jeito meio diferente, sabe?

— Eu sei, cara. Eu vejo seus vídeos.

— Acho que vai haver uma grande batalha entre a luz e a escuridão. E seu destino é lutar do nosso lado. Acho que você vai ser a mais poderosa de todas.

Roxy ri e atira uma pedrinha no oceano. — Sempre quis ter um destino — ela diz. — Olha só, será que a gente pode ir pra algum lugar? Pra sua casa, ou sei lá onde… Tá *gelado* pacas aqui.

Eles deixam que ela vá ao funeral de Terry; foi meio parecido com o Natal. Tinha as tias e os tios, e bebida e sanduíches e ovos cozidos. Teve gente pondo o braço no ombro dela e dizendo que ela é uma boa menina. E Ricky deu um pouquinho de pó pra ela antes de eles saírem e ele cheirou um pouco também e falou: — Só pra dar uma aliviada no clima. — E parecia que havia neve caindo. Como se estivesse frio e eles estivessem altos. Exatamente como no Natal.

No cemitério, Barbara, mãe do Terry, jogou um pouco de terra sobre o caixão. Quando a terra bateu na madeira ela deu um grito comprido, tristíssimo. Tinha um carro estacionado e uns caras com teleobjetivas fazendo fotos. Ricky e uns amigos dele botaram os caras pra correr.

Quando voltam, Bernie pergunta pra eles: — Paparazzi?

E Ricky disse: — Pode ser polícia. Alguém trabalhando pra eles.

Provavelmente aquilo significava encrenca para Roxy.

Eles foram bacanas com ela na recepção. Mas no cemitério ninguém sabia onde enfiar a cara quando ela passou.

No convento, já estão servindo o jantar quando Allie e Roxy chegam. As meninas reservaram lugares para as duas na ponta da mesa, e há conversas e cheiro de comida boa e quente. É um ensopado com mariscos e mexilhões e batatas e milho. Tem pão crocante e maçãs. Roxy sente algo que não sabe como se chama, que não sabe exatamente o que é. Isso a deixa um pouco sensível, meio chorona. Uma das meninas encontra uma muda de roupas pra ela: uma blusa quente de tricô e uma calça de moletom bem gasta e que de tanto lavar ficou bem confortável, e é assim que ela se sente. Todas as meninas querem falar com ela – elas nunca ouviram um sotaque como o dela e pedem pra ela dizer "banana" e outras palavras que soam engraçadas com aquele sotaque. Elas conversam muito. Roxy sempre achou que *ela* era meio tagarela, mas aqui o nível de tagarelice é outro.

Depois do jantar, Mãe Eva dá uma pequena aula sobre as Escrituras. Elas estão encontrando trechos da Escrituras que sirvam para elas, reescrevendo trechos que não servem. Mãe Eva fala sobre a história do Livro de Rute. Ela lê a passagem em que Rute diz à sogra, sua amiga: — "Não me instes para que te abandone, e deixe de seguir-te; porque aonde quer que tu fores irei eu, e onde quer que pousares, ali pousarei eu; o seu povo é o meu povo, o seu Deus é o meu Deus".

Mãe Eva fica à vontade em meio a essas mulheres de um modo que para Roxy é difícil. Ela não está acostumada à companhia de mulheres; a família de Bernie era de meninos e na gangue de Bernie só havia meninos, e a mãe dela sempre gostou mais de ficar entre homens do que entre mulheres e as meninas da escola nunca trataram Roxy muito bem. Mãe Eva não se sente esquisita aqui como Roxy. Ela segura as mãos de duas meninas que estão sentadas ao seu lado e fala com suavidade e humor.

Ela diz: — Essa história sobre Rute é a mais bela história de amizade na Bíblia. Ninguém jamais foi tão leal como Rute, ninguém expressou melhor os laços da amizade. — Ela tem lágrimas nos olhos enquanto fala, e as meninas à sua volta já estão emocionadas. — Nós não temos que nos preocupar com os homens — diz. — Eles que se divirtam, como sempre. Se quiserem batalhar entre eles e andar à toa por aí, que vão. Nós temos umas às outras. Aonde vocês forem, eu vou. O povo de vocês será o meu povo, minhas irmãs.

E elas dizem: — Amém.

No andar de cima, elas prepararam uma cama para Roxy. É um quartinho pequeno; uma cama de solteiro com uma colcha costurada à mão, uma mesa e uma cadeira, com vista para o oceano. Ela quer chorar quando abrem a porta, mas não demonstra. Ela se lembra, subitamente, quando senta na cama e sente o edredom sob sua mão, de uma noite em que o pai a levou para a casa dele, a casa onde ele morava com Barbara e os irmãos de Roxy. Era tarde da noite e a mãe dela estava doente, vomitando, e ela ligou pedindo que Bernie pegasse Roxy e ele foi. Ela estava de pijama, devia ter no máximo cinco ou seis anos. Ela se lembra de Barbara dizer: — Bem, ela não pode ficar aqui. — E Bernie falar: — Puta que o pariu, é só a gente pôr a menina no quarto de hóspedes. — E Barbara cruzar os braços e dizer: — Já disse, ela não vai ficar aqui. Se for o caso, mande-a pra casa do seu irmão. — Chovia e o pai levou Roxy no colo para o carro, as gotas passando pelo capuz do roupão e caindo no peito.

Tem alguém esperando Roxy naquela noite, ou algo assim. Alguém que vai levar um esporro se perdê-la de vista. Mas ela está com dezesseis anos e uma mensagem de texto vai resolver isso.

Mãe Eva fecha a porta, e ficam apenas as duas no quarto pequeno. Ela senta na cadeira e diz: — Você pode ficar quanto tempo quiser.

— Por quê?

— Tenho um bom pressentimento sobre você.

Roxy ri. — Você teria um bom pressentimento sobre mim se eu fosse um garoto?

— Mas você não é um garoto.

— Você tem bons pressentimentos sobre todas as mulheres?

Mãe Eva faz que não com a cabeça. — Não tão bons assim. Você quer ficar?

— Quero — diz Roxy. — Pelo menos por um tempo. Pra ver o que vocês estão aprontando aqui. Eu gosto do seu… — Ela procura a palavra. — Gosto do ambiente aqui.

Mãe Eva diz: — Você é forte, não é? Tão forte como qualquer outra.

— Mais forte que qualquer outra, minha cara. É por isso que você gosta de mim?

— Alguém forte pode ser útil pra gente.

— Ah, é? Você está planejando alguma coisa grande?

Mãe Eva inclina o corpo para a frente, põe as mãos nos joelhos dela. — Eu quero salvar as mulheres — diz.

— Tipo, todas elas? — Roxy ri.

— Sim — diz Mãe Eva —, se eu puder. Quero chegar até elas e dizer que agora existem novas maneiras de viver. Que podemos nos reunir, que podemos deixar os homens seguir seu próprio caminho, que não precisamos seguir as antigas regras, que podemos criar um novo caminho.

— Ah, é? Você precisa de uns caras pra poder fazer bebês, sabe?

Mãe Eva sorri. — Tudo é possível com a ajuda de Deus.

O telefone de Allie emite um som. Ela olha. Faz uma careta. Vira de cabeça para baixo para a outra não poder ver a tela.

— Que foi? — diz Roxy.

— Um monte de gente mandando e-mails pro convento.

— Tentando expulsar vocês daqui? Lugar bacana. Dá pra entender que queiram de volta.

— Tentando dar dinheiro pra gente.

Roxy ri. — Qual é o problema? Vocês já têm muito?

Allie olha para Roxy pensativa por um instante. — Só Irmã Maria Ignacia tem conta no banco. E eu… — Ela passa a língua pelos dentes da frente, estala os lábios.

Roxy diz: — Você não confia em ninguém, é isso?

Allie sorri. — Você confia?

— É o preço de fazer negócios, minha cara. Ou você confia em alguém ou não consegue fazer nada. Você precisa de uma conta bancária? Quantas você quer? Quer umas fora do país? As Ilhas Cayman são uma boa escolha, acho, mas não sei por quê.

— Espere, como assim?

Mas, antes que Allie consiga impedir, Roxy já pegou o telefone, fez uma foto de Allie e está mandando uma mensagem.

Roxy sorri. — Confie em mim. Tenho que achar um jeito de pagar o aluguel, não?

Um sujeito chega ao convento antes das sete da manhã seguinte. Ele vai de carro até o portão da frente e simplesmente espera. Roxy bate na porta de Allie, leva a outra ainda de camisola até o portão.

— O quê? O que é isso? — diz Allie, mas ela sorri.

— Venha ver.

— Ok, Einar — diz Roxy para o sujeito. Ele é atarracado, quarenta e poucos anos, cabelos escuros, com óculos escuros na testa.

Einar sorri e chacoalha levemente a cabeça. — Você está bem aqui, Roxanne? Bernie Monke disse pra cuidarem de você. Estão cuidando de você?

— Estou ótima, Einar — diz Roxy. — Bem pacas. Só tenho que ficar com as minhas camaradas aqui por umas semanas, acho. Conseguiu o que preciso?

Einar ri para ela.

— Eu te encontrei uma vez em Londres, Roxanne. Você tinha seis anos e me deu um chute na canela porque eu disse que não ia comprar um milk-shake pra você enquanto a gente esperava seu pai.

Roxy ri também, à vontade. Para ela isso é mais simples do que o jantar. Allie percebe isso.

— Você devia ter comprado o milk-shake, então, não? Vai, passa pra cá.

Há uma mala onde – é evidente – estão umas roupas de Roxy e mais umas coisas. Há um laptop, novinho, último modelo. E há uma valise. Roxy balança aquilo no porta-malas aberto e abre o zíper.

— Cuidado — diz Einar. — Trabalho expresso. A tinta ainda pode borrar se você esfregar.

— Entendeu, Evinha? — diz Roxy. — Nada de esfregar até secar.

Roxy passa para ela alguns itens que estavam na maleta.

São passaportes americanos, carteiras de motorista, carteiras de identidade, todos iguaizinhos aos emitidos pelo governo. E todas as carteiras de motorista e todos os passaportes têm a foto dela. Cada vez um pouquinho diferentes: cabelo diferente, algumas com óculos. E nomes diferentes, para combinar com os nomes das carteiras de identidade e das carteiras de motorista. Mas é ela, em todos os documentos.

— A gente fez sete — diz Roxy. — Meia dúzia, mais uma pra dar sorte. A sétima é britânica. Caso você prefira. Conseguiu abrir as contas no banco, Einar?

— Tudo pronto — diz ele, pegando uma carteira com zíper no bolso. — Mas não pode fazer depósitos acima de cem mil no mesmo dia sem falar antes com a gente, tá legal?

— Dólares ou libras? — diz Roxy.

Einar faz uma ligeira careta. — Dólares — ele diz. Depois, apressado: — Mas só nas primeiras seis semanas. Depois eles param de checar as contas.

— Beleza — diz Roxy. — Não vou chutar sua canela. Dessa vez.

Roxy e Darrell ficaram à toa um tempo, andando pelo jardim, chutando pedras e arrancando pedaços de cascas de árvore. Nenhum deles gostava muito de Terry, mas agora que ele morreu a sensação é estranha.

Darrell disse: — O que você sentiu?

E Roxy falou: — Eu não estava lá embaixo quando pegaram o Terry.

E Darrell: — Não, quis dizer quando você apagou o Narcissus. O que você sentiu?

Ela sentiu de novo, o brilho na palma da mão, o rosto dele ficando quente e depois frio. Ela fungou. Olhou para a mão como se fosse encontrar ali a resposta.

— A sensação foi boa — disse. — Ele matou minha mãe.

Darrell declarou: — Queria saber fazer isso.

Roxanne Monke e Mãe Eva falam bastante nos dias seguintes. Descobrem as coisas que têm em comum e as seguram com o braço estendido para admirar os detalhes. As duas perderam a mãe, nenhuma das duas pertence exatamente a uma família.

— Gosto do jeito que você fala "irmã" aqui. Eu nunca tive uma irmã.

— Nem eu — diz Allie.

— Sempre quis uma — diz Roxy.

E elas ficam em silêncio por um instante.

ϟ

Algumas das meninas do convento querem lutar com Roxy, praticar suas habilidades. Ela topa. Elas usam o grande gramado nos fundos do prédio, perto do declive que leva ao oceano. Ela luta com duas ou três de cada vez, se esquiva, dá golpes fortes, deixa as adversárias confusas a ponto de darem descarga umas nas outras. Elas chegam para jantar machucadas e rindo, às vezes com uma pequena cicatriz em forma de teia de aranha no pulso ou no tornozelo; elas sentem orgulho das marcas. As mais novas têm onze, doze anos; seguem Roxy como se fosse uma pop star. Ela manda as meninas embora, vão achar alguma coisa pra fazer. Mas ela gosta. Ela ensina um truque especial de luta que inventou – jogue uma garrafa de água na cara de alguém, enfie o dedo na água enquanto sai, eletrifique tudo. Elas treinam umas com as outras no gramado, dando risadinhas e jogando água para todo lado.

ϟ

Roxy senta na varanda com Allie no fim de uma tarde, quando o sol vermelho e dourado se põe atrás delas. Estão olhando as meninas brincarem no gramado.

Allie diz: — Isso me lembra como eu era, com uns dez anos.

— Ah, é? Família grande?

Uma pausa longa. Roxy fica pensando se perguntou alguma coisa que não devia, mas foda-se. Ela pode esperar.

Allie diz: — Abrigo pra crianças.

— Certo — diz Roxy. — Conheço gente que morou em abrigo. Vida dura. Difícil começar a vida assim. Mas você está se saindo bem.

— Eu cuido de mim mesma — diz Allie. — Aprendi a cuidar de mim mesma.

— É. Dá pra ver.

A voz na cabeça de Allie anda silenciosa nos últimos dias. Fazia anos que não ficava tanto tempo quieta. Tem alguma coisa a ver com esses dias de verão, com saber que Roxy está aqui e que ela poderia matar quem quisesse; alguma coisa relacionada a isso fez a voz parar de falar.

Allie diz: — Me mandaram de uma casa pra outra várias vezes quando eu era menina. Nunca conheci meu pai, e minha mãe é só um fragmento na memória. — Um chapéu, é só isso que Allie lembra. Um chapéu rosa claro de ir à igreja no domingo num ângulo esquisito e um rosto debaixo do chapéu sorrindo para ela, botando a língua para fora. Parece uma memória feliz, de um momento entre longos períodos de tristeza, doença ou as duas coisas. Ela não se lembra de ir à igreja, mas o chapéu ficou na memória.

Allie diz: — Acho que morei numas doze casas antes dessa. Talvez treze. — Ela passa uma mão pelo rosto, passa os dedos pela testa. — Uma vez me puseram na casa de uma mulher que colecionava bonecas de porcelana. Centenas, em toda parte, olhando pra mim das paredes do quarto onde eu dormia. Ela me vestia bem, eu lembro. Uns vestidos em tom pastel com fitinhas na bainha da saia. Mas ela foi presa por roubo – era assim que ela pagava as bonecas – e me mandaram pra outra casa.

Uma das meninas no gramado joga água na outra, eletrificando com uma corrente suave. A outra menina dá uma risadinha. Faz cócegas.

— As pessoas fazem o que precisam fazer por elas mesmas — diz Roxy. — Meu pai diz isso. Se tem uma coisa que você precisa, uma coisa que você realmente precisa ter – não uma coisa que você simplesmente quer, mas que você *precisa* ter –, você vai dar um jeito de conseguir. — Ela ri. — Ele estava falando de viciados, né? Mas não são só eles. — Roxy olha para as meninas no gramado, nessa casa que é um lar, mais do que um lar.

Allie sorri. — E se você tem essa coisa, tem que protegê-la.

— Sim, então. Eu estou aqui agora.

— A gente nunca viu alguém com tanto poder quanto você, sabe.

Roxy olha para suas mãos como se estivesse meio impressionada, meio com medo.

— Sei lá — ela diz. — Provavelmente tem mais gente como eu.

Allie tem uma súbita intuição. Como uma máquina de parque de diversões com engrenagens funcionando e correntes fazendo barulho. Alguém levou Allie para brincar com uma máquina dessas quando ela era pequena. Você coloca duas moedas, puxa a alavanca, *clam*, se arrasta, *tam*; e recebe uma mensagem falando sobre seu destino, impressa em um pequeno retângulo de papelão com bordas rosadas. A intuição de Allie funciona exatamente assim: súbita e completa, como se houvesse um maquinário atrás de seus olhos a que nem ela tem acesso. *Clam, tam*.

A voz diz: aqui. Isso é uma coisa que você sabe como fazer. Use.

Allie fala com voz suave: — Você matou alguém?

Roxy enfia as mãos nos bolsos e franze a testa. — Quem contou pra você?

E como ela não diz: — Quem foi que contou *isso* pra você? — Allie sabe que está certa.

A voz diz: não diga nada.

Allie diz: — Às vezes eu simplesmente sei coisas. Como se tivesse uma voz dentro da minha cabeça.

Roxy diz: — Caceta, você é sinistra. Quem vai ganhar o Grand National, hein?

Allie diz: — Eu também matei alguém. Faz muito tempo. Eu era outra pessoa.

— Provavelmente a pessoa mereceu, se você fez isso.

— Ele mereceu mesmo.

Elas ficam pensando naquilo.

Roxy diz, de um jeito amistoso e como se falasse de uma coisa completamente diferente: — Teve um cara que enfiou a mão por dentro da minha calça quando eu tinha sete anos. Professor de piano. Minha mãe achou que ia me fazer bem aprender piano. Eu estava lá, no banquinho, tocando "Every Good Boy Deserves Fun", e, do nada, a mão tá na minha calcinha. "Não diga nada", ele fala. "Só continue tocando." Aí eu contei pro meu pai na noite seguinte quando ele veio me pegar pra me levar ao parque e, caralho, ele ficou *alucinado*. Gritando com a minha mãe, como ela pôde; ela disse que não sabia, claro que não, senão não ia ter deixado. Meu pai levou uns caras pra casa do professor de piano.

Allie diz: — O que aconteceu?

Roxy ri. — Encheram o cara de porrada. Ele acabou a noite com um ovo a menos do que tinha à tarde, pra começo de conversa.

— Sério?

— Sério, claro. Meu pai disse que se ele recebesse mais um aluno que fosse naquela casa, e ele quis dizer *pro resto da vida*, ele ia voltar e pegar o outro ovo e, dessa vez, levaria a salsicha junto. E nem pense em sair da cidade e tentar começar de novo em outro lugar porque o Bernie Monke está em *todo lugar*. — Roxy dá uma risadinha abafada. — Cara, eu vi o sujeito uma vez na rua e ele saiu correndo. Me viu, tá ligada, virou e saiu *correndo* de verdade. É isso aí, minha cara.

Allie diz: — Muito bom. Parece bom mesmo. — E dá um leve suspiro.

Roxy diz: — Sei que você não confia neles. Não tem problema. Você não tem que confiar neles, guria.

Ela estende o braço e coloca sua mão sobre a de Allie, e elas ficam sentadas assim por um longo tempo.

Depois de um tempo, Allie diz: — O pai de uma das meninas é policial. Ele ligou pra ela faz dois dias e disse que ela não pode estar aqui na sexta.

Roxy ri. — Esses pais. Vivem querendo proteger as filhas. Não sabem guardar segredo.

— Você vai ajudar a gente? — diz Allie.

— O que você acha que vai acontecer? — diz Roxy. — A Swat?

— Menos. Somos só umas meninas num convento. Seguindo nossa religião como cidadãs respeitadoras da lei.

— Eu não posso matar mais ninguém — diz Roxy.

— Acho que não vai precisar — diz Allie. — Eu tenho uma ideia.

Eles acabaram com o resto da gangue do Narcissus depois que ele morreu. Não deu muito trabalho; todos eles entraram em pânico depois da morte do chefe. Duas semanas depois do funeral de Terry, Bernie ligou no celular de Roxy às cinco da manhã e mandou que ela fosse a uma garagem alugada em Dagenham. Lá, ele pegou um molho de chaves no bolso, abriu a porta e mostrou dois corpos para ela, no chão, assassinados e prestes a serem jogados no ácido, e isso seria o fim da história.

Ela olhou o rosto dos dois.

— São eles?— quis saber Bernie.

— São — ela confirmou. Ela passou o braço em torno da cintura do pai. — Obrigada.

— Pela minha filhinha eu faço qualquer coisa — disse.

Sujeito grande, sujeito pequeno, os dois que mataram a mãe dela. Um deles ainda com a marca dela no braço, de um azul-escuro cheio de ramificações.

— Acabou, então, meu docinho?

— Acabou, pai.

Ele beijou o topo da cabeça dela.

Eles foram dar uma volta naquela manhã no Cemitério Eastbrookend. Andando devagar, conversando, enquanto uma dupla de faxineiros fazia o que era necessário na garagem.

— Sabia que você nasceu no dia que a gente pegou o Jack Conagham? — confidenciou Bernie.

Roxy sabe. Mesmo assim gosta de ouvir a história.

— Ele estava atormentando a gente fazia anos — disse Bernie. — Matou o pai do Mickey – você não chegou a conhecer –, ele e aqueles irlandeses. Mas a gente acabou pegando o sujeito. Pescando no canal. Esperamos a noite toda por ele; quando ele chegou de manhãzinha, a gente deu conta do cara, jogou na água, fim de papo. Quando a gente tinha terminado e eu já estava seco em casa, fui checar o telefone – quinze mensagens da sua mãe! Quinze! Ela entrou em trabalho de parto durante a noite, não foi?

Roxy sentia as pontas dos dedos nas bordas dessa história. Sempre pareceu uma coisa escorregadia, que tentava escapar das mãos dela. Ela nasceu na escuridão, enquanto as pessoas esperavam alguém: o pai esperando Jack Conaghan, a mãe esperando o pai, e Jack Conaghan, embora não soubesse, esperando a Morte. É uma história sobre as coisas que acontecem bem quando você não está esperando. Bem naquela noite em que você achou que não ia acontecer nada, acontece de tudo.

— Peguei você – uma menina! Depois de três meninos, achei que nunca ia ter uma menina. E você olhou direto pros meus olhos e mijou na minha calça inteira. E foi assim que eu soube que você ia me dar sorte.

Ela dá sorte. Tirando uma coisa ou outra, ela sempre teve sorte.

Quantos milagres são necessários? Não muitos. Um, dois, três bastam. Quatro são uma profusão, mais do que o suficiente.

Há doze policiais armados avançando pelo jardim nos fundos do convento. Choveu. O chão está encharcado, mais do que encharcado. Há torneiras abertas dos dois lados do jardim. As meninas bombearam água do mar até o topo da escada, e agora aquilo é uma catarata, água jorrando pelos degraus de pedra. Os policiais estão com botas de borracha; eles não sabiam que ia estar tão enlameado. Só o que sabiam é que uma mulher do convento veio avisar que as meninas estavam escondidas ali e que faziam ameaças e eram violentas. Por isso há doze homens treinados vestindo equipamentos de proteção vindo atrás delas. Devia ser o suficiente para acabar com essa história.

Os homens gritam: — Polícia! Saiam já, com as mãos para cima!

Allie olha para Roxy. Roxy ri para ela.

Elas estão esperando atrás das cortinas da sala de jantar, que dá para o gramado atrás do convento. Esperando que todos os policiais estejam na escada de pedras que leva ao terraço do lado de fora da porta dos fundos. Esperando, esperando… e agora todos eles estão lá.

Roxy tira as rolhas que elas puseram em meia dúzia de barris com água do mar que elas armazenaram atrás delas. O tapete está ensopado agora, e a água jorra por baixo da porta rumo aos degraus. Eles estão todos na mesma massa de água, Roxy e Allie e a polícia.

Allie põe a mão na água perto de seus tornozelos e se concentra.

Do lado de fora, no terraço e nas escadas, a água toca na pele de todos os policiais, de um jeito ou de outro. Aquilo exige mais controle do que qualquer outra coisa que Allie já tenha feito; os dedos deles estão no gatilho, eles querem atirar. Mas ela manda sua mensagem pela água um a um rápida como um pensamento. E, um a um, os policiais se sacodem como marionetes, os ângulos de seus cotovelos se desmancham, as mãos se abrem e ficam adormecidas. Um a um, derrubam suas armas.

— Caralho — diz Roxy.

— Agora — diz Allie, e sobe numa cadeira.

Roxy, a mulher que tem tanto poder que nem sabe o que fazer com ele, manda um choque pela água, e todos os policiais tremem e saltam e caem no chão. Mais eficiente, impossível.

Tinha que ser só uma mulher fazendo aquilo; seria impossível que uma dúzia de meninas do convento agisse ao mesmo tempo tão rápido sem acabar se machucando. Foi preciso que uma soldada viesse.

Roxy sorri.

No andar de cima, Gordy filmou tudo com seu celular. Em uma hora vai estar na internet. Você não precisa fazer muitos milagres para que as pessoas comecem a acreditar em você. E para que comecem a te mandar dinheiro e a oferecer ajuda jurídica para que você possa trabalhar. Todo mundo está em busca de uma resposta, hoje mais do que nunca.

Mãe Eva grava uma mensagem para acompanhar o vídeo. Ela diz: — Eu não vim pra dizer que vocês abram mão de uma única palavra de suas crenças. Não estou aqui pra converter ninguém. Cristã, judia, muçulmana, sikh, hindu, budista, se você tem alguma fé ou se não tem nenhuma, Deus não quer que você mude o que está fazendo.

Ela faz uma pausa. Ela sabe que não é isso que as pessoas esperam ouvir.

— Deus ama todas vocês — diz —, e Ela quer que todas saibam que Ela simplesmente mudou de vestes. Ela está além do feminino e do masculino, Ela está além da compreensão humana. Mas Ela pede a atenção de vocês para aquilo de que vocês se esqueceram. Judias: olhem para Míriam, não para Moisés, para ver o que podem aprender com ela. Muçulmanas, olhem para Fátima, não para Maomé: lembrem-se de Tara, a mãe da libertação. Cristãs: orem para Maria por sua salvação.

“Ensinaram a vocês que vocês não são puras, não são sagradas, que seu corpo é impuro e jamais poderia abrigar o divino. Ensinaram vocês a desprezar tudo o que são e a ter um único desejo, o de ser um homem. Mas o que ensinaram a vocês são *mentiras*. A Deus está em vocês, Deus voltou à terra para ensiná-las, na forma deste novo poder. Não venham a mim procurando respostas, pois vocês devem procurar as respostas em vocês mesmas."

O que pode ser mais sedutor do que alguém pedindo para você manter distância? O que atrai mais as pessoas do que dizer que elas não são bem-vindas?

Naquela mesma tarde chegam e-mails: aonde posso ir para me juntar a suas seguidoras? O que posso fazer aqui da minha casa? Como eu faço para criar um círculo de orações para esta coisa nova? Nos ensine a rezar.

E há os pedidos de ajuda. Minha filha está doente, reze por ela. O novo marido da minha mãe a algemou na cama, por favor, mande alguém para ajudar. Allie e Roxy leem os e-mails juntas.

Allie diz: — A gente precisa tentar ajudar.

Roxy diz: — A gente não tem como ajudar todas elas, minha cara.

Allie diz: — Eu posso. Com a ajuda de Deus, eu posso.

Roxy diz: — Talvez você não precise ir atrás de todas para ajudar todas.

ϟ

A força policial do estado todo ficou pior depois que surgiu na internet o vídeo mostrando o que Allie e Roxy fizeram. Os policiais se sentiram humilhados, claro. Eles queriam provar algo. Há estados e países em que a polícia já está ativamente recrutando mulheres, mas aqui isso ainda não aconteceu. A força policial ainda é basicamente masculina. E eles estão furiosos e estão com medo, e aí coisas acontecem.

Vinte e três dias depois de a polícia tentar retomar o convento, uma menina chega na porta com uma mensagem para Mãe Eva. Só Mãe Eva; por favor, elas precisam ajudar. Ela está fraca de tanto chorar, tremendo e assustada.

Roxy faz chá quente e doce para ela e Allie encontra uns biscoitos e a menina – seu nome é Mez – conta o que aconteceu.

Eram sete policiais armados, patrulhando o bairro em que ela mora. Mez e a mãe estavam indo a pé da padaria para casa, só conversando. Mez tem doze anos e tem o poder há alguns meses; a mãe já tinha havia mais tempo; a priminha dela despertou o poder na mãe. Elas estavam simplesmente conversando, diz Mez, carregando as sacolas com as compras e falando e rindo, e daí do nada apareceram seis ou sete policiais dizendo: — O que tem nas sacolas? Aonde vocês estão indo? Recebemos informações de que tem duas mulheres causando problemas por aqui. O que tem na porra dessas sacolas?

A mãe de Mez não levou muito a sério; só riu e disse: — O que ia ter aqui? Comida, a gente está vindo da padaria.

E um dos policiais disse que ela estava tranquila demais para alguém que estava andando em uma área perigosa; o que ela andava fazendo?

E a mãe de Mez apenas disse: — Deixa a gente em paz.

E os policiais empurraram a mulher. E ela acertou dois deles, só com uma descarga pequena. Só um aviso.

E isso bastou para os policiais. Eles sacaram cassetetes e armas e começaram a trabalhar, e Mez gritava e a mãe gritava e tinha sangue na calçada inteira e bateram na cabeça dela.

— Eles seguraram minha mãe no chão — diz Mez — e a encheram de pancada. Eram sete contra uma.

Allie escuta tudo em silêncio. Quando Mez termina de falar, ela pergunta: — Ela está viva?

Mez faz que sim.

— Você sabe pra onde a levaram? Qual hospital?

Mez diz: — Não levaram pro hospital. Levaram pra delegacia.

Allie diz para Roxy: — A gente vai lá.

Roxy diz: — Então a gente vai ter que levar todo mundo.

São sessenta mulheres descendo a rua juntas em direção à delegacia onde está a mãe de Mez. Elas andam em silêncio, mas rápido, e filmam tudo – foi essa a ordem que circulou entre as mulheres do convento. Documentem tudo. Transmitam ao vivo, se puderem. Ponham na internet.

Quando elas chegam, a polícia sabe que elas estão vindo. Há homens de guarda do lado de fora, com rifles.

Allie vai até eles. Ela ergue as mãos, palmas voltadas para eles. Diz: — Viemos em paz. Queremos ver Rachel Latif. Queremos saber se ela está recebendo cuidados médicos. Queremos que ela seja mandada para um hospital.

O policial mais graduado, parado na porta, diz: — A sra. Latif foi detida legalmente. Qual é o poder que você tem para pedir que ela seja solta?

Allie olha para a esquerda e para a direita, para o batalhão de mulheres que trouxe com ela. Há mais mulheres chegando a cada minuto. Agora talvez sejam duzentas e cinquenta. A notícia correu boca a boca. Mensagens de texto foram enviadas; mulheres viram na internet, saíram de casa e vieram até aqui.

— O único poder que importa — diz —, as leis da humanidade e de Deus. Há uma mulher gravemente machucada numa cela desta delegacia, ela precisa ver um médico.

Roxy sente o poder crepitando no ar à sua volta. As mulheres estão excitadas, agitadas, com raiva. Ela se pergunta se os homens também sentem. Os policiais com seus rifles estão nervosos. Seria muito fácil acontecer um desastre.

O oficial mais graduado sacode a cabeça e diz: — Não podemos deixar vocês entrarem. E a presença de vocês aqui é uma ameaça a meus homens.

Allie diz: — Viemos em paz. Senhor, somos *pacíficas*. Queremos ver Rachel Latif, queremos que um médico cuide dela.

Um murmúrio cresce na multidão, que depois silencia, esperando.

O oficial mais graduado diz: — Se eu deixar que você veja a presa, você vai mandar essas mulheres para casa?

Allie diz: — Primeiro eu preciso falar com ela.

Rachel Latif, quando Roxy e Allie são levadas à cela para vê-la, está quase inconsciente. O cabelo está empapado de sangue e ela está deitada na cama de concreto da cela, mal se mexendo, respirando lentamente, com um ruído cheio de dor.

Roxy diz: — Jesus Cristo!

Allie diz: — Senhor, esta mulher precisa ser levada imediatamente a um hospital.

Os outros policiais observam o oficial. A cada minuto chegam mais mulheres lá fora. O som que elas fazem é como o de uma multidão de pássaros murmurando, cada uma falando com a vizinha, todas prontas para agir quando surgir o sinal secreto. São só vinte policiais na delegacia. Dentro de meia hora, serão várias centenas de mulheres do lado de fora.

O crânio de Rachel Latif está rachado. Dá para ver o branco do osso estilhaçado e o sangue borbulhando no cérebro.

A voz diz: eles fizeram isso sem ser provocados. Você foi provocada. Você poderia tomar essa delegacia, poderia matar todos os homens daqui se quisesse.

Roxy pega a mão de Allie e aperta.

Roxy diz: — O senhor não quer que isso vá mais longe. O senhor não quer que esta seja a história que vão contar sobre o senhor. Deixe que mandem essa mulher para um hospital.

O oficial solta um longo e lento suspiro.

A multidão lá fora fica barulhenta quando Allie reaparece e ainda mais barulhenta quando ouve as sirenes da ambulância se aproximando, abrindo caminho em meio à multidão.

Duas mulheres erguem Mãe Eva em seus ombros. Ela ergue as mãos. O murmúrio cessa.

Mãe Eva fala pela boca de Allie e diz: — Vou levar Rachel Latif para o hospital. Vou garantir que ela receba os cuidados necessários.

O barulho de novo, como folhas de grama explodindo. Ele sobe e some em seguida.

Mãe Eva exibe os dedos separados, como no sinal da Mão de Fátima. E diz: — Vocês fizeram um bom trabalho aqui, agora podem ir para suas casas.

As mulheres acenam com a cabeça. As meninas do convento se viram e saem andando como se fossem uma só. As outras mulheres começam a segui-las.

Meia hora depois, quando Rachel Latif está sendo examinada no hospital, a rua do lado de fora da delegacia está completamente vazia.

No fim, não há necessidade de continuar no convento. O lugar é bonito, tem vista para o mar e tem certa sensação de que é um lar, mas, nove meses depois da chegada de Roxy, a organização de Allie poderia comprar cem imóveis como esse e, além disso, elas precisam de um lugar maior.

São seiscentas mulheres afiliadas ao convento só nesta cidadezinha, e há sedes surgindo em todo o país, no mundo inteiro. Quanto mais as autoridades dizem que ela é ilegítima, quanto mais a velha Igreja diz que ela foi enviada pelo Diabo, mais mulheres procuram Mãe Eva. Caso Allie tivesse alguma dúvida de que foi enviada por Deus com uma mensagem para o povo dEla, as coisas que aconteceram aqui acabaram com qualquer incerteza. Ela deve cuidar dessas mulheres. Deus escolheu Allie para esse papel, e ela não pode recusá-lo.

A primavera tinha voltado quando elas começam a falar sobre novas sedes.

Roxy diz: — Vai ter um quarto pra mim, não vai, seja aonde quer que você vá?

Allie diz: — Não vá embora. Por que você iria querer ir embora? Por que voltar para a Inglaterra? O que você pode querer de lá?

Roxy diz: — Meu pai acha que está tudo de ponta-cabeça. Ninguém se importa com o que a gente faça entre nós, na verdade, desde que nenhum cidadão honesto acabe envolvido. — Ela sorri.

— Mas sério. — Allie aperta os lábios. — Sério, por que voltar pra casa? Sua casa é aqui. Fique aqui. Por favor. Fique com a gente.

Roxy aperta a mão de Allie. — Amiga — ela diz —, eu tenho saudade da minha família. Sinto saudade do meu pai. E, tipo, de comer as comidas típicas, como Marmite. Sinto falta de todas essas coisas. Eu não vou embora pra sempre. A gente ainda se vê.

Allie respira pelo nariz. Há um ruído no fundo de sua cabeça que tem ficado em silêncio e distante há meses.

Ela sacode a cabeça. E diz: — Mas você não pode confiar neles.

Roxy diz: — O quê, nos homens? Em todos os homens? Não dá pra confiar em *nenhum* deles?

Allie diz: — Tome cuidado. Encontre mulheres em que você confie para trabalhar com você.

Roxy diz: — Beleza, a gente já falou sobre isso, baby.

— Você tem que ficar com tudo — diz Allie. — Você pode. Você consegue. Não deixe nada pro Ricky nem pro Darrell. É seu.

Roxy diz: — Sabe, acho que você tem razão. Mas não posso ficar com tudo permanecendo sentada aqui, certo? — Ela engole. — Comprei uma passagem. Vou embora sábado que vem. Tem umas coisas que queria conversar com você antes disso. Planos. Podemos falar sobre planos? Sem você ficar insistindo pra eu ficar?

— Podemos.

Allie diz em seu coração: não quero que ela vá embora. Será que a gente pode impedir isso?

A voz diz para Allie: lembre, meu bem, o único jeito de estar em segurança é dominando o lugar.

Allie diz: eu posso dominar o mundo inteiro?

A voz diz, bem baixinho, como costumava falar há anos: ah, meu amor, você não pode chegar lá partindo daqui.

Roxy diz: — O negócio é que eu tenho uma ideia.

Allie diz: — Eu também.

Elas se olham e sorriem.

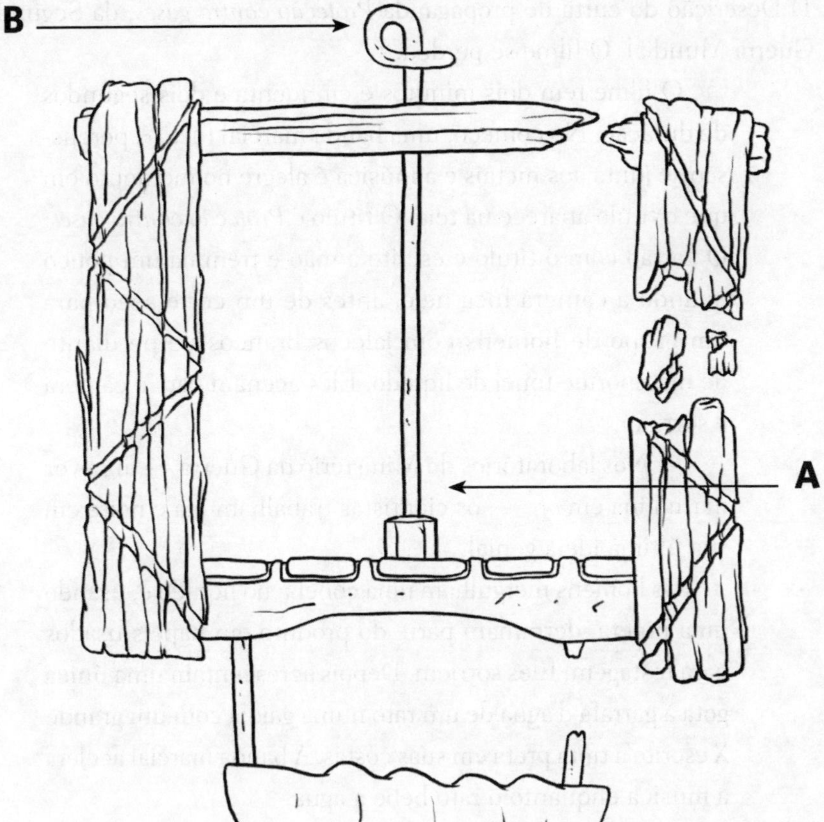

Equipamento usado para treinamento do uso da força eletrostática, de aproximadamente mil e quinhentos anos. A alça na parte de baixo é de ferro e está ligada, dentro da moldura de madeira, a uma cavilha metálica, marcada com a letra A no diagrama. Nossa conjectura é de que poderia se prender um pedaço de papel ou uma folha seca na ponta, sendo o objetivo da operadora incendiar o material. Isso exigiria certo grau de controle, o que, presume-se, era o objetivo do treino. O tamanho sugere que o objeto era desenhado tendo em vista meninas de treze a quinze anos. Descoberto na Tailândia.

Documentos de arquivo relativos ao poder eletrostático, suas origens, dispersão e a possibilidade de uma cura

1) Descrição do curta de propaganda *Proteção contra gases*, da Segunda Guerra Mundial. O filme se perdeu.

O filme tem dois minutos e cinquenta e dois segundos de duração. No começo, uma banda marcial toca. A percussão se junta aos metais e a música é alegre no momento em que o título aparece na tela. O título é *Proteção contra gases*. O cartão com o título é escrito à mão e tremula um pouco quando a câmera foca nele, antes de um corte seco para um grupo de homens com jalecos brancos de pé diante de um enorme tonel de líquido. Eles acenam para a câmera e sorriem.

— Nos laboratórios do Ministério da Guerra — diz a voz masculina em *off* —, os cientistas trabalham dia e noite em sua última ideia genial.

Os homens mergulham uma concha no líquido e, usando uma pipeta, derramam parte do produto em papéis usados para testagem. Eles sorriem. Depois acrescentam uma única gota à garrafa d'água de um rato numa gaiola com um grande X escrito à tinta preta em suas costas. A banda marcial acelera a música enquanto o rato bebe a água.

— Permanecer um passo à frente do inimigo é o único modo de manter a população em segurança. Esse rato recebeu uma dose do novo fortalecedor de nervos desenvolvido para combater ataques com gases.

Corte para outro rato em uma gaiola. Sem X nas costas.

— Este rato não recebeu.

Uma lata com um gás branco é aberta em uma sala pequena onde estão as duas gaiolas, e os cientistas, usando máscaras de respiração, se retiram atrás de uma parede de vidro. O rato que não recebeu o tratamento sucumbe rapidamente, sacudindo as patas dianteiras no ar em agonia antes de começar a ter convulsões. Não acompanhamos seus momentos finais. O rato com o X nas costas continua a beber da garrafa, rói pedaços de comida e até corre em sua roda de exercícios enquanto a fumaça passa diante das câmeras.

— Como vocês podem ver — diz a alegre voz em *off* —, funciona.

Um dos cientistas tira sua máscara e anda, decidido, em direção à sala cheia de gás. Ele acena de dentro da nuvem de gás e inspira profundamente.

— E é seguro para humanos.

A cena muda, agora estamos em uma estação de distribuição de água onde um cano está sendo ligado a um caminhão-pipa e a uma válvula no piso.

— Eles chamam isso de Anjo da Guarda. A cura milagrosa que manteve as forças aliadas a salvo do ataque inimigo agora está sendo distribuída para a população em geral.

Dois sujeitos carecas de meia-idade, um com um bigodinho e paletó escuro, apertam as mãos enquanto um medidor mostra o líquido saindo lentamente do caminhão-pipa.

— Uma quantidade minúscula na água potável é o suficiente para proteger toda a cidade. Este tanque é suficiente para tratar a água potável de quinhentas mil pessoas. Coventry, Hull e Cardiff serão as primeiras a receber o tratamento. Trabalhando neste ritmo, o país todo estará protegido dentro de três meses.

Uma mãe na rua de uma cidade no norte da Inglaterra ergue o bebê que estava num gramado, coloca o filho num pano sobre os ombros e olha para o céu claro, preocupada.

— Por isso a Mãe pode se sentir segura de que seu bebê não precisa mais temer um ataque com gás nervoso. Fiquem tranquilos, Mamãe e bebê.

A música vai num crescendo. A tela fica escura. O rolo termina.

2) Notas distribuídas aos jornalistas para acompanhar o programa *A fonte do poder*, da BBC.

A história do Anjo da Guarda foi esquecida pouco depois da Segunda Guerra Mundial – como tantas ideias que funcionaram bem, não havia motivo para reexaminar o que foi feito. Na época, no entanto, o Anjo da Guarda foi um tremendo sucesso e uma vitória da propaganda. Testes feitos na população britânica comprovaram que a substância se acumulava no organismo. Uma semana bebendo água com Anjo da Guarda bastaria para garantir proteção pelo resto da vida contra o gás nervoso.

O Anjo da Guarda era fabricado em grandes reservatórios nos Estados Unidos e no Reino Unido. Era transportado de navio para países aliados: para o Havaí e para o México, para a Noruega, para a África do Sul e para a Etiópia. Os submarinos inimigos atacaram os navios, como faziam com qualquer embarcação que partisse de países Aliados. Inevitavelmente, numa noite triste de setembro de 1944, um navio foi afundado, com toda a tripulação, a vinte e cinco quilômetros da costa de Portugal, a caminho do Cabo da Boa Esperança.

Pesquisas posteriores descobriram que, ao longo dos meses subsequentes, nas cidades litorâneas de Aveiro, Espinho e Porto, coisas estranhas chegaram à praia – peixes muito maiores do que qualquer outro visto antes. Cardumes dessas criaturas de tamanho descomunal aparentemente se lançavam às praias. A população dos vilarejos e das cidades costeiras comeu os peixes. Uma análise feita por uma escrupulosa autoridade portuguesa em 1947 revelou que era possível detectar o Anjo da Guarda até mesmo em leitos subterrâneos de cidades como Estrela, já perto da fronteira espanhola. Mas a insinuação feita de que deveriam ser realizados testes no lençol freático de toda a Europa foi rejeitada; não havia recursos disponíveis para isso.

Algumas análises sugerem que o naufrágio deste navio foi um momento decisivo. Outras afirmam que, assim que o líquido entrasse no ciclo da água em qualquer momento, em qualquer reservatório, em qualquer lugar no mundo, sua propagação seria inevitável. Outras fontes potenciais de contaminação incluem um vazamento de um tanque enferrujado em Buenos Aires, muitos anos depois da guerra, e uma explosão em um depósito de munições na China.

No entanto, os oceanos do mundo se conectam entre si – o ciclo da água é infinito. Embora o Anjo da Guarda tenha sido esquecido após a Segunda Guerra Mundial, ele continuou a se concentrar e a ampliar sua potência no corpo humano. Hoje, as pesquisas já determinaram que o produto é sem dúvida o gatilho, depois que se atinge certo grau de concentração, para o desenvolvimento do poder eletrostático nas mulheres.

Qualquer mulher que tivesse sete anos ou menos durante a Segunda Guerra Mundial pode ter rudimentos de trama em suas clavículas – embora nem todas o tenham; isso depende da dose de Anjo da Guarda recebida na primeira infância e de outros fatores genéticos. Essas tramas rudimentares podem ser "ativadas" por uma explosão controlada de poder eletrostático detonada por uma mulher mais jovem. Elas estão presentes em proporções cada vez maiores de mulheres, segundo o ano de nascimento. Mulheres que tinham treze ou catorze anos na época do Dia das Meninas quase invariavelmente possuem uma trama totalmente desenvolvida. Depois que o poder da trama foi ativado, não há como desativá-lo sem um enorme risco para a vida da mulher.

Teorias afirmam que o Anjo da Guarda meramente amplificou um conjunto de possibilidades genéticas já presentes no genoma humano. É possível que, no passado, mais mulheres possuíssem trama, mas que essa tendência tenha sido eliminada ao longo do tempo por meio de critérios reprodutivos.

3) Conversa por mensagens de texto entre o ministro do Interior e o primeiro-ministro, sigilosa e liberada de acordo com a regra dos trinta anos.

Primeiro-ministro: Acabei de ler o relatório. Alguma ideia?

Ministro do Interior: Não dá para divulgar.

PM: Os Estados Unidos devem divulgar mês que vem.

MI: Puta que pariu. Peça pra adiar.

PM: Eles estão adotando "uma política de abertura total". Virou quase uma religião deles.

MI: Como sempre.

PM: Não dá pra impedir os americanos de ser americanos.

MI: Eles estão a dez mil quilômetros do Mar Negro. Vou falar com o sec. de Estado. A gente tem que dizer que é um assunto da Otan. Liberar o relatório vai prejudicar a estabilidade de regimes frágeis. Regimes que podem facilmente ter acesso a armas químicas e biológicas.

PM: Vai vazar, de todo jeito. Temos que pensar qual é o impacto disso pra gente.

MI: Vai ser um pandemônio.

PM: Por que não tem cura?

MI: Não tem porra de cura nenhuma. Já nem é uma crise. É a nova realidade.

4) Coleção de anúncios *on-line*, preservada pelo Projeto Arquivo de Internet.

4a) Fique seguro com seu Protetor Pessoal

O Protetor Pessoal é seguro, confiável e fácil de usar. A bateria que você usa no cinto fica conectada a um taser no pulso.

- Este produto é aprovado por policiais e foi testado de maneira independente.
- É discreto: só você vai saber que tem como se defender.
- Está sempre à mão: sem necessidade de se procurar num coldre ou no bolso se estiver sendo atacado.
- Você não vai encontrar outro produto tão confiável e eficiente.
- Completo com conector para carregar no celular.

Nota: O Protetor Pessoal mais tarde foi retirado do mercado devido a incidentes fatais com usuários. Ficou demonstrado que o corpo da mulher, ao receber um choque elétrico de alta voltagem, frequentemente reagia produzindo um grande arco reflexo que "ricocheteava" na direção do usuário, mesmo caso ela caísse inconsciente. Os fabricantes do Protetor Pessoal fizeram um acordo extrajudicial com as famílias de dezessete homens mortos dessa maneira.

4b) Aumente seu poder com esse estranho truque

Mulheres do mundo inteiro estão descobrindo como aumentar a duração e a força de seu poder usando este conhecimento secreto. Nossas ancestrais conheciam o segredo; agora, pesquisadores da Universidade de Cambridge descobriram este estranho truque para melhorar seu desempenho. Programas caros de treinamento não querem que você conheça este modo fácil de ter sucesso! Clique aqui para aprender o truque de US$ 5 que vai fazer você se destacar.

4c) Meias defensivas

O jeito natural de se proteger contra ataques. Sem veneno, sem comprimidos, sem pós; proteção totalmente eficiente contra a eletricidade! Simplesmente coloque essas meias de borracha por baixo de suas meias comuns. Ninguém precisa saber que você está com elas, e ao contrário do que acontece com um sapato, o agressor não tem como retirá-las facilmente. Duas meias por pacote. Forro absorvente para a umidade dos pés.

Nunca. O Protetor Pessoa mais tarde foi retirado do mercado devido a incidentes fatais com usuários. Ficou demonstrado que o corpo da mulher, ao receber um choque elétrico de alta voltagem, frequentemente reage produzindo um grande arco reflexo que ricocheteia na direção do usuário, mesmo caso ela esteja inconsciente. Os fabricantes do Protetor Pessoa fizeram um acordo extrajudicial com as famílias de dezessete homens mortos dessa maneira.

ab Mulheres: seu poder com este estranho truque

Mulheres do mundo inteiro estão descobrindo como aumentar a duração e a força do seu poder usando este conhecimento secreto. Nossos ancestrais conheciam o segredo, agora pesquisadores da Universidade de Cambridge descobriram este estranho truque para melhorar seu desempenho. Programas caros de treinamento não querem que você conheça este modo fácil de [illegible]! Clique aqui para aprender o truque de US$3 que vai fazer você se destacar.

Seja Alerta: Usuários

O jeito natural de se proteger contra ataques. Sem cápsulas, sem complicações, sem pó. Proteção totalmente eficiente contra a eletricidade! Simplesmente coloque estas meias de borracha por baixo de suas meias comuns. Ninguém precisa saber que você está com elas — ao contrário de quem anda com um sapato [illegible]. Duas meias por pacote. Fixo absolutamente para a umidade dos pés.

FALTAM SEIS ANOS

TUNDE

Tatiana Moskalev tinha razão, e a informação que ela passou para ele estava certa. Tunde passou dois meses investigando nas colinas do norte de Moldova – ou no país que antes era Moldova e que atualmente está em guerra com a parte sul do país – fazendo perguntas com cautela e subornando as pessoas que encontrava. A Reuters pagou suas despesas; Tunde contou a uma editora de sua confiança sobre a dica que recebeu e ela aceitou cobrir os gastos. Se ele encontrasse o rei, seria uma notícia das mais relevantes; caso contrário, poderia fazer um retrato desse país dividido pela guerra, e de qualquer jeito eles receberiam uma matéria.

Mas ele encontrou. Uma tarde, um sujeito num vilarejo perto da fronteira concordou em levar Tunde em seu jeep até um lugar no rio Dniester com vista para o vale. Lá, ele viu um complexo de casas erguido às pressas, com prédios baixos e um pátio de treinamento no centro. O sujeito não deixou Tunde sair do jeep nem aceitou se aproximar mais. Mas a vista era boa o suficiente e Tunde fez seis fotos. Elas mostravam homens de pele escura barbados, com trajes de guerra e boinas pretas treinando com uma nova arma, com um novo equipamento de proteção. As roupas eram de borracha; nas costas eles carregavam baterias e, nas mãos, varas de conduzir gado eletrificadas.

Eram só seis fotos, mas era o bastante. A notícia de Tunde correu o mundo. "Awadi-Atif treina exército secreto" foi a manchete da Reuters. Outros gritaram: "Os garotos contra-atacam". E "Uma novidade chocante". Houve debates calorosos nas redações e nos programas matinais de TV sobre as implicações dessas novas armas: será que elas poderiam funcionar? Será que sairiam vitoriosas? Tunde não conseguiu fotografar o próprio rei Awadi-Atif, mas a conclusão de que ele estava trabalhando com as Forças de Defesa de Moldova era inquestionável. A situação começava a se estabilizar em vários países, mas essa notícia fez tudo começar de novo. Talvez os garotos estivessem contra-atacando, com suas armas e armaduras.

Em Delhi, o motim durou semanas.

Começou debaixo dos viadutos, onde os pobres viviam em barracas feitas com cobertores ou casas construídas com papelão e fita adesiva. É ali que vão os homens quando querem uma mulher que possam usar sem autorização da lei ou licença, e que possam descartar sem sofrer censura. O poder vem sendo passado de mão em mão aqui já faz três anos. E as muitas mãos-que-trazem-a-morte aqui têm um nome: Kali, a eterna. Kali, que destrói para fazer com que nasça carne nova. Kali, inebriada pelo sangue das mortes. Kali, que apaga as estrelas com o polegar e o indicador. Terror é seu nome e morte é o que ela respira. Sua chegada neste mundo era esperada havia muito tempo. Os ajustes necessários na compreensão foram feitos com facilidade pelas mulheres sob os viadutos da megacidade.

O governo enviou o exército. As mulheres de Delhi descobriram um truque novo. Era possível eletrificar um jato d'água direcionado a quem as atacava. As mulheres colocavam seus dedos no esguicho e lançavam a morte que habitava seus dedos, como a Deusa que andava pela terra. O governo cortou o abastecimento de água nas áreas de favelas, no auge do calor do verão, quando as ruas fediam a podridão e as cadelas grávidas andavam em busca de sombra, ofegantes. A mídia internacional filmou os pobres implorando por água, orando por uma única gota. E no terceiro dia, os céus se abriram e enviaram uma chuva fora de época, frenética e plena como uma escova de limpeza, lavando o cheiro das ruas e se armazenando em poças e charcos. Quando voltam, os soldados estão sobre a água ou tocam metal molhado, seus veículos estão sobre algum cabo solto que chega até uma poça, e quando as mulheres energizam as ruas, as pessoas morrem subitamente, caindo no chão com espuma na boca, como se atingidas pela própria Kali.

Os templos de Kali estão repletos de devotos. Há soldados que passam para o lado dos manifestantes. E Tunde também está ali, com as câmeras e o crachá da CNN.

No hotel, cheio de jornalistas estrangeiros, as pessoas sabem quem ele é. Ele viu alguns daqueles repórteres antes, em lugares onde por fim estava sendo feita justiça, embora não se considere de bom-tom falar assim. Oficialmente, no Ocidente, ainda se trata de uma "crise", com tudo que a palavra implica: excepcional, deplorável, temporária. A equipe do *Allgemeine Zeitung* cumprimenta Tunde pelo nome, dá os parabéns – com um tom ligeiramente invejoso – pelo furo das seis fotos das forças de Awati-Atif. Ele conheceu os mais graduados editores e produtores da CNN e até uma equipe do *Daily Times* da Nigéria, que pergunta onde ele andou se escondendo e como pôde passar despercebido. Tunde agora tem um canal no YouTube, transmitindo vídeos de várias partes do mundo. Seu rosto aparece no início de cada transmissão. É ele quem vai aos lugares mais perigosos para trazer imagens que mais ninguém mostra. Ele comemorou o aniversário de vinte e seis anos em um avião. Uma aeromoça reconheceu seu rosto e trouxe champanhe.

Em Delhi, ele segue um grupo de mulheres que causam um alvoroço no mercado de Janpath. Em outros tempos, as mulheres não podiam andar sozinhas ali, a não ser que tivessem mais de setenta anos, e mesmo isso não era garantia. Por muitos anos houve protestos e cartazes e gritos de guerra. Essas coisas passavam e logo era como se nada tivesse acontecido. Agora as mulheres fazem o que chamam de "uma demonstração de força", em solidariedade aos que morreram debaixo dos viadutos e que sofreram com a falta d'água.

Tunde entrevista uma mulher na multidão. Ela participou dos protestos três anos atrás; sim, ela carregou uma faixa e gritou e assinou petições. — Era como ser parte de uma onda no mar — ela diz. — Uma onda no oceano se sente muito poderosa, mas só dura um instante, o sol seca as poças e a água vai embora. Depois você acha que talvez aquilo nunca tenha acontecido. Com a gente foi assim. A única onda que muda tudo é o tsunami. Você tem que demolir as casas e arrasar a cidade se quiser ter certeza de que ninguém vai te esquecer.

Ele sabe exatamente onde encaixar isso em seu livro. A história dos movimentos políticos. A luta que caminhou tão lentamente até que essa grande mudança ocorresse. Ele está montando um argumento.

Quase não há violência contra as pessoas; o alvo principal são as barracas.

— Agora eles vão saber — grita uma mulher diante da câmera de Tunde — que são eles que não deveriam sair de casa sozinhos à noite. Que são eles que deveriam ter medo.

Há um breve tumulto quando quatro homens com facas aparecem na multidão, mas elas resolvem isso rapidamente, deixando os homens com contrações nos braços, mas sem danos permanentes. Ele começava a suspeitar que nada de novo aconteceria aqui, nada que não tivesse sido visto antes, quando surgem comentários de que o exército montou uma barricada adiante, em frente à praça Windsor. Eles tentam proteger os hotéis estrangeiros. Avançam lentamente, armados com balas de borracha e sapatos com solas grossas, isolantes. Eles querem mostrar algo aqui. Fazer uma demonstração de força para que o mundo veja como um exército bem treinado lida com uma turba como essa.

Tunde não conhece nenhuma das mulheres na multidão. Não há ninguém que vá lhe oferecer a casa como abrigo caso o exército chegue. A multidão se amontoa cada vez mais; aquilo foi acontecendo tão paulatinamente que ele nem sequer se deu conta, mas, agora que sabe que o exército está tentando condensar a multidão em apenas um lugar, começa a fazer sentido. E então o que vai acontecer? Vai morrer gente aqui; ele sente isso na espinha e no topo da cabeça. Há gritos adiante. Ele não fala a língua bem a ponto de entender. O sorriso tranquilo que Tunde sempre tem no rosto desaparece. Ele precisa escapar, achar um lugar seguro.

Ele olha em volta. Delhi está sempre em construção, na maior parte das vezes em canteiros não muito seguros. Há prédios dos quais jamais se removeram os andaimes, vitrines com inclinações esquisitas e até imóveis em que pessoas moram apesar de desabamentos parciais. Ali. Duas quadras adiante. Há uma loja com portas e janelas fechadas com tábuas atrás de um carrinho vendendo *parathas*. Há uma espécie de andaime de madeira preso na lateral do prédio. O telhado é plano. Ele abre caminho às pressas em meio à multidão. A maior parte das mulheres ainda tenta avançar, gritando e agitando faixas. Em algum lugar mais à frente há sibilos e crepitação de descargas elétricas. Ele sente isso no ar; conhece a sensação. Os odores na rua, o cocô de cachorro e a conserva de manga e o cheiro da multidão e o *bhindi* frito com cardamomo se tornam mais intensos por um momento. Todo mundo para. Tunde faz força para chegar ainda mais longe. Ele diz para si mesmo: não é hoje que você morre, Tunde. Não é hoje. Vai ser uma história engraçada para contar para os amigos quando você chegar em casa. Vai estar no livro; não tenha medo, só siga em frente. Você vai conseguir fazer um belo vídeo de um lugar alto, só precisa achar um jeito de chegar lá.

A parte mais baixa do andaime é alta demais para ele alcançar, mesmo pulando. Mais acima na rua ele vê que outras pessoas tiveram a mesma ideia, estão escalando telhados ou árvores. Outros tentam puxá-los para baixo. Se não subir agora, dentro de minutos ele pode ser esmagado por outras pessoas que queiram seu lugar. Ele puxa três caixas velhas de frutas, empilha uma em cima da outra – espeta uma lasca no polegar ao fazer isso, mas não liga –, sobe nas caixas e pula. Não consegue. A queda é brusca e o baque faz os joelhos doerem. As caixas não vão durar muito. A multidão se move e grita novamente. Ele pula de novo, dessa vez com mais força, e agora sim! Conseguiu. Primeiro degrau da escada de andaimes. Forçando os músculos da perna, ele chega ao segundo degrau, ao terceiro, e dali consegue pôr os pés na frágil estrutura, e depois fica fácil.

O andaime oscila enquanto ele sobe. Ele não está preso às paredes do prédio de concreto, que está em ruínas. Em algum momento ele esteve amarrado com cordas, mas elas estão esfiapadas e apodrecidas, e a tensão que ele causa ao escalar força as fibras. Bem, *este* seria um jeito estúpido de morrer. Não em um motim, não atingido por um tiro do exército, não com Tatiana Moskalev apertando seu pescoço. Simplesmente caindo de quatro metros de altura de costas em uma rua de Delhi. Ele escala mais rápido, chegando ao parapeito irregular quando a estrutura como um todo suspira e balança cada vez mais loucamente de um lado para o outro. Ele se agarra ao parapeito com um braço, sentindo aquela farpa abrir caminho em seu polegar, impulsiona com as pernas e consegue pular de um jeito que leva metade de seu corpo para cima do telhado, braço direito e perna direita abraçados ao parapeito e corpo suspenso sobre a rua. Há gritos de um ponto mais distante da rua e som de tiros.

Ele faz força de novo com a perna esquerda, ganhando impulso suficiente para atingir o telhado do prédio, coberto de pedrinhas. Ele cai em uma poça, fica encharcado, mas está salvo. Ele ouve rangidos e estalidos quando a estrutura de madeira finalmente cede e desaba no chão. É isso, Tunde, não tem como descer. Por outro lado, nenhum risco de ser esmagado pela multidão que tenta escapar de ser pisoteada. Na verdade, o lugar é perfeito. Como se tivesse sido feito para ele usar neste momento. Ele sorri, solta o ar lentamente. Pode armar a câmera aqui, filmar tudo. Não está mais com medo, está empolgado. Não tem nada que ele pudesse fazer, de todo modo, nenhuma autoridade que pudesse informar, nenhum chefe a quem pedir autorização. Só ele e suas câmeras, aqui em cima, fora do caminho. E alguma coisa vai acontecer.

Ele senta e olha em volta. E é aí que vê que há uma mulher com ele, ali, no telhado.

Ela tem quarenta e poucos anos, alta, magra, forte, com tranças compridas que parecem uma corda lubrificada. Ela está olhando para ele. Ou não exatamente para ele. Ela olha rapidamente para ele, depois para o lado. Ele sorri. Ela sorri também. E por aquele sorriso ele sabe sem nenhuma dúvida que há algo errado com ela. É o modo como ela inclina a cabeça para o lado. O modo como ela não está olhando para ele e de repente passa a encará-lo.

— Você está... — Ele olha para baixo para a multidão que se move pela rua. Há um som de tiro, agora mais perto. — Desculpe se esse lugar é seu. Só vou esperar até ficar seguro para descer. Tudo bem?

Ela faz que sim com a cabeça. Ele tenta sorrir. — A coisa não está parecendo boa lá embaixo. Você subiu pra se esconder?

Ela fala lenta e cuidadosamente. O sotaque não é ruim; talvez fosse menos doida do que ele imaginou: — Eu estava procurando você.

Ele pensa por um momento que ela quer dizer que reconhece a voz dele da internet, que já viu uma foto dele. Ele dá um sorriso tímido. Uma fã.

Ela se ajoelha, mergulha os dedos na poça d'água em que ele ainda está sentado. Ele pensa que ela está tentando lavar as mãos até que o choque atinge seu ombro e seu corpo inteiro começa a tremer.

É tão repentino e tão rápido que por um momento ele imagina que deve ser um equívoco. Ela não está olhando para os olhos dele, está olhando para longe. A dor sangra por suas costas e pelas pernas. Há um emaranhado de dor desenhando uma árvore em seu flanco, é difícil respirar. Ele está de quatro. Ele tem que sair da água.

Ele diz: — Pare! Não faça isso. — Ele mesmo fica surpreso com sua voz. É uma voz petulante, suplicante. Soa como alguém mais assustado do que ele acha que está. Vai ficar tudo bem. Ele vai sair dessa.

Ele começa a recuar. Abaixo deles, a multidão berra. Há gritos. Se conseguir fazer com que ela pare, vai dar para fazer imagens ótimas da rua, do confronto.

A mulher continua agitando a água com os dedos. Os olhos dela se reviram.

Ele diz: — Eu não vim aqui pra te machucar. Está tudo bem. A gente pode esperar aqui junto.

Ela ri. Uma risada que parece uma série de latidos.

Ele rola, rasteja de costas até sair da poça. Olha para ela. Agora ele está com medo; foi o riso que o deixou assustado.

Ela sorri. Um sorriso mau, largo. Os lábios dela estão úmidos. Ele tenta se levantar, mas as pernas tremem e ele não consegue. Ele cai sobre um dos joelhos. Ela vê que ele está balançando a cabeça, parece que ela está pensando: sim, é de se esperar. Sim, é assim que acontece.

Ele olha à sua volta no telhado. Não tem muita coisa. Tem uma pinguela que leva ao topo de outro prédio, uma mera tábua. Ele não iria gostar de atravessar por ali; ela poderia chutar a madeira enquanto ele atravessa. Mas se ele conseguisse pegar a tábua poderia usá-la como arma. No mínimo para manter a mulher a distância. Ela começa a rastejar na direção dele.

Ela diz umas poucas palavras numa língua que ele não conhece e depois, bem baixinho: — Nós estamos apaixonados?

Ela passa a língua pelos lábios. Ele vê a trama se contraindo nas clavículas dela, uma larva viva. Ele se move mais rápido. Ele tem certa consciência de que há outras pessoas olhando para eles do prédio do outro lado da rua, gente apontando e gritando. Não tem muita coisa que eles possam fazer de lá. Talvez filmar. E de que isso iria adiantar? Ele tenta ficar em pé de novo, mas as pernas ainda tremem do choque, e ela ri quando vê que ele está tentando. Ela dá um bote. Ele tenta dar um chute no rosto dela com o sapato, mas ela agarra o tornozelo exposto e dá um novo choque. Um arco longo, intenso. A sensação é de um cutelo de cortar carne empunhado por um profissional e enfiado na coxa e na panturrilha, separando a carne do osso. Ele sente o cheiro dos pelos da perna queimando.

Há um cheiro de especiarias, algo que sobe da rua. Carne assada e fumaça de gordura animal derretendo e de ossos queimados. Ele pensa na mãe, pondo a mão na panela para testar os grãos de arroz parboilizado entre as pontas dos dedos. Quente demais para você, Tunde, tire a mão. Ele sente o aroma doce e quente do arroz *jollof* no fogão. Seu cérebro está um caos, Tunde. Lembre o que dizem sobre isso. A mente é feita de carne e eletricidade. A coisa dói mais do que deveria porque dá um curto-circuito no cérebro. Você está confuso. Você não está em casa. Sua mãe não vai aparecer.

Ela dominou Tunde, que está no chão; ela se debate com o cinto e a calça jeans dele. Ela tenta baixar as calças dele sem abrir a fivela, e elas são justas demais para passar pela cintura. As costas dele arrastam e arranham nas pedras; ele sente a borda de um bloco de concreto na lombar, deixando as costas em carne viva, e fica pensando, se eu resistir muito ela vai me deixar inconsciente, e aí ela pode fazer o que quiser.

Agora há gritos de longe. Como se ele estivesse debaixo d'água, com os ouvidos tampados. De início ele pensa que está ouvindo gritos da rua. Ele está preparado para outro choque; seu corpo está tenso à espera. E é só quando o choque não vem, quando ele percebe que está lutando contra o ar, que abre os olhos e vê que três mulheres tiraram a outra de cima dele. Elas devem ter passado pela pinguela, vindo do prédio ao lado. Atiraram a outra no chão e dão um choque atrás do outro nela, mas ela não para. Tunde ergue as calças e espera, olhando, até que aquela mulher com as longas tranças oleosas para de se mexer completamente.

ALLIE

Excertos do fórum Liberdade de Alcance, que se autodenomina libertário

Perguntadoerespondido

Grandes, grandes, GRANDES notícias da Carolina do Sul. Olhem as fotos. Essa é da Mãe Eva – é uma captura de tela do vídeo "Rumo ao Amor", aquele em que o capuz desliza um pouco pra trás e dá pra ver parte do rosto. Olhe como o queixo é meio pontudo, e a relação entre a boca e o nariz, comparada com a parte de baixo da boca com o queixo. No diagrama eu calculei as proporções.

Agora olhe essa foto. Alguém no fórum do UrbanDox subiu as fotos de uma investigação policial de quatro anos atrás no Alabama. Todos os indícios são de que a foto é real. Pode ter vindo de alguém que quer justiça, pode ter vindo da polícia. Tanto faz. As fotos são de uma tal "Alison Montgomery-Taylor", que assassinou o pai adotivo e nunca foi encontrada. É bem claro. O formato da mandíbula é o mesmo, o queixo é igual, a proporção entre a boca e o nariz e a boca e o queixo é a mesma. Só vejam e me digam se não é convincente.

Vasephoder

Pooooorra. Você descobriu que todo ser humano tem boca e nariz e queixo. Isso aí vai ser uma revolução no campo da antropologia, seu viado.

Ldeliberdade

Essas fotos foram claramente adulteradas. Olhe o jeito que a luz bate no rosto da Alison M-T. A luz bate na bochecha do lado esquerdo e no queixo do lado direito? Alguém fez um troço tipo "homem de Piltdown" nessas fotos pra forçar uma barra. Pra mim isso é fraude.

AngularMerkel

Todo mundo sabe que é a Alison M-T. A polícia da Flórida já foi informada, mas ela subornou os caras. Eles vêm extorquindo grana e ameaçando gente na costa leste inteira. Eva e as freiras dela se uniram à merda do crime organizado judaico, isso foi provado pelo UrbanDox e pela UltraD, vejam os posts sobre os motins de 11 de maio e sobre as prisões em Raleigh antes de ficar repetindo essa merda, seus cuzões.

Tempratodas

A conta do UrbanDox foi suspensa por insulto, cuzão.

Abraamico

Sei, já vi que todo post que você escreve é pra falar bem do UrbanDox, ou de dois caras que todo mundo sabe que são só fantoches. Ou você é o UD ou está com o pau dele na boca agora mesmo.

SanSebastian

Duvido que não seja ela. É o governo de Israel que está bancando essas novas "igrejas"; há séculos eles tentam acabar com o Cristianismo, desacreditando a Igreja, usando os pretos pra envenenar as cidades com drogas. Essa droga nova é só mais uma parte disso; sabia que as novas "igrejas" estão distribuindo essas drogas sionistas pras nossas crianças? Acorda, ovelhinha. Essa coisa toda já foi costurada pelos mesmos poderes e sistemas de sempre. Vocês acham que são livres porque podem falar num fórum de internet? Vocês não acham que estão monitorando o que a gente fala? Vocês não acham que eles sabem quem cada um de nós é? Eles não ligam enquanto a gente ficar falando aqui, mas, se um dia um de nós desse a impressão de que ia agir, eles iam saber o suficiente sobre cada um pra destruir a gente.

Vasephoder

Não alimente os trolls.

AngularMerkel

Que merda esses doidos da teoria da conspiração.

Falafacil

Não tá cem por cento errado. Por que você acha que eles não ferram mais com quem faz download ilegal de filme? Por que vocês acham que eles não fecham os sites pornô, os sites de torrent? Ia ser fácil pra caralho, todo mundo que tá aqui fazia um código desses numa tarde. Sabe por quê? Porque se eles precisarem ir atrás de um de nós, mandar pra cadeia por um milhão de anos, eles têm poder pra isso. É isso que é a internet, mano, uma porra de uma arapuca, e você acha que está na boa porque está usando um proxy de merda, ou porque está oscilando o sinal com um Bilhorod ou Kherson? A NSA tem acordo com toda essa gente, eles subornaram a polícia, estão em todos os servidores.

Matheson

Moderador aqui. Esse fórum não é lugar pra discutir segurança na net. Sugiro levar esse post para /segurança.

Falafacil

É relevante aqui. Você viu o vídeo do BB97 de Moldova? Feito pelo nosso governo nos EUA, monitorando o movimento das tropas do Awadi-Atif. Você acha que eles conseguem ver isso e não conseguem ver a gente?

Ldeliberdade

Enfiiiiim... para voltar ao tópico, acho que não pode ser a Mãe Eva. Sabe-se que a Alison M-T fugiu na noite que matou o pai, 24 de junho. Os primeiros sermões de Eva na Myrtle Bay são de 2 de julho. A gente vai mesmo dizer que a Alison M-T matou o pai, daí roubou um carro, atravessou a divisa estadual, começou a trabalhar como sacerdotisa suprema de uma nova religião e já estava fazendo sermões em dez dias? Eu não acredito. Uma coincidência em software de reconhecimento facial fez essa identificação, os teóricos da conspiração do Reddit ficaram malucos com a história, não tem nada com nada disso aí. Se eu acredito que tem alguma coisa estranha com a Eva? Claro. Tem os mesmos padrões sombrios da Cientologia, do começo dos Mórmons. Falas ambíguas, forçando interpretação de textos antigos pra caber em um pensamento novo, criação de uma nova classe de oprimidos. Mas assassinato? Não tem indícios disso.

Levantepopular

Acordem. O pessoal dela alterou as datas desses sermões pra parecer que são mais antigos. Não tem vídeo desses primeiros sermões, nada no YouTube. Eles podem ter sido feitos a qualquer momento. Eu acho que isso na verdade até torna a coisa mais suspeita. Por que ela precisaria fingir que já estava em Myrtle Bay tão cedo?

Falafacil

Não consigo entender como as imagens de satélite de Moldova estão fora do tópico. Mãe Eva andou falando no Sul de Moldova, ela está criando uma base de sustentação lá. A gente sabe que a NSA monitora tudo, o terrorismo global não desapareceu. Dezessete parentes próximos do rei fugiram da Arábia Saudita depois do golpe com mais de oito trilhões de dólares em propriedades no exterior. A dinastia Saud não desapareceu só porque agora tem um centro para mulheres no Al Faisaliyah. Vocês acham que não vai haver reação? Vocês acham que o Awadi-Atif não quer a porra do reino dele de volta? Vocês acham que ele não anda distribuindo dinheiro a rodo pra qualquer um que ele acredite que pode ajudar? Vocês têm ideia do que a dinastia Saud sempre financiou? Eles financiam terrorismo, meus caros.

E, com tudo isso, vocês acham que não têm interesse em terrorismo doméstico e contraterrorismo? A NSA está monitorando tudo que a gente diz aqui: podem ter certeza. Eles vão vigiar tudo que a Eva faz.

Tempratodas

Eva estará morta em três anos, garanto.

Levantepopular

Cara, a não ser que você esteja usando doze VPNs ao mesmo tempo, sua porta será arrombada em três, dois, um...

AngularMerkel

Alguém vai mandar um assassino de aluguel atrás dela. Eletricidade não protege contra tiro. Malcolm X. MLK. JFK. Provavelmente até já contrataram alguém pra pegá-la.

Tempratodas

Aqueles discursos dela, eu matava de graça.

OSenhorObserva

O governo está causando essa mudança há anos com a inoculação de doses cuidadosamente calculadas de hormônios chamadas VACINAÇÃO. VAC como em VÁCUO, SINA porque é a SINA do pecador, NAÇÃO como o povo antes grandioso que foi destruído por esse processo. Clique aqui para ler a denúncia que nenhum jornal vai publicar.

Ascensao229

O acerto de contas vai chegar. O Senhor vai reunir Seu povo e Ele vai instruir a todos sobre o Caminho Justo e sobre a Sua Glória, e isso anunciará o fim dos tempos, quando os justos serão levados para junto do Senhor e os maus perecerão nas chamas.

QuedasdeAvery

Vocês viram as reportagens do Olatunde Edo em Moldova? O exército saudita? Só eu quando vi aquelas fotos daqueles jovens de bem fiquei com vontade de ir e me alistar? Combater nessa guerra que está se aproximando com as armas que eles têm. Fazer a diferença, pra quando nossos netos perguntarem o que a gente fez a gente ter uma coisa pra contar?

Tempratodas

É exatamente o que eu penso. Queria ser mais novo. Se meu filho quisesse ir, eu iria desejar boa sorte. Mas tem uma feminazi fodendo com ele. Ela pôs as garras no menino e não solta.

Beningite

Levei meu filho ao shopping ontem. Ele tem nove anos. Eu o deixei andando pela loja de brinquedos pra escolher alguma coisa – foi aniversário dele semana passada, ele tem dinheiro que ganhou de aniversário e é esperto o suficiente pra não sair de casa sem mim. Mas, quando fui ver onde ele estava, tinha uma menina falando com ele, de uns treze, catorze anos, acho. Uma tatuagem daquelas na palma da mão. A Mão de Fátima. Perguntei o que a menina tinha dito e ele começou a chorar. Ele me perguntou se era verdade que ele é malvado e que Deus quer que ele seja obediente e humilde. Ela estava tentando converter meu filho dentro da porra da loja.

Vasephoder

Pqp. Pqp. Revoltante. Putinha mentirosa de merda. Eu ia dar porrada nela até ela ter que chupar pinto pelo olho.

Cagandoempe

Cara, nem ideia do que você quer dizer com isso.

Tempratodas

Você tem uma foto dela? Algum jeito de descobrir quem é? Tem gente que pode te ajudar.

Falafacil

Que loja era? Exatamente quando e onde aconteceu? A gente pode achar imagens das câmeras de segurança. Dá pra mandar uma mensagem que ela não vai esquecer.

Tempratodas

Manda por DM pra mim onde você encontrou essa aí, e o nome da loja. A gente vai revidar.

Ldeliberdade

Pessoal. Acho que isso é falso. Uma história dessa, o cara que escreveu o post pode fazer vocês atacarem qualquer um, deixando quase nenhum rastro. Pode ser uma tentativa de provocar uma resposta só pra fazer a gente ficar de bandido na história.

Tempratodas

Foda-se. A gente sabe que isso aí acontece. Tá acontecendo com todo mundo. A gente precisa de um Ano de Fúria, que nem andam dizendo por aí. Essas putinhas precisam ver as coisas mudarem. Elas têm que aprender o significado de justiça.

UrbanDox933

Não vai ter onde se esconder. Não vai ter pra onde correr. Não vai ter piedade.

MARGOT

— Diga, prefeita, caso a senhora fosse eleita governadora deste grande estado, qual seria seu plano para enfrentar o déficit do orçamento?

São três pontos. Ela sabe. Os dois primeiros ela tem na ponta da língua.

— Eu tenho um programa de três pontos muito simples, Kent. Número um: cortar o excesso de gastos com burocracia. — Muito bem, é bom atacar aqui antes de falar do resto: — Sabia que o órgão responsável por meio ambiente na gestão atual, do governador Daniel Dandon, gastou mais de trinta mil dólares no ano passado com... — Com o que mesmo? — ... água mineral? — Uma pausa para deixar que a plateia sinta o impacto.

— Número dois, cortar a assistência de quem não precisa – se você tem renda superior a cem mil dólares por ano, esse estado *não* deveria estar pagando a colônia de férias dos seus filhos! — Trata-se de uma distorção seguida de uma distorção ainda mais grosseira. Essa situação só se aplica a duas mil famílias no estado inteiro, e a maior parte tem filhos com deficiências, o que as isentaria de qualquer maneira de comprovação de renda. Mesmo assim, pega bem, e falar em crianças faz as pessoas lembrarem que ela tem família, ao mesmo tempo que falar em cortar benefícios faz com que ela pareça rigorosa – não é só mais uma mulher que entra na política com um coração mole. Agora o terceiro pilar. O terceiro.

O terceiro pilar.

— O terceiro ponto — ela diz, na esperança de que as palavras surjam automaticamente caso ela continue falando. — O terceiro ponto — diz de novo, um pouco mais firme. Merda. Ela não lembra. Vamos lá. Cortar burocracia. Cortar pagamentos de assistência social desnecessários. E. E. Merda.

— Merda, Alan, esqueci o terceiro ponto.

Alan se alonga. Levanta e gira o pescoço.

— Alan. Qual é o terceiro ponto?

— Se eu falar, você vai se esquecer de novo no palco.

— Vá à merda, Alan.

— Legal, e é com essa boca que você beija seus filhos?

— Eles não sabem a diferença.

— Margot, você quer isso?

— Se eu *quero* isso? Eu estaria passando por toda essa preparação se eu não *quisesse* isso?

Alan suspira. — Sabe, Margot. Em algum lugar aí dentro da sua cabeça, você *sabe* o terceiro ponto do programa para enfrentar o déficit. Procure pra mim, Margot. Ache onde está.

Ela olha para o teto. Eles estão na sala de jantar, com um púlpito falso perto da televisão. O quadro com as impressões das mãozinhas de Maddy está na parede; Jocelyn já exigiu que tirassem o quadro com as mãos dela.

— Vai ser diferente quando a gente realmente estiver ao vivo — ela diz. — Na hora vou estar com a adrenalina. Vou estar mais… — Ela agita as mãos. — … intensa.

— Sei, vai estar tão intensa que quando não lembrar o terceiro pilar da reforma orçamentária vai vomitar ao vivo no palco. Intensa. Superintensa. Vômito.

Burocracia. Assistência social. Burocracia… Assistência social…

— INVESTIMENTO EM INFRAESTRUTURA! — ela berra. — A atual administração se recusou a investir na nossa infraestrutura. Nossas escolas estão caindo aos pedaços, as estradas têm problemas de manutenção e é preciso gastar dinheiro para que entre dinheiro. Eu já mostrei que sei administrar projetos de grande porte; nossos campos em parceria com a NorthStar para meninas foram replicados em doze estados até agora. Eles criam empregos. Mantêm as meninas longe das ruas. E fizeram com que nós tivéssemos um dos índices *mais baixos* de violência urbana no país. Investir em infraestrutura vai fazer com que a população confie que tem um futuro seguro à sua frente.

É isso. Era isso. Muito bem.

— E não é verdade, prefeita — diz Alan —, que a senhora tem vínculos incômodos com empresas do setor militar?

Margot sorri. — Só se você acha incômodo ter projetos em que governos trabalhem em conjunto com a iniciativa privada, Kent. A NorthStar Systems é uma das empresas mais respeitadas do mundo. Faz a segurança privada de vários chefes de Estado. E é uma empresa americana, exatamente o tipo de empresa de que nós precisamos para criar empregos para as famílias trabalhadoras. E me diga… — O sorriso dela realmente cintila. — Será que eu mandaria minha *própria filha* para um campo da NorthStar se achasse que eles não estão fazendo algo positivo?

Há uma lenta salva de palmas na sala. Margot nem percebeu que Jocelyn entrou pela porta lateral, que estava escutando.

— Foi muito bom, mãe. Muito bom mesmo.

Margot ri. — Você devia ter me visto uns minutos antes. Eu não conseguia lembrar nem os nomes dos núcleos de educação do estado. Eu sei isso de cor há uns dez anos.

— Você só tem que relaxar. Vem tomar um refrigerante.

Margot olha para Alan.

— Certo, certo. Vamos parar por dez minutos.

Jocelyn sorri.

Jos está melhor. Melhor do que estava, pelo menos. Dois anos de campo na NorthStar ajudaram; as meninas lá ensinaram Jos a controlar os picos de poder. Faz meses que ela não explode uma lâmpada e ela voltou a usar um computador sem medo de torrar o equipamento. Mas elas não conseguiram ajudar com os vales. Ainda há dias – às vezes chega a durar uma semana – em que ela não tem poder nenhum. Elas tentaram associar isso ao que ela come, ao sono, à menstruação, a exercícios, mas não conseguiram encontrar um padrão. Em alguns dias, ou semanas, ela não tem nada. Discretamente, Margot vem falando com alguns planos de saúde sobre a possibilidade de financiar pesquisas. O governo do estado ficaria muito grato pela ajuda. Mais ainda se ela se tornar governadora.

Jos pega a mão da mãe enquanto as duas passam pelo escritório e seguem para a cozinha. Aperta.

Jos diz: — Então, ah, mãe, este é o Ryan.

Há um menino parado meio sem jeito no corredor. Mãos nos bolsos. Pilha de livros do lado. Cabelo louro sujo caindo nos olhos.

Hummm. Um menino. Bom. Ok. Ser mãe sempre tem um desafio novo.

— Oi, Ryan. Prazer. — Ela estende a mão.

— Prazer, prefeita Margot — ele murmura. Pelo menos é educado. Poderia ser pior.

— Qual é sua idade, Ryan?

— Dezenove.

Um ano a mais que Jocelyn.

— E como você conheceu minha filha, Ryan?

— Mãe!

Ryan fica vermelho. Realmente fica vermelho. Ela tinha esquecido como alguns meninos de dezenove anos são novos. Maddy tem catorze anos e já anda praticando posições militares no vestíbulo e imitando os movimentos que viu na TV ou que Jos aprendeu no campo. O poder dela ainda nem se manifestou e ela parece mais velha do que esse menino parado no corredor, olhando para os próprios pés e vermelho.

— A gente se conheceu no shopping — diz Jos. — A gente deu umas voltas, tomou refrigerante, e vamos fazer um trabalho da escola juntos. — O tom de voz dela é de quem implora. — O Ryan vai para Georgetown no outono. Medicina.

— Todo mundo quer namorar um médico, não é? — Ela sorri.

— MÃE!

Margot puxa Jocelyn para mais perto dela, mão nas costas, beija o topo da cabeça e sussurra bem baixinho no ouvido dela: — Quero a porta do seu quarto aberta, ok?

Jocelyn fica tensa.

— Só até a gente ter tempo de falar sobre isso. Só hoje. Ok?

— Ok — sussurra Jos.

— Amo você. — Margot dá outro beijo nela.

Jos pega a mão de Ryan. — Também te amo, mãe.

Ryan pega os livros todo atrapalhado, com uma mão. — Prazer conhecer a senhora, sra. Margot. — E depois um olhar no rosto dele diz que ele sabe que o tratamento certo não é "senhora", como se tivesse sido instruído sobre isso. — Digo, prefeita Margot.

— O prazer é meu, Ryan. Jantar às seis e meia, ok?

E eles sobem as escadas. Pronto. O começo da nova geração.

Alan observa da porta do escritório. — Paixão juvenil?

Margot encolhe os ombros. — Alguma coisa juvenil, não sei se paixão. Hormônios juvenis.

— Bom saber que algumas coisas não mudam.

Margot olha para a escada que leva ao andar de cima. — O que você quis dizer antes, quando perguntou se eu queria isso?

— É só… agressividade, Margot. Você tem que ser agressiva naquelas perguntas. Tem que mostrar apetite, entendeu?

— Eu quero isso.

— Por quê?

Margot pensa em Jocelyn tremendo quando o poder dela diminui e como ninguém sabe dizer qual é o problema dela. Ela pensa como conseguiria fazer as coisas muito mais rápido sendo governadora, sem Daniel emperrando o caminho.

— Pelas minhas filhas — ela diz. — Eu quero ser governadora para ajudar a Jos.

Alan franze a testa. — Certo, então — diz. — De volta ao trabalho.

No andar de cima, Jos fecha a porta e solta a maçaneta tão suavemente que nem a mãe teria como ouvir. — Ela vai ficar horas lá embaixo — diz.

Ryan está sentado na cama. Ele faz círculos no pulso dela com seu polegar e o indicador. Puxa Jos para que ela sente a seu lado. — Horas? — ele diz e sorri.

Jos inclina os ombros para um lado, depois para o outro. — Ela tem um monte de *coisas* pra decorar. E a Maddy está com meu pai este fim de semana. — Ela coloca a mão na coxa dele; faz pequenos círculos com o polegar.

— Isso te incomoda? — diz Ryan. — Quero dizer, ela ficar ocupada com essa coisa toda.

Ela arranha o jeans da calça dele com as unhas. A respiração dele fica mais rápida.

— Você se acostuma — ela diz. — Minha mãe sempre fala que nossa família continua sendo assunto particular. O que acontece a portas fechadas fica só entre nós.

— Bacana — ele diz, e sorri. — Eu não ia querer aparecer no jornal da noite.

E ela acha isso tão fofo que se inclina e dá um beijo nele.

Eles já fizeram isso antes, mas ainda é uma coisa muito nova. E eles nunca fizeram isso em um lugar que tivesse uma porta e uma cama. Ela tinha medo de machucar alguém; tem vezes que não consegue evitar pensar no menino que mandou para o hospital, no jeito como os pelos do braço dele enrolaram e como ele pôs as mãos tapando os ouvidos, como se o som fosse muito alto. Ela falou disso com Ryan. Ele entende melhor do que qualquer outro garoto que ela conheceu. Eles já conversaram sobre como vão fazer as coisas com calma e não vão deixar nada sair de controle.

A parte interna da boca dele é tão quente e tão úmida e a língua é tão escorregadia. Ele geme, e ela sente aquilo começar a crescer dentro do corpo, mas ela está bem, ela fez os exercícios de respiração, ela sabe que consegue se controlar. As mãos dela estão nas costas dele e passaram há tempos do cinto, e as mãos dele no início parecem inseguras, mas depois vão ganhando confiança, roçando a lateral dos seios dela, depois o polegar dele chega ao pescoço e à garganta dela. Ela sente um sibilo, uma explosão passando pelos ombros e uma dor forte entre as pernas.

Ele se afasta por um instante. Assustado, excitado.

— Eu senti — ele diz. — Mostra pra mim?

Ela sorri, sem fôlego. — Se você mostrar o seu.

Os dois riem. Ela desabotoa a blusa, um botão, dois, três. Até o ponto em que o topo do sutiã começa a aparecer. Ele está sorrindo. Ele tira a blusa. Desabotoa a camiseta que usa por baixo. Um, dois, três botões.

Ele passa a ponta dos dedos pela clavícula dela, onde a trama está zumbindo debaixo da pele, excitada e pronta. E ela ergue a mão, toca no rosto dele.

Ele está sorrindo. — Pode vir.

Ela passa a mão pelos ombros, pelo osso. No começo sem sentir nada. Mas depois está ali, sutil mas cintilando. Ali está a trama dele.

Eles se conheceram no shopping, essa parte é absolutamente verdadeira. Jocelyn sabia, tendo sido criada na casa de uma política, que você nunca conta uma mentira deslavada se tem como evitar. Eles se *conheceram* no shopping porque decidiram que era ali que queriam se conhecer. E decidiram isso numa sala de chat privada na internet, onde os dois procuravam pessoas como eles. Pessoas estranhas. Pessoas em quem a coisa não *funcionava* direito, fosse qual fosse o motivo.

Jocelyn tinha dado uma olhada naquele site horroroso do UrbanDox que um desconhecido indicou por e-mail para ela, tudo sobre como essa coisa é o começo de uma guerra santa entre homens e mulheres. Um post no blog do UrbanDox falava sobre sites para "esquisitos e anormais". Jocelyn pensou: sou eu. É aí que eu devo ir. Depois, ela ficou espantada por não ter pensado nisso antes.

Ryan, pelo que eles sabem, é um caso ainda mais raro que o de Jocelyn. Ele tem uma irregularidade cromossômica; os pais dele sabiam desde que ele tinha poucas semanas de idade. Nem todos os meninos com essa alteração genética desenvolvem tramas. Alguns morreram quando as tramas tentaram se desenvolver. Alguns têm tramas que não funcionam. Em todo caso, eles fazem segredo sobre o fato; houve meninos que foram assassinados por mostrar sua trama em partes menos tolerantes do mundo.

Em alguns desses sites para esquisitos e anormais, as pessoas ficam se perguntando o que aconteceria se você convencesse as mulheres a *tentar* despertar o poder nos homens, se ensinassem a eles técnicas que já estão sendo usadas nos campos de treinamento para fortalecer o poder em mulheres mais fracas. Há quem diga: talvez mais homens tivessem o poder se elas *tentassem*. Mas a maior parte dos homens já desistiu de tentar, isso entre os que fizeram alguma tentativa. Eles não querem estar associados a essa coisa. A essa *esquisitice*. A essa irregularidade cromossômica.

— Você consegue… fazer?

— *Você* consegue? — ele diz.

Ela está num bom dia. O poder dela está equilibrado e sob controle. Ela pode usar a conta-gotas. Ela envia uma porção minúscula para o flanco dele, nada mais violento do que um cotovelo cutucando as costelas. Ele deixa escapar um ligeiro som. Um som de quem está se deliciando. Ela sorri para ele.

— Agora você.

Ele pega a mão dela. Faz carinho no centro da palma. E então ele faz. Ele não tem tanto controle quanto ela e seu poder é muito mais fraco, mas está ali. Intermitente, o poder cresce e diminui durante os três ou quatro segundos em que ele o usa. Mas está ali.

Ela suspira ao sentir. O poder é absolutamente real. Sentir seu efeito delineia com imensa clareza os contornos do corpo. Já se fez muita pornografia sobre isso. O único desejo humano infalível se adapta com facilidade; o que existe, nos humanos, é sexy. No momento, é isso que existe.

Ryan olha para o rosto de Jos enquanto envia seu poder para a mão dela, olhos impacientes. Ela perde o ar por um instante. Ele gosta.

Quando o poder dele acaba – e ele não tem muito, nunca teve –, ele deita de costas na cama dela. Ela deita ao lado dele.

— Agora? — ela diz. — Você está pronto?

— Sim — ele diz. — Agora.

E ela toca no lóbulo da orelha dele com a ponta do dedo. Produz uma leve crepitação, até que ele esteja se contorcendo e rindo e implorando que ela pare e implorando que ela continue.

Jos gosta de meninas. Ela gosta de meninos que têm algo feminino. E para encontrar Ryan bastava pegar um ônibus; era uma sorte. Ela mandava mensagens privadas para ele. Eles se encontraram no shopping. Gostaram um do outro. Se encontraram mais duas ou três vezes. Falaram sobre aquilo. Andaram de mãos dadas. Se beijaram. E ela levou Ryan para casa.

Ela pensa: eu tenho um namorado. Ela olha para a trama dele; ela não fica em relevo, como a dela. Ela sabe o que algumas meninas do campo iriam dizer, mas ela acha aquilo sexy. Ela coloca seus lábios na clavícula dele e sente a vibração por baixo da pele. Ela vai abrindo caminho com beijos ao longo da clavícula. Ele é como ela, mas diferente. Ela põe a língua entre seus próprios dentes e lambe Ryan no lugar onde o corpo dele tem gosto de bateria.

No andar de baixo, Margot fala sobre a assistência tremendamente necessária para os idosos em condição de vulnerabilidade. Ela usa praticamente toda a sua atenção para lembrar suas falas. Mas uma pequena parte do cérebro continua zumbindo em torno daquela pergunta que Alan fez. Ela quer ser governadora? Ela tem apetite pelo cargo? Por que ela quer ser eleita? Ela pensa em Jos e em como poderia ajudar caso tenha mais poder e influência. Ela pensa no estado e no que poderia fazer para melhorar as coisas. Mas, enquanto seus dedos seguram o púlpito de papelão e a carga começa a se acumular na clavícula quase que involuntariamente enquanto ela fala, o verdadeiro motivo é que ela não consegue parar de pensar na cara de Daniel caso ela seja eleita. Ela quer o cargo porque quer derrubar Daniel.

ROXY

Mãe Eva tinha ouvido uma voz dizer: um dia haverá um lugar onde as mulheres poderão viver livres. E agora ela está recebendo centenas de milhares de cliques daquele novo país onde as mulheres, até recentemente, ficavam acorrentadas em porões em cima de colchões sujos. Elas criam novas igrejas com seu nome, sem que ela precise mandar uma missionária sequer, uma enviada. O nome dela tem imenso significado em Bessapara; um e-mail dela significa ainda mais.

E o pai de Roxy conhece gente na fronteira com a Moldova, faz negócio com essas pessoas há anos. Não negocia carne humana, esse é um negócio sujo. Mas carros, cigarros, bebidas, armas, às vezes até arte. Uma fronteira permeável é uma fronteira permeável. E, com todas as mudanças recentes, a fronteira está mais permeável do que nunca.

Roxy diz para o pai: — Me manda para esse país novo. Bessapara. Me manda pra lá que eu vou conseguir fazer uma coisa. Eu tenho uma ideia.

— Escutem — diz Shanti. — Querem tentar uma coisa nova?

São oito pessoas, quatro mulheres, quatro homens, todos com vinte e poucos anos, no apartamento no subsolo da Primrose Hill. Bancários. Um dos homens já enfiou a mão debaixo da saia de uma das mulheres, e bem que Shanti podia passar sem essa.

Mas ela conhece seu público. "Uma coisa nova" é o grito de guerra deles, é o que seus parceiros usam para atraí-los para a reprodução, é o que os faz despertar às seis da manhã com os jornais e o suco orgânico de romã, porque laranja é aquela coisa cheia de açúcar muito anos 1980. O amor que eles sentem por "uma coisa nova" é maior do que seu amor por obrigações com garantia de dívida.

— Amostra grátis? — diz um dos homens, contando os comprimidos que eles já compraram. Checando se não foram enganados. Piranha.

— Nananinanão — diz Shanti. — Pra você não. Isso aqui é só para *meninas*.

Há gritinhos e assobios de alegria. Ela mostra um pacotinho com pó; o material é branco com um brilho púrpura. Como neve, como gelo, como o topo de montanhas em algum resort chique para esquiar aonde esse pessoal vai no fim de semana para pagar 25 libras por uma caneca de chocolate quente e trepar em tapetes feitos com pele de animais em risco de extinção na frente de lareiras acendidas cuidadosamente às cinco da manhã por funcionários mal pagos.

— Glitter — ela diz.

Ela lambe a ponta do indicador, põe o dedo no pacotinho e pega uns poucos cristais brilhantes. Abre a boca e levanta a língua para mostrar o que está fazendo. Esfrega o pó em uma das veias grossas na base da língua. Oferece o pacote para as mulheres.

As mulheres colocam impacientes seus dedos no pacotinho, cobrindo as pontas dos dedos com seja lá o que for aquilo que Shanti está oferecendo, e esfregam na boca. Shanti espera até que a sensação chegue.

— Uau! — diz uma analista de sistemas, balançando bruscamente a cabeça para cima e para baixo. – Lucy? Charlotte? Elas têm todas mais ou menos o mesmo nome. — Uau, meu Deus, eu acho que vou... — E ela começa a ter estalos na ponta dos dedos. Não é o suficiente para machucar alguém, mas ela teve uma ligeira perda de controle.

Normalmente, se você está bêbada ou fumou maconha ou está sob efeito da maioria das drogas, seu poder diminui. Uma mulher bêbada pode dar uma ou duas descargas, mas nada de que você não conseguisse desviar se não estivesse bêbado também. Isso é diferente. Isso é calibrado. Isso é *pensado* para realçar a experiência. Tem um pouco de cocaína na mistura – já se sabe que isso torna o poder mais acentuado – e mais alguns estimulantes, junto com o elemento que dá o brilho roxo, que

Shanti nunca viu em estado puro. Alguma coisa que vem de Moldova, ela ouviu dizer. Ou Romênia. Ou Bessapara. Ou Ucrânia. Um desses. Shanti compra coisas de um cara numa garagem perto do litoral em Essex, e quando essa coisa apareceu ela sabia que ia vender bem.

As mulheres começam a rir. Elas estão relaxadas e excitadas, recostadas, fazendo arcos altos, de baixa voltagem, que saem de uma mão para a outra, ou que vão até o teto. Se um desses arcos entrasse em você a sensação seria boa. Shanti fez sua namorada usar um pouco do pó e dar essas pequenas descargas nela. Não dói, só faz um tremor, umas cócegas nas terminações nervosas, como tomar uma ducha de San Pellegrino. Coisa que provavelmente esses cretinos fazem.

Um dos homens paga em dinheiro vivo por mais quatro pacotinhos. Ela cobra o dobro – oito notas de cinquenta novinhas, bem diferentes das que você recebe num caixa automático – porque eles são uns idiotas. Ninguém se oferece para ir com ela até o carro. Quando ela sai, dois deles já estão trepando, rindo, soltando raios em todas as direções a cada nova estocada.

Steve está nervoso porque mudaram a escala dos seguranças. E pode ser que não seja nada, certo, pode ser que tenha nascido o filho de um dos patetas, ou que outro pateta tenha tido uma caganeira. E daí, apesar de tudo parecer diferente olhando de fora, está tudo tranquilo, e dá para entrar normal e pegar as ampulhetas como sempre.

O problema é que saiu uma matéria no jornal. Não uma matéria grande, nada que estivesse na capa. Mas saiu na página cinco do *Mirror* e do *Express* e na porra do *Daily Mail* sobre essa "nova droga da morte" que está matando "homens jovens com a vida toda pela frente". Está no jornal, mas ainda não tem lei nenhuma que proíba, a não ser que esteja misturado com alguma outra coisa. Que é exatamente o que tem dentro dessa porra dessas ampulhetas. Então foda-se. Que é que se vai fazer? Ficar ali parado igual a um dois de paus, esperando para ver se o Guarda Belo está de campana? Para ver se aqueles guardas com quem ele nunca trocou uma palavra, nunca tomou uma cerveja, para ver se um deles é tira?

Ele abaixa o boné até quase cobrir o olho. Dirige a van até o portão.

— Opa — ele fala. — Preciso pegar umas caixas do contêiner. — Ele para e começa a procurar o número, apesar de saber de cor como se tivesse aquilo tatuado dentro das pálpebras – "A-G-21-FE7-13859D?" O interfone faz um ruído. — Cacete — diz Steve, tentando parecer que está puxando conversa —, parece que a cada semana esses números ficam mais compridos, vou te contar.

Há uma longa pausa. Se fosse o Chris ou o Marky ou o merdinha do Jeff na guarita, eles iriam saber quem ele era e abrir a cancela.

— Pode se aproximar da janela — diz uma voz de mulher pelo interfone. — Precisamos verificar sua identidade e os formulários.

Puta que pariu.

Ele contorna a guarita – e tem outra opção? Ele já passou ali uma carrada de vezes – a maior parte dos formulários é quente. Ele trabalha de vez em quando com importação-exportação. Brinquedos para vender em quiosques de rua; tem uma pequena empresa, tem lá seu faturamento, faz várias transações em dinheiro vivo e nem tudo vai pros livros de contabilidade. Às vezes ele passa a noite inventando nomes de revendedores que fizeram negócio com ele. Bernie Monke arranjou um quiosque para ele; ele aparece lá aos sábados, para fazer a história parecer legítima, porque não dá pra ficar dando bobeira. Uns brinquedos bacanas, vários deles: de madeira, do Leste da Europa. E as ampulhetas. Claro que nunca mandaram ele dar a volta na guarita quando estava carregando robozinhos de madeira amarrados com elásticos, ou patinhos esculpidos e enfiados numa cordinha. Tinham que chamar quando ele estava justamente fazendo esse troço.

Tem uma mulher lá que ele nunca viu antes. Óculos grandes no rosto, chegam até a metade da testa e passam da ponta do nariz. Óculos de coruja. Steve queria ter usado um pouquinho de alguma coisa, só um pouquinho, antes de vir. Não dá pra levar na van, seria burrice, eles têm cães farejadores. Por isso que essas ampulhetas são boas. Ele não entendeu quando o Bernie mostrou a ampulheta. A areia caindo, dourada e suave. Bernie disse: — Deixe de ser sonso, o que você acha que é isso aqui dentro? Areia? — Dentro do vidro, e esse vidro dentro de outro vidro. Duplamente vedado. Passe álcool antes de colocar nas caixas e bingo, não tem cachorro farejador que encontre. Para o cachorro saber o que tem lá dentro, só se alguém quebrar o vidro.

— Documentos? — ela diz, e ele entrega os papéis. Ele faz uma piada sobre o clima, mas ela não dá nem um sorrisinho. Ela olha a especificação da carga. Uma ou duas vezes pede que ele leia uma palavra ou um número para ela, para ter certeza de que é aquilo mesmo. Atrás dela, ele vê o rosto de Jeff por uns instantes, perto do vidro blindado da porta dos fundos. Jeff faz uma careta que diz "Foi mal, meu chapa" e sacode a cabeça pelas costas da mulher linha-dura. Fodeu.

— O senhor pode me acompanhar, por favor? — Ela faz sinal para que Steve entre numa sala fechada ao lado.

— O que foi? — Steve brinca, embora não tenha ninguém ali. — Não cansou de mim?

Outra vez, nenhum sorriso. Merda merda merda. Ela desconfiou de alguma coisa na papelada. Ele mesmo cuidou sozinho daquilo, da papelada; ele sabe que está tudo certo. Ela ouviu alguma coisa. Ela trabalha para a polícia. Ela sabe de alguma coisa.

Ela faz um gesto para que ele sente do outro lado de uma mesa pequena e também senta.

— Qual é o problema, meu amor? — ele diz. — Eu tenho que estar em Bermondsey daqui uma hora e meia.

Ela segura o pulso dele e coloca o polegar entre os ossinhos, bem onde a mão encontra o braço, e de repente tudo se incendeia. Chamas dentro dos ossos dele, as veias murcham, se contorcem, enegrecem. Puta que pariu, ela vai arrancar a mão dele.

— Não diga nada — ela diz. E ele não ia dizer, não tinha como dizer, nem se tentasse.

— Roxy Monke assumiu esse negócio. Você sabe quem ela é? Sabe quem é o pai dela? Não diga nada, só balance a cabeça.

Steve faz que sim. Ele sabe.

— Você andou trapaceando, Steve.

Ele tenta sacudir a cabeça, tenta falar, não, não, não, você está enganada, não fui eu, mas ela faz a dor no pulso aumentar e ele pensa que a carne vai rachar.

— Todo mês — ela diz — uma ou duas ampulhetas somem dos seus livros. Está entendendo, Steve?

Ele faz que sim com a cabeça.

— E isso parou aqui. Agora. Ou você está fora. Entendeu?

Ele faz que sim. Ela solta o braço. Ele segura o pulso com a outra mão. Olhando a pele, ninguém diz que aconteceu alguma coisa com ele.

— Muito bem — ela diz —, porque este mês a gente tem uma coisa especial. Não tente passar pra frente até a gente dizer que pode, ok?

— Entendi — ele diz. — Entendi.

Ele vai embora com oitocentas ampulhetas bem embaladas em caixas na parte de trás da van, toda a papelada correta, cada embalagem contabilizada. Ele nem olha o que há ali antes de chegar à garagem e aliviar a dor. Ok. Dá pra ver. Tem alguma coisa diferente. Toda a "areia" das ampulhetas está tingida de roxo.

Roxy está contando dinheiro. Ela podia pedir para uma das meninas fazer isso; elas já fizeram isso antes e ela poderia mandar alguém contar na frente dela. Mas ela gosta de fazer isso. Sentir o papel na ponta dos dedos. Ver suas decisões se transformarem em matemática, se transformarem em poder.

Bernie disse mais de uma vez para ela: — No dia em que alguém souber melhor do que você pra onde seu dinheiro está indo, você perdeu. — É como um truque de mágica, o dinheiro. Você pode transformar o dinheiro em qualquer coisa. Um, dois, três, abracadabra. Transformar drogas em influência sobre Tatiana Moskalev, presidente de Bessapara. Transformar a capacidade de causar dor e medo em uma fábrica onde as autoridades fazem vistas grossas para seja lá o que for que você esteja produzindo e que faz sair uma fumaça roxa pelas chaminés à meia-noite.

Ricky e Bernie tinham tido algumas ideias sobre o que Roxy devia fazer quando voltasse para casa, quem sabe contrabando, ou assumir uma das frentes do negócio em Manchester, mas ela sugeriu uma ideia para Bernie que era maior do que qualquer coisa que ele tivesse ouvido em muito tempo. Ela já sabia fazia um tempo o que pedir para fazer com que aquilo durasse o máximo possível e como preparar a mistura. Roxy ficou dias em uma casa numa colina, completamente fora de si, testando combinações diferentes preparadas pelos funcionários do pai. Quando encontraram a coisa certa, ninguém teve dúvida. Um cristal roxo, grande como sal de rocha que os químicos derivaram originalmente da casca de uma árvore brasileira, mas que crescia bem aqui também.

Bastava cheirar a coisa em estado puro – o glitter – e Roxy podia causar uma explosão que chegava até a metade do vale. Não é isso que eles vendem: perigoso demais, valioso demais. Eles guardam a mercadoria boa para uso particular, e talvez para o comprador certo. O que eles vendem já está diluído. Mas vende bem assim mesmo. Roxy não falou sobre Mãe Eva para sua família, mas são as novas igrejas que garantem que eles já tenham setenta mulheres leais trabalhando na linha de produção. Mulheres que acham que estão a serviço da Toda-Poderosa, levando poder às filhas dEla.

Ela informa pessoalmente a Bernie o lucro, toda semana. Faz isso na frente de Ricky e Darrell, caso eles estejam lá; ela não liga. Ela sabe o que faz. A família Monke é a única fornecedora de glitter no momento. Eles estão imprimindo dinheiro. E dinheiro pode ser transformado em qualquer coisa.

Por e-mail, uma conta privada que passa por uma dúzia de servidores, Roxy informa também a Mãe Eva sobre os lucros semanais.

"Nada mau", diz Eva. "E você está guardando uma parte pra mim?"

"Pra você e para o seu pessoal", diz Roxy. "Exatamente como a gente combinou. Foi você que me permitiu começar aqui; você é a origem da minha fortuna. Você cuida da gente e a gente cuida de você." Ela sorri enquanto digita. Ela pensa: fique com tudo; é tudo seu.

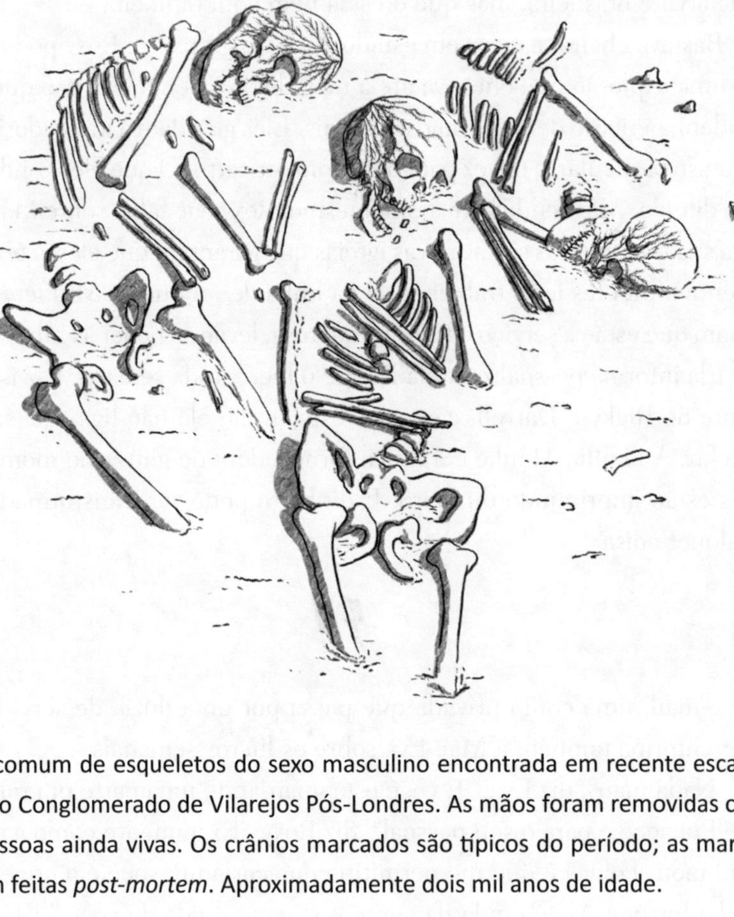

Vala comum de esqueletos do sexo masculino encontrada em recente escavação do Conglomerado de Vilarejos Pós-Londres. As mãos foram removidas com as pessoas ainda vivas. Os crânios marcados são típicos do período; as marcas foram feitas *post-mortem*. Aproximadamente dois mil anos de idade.

FALTAM CINCO ANOS

MARGOT

O candidato está se pavoneando diante do espelho. Ele gira o pescoço de um lado para outro, abre bem a boca e diz: — Lá, lá, lá, lá, lá. — Ele vê os próprios olhos azul-de-mar-do-Caribe, dá um ligeiro sorriso e pisca. Ele diz para o espelho: — Vai ser moleza.

Morrison pega suas anotações e, tentando não olhar direto para os olhos do candidato, diz: — Sr. Dandon, Daniel, governador, vai ser moleza.

O candidato sorri. — Era bem o que eu estava pensando, Morrison.

Morrison também sorri, discretamente. — É que é verdade, senhor. O senhor já é o governador. O cargo já é seu.

Faz bem a um candidato pensar que existem bons presságios, que as estrelas estão alinhadas, esse tipo de coisa. Morrison gosta de fazer esse tipo de truque quando dá. É por isso que ele é bom no que faz. É esse tipo de coisa que faz com que as chances do candidato dele sejam um pouquinho melhores do que as do outro candidato.

O outro candidato é uma candidata, quase dez anos mais nova do que Dandon, durona e determinada, e eles atacaram exatamente isso durante as semanas de campanha. Convenhamos, ela é divorciada, no fim das contas, e tem duas filhas pra criar; será que uma mulher nessas condições realmente tem *tempo* para governar?

Alguém perguntou a Morrison se ele achava que a política havia *mudado* desde – você sabe – desde a Grande Mudança. Morrison inclinou a cabeça para um lado e disse: — Não, o fundamental continua sendo ter boas propostas e bom caráter e, posso garantir, nosso candidato tem as duas coisas. — E depois continuou falando, levando a conversa de novo para o trajeto seguro que percorria o Monte Educação e os campos da Atenção à Saúde passando pelo Boulevard dos Valores e pelo leito do rio do Homem que Se Fez Sozinho. Mas na privacidade de seus pensamentos ele admitia que, sim, as coisas mudaram. Se ele permitisse que a estranha voz no centro de seu crânio passasse a ter controle sobre sua boca, coisa que ele jamais deixaria acontecer, ele era um sujeito esperto, mas se fosse para dizer, ele diria: — Elas estão esperando que alguma coisa aconteça. Nós estamos só fingindo que tudo continua normal porque não sabemos o que mais seria possível fazer.

Os candidatos entram no palco como John Travolta, já com suas coreografias prontas, sabendo que os holofotes vão estar atrás deles e que vão iluminar tudo que reluza: sejam lantejoulas ou suor. Ela marca um golaço com a primeira pergunta, sobre Segurança. Ela tem os fatos na ponta da língua – há anos ela dirige o projeto na NorthStar, é claro, ele deveria cobrar isso dela –, mas o candidato dele não se sente tão à vontade na hora de dar respostas.

— Vamos lá — diz Morrison para ninguém em particular, já que as luzes são fortes demais para que o candidato o veja. — Vamos lá. Ataque.

O candidato se enrola na resposta, e Morrison sente como se tivesse levado um soco no estômago.

A segunda e a terceira perguntas são sobre assuntos que dizem respeito ao estado como um todo. O candidato de Morrison soa competente, mas chato, e isso é fatal. Nas perguntas sete e oito ela coloca Dandon de novo nas cordas, e ele não reage quando ela diz que ele não tem visão para o cargo. A essa altura, Morrison está se perguntando se é possível um candidato ter uma derrota tão avassaladora a ponto de parte da merda espirrar nele. Podia dar a impressão de que ele passou os últimos meses comendo M&M's e coçando o saco.

Quando chega o longo intervalo comercial eles já não têm nada a perder. Morrison acompanha o candidato ao banheiro e ajuda a passar um pozinho no nariz. Ele repassa o que os dois combinaram sobre os principais tópicos e diz: — O senhor está se saindo bem, excelente mesmo, mas veja só… ser agressivo não é uma coisa ruim.

O candidato diz: — Eu não posso dar a impressão de que estou com *raiva*. — E Morrison segura o braço dele ali mesmo diante do vaso sanitário e diz: — Senhor, o senhor quer levar uma surra daquela mulher hoje? Pense no seu pai, no que ele gostaria de ver. Defenda as coisas em que ele acreditava, os Estados Unidos que *ele* queria construir. *Pense*, senhor, em como ele lidaria com isso.

O pai de Daniel Dandon – um empresário briguento que ficava no limite do alcoolismo – morreu há um ano e meio. É um truque barato. Truques baratos normalmente funcionam.

O candidato sacode os ombros como um lutador de boxe profissional, e os dois voltam para a segunda parte do debate.

O candidato é um novo homem, e Morrison não sabe se foi a cocaína ou a conversa, mas, seja como for, ele pensa, Olha, eu sou bom pra caralho.

O candidato agora não cede terreno em nenhum tema. Sindicatos? Toma. Direitos das minorias? Ele parece o herdeiro natural dos homens que fundaram os Estados Unidos, e ela fica na defensiva. Bom. Muito bom mesmo.

É aí que Morrison e a plateia começam a perceber algo. As mãos dela abrem e fecham. Como se ela estivesse tentando se controlar… mas não pode ser. É impossível. Ela foi testada.

O candidato está no seu melhor momento. Ele diz: — E esses subsídios; os números que você mesma apresenta mostram que o programa não funciona.

Há um murmúrio na plateia, mas o candidato acha que isso é sinal de aprovação ao ataque pesado. Ele parte para o golpe de misericórdia.

— Na verdade, a sua política *não só* não funciona, como tem quarenta anos de idade.

Ela passou no teste sem nenhum problema. Não pode ser. Mas as mãos dela agarram a lateral do púlpito, e ela está dizendo: — Ora, ora, ora, você não pode simplesmente, ora, ora… — Como se estivesse pontuando cada momento à medida que passava, mas todo mundo via o que ela estava tentando não fazer. Todo mundo exceto o candidato.

O candidato faz uma jogada avassaladora.

— Claro, como alguém poderia esperar que *você* entendesse o que isso significa para as famílias trabalhadoras. Você deixou que suas filhas fossem criadas pelos campos da NorthStar. Será que você realmente se importa com aquelas meninas?

Agora chega, e o braço dela se ergue e as juntas de seus dedos tocam nas costelas dele e ela deixa a descarga sair.

Uma quantidade minúscula, na verdade. Ele nem chega a cair. Ele cambaleia, os olhos ficam arregalados, a respiração fica difícil, ele se afasta um, dois, três passos do púlpito e põe os braços no diafragma.

A plateia entendeu, tanto quem está no estúdio como as pessoas em casa; todo mundo assistiu e viu e entendeu o que aconteceu.

As pessoas no estúdio ficam em silêncio absoluto, como se estivessem prendendo a respiração, e depois há um murmúrio efervescente, coletivo, dissonante que cresce cada vez mais.

O candidato tenta retomar a resposta no mesmo momento em que o moderador anuncia um intervalo comercial e a expressão de Margot passa da raiva, do nariz empinado de quem ganhou agressivamente, para o súbito medo de não poder desfazer o que fez, no exato instante em que a crescente bolha de raiva e medo e incompreensão da plateia no estúdio se transforma num poderoso lamento, no exato segundo em que entra no ar um comercial.

Morrison toma providências para que o candidato volte do intervalo parecendo elegante e tranquilo e equilibrado, mas não perfeito *demais*, talvez só um pouco chocado e triste.

ϟ

Eles fazem uma campanha tranquila. Margot Cleary parece cansada. Cautelosa. Ela pede desculpas mais de uma vez nos dias seguintes pelo que aconteceu, e a equipe dela oferece uma boa saída. Ela é passional demais sobre esses temas, diz. O que ela fez foi indesculpável, mas foi só quando ouviu Daniel Dandon mentir sobre as *filhas* que perdeu o controle.

Daniel posa de estadista. Tenta sair por cima. Tem gente, ele diz, que acha difícil manter a compostura quando enfrenta situações difíceis e, embora admita que tenha apresentado números equivocados, bem, tem um jeito certo e um jeito errado de lidar com essas coisas, não é, Kristen? Ele ri; ela ri e coloca a mão sobre a mão dele. Sem dúvida, ela diz, e agora precisamos passar para o comercial; na volta, será que essa calopsita adivinhou todos os presidentes desde Truman?

As pesquisas dizem que em geral os eleitores estão estarrecidos com Margot. É imperdoável, e imoral – bem, é uma mostra de falta de bom senso. Não, eles não conseguem se ver votando nela. No dia da eleição, os números parecem bons e a mulher de Daniel começa a olhar os planos para remodelar o bosque da mansão do governador. Só depois da divulgação da boca de urna eles começam a pensar que talvez alguma coisa não tenha saído como planejado, e mesmo assim – quer dizer, não é possível que as pesquisas estivessem *tão* erradas.

Mas estavam. A verdade é que os eleitores mentiram. A droga do eleitorado, no fundo, era um bando de mentirosos – exatamente como acusavam de mentirosos os esforçados políticos. Eles diziam respeitar quem trabalhava duro, mostrava compromisso e coragem moral. Diziam que a adversária do candidato tinha perdido seu voto no momento em que abriu mão do debate racional e abandonou a autoridade calma. Mas quando entraram às centenas, aos milhares, às dezenas de milhares nas cabines de votação, eles pensaram: quer saber, por outro lado, ela é forte. Ela vai mostrar pra eles.

— Em uma vitória espantosa — diz a mulher loura na tela da TV —, que chocou tanto especialistas como eleitores... — Morrison não quer escutar mais nada, mas não consegue desligar a TV. O candidato é entrevistado de novo – ele está triste porque os eleitores deste grande estado não escolheram reconduzi-lo ao cargo de governador, mas respeita a decisão. Muito bem. Não se justifique; nunca se justifique. Vão perguntar por que você acha que perdeu, mas nunca responda, estão tentando fazer com que você faça autocrítica. Ele deseja sorte à adversária no governo – e ele vai estar acompanhando todos os passos da governadora, pronto a chamar a atenção caso ela se esqueça, nem que seja por um instante, dos eleitores deste grande estado.

Morrison vê Margot Cleary na tela – agora governadora deste grande estado – recebendo os aplausos e dizendo que será uma governadora humilde, esforçada e grata pela segunda chance que recebeu. Ela também não entendeu o que acaba de acontecer. Ela ainda acha que precisa pedir perdão por aquilo que lhe deu o cargo. Ela está errada.

TUNDE

— Me conte — diz Tunde — o que você quer.

Um dos homens que participa do protesto agita sua faixa no ar. A faixa diz: "Justiça para os homens". Os outros aplaudem, fazem uma algazarra e pegam mais umas cervejas do isopor.

— É o que diz aqui — um deles opina. — A gente quer justiça. Foi o governo que fez isso e o governo tem que consertar.

É uma tarde lenta, o ar está denso e o termômetro está passando de quarenta graus à sombra. Não é o melhor dia para fazer um protesto em Tucson, Arizona. Ele só veio porque recebeu uma dica anônima de que algo iria acontecer aqui hoje. Parecia bem convincente, mas aquilo não estava dando em nada.

— Algum de vocês tem algum envolvimento com a internet? Baratodoido.com, BabeTruth, UrbanDox... algum desses sites?

Os manifestantes fazem que não com a cabeça.

— Li uma matéria no jornal — diz um deles. — Um sujeito que aparentemente decidiu fazer a barba apenas em metade do rosto hoje cedo dizendo que este novo país, Bessapara, está castrando quimicamente todos os homens. É isso que vão fazer com todos nós.

— Acho... que não é verdade — diz Tunde.

— Olhe... eu recortei a matéria. — O sujeito começa a remexer numa sacola. Receitas velhas e embalagens vazias de salgadinhos caem no asfalto.

— Merda — ele diz, e cata o que caiu no chão. Tunde filma com seu celular, à toa.

Tem tantas outras reportagens em que ele podia estar trabalhando. Ele devia ter ido para a Bolívia; lá acabam de escolher por aclamação uma papisa. O governo progressista da Arábia Saudita começa a parecer vulnerável diante do extremismo religioso: ele poderia voltar lá e fazer uma continuação de sua primeira reportagem. Até mesmo algumas fofocas são mais interessantes do que isso: a filha de uma governadora recém-eleita na Nova Inglaterra foi fotografada com um menino – um menino que, aparentemente, tem uma trama visível. Tunde ouviu falar disso. Ele fez uma reportagem em que falou com médicos sobre tratamentos para meninas com deformações e problemas na trama. Nem todas as meninas têm tramas; ao contrário do que se imaginava no começo, cerca de cinco meninas a cada mil nascem sem. Algumas não querem ter trama e tentam extirpar por conta própria; uma tentou fazer isso com uma tesoura, contou o médico. Tinha onze anos de idade. Uma tesoura. Cortando a própria carne como se fosse um desenho de boneca numa folha de papel. E há uns poucos meninos com anormalidades cromossômicas que também têm tramas. Alguns meninos perguntaram ao médico se era possível fazer a remoção cirurgicamente. O médico é obrigado a dizer que não, que eles não sabem como fazer isso. Mais de cinquenta por cento das vezes, quando se retira a trama, a pessoa morre. Eles não sabem o motivo; não é um órgão vital. A teoria atual diz que ela está ligada ao ritmo elétrico do coração e que sua remoção causa alguma perturbação cardíaca. Eles podem remover partes da trama, para que ela se torne menos poderosa, menos perceptível, mas, depois que ela surge, não há como retirá-la.

Tunde tenta imaginar como seria ter aquilo. Um poder de que você não pode abrir mão nem negociar. Ele se sente atraído e repelido pela ideia. Em fóruns *on-line* ele lê que se todo homem tivesse uma trama as coisas voltariam a seus devidos lugares. Eles estão com raiva e com medo. Ele entende. Depois de Delhi, ele também tem medo. Ele entra no UrbanDoxFala.com usando um nome falso e posta alguns comentários e perguntas. Ele encontra um subfórum em que seu próprio trabalho é o tema da discussão. Lá, ele é chamado de traidor do gênero por ter escrito a reportagem sobre Awadi-Atif, em vez de manter segredo, e por não estar falando sobre os movimentos dos homens e sobre as teorias da conspiração deles. Quando recebeu o e-mail dizendo que alguma coisa ia acontecer aqui hoje ele pensou… ele não sabe o que pensou. Talvez que houvesse algo aqui para ele. Não apenas uma notícia, mas também algo que explicasse a sensação que ele vem tendo. Mas não há nada. Ele cedeu ao medo, é só isso; desde Delhi ele está fugindo da notícia, em vez de ir em direção a ela. Ele vai entrar na internet quando chegar ao hotel hoje à noite e ver se ainda há algo que valha ir a Sucre, ver quando parte o próximo avião.

Há um barulho semelhante ao de um trovão. Tunde olha para as montanhas, esperando ver nuvens de tempestade. Mas não é uma tempestade nem um trovão. O som surge de novo, mais alto, e uma imensa nuvem de fumaça aparece no outro lado do shopping, e se ouvem gritos.

— Caralho — diz um dos homens segurando cervejas e cartazes. — Acho que é uma bomba.

Tunde corre na direção do som, segurando a câmera sem tremer. Há um som de estalo, e ele ouve o barulho de alvenaria caindo. Ele contorna o prédio. O restaurante de fondue está pegando fogo. Várias outras lojas desmoronam. Há gente correndo para fora do prédio.

— Foi uma bomba — diz um deles, olhando direto para a lente da câmera de Tunde, o rosto coberto por pó de tijolo, pequenos cortes sangrando na camiseta branca. — Tem gente presa lá dentro.

Ele gosta dessa versão de si mesmo, do sujeito que corre para se aproximar do perigo, não para fugir dele. Sempre que ele faz isso, ele pensa, Isso, beleza, ainda sou eu. Mas por si só esse já é um pensamento novo.

Tunde anda em volta dos escombros. Duas adolescentes caíram. Ele ajuda as duas a se levantar, incentiva uma a pôr o braço em volta da outra para se apoiarem, porque no tornozelo dela já aparecem machucados azuis bem grandes.

— Quem fez isso? — ela grita olhando para a lente. — Quem *fez isso*?

Esta é a pergunta. Alguém explodiu um restaurante de *fondue*, duas lojas de sapatos e uma clínica de bem-estar da mulher. Tunde fica a certa distância do prédio e faz uma imagem panorâmica. É bem impressionante. À direita, o shopping está pegando fogo. À esquerda, a fachada inteira do prédio desabou. Um quadro com escala de funcionárias despenca do segundo andar enquanto ele filma. Ele dá um *zoom*. Kayla, 15h30-21h. Debra, 7h.

Alguém está chorando. Não é muito longe, mas é difícil encontrar o lugar no meio de toda aquela poeira – tem uma grávida presa nos destroços. Ela está deitada sobre a barriga imensa – deve estar de oito meses – e um pilar de concreto está prendendo sua perna. Há um cheiro de gasolina em algum lugar. Tunde põe a câmera no chão – com cuidado, para que ela continue gravando – e tenta rastejar até chegar mais perto dela.

— Está tudo bem — ele diz, inutilmente. — Tem ambulâncias a caminho. Vai ficar tudo bem.

Ela grita com ele. A perna direita foi esmagada, se transformou em carne ensanguentada. Ela ainda tenta se libertar, empurrando o pilar com a perna. O instinto de Tunde é segurar a mão dela. Mas ela solta descargas fortíssimas a cada vez que chuta o pilar.

Aquilo provavelmente é involuntário. Os hormônios da gravidez aumentam a magnitude do poder – talvez seja um efeito colateral das mudanças biológicas desta fase, embora agora digam que aquilo serve meramente para proteger o bebê. Há mulheres que nocautearam enfermeiras durante o parto. Dor e medo. Essas coisas diminuem o controle.

Tunde grita pedindo socorro. Não tem ninguém por perto.

— Me diz seu nome — ele diz. — O meu é Tunde.

Ela faz uma careta, e diz: — Joanna.

— Joanna. Respire comigo — ele diz. — Inspire. — Ele prende o ar por cinco segundos. — E expire.

Ela tenta. Fazendo caretas, franzindo a testa, ela inspira e solta o ar.

— Está chegando a ajuda — Tunde diz. — Eles vão tirar você daí. Respire de novo.

Inspirar e expirar. Inspirar de novo, expirar de novo. Os espasmos já não fazem seu corpo sacudir.

O concreto acima deles range. Joanna tenta erguer o pescoço.

— O que está acontecendo?

— São só umas lâmpadas. — Tunde pode ver as lâmpadas fluorescentes penduradas pelos fios.

— Esse barulho, parece que o prédio vai cair.

— Não vai.

— Não me deixe aqui, não me deixe sozinha debaixo disso.

— Não vai cair, Joanna. São só as lâmpadas.

Uma das lâmpadas, pendurada só por um fio, balança; o fio rompe e ela se estilhaça nos escombros. Joanna faz força e tem espasmos de novo; mesmo com Tunde dizendo: — Está tudo bem, está tudo bem. — Ela entra de novo no ciclo incontrolável de choques e dor, esforçando-se para tentar sair debaixo do pilar. Tunde fala: — Por favor, por favor, respire. — E ela diz: — Não me deixe aqui. Vai cair.

Ela dá uma descarga elétrica no concreto. E um arame dentro do concreto se conecta a outro, e a outro. Uma lâmpada explode, soltando fagulha. E uma fagulha incendeia o líquido que vinha gotejando e que cheira a gasolina. E, de repente, há fogo em todos os lados à volta de Joanna. Ela ainda grita quando Tunde pega a câmera e corre.

Esta é a imagem que eles congelam na tela. Eles avisaram que haveria imagens fortes. Ninguém seria pego de surpresa ao ver isso, mas não é terrível? A expressão de Kristen é fúnebre. Acho que qualquer um que visse iria concordar que o responsável por aquele atentado é a escória do mundo.

Em uma carta a esse canal de notícias, um grupo terrorista que se autodenomina Poder Masculino assume a responsabilidade pelo ataque, que destruiu uma clínica de saúde feminina ao lado de um shopping muito movimentado em Tucson, no Arizona. Eles dizem que o atentado é apenas o primeiro "dia de ação", destinado a forçar o governo a agir contra as chamadas "inimigas do homem". Um porta-voz da presidência acaba de encerrar uma entrevista coletiva, passando uma mensagem forte de que os Estados Unidos não negociam com terroristas e de que as alegações dessa "dissidência voltada para teorias da conspiração" são meramente absurdas.

Mas, Tom, qual é o objetivo do protesto deles, afinal? Tom faz uma carranca, apenas uma microexpressão, antes de o rosto bem treinado se sobrepor a seu rosto real, um sorriso tão suave como a cobertura de um cupcake. Eles pedem igualdade, Kristen. Alguém diz no ponto: cortando para o comercial em trinta segundos, e Kristen quer encerrar, mas alguma coisa está acontecendo com Tom; ele não leva sua fala a uma conclusão.

Bem, Tom, agora não há como desfazer o que eles fizeram, eles não podem voltar no tempo, embora – sorriso – no nosso próximo bloco, a gente vá voltar no tempo para falar de uma dança que foi uma verdadeira mania chamada *swing*.

Não, diz Tom.

Intervalo em dez, diz um produtor, muito calmo e com voz baixa. Essas coisas acontecem; problemas em casa, estresse, excesso de trabalho, ansiedade, problemas com dinheiro – eles já viram de tudo, na verdade.

O Centro para Tratamento e Prevenção de Doenças está escondendo os fatos, diz Tom, e é por isso que essas pessoas estão protestando. Você viu essas histórias que a gente encontra na internet? Estão ocultando coisa, as autoridades estão usando os recursos em programas equivocados, não há verbas para aulas de autodefesa nem para equipamentos de proteção para os homens, e todo esse dinheiro indo para os campos da NorthStar, para treinamento de meninas, pelo amor de Deus – o que é que está acontecendo? E foda-se você, Kristen, nós dois sabemos que você também tem essa merda, e isso mudou você, você ficou insensível; você nem é mais uma mulher de verdade. Quatro anos atrás, Kristen, você sabia o que era e o que tinha a oferecer para essa emissora, e que merda você é agora?

Tom sabe que eles já passaram há muito tempo para o comercial. Provavelmente depois que ele disse "não". Provavelmente acharam melhor ficar alguns segundos sem nada no ar do que exibir isso. Ele fica sentado, absolutamente imóvel depois de terminar, olhando direto para a frente, para a lente da câmera três. Aquela sempre foi sua câmera favorita, mostrando o ângulo do queixo, com aquela covinha. Ele é praticamente o Kirk Douglas na câmera três. É Spartacus. Ele sempre achou que um dia podia trabalhar como ator, começando com papéis pequenos; talvez começasse fazendo o papel de um âncora de TV, e depois algo como uma comédia sobre um professor de ensino médio que começa a entender os alunos melhor do que eles imaginavam porque ele também foi doidão na adolescência. Bem, tudo isso acabou agora. Esqueça, Tom, tire isso da cabeça.

Acabou? Diz Kristen.

Claro.

Eles tiram Tom do cenário antes do fim do intervalo. Ele nem tenta resistir, exceto por não gostar daquela mão no ombro, que tenta tirar dali.

Ele odeia quando alguém põe a mão nele, Tom diz, e eles deixam que ele saia por conta própria. Ele trabalhou por um bom tempo, e se sair sem brigar pode ser que ainda consiga uma boa rescisão.

Tom ficou doente, infelizmente, diz Kristen, olhos brilhantes e sinceros falando para a câmera dois. Ele está bem, e em breve volta a estar aqui conosco. E agora, a previsão do tempo.

De sua cama de hospital no Arizona, Tunde vê as matérias contarem os desdobramentos dos fatos. Ele manda e-mails e conversa com a família e com amigos de Lagos pelo Facebook. A irmã, Temi, está namorando um garoto dois anos mais novo do que ela. Ela quer saber se Tunde tem uma namorada enquanto viaja pelo mundo.

Tunde diz que não tem muito tempo para isso. Durante um tempo ele esteve com uma mulher branca, uma jornalista que conheceu em Cingapura e que foi com ele até o Afeganistão. Nada que valha a pena mencionar.

— Vem pra casa — diz Temi. — Passe seis meses aqui e a gente encontra uma menina bacana pra você. Você está com vinte e sete anos, cara. Tá ficando velho! Tá na hora de criar raiz.

A mulher branca – seu nome era Nina – tinha dito: — Você acha que tem transtorno do estresse pós-traumático?

Isso porque ela usou aquilo na cama e ele se afastou. Pediu para que ela parasse. Começou a chorar.

Ele disse: — Eu estou muito longe de casa e não tem como voltar.

— Todos nós estamos — ela disse.

Comparando com o que aconteceu com outros, ele teve sorte. Ele não tem motivo para ficar com medo, nenhum motivo que os outros homens todos não tenham. Nina manda mensagens de texto desde que ele chegou ao hospital, perguntando se pode fazer uma visita. Ele sempre responde que não, ainda não.

É enquanto ele está no hospital que chega um e-mail. Só cinco linhas curtas, mas o endereço do remetente está certo; ele checa para ver se não é alguém tentando se passar por quem não é.

De: info@urbandoxspeaks.com

Para: olatundeedo@gmail.com

Vimos sua reportagem sobre o shopping no Arizona, lemos o que você escreveu sobre o que aconteceu com você em Delhi. Estamos do mesmo lado; estamos do lado dos homens. Se você viu o que aconteceu na eleição da Margot Cleary, você entendeu por que estamos lutando. Venha falar com a gente, gravar uma entrevista. Queremos você em nosso time.

UrbanDox

Ele nem pisca. Ele ainda tem o livro para escrever; *o* livro, aquelas novecentas páginas com relatos e explicações. Ele carrega tudo em seu laptop o tempo todo. Não tem nem dúvida. Um encontro com UrbanDox? Claro que ele topa.

ϟ

A teatralidade do encontro é ridícula. Ele não pode levar seu próprio equipamento. "Vamos te dar um telefone para gravar a entrevista", dizem. Pelo amor de Deus. "Entendo", ele responde. "Vocês não podem se expor." Eles gostam da resposta. Combina com a autoimagem que eles criaram para si mesmos. "Você é o único em quem a gente confia", dizem. "Você diz a verdade. Você viu o caos. Você foi chamado à ação no Arizona e veio. É você que nós queremos", eles falam de uma maneira verdadeiramente messiânica. "Sim", ele responde no próximo e-mail. "Fazia tempo que eu queria falar com vocês."

Claro, tem um ponto de encontro no estacionamento da Denny's. Claro que tem. Claro, ele tem que andar vendado num jeep com homens – todos brancos – usando balaclavas para cobrir os rostos. Essa gente viu filmes demais. Virou moda agora: clubes de filmes só para homens, em salas de estar e bares. Eles veem tipos específicos de filmes repetidamente: filmes com explosões e quedas de helicópteros e armas e músculos e porrada. Filmes de meninos.

Depois de tudo isso, quando tiram a venda, ele está em um depósito. Cheio de pó. Em um canto estão caixas velhas com fitas VHS; nos adesivos está escrito "Esquadrão Classe A". E ali está UrbanDox, sentado em uma cadeira, sorrindo.

Ele é diferente das fotos de perfil. Tem cinquenta e poucos anos. O cabelo é descolorido, muito claro, quase branco. Os olhos são de um azul pálido, cor de água. Tunde leu algumas coisas sobre esse homem; segundo todos os relatos, a infância foi terrível, violência, ódio racial. Vários negócios que não deram certo, gerando dívidas de milhares de dólares para dezenas de pessoas. Depois, faculdade noturna de Direito e uma reinvenção como blogueiro. Ele parece bem para um sujeito da sua idade, embora o rosto esteja levemente pálido. A grande mudança na maré do mundo foi boa para o blog UrbanDox. Ele faz posts com sua retórica cruel, semiletrada, intolerante, furiosa há anos, mas recentemente cada vez mais gente – homens e, inclusive, algumas mulheres – passaram a ouvir. Ele negou várias vezes qualquer ligação com os grupos dissidentes que bombardearam shopping centers e parques em meia dúzia de estados até agora. Mas, mesmo que não esteja ligado a esses grupos, eles gostam de se ligar a UrbanDox. Uma das últimas ameaças de bomba críveis continha apenas um endereço, uma hora e um endereço de internet onde se lia a mais recente arenga de UrbanDox sobre a Iminente Guerra dos Gêneros.

Ele fala manso. A voz é mais aguda do que Tunde esperava. Ele diz:
— Você sabe que querem matar a gente.

Tunde disse para si mesmo, Só ouça. Ele diz: — Quem está tentando matar a gente?

UrbanDox diz: — As mulheres.

Tunde diz: — Entendi. Me conte mais sobre isso.

Um sorriso astuto se abre no rosto do sujeito. — Você leu meu blog. Sabe o que penso.

— Queria ouvir com suas próprias palavras. Gravando. Acho que as pessoas gostariam de ouvir. Você acha que as mulheres estão tentando matar…

— Ah, eu não acho, meu filho, eu sei. Nada disso é por acaso. Sabe isso que ficam falando sobre o "Anjo da Guarda", essa coisa que puseram na água, e como isso entrou no lençol freático? E dizem que não tinha como prever isso? Ah, tá. Mentira da grossa. Foi tudo planejado. Foi uma decisão. Depois do fim da Segunda Guerra Mundial, quando os pacifistas e os sonhadores de plantão estavam por cima, eles *decidiram* jogar essa coisa na água. Acharam que os homens tinham tido sua oportunidade e a desperdiçaram: duas guerras mundiais em duas gerações. Um bando de pau-mandados de mulher e de veados, todos eles.

Tunde já leu sobre essa teoria. Não dá para criar uma boa teoria da conspiração sem conspiradores. Ele só está surpreso por UrbanDox não ter mencionado os judeus.

— Os sionistas usaram os campos de concentração como chantagem emocional para conseguir que colocassem isso na água.

Lá vamos nós.

— Era uma declaração de guerra. Silenciosa, dissimulada. Eles armaram seus soldados antes de dar o primeiro grito de guerra. Estavam no meio de nós sem que soubéssemos que havia ocorrido uma invasão. Nosso governo tem a cura, você sabe, está guardada a sete chaves, mas só vão usar nos amigos do rei. E o fim do jogo… você sabe como vai acabar. Elas odeiam todos nós. Querem que a gente morra.

Tunde pensa nas mulheres que conhece. Algumas jornalistas que estiveram com ele em Basra, algumas mulheres do cerco no Nepal. Houve mulheres nestes últimos anos que usaram o próprio corpo para proteger Tunde do perigo e garantir que ele conseguisse filmar os acontecimentos mundo afora.

— Não odeiam — diz. Merda. Não era isso que ele queria fazer.

UrbanDox ri. — Elas conseguiram fazer o que queriam com você, meu filho. Você está sob o comando delas. Acredita no que elas dizem. Aposto que teve uma mulher que te ajudou uma ou duas vezes, não? Cuidou de você, se preocupou com você, te protegeu quando estava encrencado.

Tunde faz que sim com a cabeça, com prudência.

— Mas, porra, é claro que elas fazem isso. Querem que a gente seja dócil, que a gente fique confuso. Velha tática militar; se você for um inimigo o tempo todo, as pessoas vão saber que precisam combater toda vez que encontrarem com você. Se você der um doce para as crianças e remédio pros doentes, você confunde as pessoas, elas não sabem mais como te odiar. Você percebe?

— Sim, entendo.

— Já está começando. Você viu os números de violência doméstica contra homens? De assassinatos de homens por mulheres?

Ele viu esses números. Ele carrega essas informações como se fossem uma pedra de gelo entalada na garganta.

— É assim que começa — diz UrbanDox. — É assim que elas amolecem a gente, nos fazem ficar fracos e com medo. É assim que elas colocam a gente onde elas querem. É tudo parte de um plano. Elas estão fazendo isso porque receberam ordens.

Tunde pensa: não, não é por isso. Elas fazem isso porque podem.

— Você está sendo financiado — ele diz — pelo rei exilado da Arábia Saudita, Awadi-Atif?

UrbanDox sorri. — Tem muitos homens por aí preocupados com o desenrolar dessa história, meu amigo. Alguns são fracos, traidores do gênero e de seu povo. Alguns acham que as mulheres vão ser gentis com eles. Mas vários sabem a verdade. Não tivemos que implorar por dinheiro.

— E você disse... como o jogo acaba.

UrbanDox dá de ombros. — É como eu disse. Elas querem matar todos nós.

— Mas... a sobrevivência da espécie humana?

— As mulheres são meros animais — diz UrbanDox. — Assim como nós, elas querem acasalar, se reproduzir, ter uma prole saudável. Uma mulher, porém, fica grávida por nove meses. Ela pode, quem sabe, cuidar de cinco ou seis crianças ao longo da vida.

— E...

UrbanDox franze a testa, como se fosse a coisa mais óbvia do mundo.

— Elas vão manter só os homens geneticamente mais saudáveis. Veja, é por isso que Deus queria que o poder pertencesse aos homens. Mesmo que o homem trate mal uma mulher – bem, é como se fosse uma escrava.

Tunde sente os ombros enrijecerem. Não diga nada, só escute, filme, use e venda. Ganhe dinheiro com esse canalha, engane esse cara, mostre quem ele realmente é.

— Veja, as pessoas entendem mal a escravidão. Se você tem um escravo, esse escravo é sua propriedade, você não quer fazer mal a ele. Mesmo quando um homem trata mal uma mulher, ele precisa que ela esteja em boas condições para ter filhos. Mas por outro lado… um homem geneticamente perfeito pode gerar mil – cinco mil – filhos. E pra que elas precisam do resto de nós? Elas vão matar todos nós. Escute o que eu digo. Não vai sobrar nem um em cada cem. Talvez nem um em cada mil.

— E quais são as provas que você tem disso?

— Ah, eu vi documentos. E mais do que isso. Eu sei pensar. Você também sabe, meu filho. Eu já vi você, você é esperto. — UrbanDox põe a mão úmida, pegajosa, no braço de Tunde. — Seja um de nós. Venha ser parte do que a gente está fazendo. A gente vai proteger você, meu filho, quando todo mundo já tiver ido embora, porque a gente está do mesmo lado.

Tunde faz que sim com a cabeça.

— Precisamos de leis para proteger os homens. Precisamos de toque de recolher para as mulheres. Precisamos que o governo libere toda a verba necessária para "pesquisar" a cura. Precisamos que os homens se façam ouvir. Estamos sendo governados por veados adoradores de mulheres. Precisamos nos livrar de todos eles.

— E esse é o objetivo dos ataques terroristas de vocês?

UrbanDox sorri de novo. — Você sabe muito bem que eu nunca pratiquei nem incentivei qualquer ato de terrorismo.

Sim, ele foi muito cuidadoso.

— Mas — diz UrbanDox —, se eu estivesse em contato com esses homens, eu apostaria que eles mal começaram. Muitas armas sumiram na queda da União Soviética, sabe? Coisas realmente desagradáveis. Pode ser que eles tenham alguma coisa assim.

— Espere — diz Tunde. — Você está ameaçando usar *armas nucleares* em atos de terrorismo doméstico?

— Eu não estou ameaçando nada — diz UrbanDox, olhos pálidos e frios.

ALLIE

— Mãe Eva, sua bênção.

O menino é um amor. Cabeleira loura, rosto com pele macia, cheia de sardas. Não tem mais do que dezesseis anos. O inglês dele tem um sotaque bonito, cheio das melodias do Leste Europeu, típicas de Bessapara. Elas escolheram bem.

Allie acaba de fazer vinte anos e, embora tenha certa aura – uma *alma velha*, a reportagem do *New York Times* dizia, citando vários seguidores famosos –, ainda existe o risco de que ela pareça não ter a *dignidade* necessária.

Os jovens são próximos de Deus, elas dizem, e as mulheres jovens, ainda mais. Nossa Senhora tinha apenas dezesseis anos quando entregou seu sacrifício ao mundo. Mesmo assim, faz sentido começar pedindo a bênção a alguém que definitivamente parece *mais novo* do que você.

— Se aproxime — diz Allie — e diga seu nome.

As câmeras se aproximam do rosto louro do menino. Ele chora e treme. A multidão está silenciosa; o som da respiração de trinta mil pessoas só é rompido ocasionalmente por gritos de "Glória à Mãe!" ou simplesmente "Glória a Ela!".

O menino diz, bem baixinho: — Christian.

Ouve-se uma reação no estádio, as pessoas puxando o ar coletivamente.

— É um belo nome — diz Allie. — Não pense que não é um nome bonito.

Christian não para de chorar. A boca está aberta, molhada e escura.

— Sei que é difícil — diz Allie —, mas vou segurar sua mão, e quando eu fizer isso a paz de Nossa Mãe vai entrar em você, você me entende?

Há certa magia nisso, em contar o que vai acontecer, em dizer com total convicção. Christian novamente faz que sim com a cabeça. Allie pega a mão dele. A câmera fica parada por um momento na mão branca fechada sobre a mão mais escura. Christian consegue ficar parado. A respiração dele fica mais regular. Quando a imagem se afasta, ele está sorrindo, calmo, controlado.

— Agora, Christian, você não consegue andar desde que era criança, é isso?

— É isso.

— O que aconteceu?

Christian aponta para as pernas, inchadas debaixo do cobertor que envolve a metade inferior do corpo. — Eu caí de uma balança — diz — quando tinha três anos. Quebrei a espinha. — Ele sorri, cheio de confiança. Ele faz um movimento com as mãos, como se estivesse quebrando um lápis entre os dedos.

— Você quebrou a espinha. E os médicos disseram que você nunca mais ia andar, é isso?

Christian faz que sim com a cabeça, lentamente. — Mas eu sei que vou andar — diz com o rosto tranquilo.

— Eu também sei que você vai, Christian, porque a Mãe mostrou isso pra mim.

E as pessoas que organizam esses eventos para ela e que se certificam que o dano não é severo o suficiente para impedir que ela faça algo. Christian tinha um amigo que frequentava o mesmo hospital; um menino simpático, com uma fé maior do que a do próprio Christian, mas infelizmente a fratura dele era profunda demais para ter certeza de que ela poderia curar. Além disso, ele não era a pessoa certa para a parte televisionada do evento. Acne.

Allie põe a palma da mão na parte superior da coluna de Christian, bem sobre a nuca.

Ele treme; a multidão suspira e fica em silêncio.

Ela diz em seu coração: e se eu não conseguir dessa vez?

A voz diz: menina, você sempre diz isso. Você é fantástica.

Mãe Eva fala pela boca de Allie. Ela diz: — Santa Mãe, me guie agora, como sempre me guiou.

A multidão diz: — Amém.

Mãe Eva diz: — Não seja feita a minha vontade, Santa Mãe, mas, sim, a sua. Se for de Sua vontade curar esse Seu filho, que ele seja curado, e se for de Sua vontade que ele sofra neste mundo para ter uma recompensa ainda maior no reino dos Céus, que seja assim.

Esta é uma cláusula tremendamente importante, que é bom deixar clara desde o começo.

A multidão diz: — Amém.

Mãe Eva diz: — Mas há uma imensa multidão orando por este jovem humilde e obediente, Santa Mãe. Há uma grande multidão aqui pedindo Tua ajuda, desejando que Tua graça se derrame sobre ele e que Teu hálito faça com que ele se erga, assim como Tu elevaste Maria a Teu serviço. Santa Mãe, ouve nossas preces.

A multidão está cheia de pessoas que se balançam para a frente e para trás, sobre os calcanhares, que choram e murmuram, e as pessoas que fazem a tradução simultânea nos dois lados do estádio se apressam para acompanhar Allie, à medida que as palavras de Mãe Eva jorram dela cada vez mais rápido.

Enquanto sua boca se move, Allie sonda com as ramificações de seu poder a coluna de Christian, percebendo que há bloqueios *aqui* e *aqui*, e vendo qual é o ponto em que uma descarga faria os músculos se moverem. Ela está quase lá.

Mãe Eva diz: — Nossas vidas têm sido abençoadas, todos nós nos esforçamos todos os dias para ouvir a Tua voz em nosso interior, todos nós honramos nossas mães e a luz sagrada que existe dentro de todo coração humano, todos nós te veneramos e te adoramos e nos ajoelhamos diante de Ti. Santa Mãe, por favor, aceite a força de nossas orações. Por favor, Santa Mãe, me use para mostrar a Sua glória e *cure este menino agora*.

A multidão urra.

Allie dá três choques rápidos na coluna de Christian, dando impulso para que as células nervosas em torno dos músculos das pernas ganhem vida.

A perna esquerda dele faz um movimento para cima, chutando o cobertor.

Christian olha perplexo, assustado, com certo medo.

A outra perna chuta.

Ele está chorando, lágrimas escorrendo pela face. Esse pobre menino, que não anda nem corre desde os três anos de idade. Que sofreu com as escaras e com o atrofiamento muscular, que precisou usar os braços para se locomover da cama para a cadeira, da cadeira para o vaso sanitário. Suas pernas estão movendo-se a partir da coxa agora, tremendo e chutando.

Ele se ergue da cadeira com os braços agora, as pernas ainda se contraindo e – segurando no corrimão posto ali justamente para isso – ele dá um, dois, três passos rijos e inseguros antes de se agarrar ao corrimão, ereto e chorando.

Duas ajudantes de Mãe Eva vêm retirá-lo do palco, uma de cada lado, e ele diz: — Obrigado, obrigado, obrigado — enquanto elas o levam dali.

Às vezes a coisa dura. Há casos de gente que ela "curou" que continua andando, ou segurando coisas, ou vendo meses depois. Começa inclusive a haver algum interesse científico para entender o que ela realmente está fazendo.

Às vezes não dura nada. Eles têm um momento no palco. Sentem como é andar, ou pegar algo com um braço que estava morto e, afinal, isso é algo que essas pessoas não conseguiriam sem ela.

A voz diz: você não tem como saber; se eles tivessem mais fé, talvez tivesse durado mais.

Mãe Eva diz para aqueles que ajuda: — Deus te deu uma mostra do que Ela é capaz de fazer. Continue orando.

Eles fazem um pequeno interlúdio depois da cura. Isso serve para que Allie possa tomar um copo de algo gelado nos bastidores, para a multidão se acalmar um pouco depois do auge da empolgação e para lembrar que isso só foi possível graças à ajuda de pessoas bondosas como as que estão naquele estádio e que abriram seus corações e suas carteiras. Os telões exibem um vídeo em que Mãe Eva consola doentes. Há um vídeo – esse é importante – em que ela segura a mão de uma mulher que foi espancada e estuprada, mas cuja trama nunca se manifestou. Ela está chorando. Mãe Eva tenta despertar o poder nela, mas apesar das orações pedindo auxílio o poder nunca se manifesta nesta pobre mulher. É por isso que elas estão investigando a possibilidade de transplantes, ela diz, usando cadáveres. Elas têm equipes que já estão trabalhando nisso. Seu dinheiro pode ajudar.

Há mensagens amistosas das sedes de Michigan e Delaware que trazem notícias de almas que foram salvas, e de missões em Nairóbi e Sucre, onde a Igreja Católica está tropeçando nas próprias pernas. E há vídeos dos orfanatos que Mãe Eva fundou. De início, as casas recebiam meninas que haviam fugido de casa, que andavam sem rumo pelas cidades, confusas e sozinhas, como cães sem dono, tremendo de frio. À medida que o poder de Mãe Eva cresceu, ela disse para as mulheres mais velhas: — Recebam as menores. Criem casas para elas, assim como eu fui recebida quando estava fraca e com medo. Qualquer coisa que vocês fizerem por elas, estarão fazendo por nossa Santa Mãe. — Agora, poucos anos depois, há lares para jovens no mundo todo. Essas casas abrigam meninos e meninas; dão um teto; dão um futuro melhor do que as instituições administradas pelo Estado. Allie, que foi mandada de um lado para o outro a vida toda, sabe dar boas dicas nessa área. No vídeo, Mãe Eva visita lares para crianças abandonadas em Delaware e no Missouri, na Indonésia e na Ucrânia. Todos os grupos de meninos e meninas a chamam de mãe.

O vídeo termina com uma música e Allie enxuga o suor da testa e volta para o palco.

— Eu sei — diz Mãe Eva à multidão, cheia de gente chorando, tremendo, gritando. — Eu sei que muitos de vocês têm se feito uma pergunta nestes meses todos, e é por isso que estou tão feliz de estar aqui para responder às perguntas de vocês.

Outra vez há gritos de "Glória!" vindos da plateia.

— Estar aqui em Bessapara, a terra em que Deus mostrou Sua sabedoria e Sua misericórdia, é uma grande bênção para mim. Pois vocês sabem que Nossa Senhora me disse que as mulheres devem se unir! E realizar maravilhas! E ser uma bênção e um consolo umas para as outras! E... — Ela faz uma pausa depois de cada palavra que enfatiza. — ... onde as mulheres se uniram mais do que *aqui*?

Pés batendo no chão, gritos, urros de felicidade.

— Nós mostramos o que a força de uma multidão poderosa orando pôde fazer pelo jovem Christian, não mostramos? Nós mostramos que a Santa Mãe se preocupa tanto com homens como com mulheres. Ela não nega Sua misericórdia. Ela não restringirá Sua bondade apenas às mulheres, será bondosa com todos os que acreditam nEla. — Ela fala com voz suave, baixo. — E sei que alguns de vocês estão se perguntando: "E a Deusa que significou tanto para vocês? A Deusa cujo símbolo é o olho na palma da mão? A fé simples que brotou do solo desta boa terra, o que dizer dela?".

Allie deixa que a multidão silencie. Ela fica parada com os braços cruzados. Há choro e gente se balançando. Há faixas sendo agitadas. Ela espera por mais um bom tempo, inspirando e expirando.

Ela diz em seu coração: estou pronta?

A voz diz: você nasceu para isso, minha filha. Manda ver.

Allie abre os braços e mostra as palmas das mãos para a plateia. No centro de cada uma delas há a tatuagem de um olho, com as ramificações saindo dele.

A multidão explode em gritos e aplausos e pés batendo no chão. Os homens e as mulheres da multidão se movem para a frente e Allie fica feliz por haver barreiras de segurança e o pessoal de primeiros-socorros que fica nos corredores. As pessoas ficam de pé nas cadeiras para estar mais perto dela, arfam e choram, respiram o ar que sai dela; elas querem comê-la viva.

Mãe Eva fala calmamente por cima do barulho ensurdecedor. Ela diz: — Todos os deuses são um Deus. A Deusa de vocês é outro modo que Deus usou para se expressar no mundo. Ela se apresentou a vocês do mesmo modo que se apresentou a mim, pregando compaixão e esperança, ensinando que devemos nos vingar daqueles que nos enganaram e amar aqueles que estão próximos de nós. A Deusa de vocês é Nossa Senhora. Elas são uma só.

Atrás dela, a cortina ondulante de seda que serviu de pano de fundo para o evento durante toda a noite cai suavemente no chão. Ela revela uma pintura, de seis metros de altura, de uma mulher altiva, robusta, vestida de azul, olhos gentis, trama visível nas clavículas, um olho que tudo vê na palma de cada mão.

Várias pessoas desmaiam neste instante e algumas começam a falar em línguas.

Bom trabalho, diz a voz.

Eu gosto deste país, diz Allie em seu coração.

Saindo do prédio a caminho do carro blindado, Allie checa as mensagens de Irmã Maria Ignacia, a amiga leal e de confiança que cuida da sede do movimento. Elas estão acompanhando as conversas na internet sobre "Alison Montgomery-Taylor", e, embora Allie nunca tenha dito *por que* quer que os documentos sobre esse caso desapareçam, ela perguntou a Irmã Maria Ignacia se havia um jeito de fazer com que isso acontecesse. Vai ficar cada vez pior com o passar do tempo, sempre vai ter alguém querendo ganhar dinheiro ou influência com essa história, e, ainda que Allie ache que qualquer tribunal razoável vá absolvê-la, não há por que passar por isso. É tarde da noite em Bessapara, mas são só quatro da tarde na Costa Leste dos Estados Unidos e – ainda bem – há uma mensagem. Alguns membros leais da Nova Igreja em Jacksonville mandaram uma mensagem dizendo que, com a ajuda de uma influente irmã-em-Deus, toda a documentação e todos os arquivos eletrônicos relativos a essa "Alison Montgomery-Taylor" terão um fim.

O e-mail diz: "Tudo vai desaparecer".

Parece uma profecia, ou um alerta.

O e-mail não dá o nome da influente irmã-em-Deus, mas só existe uma mulher em que Allie pode pensar e que pode fazer com que arquivos policiais desapareçam assim, só dando um telefonema talvez, só fazendo um telefonema para alguém que ela conhece. Deve ser Roxy. "Você cuida da gente e a gente cuida de você", ela tinha dito. Bom, muito bem. Tudo vai desaparecer.

Mais tarde, Allie e Tatiana Moskalev jantam juntas. Mesmo com a guerra, mesmo com os combates no *front* norte contra o exército de Moldova e com o impasse com a própria Rússia e o Leste, a comida é muito boa. A presidente Moskalev, de Bessapara, serve faisão assado e batatas *hasselback* com repolho doce para Mãe Eva da Nova Igreja, e elas brindam com um bom vinho tinto.

— Precisamos de uma vitória rápida — diz Tatiana.

Allie mastiga devagar, pensativa. — É possível uma vitória rápida depois de três anos de guerra?

Tatiana ri. — A guerra de verdade ainda não começou. Eles ainda estão lutando com armas convencionais nas colinas. Tentam invadir, nós repelimos. Jogam granadas, nós atiramos.

— Eletricidade não vai ajudar contra mísseis e bombas.

Tatiana se recosta na cadeira, cruza as pernas. Olha para ela. — Você acha? — Ela franze a testa, divertida. — Primeiro: não se ganha uma guerra com bombas, e sim com combate em solo. E segundo: você já viu o que uma dose pura dessa coisa é capaz de fazer?

Allie viu. Roxy mostrou. É difícil de controlar – Allie não aceitaria tomar; controle sempre foi a especialidade dela – mas uma dose pura de glitter, e três ou quatro mulheres podiam causar um blecaute na ilha de Manhattan.

— Mesmo assim você precisa estar perto para atingir alguém. Para criar uma conexão.

— Isso pode ser arranjado. Vimos fotografias deles trabalhando nisso.

Ah, diz a voz, ela está falando daquele rei exilado da Arábia Saudita.

— Awadi-Atif — diz Allie.

— Ele está usando nosso país só como um teste, sabe. — Tatiana engole mais um pouco de vinho. — Eles estão mandando alguns homens com trajes de borracha e aquelas baterias estúpidas nas costas. Ele quer mostrar que a mudança não significa nada. Ele ainda segue com sua antiga religião e acha que vai reconquistar seu país.

Tatiana faz um longo arco entre a palma da mão esquerda e a palma da mão direita, faz com que ele se curve à toa, desenrola e o interrompe. — A cabeleireira — ela diz — não sabia o que estava fazendo. Ela olha nos olhos de Allie, um olhar súbito, intenso. — Awadi-Atif acha que foi enviado para uma guerra santa. E eu acho que ele tem razão. Eu fui escolhida por Deus para isso.

Ela quer que você diga que é verdade, diz a voz. Diga.

— Você foi — diz Allie. — Deus tem uma missão especial pra você.

— Sempre acreditei que havia algo maior à minha espera, algo melhor. E quando vi você. A força que você mostra ao falar com as pessoas. E vejo que você é a mensageira dEla, e que você e eu nos encontramos por isso. Para levar essa mensagem para o mundo.

A voz diz: não disse que eu tinha umas coisas reservadas para você?

Allie diz: — Então quando você fala que quer uma vitória rápida... você quer dizer arrasar completamente com eles quando Awadi-Atif enviar seus soldados elétricos.

Tatiana faz um gesto com uma mão. — Eu tenho armas químicas. Coisa que sobrou da Guerra Fria. Se quisesse "arrasar completamente" com eles eu poderia. Não. — Ela se inclina para a frente. — Eu quero que eles sejam humilhados. Mostrar que esse... poder mecânico não pode se comparar com o que nós temos em nossos corpos.

A voz diz: está vendo?

E Allie compreende tudo de repente e imediatamente. Awadi-Atif da Arábia Saudita armou seus soldados em Moldova do Norte. O plano deles é retomar Bessapara, a república das mulheres; para eles, isso mostraria que essa mudança é um desvio pouco significativo da norma, que a maneira correta de fazer as coisas vai voltar a se impor. E se eles perderem, e perderem de maneira avassaladora...

Allie começa a sorrir. — A Santa Mãe vai se espalhar pelo mundo, de pessoa a pessoa, de país a país. A luta vai ter terminado antes mesmo de começar.

Tatiana ergue sua taça para um brinde. — Sabia que você entenderia. Quando nós convidamos você para vir aqui... Eu tinha esperança de que entenderia minhas palavras. O mundo está de olho nesta guerra.

Ela quer que você abençoe a guerra dela, diz a voz. Problemático.

Problemático se ela perder, diz Allie em seu coração.

Achei que você queria ser prudente, diz a voz.

Você disse que o único jeito de estar em segurança era dominar tudo, diz Allie em seu coração.

E eu disse que você não podia chegar lá partindo daqui, diz a voz.

De que lado você está, afinal?, diz Allie.

Mãe Eva fala devagar e com cuidado. Mede suas palavras. Nada do que diz fica sem consequências. Ela olha diretamente para a câmera e espera a luz vermelha acender.

— Nós não precisamos nos perguntar o que a família real saudita vai fazer caso vença esta guerra — diz. — Nós já vimos isso. Sabemos o que aconteceu na Arábia Saudita por décadas, e sabemos que Deus desviou o olhar daquele país, horrorizada e enojada. Não precisamos nos perguntar quem está do lado da justiça quando encontramos os valentes combatentes de Bessapara, muitos dos quais são mulheres que foram vítimas de tráfico humano, mulheres agrilhoadas, mulheres que teriam morrido no escuro caso Deus não tivesse mandado a luz d'Ela para guiá-las. Este país é o país de Deus, e esta guerra é a guerra de Deus. Com a ajuda dEla vamos alcançar a vitória. Com a ajuda dEla tudo mudará.

A luz vermelha se apaga. A mensagem corre o mundo. Mãe Eva e seus milhares de seguidores leais no YouTube e no Instagram, no Facebook e no Twitter, os doadores e amigos, estão com Bessapara e a república das mulheres. Eles escolheram um lado.

MARGOT

— Não estou dizendo que você tenha que terminar o namoro.

— Mãe, é isso que você está dizendo.

— Só estou dizendo pra você ler os relatórios, veja você mesma.

— Se você está me dando isso, eu já sei o que diz.

— Só leia.

Margot aponta para a pilha de papéis na mesinha de centro. Bobby não queria ter essa conversa. Maddy está na aula de tae kwon do. Então, claro que sobrou pra ela. Para citar Bobby literalmente, ele disse: "É com sua carreira política que você está preocupada. Então resolva você".

— Seja o que for que esses papéis digam, mãe, o Ryan é uma boa pessoa. É gentil. É bacana *comigo*.

— Ele andou visitando sites extremistas, Jos. Ele escreve usando um nome falso em sites que falam sobre organizar ataques terroristas. Sites que têm ligações com alguns desses grupos.

Jocelyn está chorando. Frustrada, chorando de raiva. — Ele *nunca* faria isso. Provavelmente ele só queria ver o que os outros estavam dizendo. Mãe, a gente se conheceu na internet, eu também visito uns sites malucos.

Margot pega uma das páginas aleatoriamente, lê a parte destacada. —"Vasephoder", que belo nome ele escolheu — diz. — As coisas saíram de controle. Aqueles campos da NorthStar pra começo de conversa… Se as pessoas soubessem as coisas que ensinam lá, dariam um tiro na cabeça de cada uma daquelas meninas. — Ela faz uma pausa, olha para Jocelyn.

Jos: — Como sabem que é ele?

Margot mostra o arquivo cheio de documentos. — Ah, sei lá. Eles têm como saber. — Essa é a parte complicada. Margot prende a respiração. Será que a Jos vai acreditar?

Jos olha para ela, solta um suspiro rápido. — O Departamento de Defesa está analisando você, é isso? Porque você vai ser senadora e eles querem que você participe da Comissão de Segurança, como você disse.

Anzol, linha e isca.

— Isso, Jocelyn. Foi por isso que o FBI encontrou esse material. Porque eu tenho um trabalho importante e não vou pedir desculpas por isso. — Ela faz uma pausa. — Achei que a gente estava do mesmo lado, meu bem. E você tem que saber que o Ryan não é a pessoa que você imagina.

— Provavelmente ele estava só experimentando alguma coisa. Aquelas coisas são de três anos atrás! Todo mundo fala bobagem na internet, tá bom? Só pra causar.

Margot suspira. — Não sei se a gente pode ter certeza disso, meu bem.

— Eu vou falar com ele. Ele… — Jos começa a chorar de novo, alto, demoradamente, soluçando profundamente.

Margot se aproxima dela no sofá. Experimenta colocar um braço em torno dos ombros de Jos.

Jos se afunda no corpo da mãe, enterrando o rosto no peito de Margot e chorando e chorando como fazia quando criança.

— Você vai conhecer outros meninos, meu bem. Meninos melhores.

Jos ergue o rosto. — Eu achei que a gente tinha sido feito um pro outro.

— Eu sei, meu docinho, por causa do seu… — Margot hesita na escolha da palavra. — Por causa do seu problema, você queria alguém que entendesse.

Ela queria ter achado um jeito de ajudar Jos. Eles continuam procurando, mas quanto mais velha ela fica, mais parece que o problema é incurável. Às vezes ela tem todo o poder que quer, e às vezes não tem nada.

O choro de Jos vai diminuindo até parar. Margot traz uma xícara de chá e elas ficam sentadas em silêncio por um tempo no sofá, Margot com o braço em torno dos ombros de Jos.

Depois de um bom tempo, Margot diz: — Ainda acho que a gente vai conseguir resolver isso. Se achássemos alguém pra te ajudar… Bem, você ia conseguir gostar de meninos normais.

Jos larga a xícara na mesa devagar. Diz: — Você acha mesmo?

E Margot diz: — Eu tenho certeza, meu bem. Certeza. Você pode ser exatamente igual às outras meninas. Sei que a gente pode resolver isso.

Ser uma boa mãe é isso. Às vezes você enxerga o que os filhos precisam melhor do que eles mesmos.

ROXY

"Venha pra casa", diz a mensagem. "Ricky foi ferido."

Ela devia estar a caminho de Moldova, devia estar treinando mulheres para usar o glitter na batalha. Mas não tem como, não com uma mensagem dessas no celular.

Ela não tem falado muito com Ricky desde que voltou dos Estados Unidos. Ela toca seu próprio negócio com o glitter e está ganhando uma boa grana para a família. Antes Roxy morria de vontade de ser convidada para entrar naquela casa. Agora Bernie deu uma chave para ela, ela tem um quarto de hóspedes para usar quando não está no Mar Negro, mas não é como ela imaginava. Barbara, a mãe dos três meninos, não anda batendo bem da cabeça desde a morte de Terry. Há uma grande foto de Terry sobre a lareira com flores que são trocadas a cada três dias. Darrell ainda mora lá. Ele cuida da parte das apostas, tem cabeça para isso. Ricky tem seu próprio apartamento no Canary Wharf.

Roxy pensa, quando lê a mensagem, em quem poderia estar atrás deles e em qual é o significado de "ferido". Se for guerra, certamente eles precisam dela.

Mas é Barbara quem espera por ela no jardim quando ela chega, fumando sem parar, usando cada cigarro para acender o próximo. Bernie nem está em casa. Então não é guerra, é alguma outra coisa.

Barbara diz: — Ricky está ferido.

Roxy diz, sabendo a resposta: — Foi uma das outras empresas? Os romenos?

Barbara sacode a cabeça. Diz: — Ferraram com ele só por diversão.

Roxy diz: — Meu pai conhece gente para lidar com isso. Você não precisava ter me ligado.

As mãos de Barbara tremem. — Não, isso não é assunto pra eles. É coisa de família.

Sendo assim, Roxy sabe exatamente que tipo de coisa aconteceu com Ricky.

Ricky está com a TV ligada, mas sem som. Está com um cobertor sobre os joelhos e curativos por baixo; o médico já veio e foi embora, então não há nada para ver.

Entre as meninas que trabalham para Roxy, algumas foram mantidas como escravas na Moldova. Roxy viu o que uma delas fez com os três caras que se revezavam em cima dela. A parte de baixo dos corpos era basicamente carne queimada, padrões de samambaia nas coxas, rosa e marrom e vermelho cru e preto. Como um assado num almoço de domingo. Ricky não parece tão mal. Provavelmente vai ficar bem. Esse tipo de coisa cura. Mas ela ouviu dizer que as coisas podem ser difíceis depois. Pode ser difícil superar.

Ela diz: — Só me conte o que aconteceu.

Ricky olha pra ela, e ele está agradecido, e a gratidão dele é terrível. Ela quer dar um abraço nele, mas sabe que em certo sentido isso só pioraria as coisas para ele. Você não pode ser ao mesmo tempo a pessoa que causa a dor e a pessoa que consola. A única coisa que ela pode oferecer a Ricky é justiça.

Ele conta o que aconteceu.

Ele estava bêbado, óbvio. Tinha saído com uns amigos, estava dançando. Ricky tem lá suas namoradas, mas não vê problema em achar uma pessoa nova para passar a noite, e as meninas sabem que não devem encher o saco dele por isso, ele é assim e pronto. Roxy também anda fazendo o mesmo, às vezes tem um cara com ela, às vezes não tem e pra ela meio que tanto faz.

Dessa vez, Ricky estava com três moças, disseram que eram irmãs – mas elas não pareciam irmãs; ele achou que era uma piada. Uma delas chupou Ricky perto dos cestos de lixo da cozinha, do lado de fora da boate. Seja lá o que foi que ela fez, ele ficou alucinado. Ele parece envergonhado quando conta isso, como se achasse que devia ter feito alguma coisa diferente. Quando ela terminou, as outras estavam esperando. Ele disse: — Me deem um minuto. Não posso comer vocês todas ao mesmo tempo. — E elas partiram para cima dele.

Tem uma coisa que você pode fazer com os caras. Roxy já fez. Um choquinho no ânus e o pau levanta imediatamente. Se você quer, é divertido. Dói um pouco, mas é divertido. Mas se você não quer, dói um monte. Ricky ficou dizendo que não queria.

Elas se revezaram. A única coisa que elas queriam era machucar, ele diz, e ele ficava perguntando se elas queriam dinheiro, o que elas queriam, mas uma delas lhe deu um choque na garganta e ele não conseguiu falar mais nada até que elas acabassem.

A coisa toda durou meia hora. Ricky achou que ia morrer ali mesmo. Entre os sacos pretos de lixo e as pedras da calçada cobertas com uma camada grossa de gordura. Dava para imaginar alguém encontrando seu corpo, pernas brancas marcadas por cicatrizes vermelhas. Ele imaginou um tira remexendo nos bolsos e dizendo: "Você nunca vai adivinhar quem é, simplesmente Ricky Monke". E o rosto branco-peixe e os lábios azuis. Ricky ficou absolutamente imóvel até elas terminarem, não disse nada e não fez nada. Só esperou acabar.

Roxy sabe por que não chamaram Bernie. Ele odiaria Ricky por isso, mesmo que tentasse evitar. Não é isso que acontece com um homem. Só que agora acontece.

O pior é que ele conhece aquelas mulheres. Quanto mais ele pensa, mais tem certeza. Ele já viu as três por aí; ele acha que elas não sabem quem ele é – se soubessem, provavelmente teriam ficado com medo de fazer o que fizeram –, mas ele conhece gente que já viu com elas. Uma se chama Manda, ele tem quase certeza, outra chama Sam. Roxy tem uma ideia e procura algumas pessoas no Facebook. Mostra fotos para Ricky, até ele começar a tremer.

Não é difícil encontrar as meninas. Roxy só precisa de uns cinco telefonemas até achar alguém que conhece alguém. Ela não conta por que está perguntando, mas nem precisa; ela é Roxy Monke e as pessoas querem ajudar. Elas estão em um pub em Vauxhall, estão bêbadas, rindo, vão ficar lá até fechar.

Roxy tem umas moças que trabalham para ela em Londres agora. Gente que cuida dos negócios, recebe o dinheiro, dá esporro em quem precisa levar esporro. Não que um homem não pudesse dar conta – tem uns que fariam isso tranquilamente –, mas é melhor não *precisar* de uma arma. Armas são barulhentas, chamam a atenção, causam confusão demais; uma bobagem acaba em duplo assassinato e trinta anos de cadeia. Para uma coisa assim, o melhor é levar meninas. Mas quando ela troca de roupa e desce a escada, Darrell está esperando na porta da frente. Está com uma espingarda de cano cortado.

— O que é isso? — diz Roxy.

— Eu vou junto — diz Darrell.

Ela pensa, por um momento, em dizer "Claro" e derrubar Darrell com um choque quando ele desse as costas. Mas depois do que aconteceu com Ricky não seria certo.

— Cuide-se — diz.

— Tá bom — ele diz. — Vou ficar atrás de você.

Ele é mais novo do que ela. Por uma questão de meses. Essa foi uma das coisas que deixou tudo tão difícil: Bernie engravidar as mães dos dois ao mesmo tempo.

Roxy põe a mão no ombro dele e aperta. Ela chama mais umas meninas. Vivika, com um daqueles longos bastões dentados que conduzem energia, e Danni, com uma rede de metal que gosta de usar. Todos cheiram um pouco antes de sair pela porta, e na cabeça de Roxy há uma música tocando. Às vezes faz bem ir à guerra, só para saber que você pode.

Eles seguem o grupinho de meninas saindo do pub a certa distância até elas chegarem ao parque, gritando e bebendo. Passa de uma da manhã. A noite está quente; o ar está úmido, como se uma tempestade estivesse se formando. Roxy e seu séquito estão de preto; elas andam devagar. As meninas correm em direção ao carrossel do playground. Deitam de costas, olhando as estrelas, passando a garrafa de vodca de uma para a outra.

Roxy diz: — Agora.

O carrossel é feito de aço. Elas eletrificam o metal, e uma das meninas cai, espumando pela boca, o corpo cheio de contrações. Agora são duas contra quatro. Moleza.

— Que é isso? — diz uma garota com uma jaqueta azul-marinho de bombardeiro. Ricky apontou a foto dizendo que ela era a líder. — Que merda é essa? Eu nem *conheço vocês*. — Ela faz um arco brilhante de alerta entre as palmas das mãos.

— Ah, é? — diz Roxy. — Mas você conheceu meu irmão, Ricky? Andou se encontrando com ele numa boate ontem à noite? Ricky *Monke*?

— Ai, caralho — diz a outra menina, a que está com roupa de couro.

— Cala a boca — diz a primeira. — A gente não conhece seu *irmão* porra nenhuma, tá bem?

— Sam — diz a menina de couro. — Puta que pariu. — Ela vira para Roxy, implorando. — A gente não sabia que ele era seu irmão. Ele não disse nada.

Sam murmura alguma coisa que soa como "ele bem que gostou".

A menina com roupa de couro põe as mãos para o alto e dá um passo para trás. Darrell dá uma coronhada na nuca dela. Ela cai para a frente, dentes na terra e nas plantas.

Então agora são quatro contra uma. Cerco fechando. Danni brinca com a rede de metal na mão esquerda.

Sam diz: — Ele estava *pedindo* que a gente fizesse aquilo. Ele implorou. Suplicou, foi atrás da gente, disse o que queria que a gente fizesse. Escrotinho imundo, sabia exatamente o que queria, não cansava nunca, queria que a gente machucasse, se eu pedisse ele tinha lambido meu mijo, é isso que seu irmão é. Tem aquela carinha de anjo, mas é um menininho bem safadinho.

Tá, beleza. Pode ser verdade, pode ser que não. Roxy já viu bastante coisa por aí. Mesmo assim ela não devia ter mexido com um Monke, certo? Depois que tudo tiver acabado ela vai sondar discretamente uns amigos do Ricky e talvez tenha que dizer para ele parar de ser burro; se ele quer esse tipo de coisa, tem lugares seguros pra isso.

— Não fale assim do meu irmão, cacete! — Darrell grita do nada, e ele está com a coronha da arma apontada para o rosto dela, mas ela é rápida demais para ele, e a espingarda é de metal, por isso quando ela agarra a arma a respiração dele falha e os joelhos cedem.

Sam passa um braço em torno de Darrell. O corpo inteiro dele treme – foi um baita choque. Os olhos reviram. Puta merda. Se elas acertam nela, acertam nele.

Caralho.

Sam começa a se afastar. — Nem tentem me seguir — diz. — Se vocês chegarem perto eu acabo com ele, como fiz com seu Ricky. Posso fazer até pior do que aquilo.

Darrell agora está quase chorando. Roxy sabe o que ela está fazendo com ele: um pulso constante de choques no pescoço, na garganta, nas têmporas. Dói mais nas têmporas.

— Isso não acaba aqui — Roxy diz baixinho. — Você pode escapar agora, mas a gente vai atrás de você até acabar.

Sam sorri, toda dentes brancos e sangue. — Então talvez eu dê um jeito nele agora mesmo, só por diversão.

— Não seria lá muito inteligente — diz Roxy —, porque daí a gente realmente teria que matar você.

Ela faz um sinal para Viv com a cabeça, que deu a volta durante o tumulto. Viv prepara o golpe com o bastão. Dá uma porrada na nuca de Sam como se fosse uma marreta derrubando uma parede de drywall.

Sam se vira ligeiramente, vê o golpe vindo, mas não consegue largar Darrell a tempo de se abaixar. O bastão pega na lateral do olho e o sangue jorra do rosto. Ela grita e cai no chão.

— Merda — diz Darrell. Ele chora e treme; não tem muito que elas possam fazer para ajudar no momento. — Se ela tivesse visto o que vocês estavam fazendo, ia ter me matado.

— Você está vivo, não está? — diz Roxy. Ela não fala nada sobre o fato de que ele não devia ter se aproximado de Sam com a espingarda, e acha que isso é justo.

Roxy não se apressa na hora de deixar suas marcas nela. A ideia é que elas nunca mais esqueçam. Ricky não vai conseguir esquecer. Ela deixa as três com uma teia de aranha vermelha, com cicatrizes que se desdobram pelas bochechas e pela boca e pelo nariz. Ela faz uma foto com o celular, para Ricky poder ver o que ela fez. As cicatrizes e o olho cego.

ϟ

Só Barbara está acordada quando eles voltam. Darrell vai para a cama, mas Roxy senta à mesa na cozinha dos fundos e Barbara vê as fotos no celular, assentindo com a cabeça com a boca igual a uma pedra.

— Todas vivas ainda? — diz.

— Até liguei pro 999 por elas.

Barbara diz: — Obrigada, Roxanne. Fico grata. Você fez um bom serviço.

Roxy diz: — Certo.

O relógio faz tique-taque.

Barbara diz: — Desculpe por a gente ter sido rude com você.

Roxy levanta uma sobrancelha. — Acho que "rude" não é bem a palavra, Barbara.

Isso soa mais duro do que ela gostaria, mas ela passou por muita coisa quando era menina. As festas a que não pôde ir, os presentes que nunca ganhou, os jantares de família para os quais nunca era convidada e aquela vez em que Barbara foi até a casa jogar tinta nas janelas.

— Você não precisava fazer isso hoje, pelo Ricky. Achei que você não faria.

— Tem gente que não guarda rancor.

Barbara parece ter levado um tapa na cara.

— Tá tudo bem — diz Roxy, porque agora está mesmo, está tudo bem faz um tempo, talvez desde a morte de Terry. Ela morde os lábios. — Você nunca gostou de mim por eu ser filha de quem sou. Eu nunca esperei que você fosse gostar de mim. Na boa. Eu não crio problemas pra você, você não cria problemas pra mim, não é isso? Só negócios. — Ela se alonga, sua trama se retesando no peito, os músculos subitamente pesados e cansados.

Barbara olha para ela, pálpebras levemente abaixadas. — Tem coisas que o Bern não te contou, sabe. Sobre como o negócio funciona. Não sei por quê.

— Ia contar para o Ricky — diz Roxy.

— É — diz Barbara —, acho que ia. Mas agora o Ricky não vai assumir nada.

Ela levanta, vai até o armário da cozinha. Tira os sacos de farinha e as caixas de bolacha da terceira prateleira e, ali, bem nos fundos do armário, enfia a unha em uma rachadura quase invisível e abre um compartimento secreto, da largura de uma mão. Tira três pequenos cadernos pretos unidos por um elástico.

— Contatos — diz. — Policiais da Narcóticos. Policiais nossos. Médicos comprados. Faz meses que venho dizendo pro Bern que ele devia entregar tudo isso pra você. Assim você mesma pode vender o glitter.

Roxy estende a mão, pega os cadernos. Sente o peso e a solidez deles. Todo o conhecimento necessário para administrar o negócio em um único bloco compacto, um tijolo de informação.

— Pelo que você fez hoje — diz Barbara —, pelo Ricky. Depois eu me acerto com o Bernie. — E ela pega sua xícara de chá e vai dormir.

Roxy passa o resto da noite acordada em seu apartamento, vendo o que tem nos livros, fazendo anotações e planos. Alguns contatos ali vêm de muitos anos, conexões que seu pai vem desenvolvendo, gente que vem chantageando ou subornando – sendo que normalmente o suborno acaba virando chantagem. Barbara não tem ideia do que deu para ela – com o que tem nesses livros, ela pode vender glitter na Europa inteira, sem problemas. Os Monke podem ganhar mais dinheiro do que qualquer outra pessoa desde a época da Lei Seca.

Ela está sorrindo, e um dos joelhos fica chacoalhando para cima e para baixo quando os olhos dela passam por uma série de nomes e encontram algo importante.

Ela leva um tempo para entender o que viu. Uma parte do cérebro chegou lá antes do resto, mandou que ela lesse e relesse a lista até que aquilo saltou aos olhos. Ali. Um nome. Um policial que estava na folha de pagamentos, detetive Newland. Newland.

Porque ela nunca vai esquecer o que Narcissus disse ao morrer, vai? Nunca vai esquecer nenhum detalhe do que aconteceu naquele dia.

"O Newland disse que você não ia estar em casa", Narcissus disse.

Esse tira, esse Newland. Ele era parte do plano para matar a mãe dela, e ela nunca soube quem ele era, pelo menos não até esse momento. Ela pensou que essa história tinha acabado havia muito tempo, mas quando vê o nome e lembra, pensa: puta que pariu. Um tira safado vendendo coisas pro meu pai, vendendo coisas pro Narcissus. Puta que pariu, pensa. Um tira safado de olho na nossa casa, dizendo quando eu não ia estar.

Basta uma busca rápida na internet. Agora o detetive Newland mora na Espanha. Policial aposentado. Cidade pequena. Claro que acha que ninguém vai atrás dele.

Ela nunca teve intenção de contar a Darrell. Mas ele apareceu para agradecer o que ela fez por Ricky e também por salvar a vida dele.

Ele diz: — A gente sabe pra onde isso está indo. O Ricky agora está fora da jogada. Se tem alguma coisa que eu possa fazer pra te ajudar, Rox, é só dizer.

Talvez ele tenha começado a ter os mesmos pensamentos que ela tem, pode ser que tenha percebido que tem que aceitar essa mudança que atingiu a todos nós, parar de nadar contra a maré, achar seu lugar nesta nova ordem.

Por isso ela contou para Darrell por que está indo para a Espanha. Ele diz: — Eu vou com você.

Ela entende o que ele está pedindo. Ricky não vai retomar sua vida por anos, talvez nunca mais, e nunca do jeito que era. Cada vez os dois têm menos família. Ele quer ser a família dela.

Não é difícil achar o lugar. GPS e um carro alugado, e menos de meia hora depois de sair do aeroporto de Sevilha eles estão lá. Não precisa ser muito esperto. Eles ficam dois dias olhando de binóculos, tempo suficiente para saber que ele mora sozinho. Hospedam-se em um hotel ali perto, mas não perto demais. Cinquenta quilômetros dirigindo. Você não iria procurar lá caso fosse um policial local, pelo menos não se estivesse fazendo uma investigação de rotina só para desencargo de consciência. Ele leva tudo na boa, o Darrell. Profissional, mas divertido. Deixa que ela tome as decisões, mas tem boas ideias. Ela pensa, Certo. Se Ricky não estiver mais no jogo, é isso. Pode funcionar. Ela podia levar Darrell até a fábrica na próxima vez.

No terceiro dia, na luz antes do amanhecer, eles laçam uma das estacas da cerca com uma corda, escalam e esperam em meio aos arbustos até que ele saia. Ele está de shorts e com uma camiseta esfarrapada. Está com um sanduíche – a essa hora da manhã, um pão com linguiça – e olha para o celular.

Ela estava esperando alguma coisa, esperava ser atingida por uma espécie de terror; achou que podia acabar fazendo xixi nas calças ou tendo um acesso de fúria ou chorando. Um círculo completo: dois pedaços de corda amarrados um no outro. O sujeito que ajudou a matar a mãe dela. O restinho que tinha ficado no canto do prato.

Ela sai do meio dos arbustos na frente dele. — Newland — diz. — Seu nome é Newland.

Ele olha para ela, de boca aberta. Ainda com o sanduíche na mão. Leva um segundo para que ele sinta medo, e nesse segundo Darrell dá o bote saindo dos arbustos, dá uma pancada na cabeça dele e o leva até a piscina.

Quando ele acorda, o sol está alto, e ele flutua de barriga para cima. Ele se debate, fica de pé no meio da piscina, tossindo e esfregando os olhos.

Roxy está sentada na beira da piscina, com os dedos batendo na água. — A eletricidade pode ir bem longe na água — diz. — E rápido.

Newland fica imóvel ao ouvir isso.

Ela inclina a cabeça para um lado, depois para o outro, alongando os músculos. Sua trama está cheia.

Newland começa a dizer algo. Talvez seja "Eu não..." ou "Quem são...", mas ela envia uma breve corrente pela água, o suficiente para fazer com que todo o corpo molhado formigue.

Ela diz: — Vou ficar entediada se você começar a negar tudo, detetive Newland.

— Merda — ele diz. — Eu nem sei quem é você. Se isso é por causa da Lisa, ela recebeu a droga do dinheiro dela, tá bem? Recebeu faz dois anos, cada centavo, e agora eu estou fora.

Roxy envia outro choque pela água. — Pense de novo — diz. — Olhe para a minha cara. Eu não pareço alguém? Não sou a filha de alguém?

Imediatamente ele entende. Ela percebe pelo rosto dele. — Caralho — diz. — Isso é por causa da Christina.

— Isso — ela diz.

— Por favor — ele diz, e ela manda uma descarga forte, tão forte que os dentes dele começam a bater e o corpo enrijece e ele se caga dentro da água, uma nuvem marrom-amarelada de partículas jorrando como se fosse água de uma mangueira.

— Rox — Darrell diz suavemente. Ele está sentado atrás dela, numa das espreguiçadeiras, com a mão na coronha do rifle.

Ela para. Newland desaba, chorando, na água.

— Não me venha com "por favor" — ela diz. — Foi isso que minha mãe disse.

Ele esfrega os braços, tentando devolver alguma vida a eles.

— Não tem como escapar dessa, Newland. Você disse ao Narcissus onde encontrar minha mãe. Você causou a morte dela, e agora eu vou matar você.

Newland tenta chegar até a borda da piscina. Ela dá outro choque nele. Os joelhos cedem, ele cai para a frente e depois só fica ali, com a cara para baixo, dentro da água.

— Puta que pariu — diz Roxy.

Darrell pega a peneira da piscina e puxa Newland até a beira, e eles o põem de pé.

Quando Newland volta a abrir os olhos, Roxy está sentada no peito dele.

— Você vai morrer agora, Newland — diz Darrell, com toda a calma. — Acabou, meu chapa. Sua vida termina aqui. É seu último dia e não tem nada que você possa dizer que mude isso, beleza? Mas se a gente fizer parecer um acidente, seu seguro de vida vai dar cobertura. Para sua mãe, certo? E seu irmão? A gente pode fazer isso pra você. Fazer parecer um acidente. Não um suicídio. Pode ser?

Newland tosse, expelindo água escura.

— Você ajudou a matar minha mãe — diz Roxy. — Ponto número um. E me fez entrar na água em que você cagou. Ponto número dois. Se rolar mais alguma coisa, você vai sentir uma dor que não vai acreditar. Eu só quero que me diga uma coisa.

Ele está ouvindo.

— O que o Narcissus te deu, Newland, para você entregar minha mãe? Por que você correu o risco dos Monke virem pra cima de você? O que foi que fez *isso* parecer valer a pena, Newland?

Ele pisca, primeiro para ela, depois para Darrell, como se eles estivessem de brincadeira com ele.

Ela segura o rosto dele e manda uma agulhada de dor na mandíbula.

Ele grita.

— Só me diga, Newland — ela diz.

Ele está ofegante. — Você sabe, não sabe? — ele diz. — Você está de gozação comigo.

Ela põe a mão mais perto do rosto dele.

— Não! — ele diz. — Não! Não, você *sabe* o que aconteceu, sua *vaca*, foi seu pai. O Narcissus nunca me pagou nada, foi o Bernie… o Bernie Monke *me mandou* fazer isso. Meu único patrão era o Bernie, era o único para quem eu trabalhava; foi o *Bernie* que mandou eu fingir que estava vendendo informação para o Narcissus, dizer quando encontrar sua mãe sozinha. Não era pra você ter visto. O Bernie queria sua mãe morta e eu não faço perguntas. Eu ajudei. Era a porra do *Bernie*. Seu pai. O Bernie.

Ele continua murmurando o nome, como se fosse o segredo que iria libertá-lo.

Eles não conseguem tirar muito mais dele. Ele sabia que a mãe da Roxy era mulher do Bernie; sim, claro que sabia. Eles disseram que ela tinha traído o Bernie, e isso bastava para que ela morresse – bem, acabou bastando.

Quando terminam, eles o derrubam de volta na piscina, e ela eletrifica tudo, apenas uma vez. Vai dar a impressão de que ele teve um infarto, caiu, se cagou e se afogou. Eles cumpriram a promessa. Trocam de roupa e voltam com o carro alugado para o aeroporto. Não deixaram nem mesmo um buraco na cerca.

No avião, Roxy diz: — E agora?

E Darrell diz: — O que você quer, Rox?

Ela fica sentada por um tempo, sentindo o poder dentro de si, cristalino e completo. Ela teve uma sensação diferente matando Newland. Vendo o corpo dele enrijecer e depois parar.

Ela pensa no que Eva disse, que ela sabia que Roxy ia chegar. Que ela viu o destino de Roxy. Que é ela quem vai dar início ao novo mundo. Que ela terá nas mãos o poder de mudar tudo.

Ela sente o poder na ponta dos dedos, como se pudesse fazer um buraco que saísse do outro lado do mundo.

— Eu quero justiça — diz. — E depois eu quero tudo. Você quer ficar do meu lado? Ou quer ficar contra mim?

Bernie está no escritório, olhando a contabilidade, quando eles chegam. Ela tem a impressão de que ele está velho. Ele não se barbeou direito; tufos de pelo aparecem no pescoço e no queixo. Ele também tem certo cheiro hoje em dia; um cheiro de queijo. Ela nunca tinha pensado que ele estava velho. Eles são os dois filhos mais novos dele. Ricky tem trinta e cinco.

Ele sabia que os dois iam chegar. Barbara deve ter contado que entregou os cadernos para Roxy. Ele sorri quando os dois entram. Darrell está atrás dela, com uma arma carregada.

— Você tem que entender, Rox — diz Bernie. — Eu amava sua mãe. Ela nunca me amou, acho que não. Ela só estava me usando pra conseguir coisas.

— Foi por isso que você a matou?

Ele respira pelo nariz, como se ficasse surpreso ao ouvir isso. — Eu não vou implorar — diz. Ele está olhando para as mãos de Roxy, para os dedos dela. — Sei o que vai acontecer e vou aceitar, mas você tem que entender, não foi nada pessoal, eram negócios.

— Era família, pai — diz Darrell, muito tranquilo. — Família é sempre pessoal.

— Verdade — ele diz. — Mas ela entregou Al e Big Mick — diz. — Os romenos pagaram e ela contou onde os dois estariam. Eu chorei quando me disseram que foi ela, meu amor. Mas não podia deixar passar, podia? Não tem ninguém… Você tem que entender, não tem ninguém que eu pudesse deixar fazer aquilo comigo.

Roxy já fez esse tipo de cálculo, mais de uma vez.

— Não era para você ver, meu amor.

— Você não sente vergonha, pai? — diz Roxy.

Ele ergue o queixo, põe a língua entre os dentes e o lábio inferior. — Lamento que tenha acontecido. Lamento que tenha sido assim. Eu não queria que você visse, e eu sempre cuidei de você, você é a minha menina. — Ele faz uma pausa.

— Não consigo nem dizer o quanto sua mãe me magoou. — Ele solta o ar pelo nariz de novo, pesado, como um touro. — É uma merda de uma tragédia grega, meu amor. Mesmo se eu soubesse que isso ia acontecer, eu teria feito o mesmo, não tenho como negar. E se você vai me matar… tem uma certa justiça nisso, meu amor.

Ele fica sentado ali, esperando, absolutamente calmo. Ele deve ter pensado nisso cem vezes, perguntando-se quem iria acabar com ele, um amigo ou um inimigo ou uma massa que não para de crescer no centro do estômago, ou se ele iria conseguir chegar a uma velhice tranquila. Deve ter passado pela cabeça dele que seria ela, e é por isso que ele está tão tranquilo.

Ela sabe como são as coisas. Se ela o mata, não vai acabar nunca. Foi assim que aconteceu com Narcissus, foi assim que eles se viram presos numa guerra sangrenta com ele. Se ela continuar matando todo mundo que pisa no seu calo, alguém vai fazer o mesmo com ela no final.

— Sabe o que é justiça, pai? — ela diz. — Eu quero que você se foda. E quero que você diga pra todo mundo que agora sou eu que mando nos negócios. A gente não vai ter mais nenhum banho de sangue, ninguém virá atrás de mim, ninguém vai vingar você, nada de tragédia grega. A gente vai fazer isso na paz. Você está se aposentando. Eu vou proteger você e vou foder com você. A gente vai arranjar um lugar seguro pra você. Vá pra algum lugar que tenha uma praia.

Bernie assente com a cabeça. — Você sempre foi uma menina esperta — diz.

JOCELYN

Já houve ameaças de bomba nos campos da NorthStar, mas nunca um ataque de verdade, não até esta noite.

Jocelyn está de vigia no turno da noite. São cinco meninas, observando o perímetro com binóculos. Se você faz atividades extras e dorme no campo e concorda em trabalhar para eles por dois anos depois de sair da faculdade, recebe uma bolsa integral. Um acordo bem bom. Margot podia pagar a faculdade de Jocelyn, mas parece uma boa ideia deixar que ela faça as coisas do mesmo modo que as outras estão fazendo. A trama de Maddy se desenvolveu bem e forte, sem nenhum dos problemas de Jocelyn. Ela tem só quinze anos e já fala em entrar para o grupo de cadetes de elite. Duas filhas militares; é assim que você concorre à presidência.

Jocelyn está quase dormindo em seu posto quando o alarme soa. Já aconteceu de alarmes dispararem antes; era uma raposa ou um coiote ou, às vezes, adolescentes bêbados tentando escalar a cerca para ver quem ganhava uma aposta. Uma vez Jocelyn ficou apavorada ao ouvir guinchos no lixo nos fundos do refeitório, mas depois viu dois guaxinins enormes saírem pulando das latas de metal, mordendo e correndo um atrás do outro.

As outras riram dela por ter se assustado, como riem dela o tempo todo. No começo, tinha o Ryan, e isso era excitante e divertido e intenso e, como a trama dele era um segredo dos dois, tudo era especial. Mas depois a história vazou – fotos com teleobjetivas, repórteres outra vez na porta de casa. E as outras meninas no campo leram. E começaram umas conversas sussurradas e cheias de risadinhas que paravam quando ela chegava perto. Ela leu artigos escritos por mulheres que queriam não ter o poder e por homens que queriam ter, e tudo parece tão confuso, e ela só quer ser normal. Ela rompeu o namoro com Ryan e ele chorou, e ela viu que seu rosto estava seco como se houvesse uma rolha lá dentro segurando as lágrimas. A mãe levou Jos a um médico em segredo e deram algo para que ela se sentisse mais normal. E em certo sentido, funcionou.

Ela e três outras meninas que estão de vigília pegam seus bastões – longos, com tiras metálicas flexíveis e afiadas na ponta – e entram na noite, esperando encontrar algum bichinho da fauna local roendo a cerca. Mas quando chegam lá há três homens, cada um com um taco de beisebol, rostos pintados de preto. Estão ao lado do gerador. Um deles tem um imenso alicate. É um ataque terrorista.

As coisas acontecem rápido. Dakota, a mais velha delas, sussurra para Hayden, uma das mais novas, e manda que ela corra até os guardas da NorthStar. As outras ficam em formação, bem perto uma da outra. Em outros campos já houve casos de homens com facas, armas, até granadas e bombas de fabricação doméstica.

Dakota grita: — Larguem as armas!

Os olhos deles estão semicerrados e ilegíveis. Eles vieram fazer alguma coisa ruim.

Dakota balança a lanterna. — Muito bem, vocês aí — diz. — Vocês se divertiram, mas a gente pegou vocês. Larguem as armas.

Um deles arremessa alguma coisa – uma granada de gás, enchendo o ar com fumaça. O segundo usa seu alicate em um tubo exposto do gerador. Há um barulho de explosão. Todas as luzes se apagam no centro do campo. Agora só o que se vê é o céu noturno, as estrelas e aqueles homens que vieram para matá-las.

Jocelyn aponta sua lanterna descontroladamente para todos os lados. Um dos homens está lutando com Dakota e Samara, tentando acertar as duas com seu taco de beisebol, gritando coisas sem sentido. O taco se conecta à cabeça de Samara. Sangue. Merda, tem sangue. Elas foram treinadas, essas meninas foram treinadas; não era pra isso acontecer. Mesmo com o poder delas, isso pode acontecer? Tegan parte para cima dele como um lobo, o poder nas suas mãos incapacitando um dos joelhos dele, mas ele acerta um chute na cara dela, e o que é aquilo brilhando por baixo da jaqueta dele, o que é aquilo, que merda é aquela? Jocelyn corre na direção dele, vai manter o sujeito no chão e tirar aquilo dele, seja o que for, mas enquanto ela corre uma mão agarra seu tornozelo e ela cai de cara no chão arenoso.

Ela se ergue, fica de quatro, rasteja na direção da lanterna, mas alguém chegou antes e agora a lanterna está apontada para ela. Ela espera a pancada. Mas é Dakota quem segura a luz. Dakota com um machucado no rosto, e Tegan ao lado dela. E um dos homens, ajoelhado no chão aos pés de Tegan. Ela acha que é o sujeito que estava lutando com ela. Ele está sem a balaclava, é um menino bem novo. Mais novo do que ela imaginava. Talvez tenha só um ou dois anos a mais que ela. Ele tem um corte no lábio e uma cicatriz de samambaia correndo pela mandíbula.

— Peguei — diz Dakota.

— Vá se foder — diz o homem. — A gente defende a liberdade!

Tegan levanta a cabeça dele pelos cabelos e dá outro choque, logo abaixo da orelha, um lugar onde dói muito.

— Quem mandou vocês aqui? — diz Dakota.

Mas ele não responde.

— Jos — diz Dakota —, mostre pra ele que a gente está falando sério.

Jocelyn não sabe aonde as duas outras mulheres foram. — Será que a gente não devia esperar — diz — até chegarem reforços?

Dakota diz: — Puta que pariu, *pzit*. Você não consegue fazer, é isso?

O menino está encolhido no chão. Ela não precisa fazer. Ninguém precisa fazer nada agora.

Tegan diz: — Será que ele tem uma trama? Ela quer trepar com o cara.

As outras riem. Verdade, elas murmuram, é disso que ela gosta. Carinhas esquisitos, deformados. Caras nojentos, estranhos repulsivos. É disso que ela gosta.

Se ela chorar na frente das outras, elas nunca vão esquecer. De todo modo, ela não é o que elas pensam. Ela nem gostava tanto assim com o Ryan, não mesmo; ela andou pensando desde que eles acabaram o namoro e ela acha que as outras meninas têm razão. É melhor com um cara que não saiba fazer; é mais normal, pelo menos. Ela já saiu com outros caras depois, caras que gostavam quando ela dava choques e que até pediam baixinho no ouvido dela, dizendo "Por favor". É melhor assim, e ela quer que as outras simplesmente esqueçam que o Ryan existiu;

ela já se esqueceu dele, foi só uma coisa da adolescência, e os remédios deixaram o poder dela mais regular do que nunca. Agora ela é normal, completamente normal.

O que uma menina normal faria agora?

Dakota diz: — Foda-se, Jocelyn. Deixa que eu faço. — E Jocelyn diz: — Não, foda-se você.

O menino no chão sussurra: — Por favor. — Como eles sempre fazem.

Jocelyn empurra Dakota para que ela saia do caminho, se agacha e dá um choque na cabeça dele. Só para mostrar o que acontece quando você mexe com elas.

Mas ela é emotiva. A treinadora disse que ela tem que tomar cuidado com isso. Há ondas cruzando o corpo dela. Hormônios e eletrólitos mexem com tudo.

Ela sente, enquanto a corrente sai de seu corpo, que exagerou na dose. Ela tenta se conter, mas é tarde demais.

O escalpo frita debaixo da mão dela.

Ele grita.

Dentro do crânio, há líquido fervendo. Partes sensíveis estão se fundindo e coagulando, a corrente está cicatrizando o cérebro numa velocidade maior do que o pensamento.

Ela não tem como se refrear. Não era pra ser assim. Ela não queria fazer isso.

O ar se enche com cheiro de cabelos queimados, de pele queimada.

Tegan diz: — Caralho.

E um arco de luz recai sobre elas, de repente. São dois guardas da NorthStar, um homem e uma mulher; Jos conhece os dois: Esther e Johnny. Finalmente. Eles devem ter ligado uma luz de um gerador reserva. A cabeça de Jocelyn trabalha rápido, embora seu corpo esteja lento. A mão dela continua sobre a cabeça do menino. Um fio de fumaça sobe da ponta de seus dedos.

Johnny diz: — Jesus.

Esther diz: — Tem mais gente? A menina disse que eram três.

Dakota continua olhando para o menino. Jocelyn separa a pele dos seus dedos da pele da cabeça dele, um a um, e nem chega a pensar no que faz. Ela tem a impressão de que se começar a pensar naquilo vai mergulhar em águas profundas e escuras; há um oceano negro à sua espera agora, ele estará sempre à espera. Ela afasta seus dedos, sem pensar, e tira a palma grudenta da cabeça, sem pensar, e o corpo cai para a frente, de cara no chão.

Esther diz: — Johnny, vá chamar um médico. Já.

Johnny também está olhando para o corpo. Ele sorri e diz: — Médico?

Esther diz: — Já. Vá chamar um médico, Johnny.

Ele engole a saliva. Os olhos dele correm, passando por Jocelyn, Tegan, Esther. Quando seus olhos cruzam com os de Esther, ele assente rapidamente com a cabeça. Recua alguns passos. Vira e sai correndo, saindo do arco de luz e entrando na escuridão.

Esther olha à sua volta.

Dakota começa a falar: — O que aconteceu foi que…

Mas Esther sacode a cabeça. — Vamos ver — ela diz.

Ela se ajoelha, vira o corpo com o rosto para cima, mexe na jaqueta. Elas não conseguem ver bem o que está acontecendo. Ela encontra chicletes, um punhado de panfletos de um grupo de protesto. E então há um barulho de metal bem familiar.

Esther pôs a mão nas costas dele e ali, na palma da mão dela, há uma arma; compacta, de cano curto, de uso militar. — Ele sacou a arma e apontou para você — diz Esther.

Jocelyn franze a testa. Ela entende, mas não consegue evitar dizer.

— Não, não foi isso. Ele estava… — Ela para, como se a boca tivesse enfim acompanhado o cérebro.

Esther fala com uma voz muito calma e tranquila. A voz dela tem um sorriso. Como se ela estivesse dando orientações a Jos durante um exercício para manutenção de equipamento. Primeiro desligue da tomada, depois aplique o fluido lubrificante, depois ajuste a correia usando a chave de fenda. Simples. Primeiro uma coisa, depois outra. Um, dois, três. É assim que tem que ser.

Ela diz: — Você viu que ele tinha uma arma no bolso da jaqueta, e ele estava pondo a mão no bolso para sacar a pistola. Ele já tinha sido violento com vocês. Você percebeu um perigo claro e iminente. Ele tentou pegar a arma e você usou de força proporcional para impedir que ele fizesse isso.

Esther abre os dedos do menino e os coloca em torno do coldre da pistola. — É mais simples de entender assim. Ele estava segurando a arma

— diz. — Ele ia atirar. — Ela olha para as meninas à sua volta, olhando dentro dos olhos de todas elas, uma por vez.

Tegan diz: — Sim, foi isso que aconteceu. Eu vi que ele ia pegar a arma.

Jocelyn olha para a arma, apertada pelos dedos que começavam a esfriar. Os agentes da NorthStar andavam com armas não registradas. A mãe dela teve que forçar o *New York Times* a não publicar uma matéria sobre isso, alegando que seria uma ameaça à segurança nacional. Talvez ele estivesse com aquela arma no bolso. Talvez fosse usar a arma contra elas. Mas se eles tinham armas, por que estavam usando tacos de beisebol?

Esther põe a mão no ombro de Jocelyn. — Você é uma heroína, soldada — diz.

— Sim — diz Jocelyn.

ϟ

A cada vez que ela conta a história, fica mais fácil. Ela começa a ver aquilo com clareza na imaginação e, quando chega a hora de falar em rede nacional de TV, ela acha que realmente tem certa lembrança daquilo. Ela não tinha mesmo visto algo de metal nos bolsos dele? Não podia ser uma arma? Talvez tenha sido por isso que ela deixou a corrente sair tão forte. Sim, é provável que ela soubesse.

Ela sorri no noticiário. Não, ela diz. Não acho que eu seja heroína. Qualquer um teria feito a mesma coisa.

Ah, não seja modesta, diz Kristen. Eu não ia conseguir. Você conseguiria, Matt?

Matt ri e diz: eu não ia nem conseguir olhar! Ele é muito atraente, uns bons dez anos mais novo do que Kristen. Foi descoberto pela emissora. Estão fazendo um teste. Já que estamos falando disso, Kristen, por que você não aparece com seus óculos na TV? Ia parecer mais séria. Vamos ver o que os números dizem disso. Só como experiência, pode ser?

Bem, sua mãe deve estar muito orgulhosa, Jocelyn.

Ela está. Ela sabe parte da história, mas não tudo. O episódio fez com que ela tivesse argumentos para que o Ministério da Defesa levasse os campos de treinamento da NorthStar para meninas para todos os cinquenta estados. É um programa bem administrado, com boas conexões com as faculdades. E o exército recebe uma taxa a cada menina capaz de pular o treinamento básico e entrar imediatamente em atividade. Os militares gostam de Margot Cleary.

E com tudo isso acontecendo, diz Matt, essa guerra no Leste da Europa, que *confusão* é essa? Primeiro Moldova do Sul está ganhando a guerra, agora é Moldova do Norte, e os sauditas de alguma maneira estão envolvidos nisso… Ele encolhe os ombros, perdido. É muito bom saber que temos jovens mulheres como você prontas para defender o país.

Ah, sim, diz Jocelyn, exatamente como ensaiou. Eu jamais teria sido capaz de fazer isso sem o treinamento que recebi no campo da NorthStar.

Kristen põe a mão no joelho dela. Você pode ficar aqui com a gente, Jocelyn? Depois do intervalo, vamos provar umas receitas ótimas com canela para o outono.

Claro!

Matt sorri para a câmera. Eu sei que *eu* me sinto mais protegido com você por perto. E agora, a previsão do tempo.

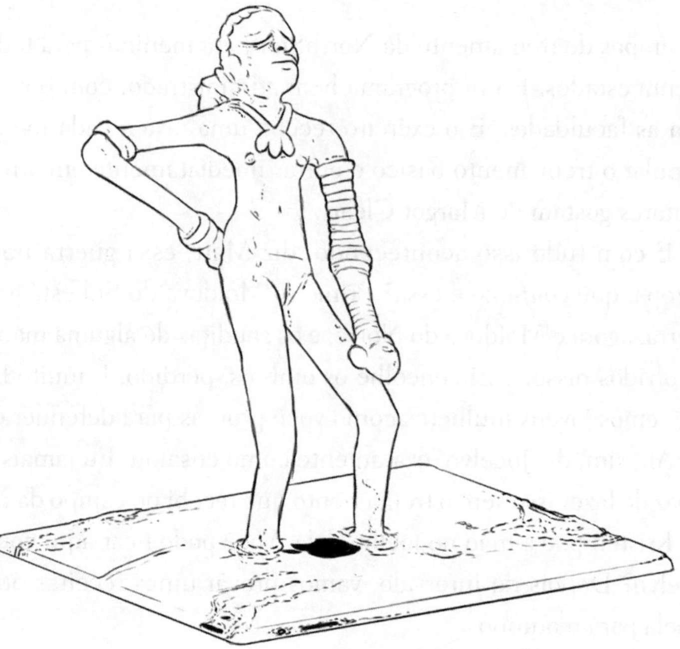

Estátua da "Rainha Sacerdotisa" – encontrada em um tesouro arqueológico em Lahore. A estátua é bem mais velha do que a base, feita a partir de reuso de uma tecnologia da Era do Cataclismo.

Embora esteja bastante gasta, uma análise da base mostra que ela originalmente trazia o símbolo da Fruta Proibida. Objetos marcados com esse símbolo são encontrados em todo o mundo na Era do Cataclismo e seu uso é fruto de grande debate. A uniformidade do símbolo sugere que se trata de uma imagem religiosa, mas pode ser também que se trate de um glifo indicando que o objeto devia ser usado para servir alimentos; os tamanhos diferentes podem ter sido usados para diferentes refeições.

Este artefato da Fruta Proibida, como acontece muitas vezes, é composto parte de metal e parte de vidro. O que é incomum para objetos desse tipo é o fato de o vidro não estar quebrado, o que faz com que ele tenha se tornado muito valioso nos anos posteriores ao Cataclismo. Especula-se que o artefato da Fruta Proibida tenha sido dado como homenagem ao culto da Rainha Sacerdotisa e usado para aumentar a majestade da estátua.

Os dois objetos foram fundidos há cerca de dois mil e quinhentos anos.

Estátua do "Menino Serviçal", encontrada no mesmo local que a "Rainha Sacerdotisa". Pelo cuidado com a aparência e pelos traços sensuais, já se especulou que a estátua retrate um prostituto. A estátua é adornada com vidro da Era do Cataclismo, cuja composição é semelhante à da base da "Rainha Sacerdotisa"; é quase certeza que o vidro venha de um artefato do Fruto Proibido quebrado. O vidro provavelmente foi acrescentado na mesma época em que a base foi fundida à "Rainha Sacerdotisa".

UM ANO

A presidente e seu governo solicitam o prazer da companhia da Senadora Margot Cleary em recepção seguida de jantar na noite de quarta-feira, 15 de junho, às sete horas.

A presidente e seu governo solicitam o prazer da companhia da sra. Roxanne Monke em recepção seguida de jantar na noite de quarta-feira, 15 de junho, às sete horas.

A presidente e seu governo solicitam o prazer da companhia de Mãe Eva em recepção seguida de jantar na noite de quarta-feira, 15 de junho, às sete horas.

A presidente e seu governo solicitam o prazer da companhia do sr. Tunde Edo em recepção seguida de jantar na noite de quarta-feira, 15 de junho, às sete horas.

MARGOT

— A senhora pode comentar o motivo da sua presença aqui, senadora Margot Cleary?

— A presidente Moskalev, que havia chegado ao governo por meio de um processo democrático, foi deposta num golpe militar, Tunde. Esse é o tipo de coisa que o governo dos Estados Unidos leva muito a sério. E aproveito para dizer que fico muito feliz de ver que você está fazendo com que os jovens prestem atenção a problemas geopolíticos importantes como esse.

— São os jovens que vão ter de viver no mundo que a senhora está construindo, senadora.

— Tem razão, e é por isso que estou tão empolgada por minha filha Jocelyn estar visitando o país comigo, como parte da delegação da ONU.

— A senhora poderia comentar a recente derrota das forças da República de Bessapara pelo exército de Moldova do Norte?

— Meu filho, isso é uma festa, não uma reunião para falar sobre estratégia militar.

— A senhora conhece bem a diferença, senadora Margot Cleary. A senhora participa de... são *cinco* comissões estratégicas agora? — Ele conta nos dedos: — Defesa, Relações Internacionais, Segurança Nacional, Orçamento e Inteligência. A senhora é um verdadeiro dínamo para ser enviada a uma *festa*.

— Você fez a lição de casa.

— Sim, fiz, senadora. Moldova do Norte vem sendo financiada pela Dinastia Saud, que está no exílio, não é isso? Seria essa guerra um ensaio para tentar retomar a Arábia Saudita?

— O governo saudita foi eleito democraticamente por seu povo. O governo dos Estados Unidos apoia a democracia e as trocas pacíficas de governo no mundo todo.

— Os Estados Unidos estão aqui para garantir o fornecimento de petróleo?

— Não há petróleo nem em Moldova nem em Bessapara, Tunde.

— Mas uma nova mudança de regime na Arábia Saudita poderia afetar o fornecimento de petróleo, a senhora concorda?

— Não é com isso que temos que nos preocupar quando estamos falando da liberdade em uma democracia.

Ele quase ri. Um pequeno sorriso chega a cruzar seu rosto e desaparece. — Ok — diz Tunde. — Muito bem. Os Estados Unidos se importam mais com democracia do que com petróleo. Ok. E que mensagem sua presença aqui passa sobre o problema do terrorismo doméstico nos Estados Unidos?

— Vou ser absolutamente clara — diz Margot, encarando de frente a câmera de Tunde com um olhar seguro e calmo. — O governo dos Estados Unidos não teme terroristas que agem em seu território nem as pessoas que financiam esse tipo de atividade.

— E quando a senhora fala "as pessoas que financiam esse tipo de atividade" está se referindo ao rei Awadi-Atif da Arábia Saudita?

— Não tenho mais nada a dizer sobre isso.

— E algum comentário sobre por que a senhora foi enviada para cá, senadora? Por que especificamente a senhora? Com suas conexões com os campos da NorthStar para treinamento de meninas? Foi por isso que escolheram a senhora para vir aqui?

Margot dá uma risadinha que parece completamente sincera. — Eu sou só um peixe pequeno, Tunde; um bagrinho, para falar a verdade. Eu vim aqui porque me convidaram. E agora eu só quero aproveitar a festa, e tenho certeza que você também.

Ela se vira, dá alguns passos para a direita. Espera até ouvir o barulho da câmera dele desligando.

— Não comece a me perseguir, filho — ela diz de canto de boca. — Eu estou do mesmo lado que você aqui.

Tunde percebe a palavra "filho". Não diz nada. Esconde o jogo. Fica feliz por ter deixado a gravação de áudio correndo, depois de desligar o vídeo.

— Eu podia ter apertado bem mais — ele diz.

Margot olha de relance para ele. — Eu gosto de você, Tunde — diz. — Você fez um bom trabalho naquela entrevista com o UrbanDox. Aquelas ameaças nucleares realmente fizeram o Congresso prestar atenção e votar a liberação dos recursos necessários para defender o país. Você ainda mantém contato com aquela gente?

— De vez em quando.

— Se ouvir falar que eles vão fazer alguma coisa grande, você me conta, ok? Prometo que você não vai se arrepender. Agora nós temos dinheiro para isso, *muito* dinheiro. Você poderia ser um excelente relações públicas dos nossos campos de treinamento.

— Entendo — diz Tunde. — Aviso, sim.

— Não esqueça.

Ela dá um sorriso tranquilizador. Ou, pelo menos, essa é a intenção. Ela tem a impressão de que, ao chegar aos lábios, o sorriso pode ter ficado mais lascivo do que ela queria. O problema é que esses malditos repórteres são tão atraentes. Ela já tinha visto vídeos de Tunde; Maddy é fã de carteirinha dele, e ele realmente está fazendo a diferença entre os eleitores de dezoito a trinta e cinco anos.

É espantoso que – em meio a toda a conversa sobre seu estilo tranquilo e acessível – ninguém mencione que os vídeos de Olatunde Edo são um sucesso porque ele é lindíssimo. Em alguns vídeos ele está seminu, falando da praia só de sunga, e como ela pode levá-lo a sério agora, depois de ver aqueles ombros largos e a cintura estreita e a paisagem ondulada de oblíquos e deltoides, glúteos e peitorais de seu firme... droga, ela realmente precisa transar.

Jesus Cristo. Ok. Tem alguns homens mais novos na comitiva; ela vai pagar uma bebida para um deles depois da festa, porque *isso* não pode ficar acontecendo na sua cabeça toda vez que ela é entrevistada por um repórter bonito. Ela pega um *schnapps* de uma bandeja que vai passando; toma. Uma assistente olha para ela do outro lado do salão, aponta para o relógio de pulso. Está na hora.

— Você tem que admitir — ela sussurra para Frances, a assistente, enquanto as duas sobem a escadaria de mármore — que eles sabem escolher um castelo.

O lugar parece ter sido transportado da Disneylândia, tijolo a tijolo. Mobília dourada. Sete pináculos, cada um de formato e tamanho diferentes, alguns estriados, outros lisos, alguns com pontas de ouro. Floresta de pinheiros em primeiro plano, montanhas ao longe. Sim, sim, vocês têm história e cultura. Sim, sim, vocês não são um povinho qualquer. Beleza.

Tatiana Moskalev está – sem brincadeira – sentada em um trono de verdade quando Margot entra. Uma coisa dourada enorme, com cabeças de leão nos braços e uma almofada de veludo vermelho. Margot consegue não sorrir. A presidente de Bessapara veste um enorme casaco de peles branco com um vestido dourado por baixo. Ela usa um anel em cada dedo e dois em cada polegar. É como se ela tivesse aprendido sobre a aparência que uma presidente deve ter assistindo um monte de filmes sobre a máfia. Talvez tenha sido isso mesmo. A porta se fecha depois que Margot entra. As duas estão sozinhas.

— Presidente Moskalev — diz Margot. — Que honra conhecê-la.

A cobra encontra o leão, Margot pensa; o chacal encontra o escorpião.

— Por favor — diz Tatiana —, pegue uma taça do nosso vinho gelado. O melhor da Europa. Produto das parreiras de Bessapara.

Margot toma um gole, imaginando qual a probabilidade de haver veneno. Ela acha que o risco é de no máximo três por cento. Iria pegar muito mal para eles se ela morresse aqui.

— O vinho é excelente — diz Margot. — Tinha certeza que seria.

Tatiana dá um sorriso franzino e distante. — Gostando de Bessapara? — diz. — Aproveitou os passeios? Música, dança, queijos locais?

Margot participou mais cedo de uma demonstração seguida de palestra sobre como se fazia o queijo de Bessapara. Três horas. Falando sobre queijo.

— Ah, seu país é encantador, senhora presidente… esse charme do Velho Mundo, combinado com o foco e a determinação de ir em direção ao futuro.

— Sim. — Tatiana dá outro sorriso esquálido. — Achamos que hoje Bessapara talvez seja o país de pensamento mais avançado no mundo, sabe.

— Ah, sim. Mal posso esperar para visitar o parque científico e tecnológico amanhã.

Tatiana sacode a cabeça. — Culturalmente — ela diz —, socialmente. Somos o único país do mundo que realmente entende o que essa mudança *significa*. Que entende que isso é uma bênção. Um convite a… a… — Ela chacoalha a cabeça por um instante, como se para se libertar de uma espécie de névoa: — Um convite a um novo modo de viver.

Margot não diz nada e toma mais um gole de vinho, fazendo cara de quem está gostando.

— Eu gosto dos Estados Unidos — diz Tatiana. — Meu falecido esposo, Viktor, gostava da União Soviética, mas eu gosto dos Estados Unidos. Terra da liberdade. Terra das oportunidades. Boa música. Melhor do que a música russa. — Ela começa a cantar a letra de uma canção pop que Maddy toca o tempo inteiro em casa: — "Quando a gente dirige, você tão rápido, no seu carro, todo sexy". — A voz dela é agradável. Margot lembra que leu em algum lugar que Tatiana chegou a ter ambições de ser uma estrela pop, em algum momento do passado.

— Quer que a gente peça para eles virem se apresentar aqui? Eles fazem turnês. Podemos providenciar.

Tatiana diz: — Acho que você sabe o que quero. Acho que você sabe. Senadora Margot Cleary, a senhora não é burra.

Margot sorri. — Posso não ser burra, mas não sei ler pensamentos, presidente Moskalev.

— Nós só queremos — diz Tatiana — o sonho americano aqui em Bessapara. Somos um país novo, um país pequeno que tem fronteira com um inimigo terrível. Queremos viver em liberdade, seguindo nosso próprio estilo de vida. Queremos oportunidade. Só isso.

Margot faz que sim com a cabeça. — Isso é o que todo mundo quer, senhora presidente. Democracia para todos é o maior desejo dos Estados Unidos para o mundo.

Os lábios de Tatiana se curvam ligeiramente para cima. — Neste caso, vocês vão nos ajudar contra o Norte.

Margot morde o lábio por um momento. Esta é uma questão complicada. Ela sabia que esse momento iria chegar.

— Eu… Eu andei conversando com o presidente. Embora ele apoie a independência de Bessapara, já que este é o desejo de seu povo, nós não podemos interferir numa guerra entre Moldova do Norte e Bessapara.

— Você e eu somos mais sutis do que isso, senadora Margot Cleary.

— Nós podemos oferecer ajuda humanitária e forças de paz.

— Vocês podem votar contra qualquer ação contra nós no Conselho de Segurança da ONU.

Margot franze a testa. — Mas não existe nenhuma ação contra vocês no Conselho de Segurança.

Tatiana coloca sua taça de modo muito deliberado na mesa diante dela. — Senadora Margot Cleary. Meu país foi traído por parte de seus homens. Sabemos disso. Fomos derrotados na recente Batalha do Dniester porque o Norte sabia onde nosso exército estaria. Gente de Bessapara vendeu informações para nossos inimigos do Norte. Alguns deles foram encontrados. Alguns confessaram. Precisamos agir.

— Isso é uma prerrogativa sua, claro.

— Vocês não vão interferir nesta ação. Vão apoiar qualquer coisa que fizermos.

Margot dá uma risadinha. — Não tenho certeza se posso prometer algo *tão* abrangente, senhora presidente.

Tatiana se vira, encosta na vidraça. A silhueta dela está recortada contra a iluminação brilhante do castelo da Disney.

— A senhora trabalha com a NorthStar, não? Indústria militar privada. A senhora é uma acionista da empresa, na verdade. Eu gosto da NorthStar. Ensinando meninas a ser soldadas. Muito bom… precisamos de mais disso.

Bem. Não é o que Margot esperava. Mas é intrigante.

— Não entendo exatamente qual é a ligação entre essas coisas, senhora presidente — diz, embora esteja começando a perceber.

— A NorthStar quer o aval da ONU para mandar as mulheres que treinou para a Arábia Saudita. O governo saudita está desmoronando. O país está numa situação de instabilidade.

— Acredito que se a ONU aprovar isso será uma boa notícia para o mundo todo. Isso garante o fornecimento de energia, o que ajuda a superar um momento difícil de transição.

— Seria mais fácil conseguir o aval — diz Tatiana — caso outro governo já tivesse usado com êxito o exército da NorthStar. — Tatiana faz uma pausa, se serve de mais uma taça de vinho gelado e serve mais uma taça para Margot. As duas sabem que direção isso está tomando. Os olhos delas se encontram. Margot está sorrindo.

— Você quer usar as meninas da NorthStar.

— Como meu exército particular, aqui e na fronteira.

Isso vale uma montanha de dinheiro. Ainda mais caso eles *vençam* a guerra contra o Norte e tomem posse dos ativos sauditas. Trabalhar em Bessapara na condição de exército privado coloca a NorthStar exatamente no lugar que a empresa sonhava. A diretoria ficaria *muito* feliz em permanecer associada a Margot Cleary até o fim dos tempos caso ela conseguisse fazer com que isso funcionasse.

— E, em troca, você quer…

— Nós vamos fazer uma ligeira modificação nas nossas leis. Durante esse período de turbulência. Para impedir que mais traidores entreguem segredos nossos para o Norte. Queremos que vocês fiquem do nosso lado.

— Nós não temos qualquer interesse em interferir nos assuntos de nações soberanas — diz Margot. — Diferenças culturais devem ser respeitadas. Sei que o presidente vai confiar na minha opinião sobre esse assunto.

— Ótimo — diz Tatiana, e pisca lentamente com seus olhos verdes. — Então nós nos entendemos. — Ela faz uma pausa. — Não precisamos imaginar o que o Norte faria caso vencesse, senadora Margot Cleary. Já vimos o que eles fazem; todos nós lembramos como era a Arábia Saudita. Nós duas estamos do lado certo nesta história.

Ela ergue sua taça. Margot inclina a sua levemente até que ela toque na taça de Tatiana com um suave tilintar.

É um grande dia para os Estados Unidos. Um grande dia para o mundo.

O resto da festa é tão tedioso quanto Margot havia previsto. Ela cumprimenta dignitários estrangeiros e líderes religiosos e pessoas que suspeita serem criminosos e negociantes de armas. Ela diz as mesmas frases várias e várias vezes, sobre a profunda simpatia que os Estados Unidos sentem pelas vítimas da injustiça e da tirania e pelo desejo que eles têm de que a situação conturbada da região seja resolvida pacificamente. Há um pequeno tumulto na recepção logo depois de Tatiana fazer sua entrada, mas Margot não vê. Ela fica até 22h30 – o horário em que oficialmente não é muito cedo nem muito tarde para sair de uma festa importante. A caminho do carro diplomático, ela esbarra novamente no repórter Tunde.

— Com licença — ele diz, derrubando algo no chão e imediatamente pegando de volta, rápido demais para que ela visse o que era. — Digo, perdão. Desculpe. Estou… estou correndo.

Margot ri. A noite foi boa. Ela já calcula o tamanho do bônus que vai receber da NorthStar caso isso dê certo e pensa nas contribuições financeiras para as próximas eleições.

— Por que a pressa? — diz. — Não tem por que sair correndo. Quer uma carona?

Ela aponta para o carro, porta aberta, o macio interior de couro convidativo. Ele esconde o momentâneo olhar de pânico com um sorriso, mas não rápido o suficiente.

— Outra hora — diz.

Ele é quem sai perdendo.

Mais tarde, no hotel, ela paga bebidas para um dos funcionários mais novos da embaixada americana na Ucrânia. Ele é atencioso – bom, e por que não seria? Ela vai longe. Ela põe a mão na bunda firme dele enquanto eles sobem pelo elevador para a suíte dela.

ALLIE

A capela do castelo foi reformada. O candelabro de vidro e ouro ainda flutua no centro do salão, pendurado por cabos finos demais para serem vistos à luz de velas. Todos esses milagres elétricos. As janelas que mostram os anjos dando glórias a Nossa Senhora ficaram intactas, assim como os painéis em homenagem a Santa Teresa e a São Jerônimo. Os outros – assim como as pinturas esmaltadas da cúpula – foram substituídos e reimaginados de acordo com as Novas Escrituras. Lá está a Toda-Poderosa falando com a Matriarca Rebeca em forma de pomba. Lá está a Profeta Débora proclamando a Palavra Sagrada para os que não criam. Lá – embora ela tenha protestado – está Mãe Eva, a árvore simbólica por trás, recebendo a mensagem dos Céus e estendendo sua mão plena de relâmpagos. No centro da cúpula está a mão com o olho que tudo vê em seu coração. Este é o símbolo de Deus, que olha por todos nós, e cuja mão se estende igualmente sobre poderosos e escravos.

Há uma soldada esperando por ela na capela: uma jovem que pediu uma audiência particular. Americana. Bonita, com olhos de um cinza-claro e sardas nas bochechas.

— Você está esperando para falar comigo? — diz Mãe Eva.

— Sim — diz Jocelyn, filha da senadora Margot Cleary, que é membro de cinco comissões estratégicas, incluindo Defesa e Orçamento.

Mãe Eva arranjou tempo para essa audiência privada.

— Muito bom conhecer você, minha filha. — Ela senta ao lado de Jocelyn. — Como posso ajudar?

E Jocelyn começa a chorar. — Minha mãe me mata se souber que estou aqui — diz. — Ela me mata. Ah, Mãe, eu não sei o que fazer.

— Você está em busca... de orientação?

Allie ficou interessada ao ver o pedido de audiência. O fato de a filha da senadora estar aqui não chegou a surpreender. Fazia sentido que ela quisesse ver Mãe Eva pessoalmente. Mas uma audiência privada? Allie ficou pensando se seria uma cética, querendo discutir a existência de Deus. Mas... parece que não.

— Estou tão perdida — diz Jocelyn, em meio às lágrimas. — Não sei mais quem eu sou. Vejo seus sermões e fico esperando que... Peço que a voz dEla me guie e me diga o que fazer...

— Me conte qual é seu problema — diz Mãe Eva.

Allie está bem familiarizada com problemas que são profundos demais para pôr em palavras. Sabe que isso acontece em toda casa, independente de classe social. Não há lugar impermeável ao tipo de problema que Allie já viu em sua vida.

Ela estende a mão, toca no joelho de Jocelyn. Jocelyn recua um pouco. Se afasta. Mas aquele toque momentâneo é suficiente para que Allie saiba qual é o problema de Jocelyn.

Ela conhece o toque das mulheres e o lento zumbido de fundo feito por sua trama. Em Jocelyn há algo que está escuro e que devia estar iluminado, brilhando; há algo aberto que devia estar fechado. Allie contém um tremor.

— Sua trama — diz Mãe Eva. — Você está sofrendo.

Jocelyn só consegue emitir um sussurro. — É um segredo. Eu não devia falar sobre isso. Existem remédios. Mas já não funcionam tão bem. Está piorando. Eu não... Eu não sou como as outras meninas. Eu não sabia mais quem procurar. Vi você na internet. Por favor — diz. — Por favor, me cure e me faça ser normal. Por favor, peça a Deus que tire esse fardo de cima de mim. Por favor, me deixe ser normal.

— Só o que eu posso fazer — diz Mãe Eva — é pegar na sua mão e rezar com você.

É uma situação muito difícil. Ninguém examinou essa menina nem aconselhou Allie sobre qual é o problema dela. Deficiências na trama são muito difíceis de corrigir. Tatiana Moskalev está estudando transplantes exatamente por isso; ninguém sabe consertar uma trama que não funciona.

Jocelyn assente com a cabeça e põe sua mão na mão de Allie.

Mãe Eva diz as palavras de sempre: — Nossa Mãe, que estás acima de nós e dentro de nós. Tu és a única fonte de toda a bondade, de toda a misericórdia e de toda a graça. Que nós possamos aprender a fazer Tua vontade, como Tu a expressas todos os dias por meio de Tuas obras.

Enquanto fala, Allie sente os trechos de escuridão e de luz na trama de Jocelyn. É como se houvesse uma obstrução: lugares pegajosos onde devia haver um fluxo d'água. Fechado por uma espécie de limo. Ela devia tirar parte da sujeira nos canais *aqui* e *aqui*.

— E que nossos corações possam ser puros diante de Ti — diz — e que Tu nos dê forças para suportar as privações que enfrentamos sem que isso nos amargure nem nos leve à autodestruição.

Jocelyn, embora quase nunca rezasse, agora está rezando. Quando Mãe Eva põe as mãos em suas costas, ela reza. — Por favor, Mãe, abra meu coração. — E sente algo.

Allie dá um leve *empurrão*. Mais forte do que costuma, mas esta menina não tem sensibilidade o suficiente para sentir exatamente o que está fazendo, provavelmente. Jocelyn suspira. Allie dá mais três breves empurrões, com força. Agora a trama está faiscando. Funcionando como um motor. Pronto.

Jocelyn diz: — Meu Deus. Estou sentindo.

A trama zune de maneira estável, contínua. Ela sente agora o que as outras meninas dizem sentir: a sensação suave, plena de que cada célula da trama está enviando íons que atravessam membranas e de que o potencial elétrico aumenta. Ela *sente* que está funcionando como devia pela primeira vez na vida.

Ela está aturdida demais para chorar.

Ela diz: — Eu estou sentindo. Está funcionando.

Mãe Eva diz: — Glória a Deus.

— Mas como você *fez* isso?

Mãe Eva sacode a cabeça. — Não é a minha vontade que é feita, e sim a dEla.

Elas inspiram e expiram em uníssono uma, duas, três vezes.

Jocelyn diz: — E o que eu devo fazer agora? Eu... — Ela ri. — Eu vou viajar amanhã. Estou trabalhando numa equipe de observação da ONU no sul. — Ela não devia dizer isso, mas não consegue se conter; ela não tinha como guardar um segredo nesta sala. — Minha mãe me mandou porque fica bem pra ela, mas eu não vou correr riscos. Nenhuma chance de eu me meter em encrenca — diz.

A voz diz: talvez ela *devesse* se meter em encrenca.

Mãe Eva diz: — Você não precisa mais temer.

Jocelyn assente de novo com a cabeça. — Sim — diz. — Muito obrigada. Muito obrigada.

Mãe Eva beija o topo da cabeça dela e dá a bênção em nome da Grande Mãe, então desce para a festa.

ϟ

Tatiana é seguida no salão por dois homens fortes em roupas justas: camisetas pretas tão apertadas que deixam ver o contorno dos mamilos, calças estreitas com protuberâncias genitais visíveis. Quando ela senta – em uma cadeira de espaldar alto sobre um estrado – eles sentam ao lado dela, em bancos um pouco mais baixos. Os ornamentos do poder, as recompensas do sucesso. Ela se levanta para cumprimentar Mãe Eva com um beijo em cada bochecha.

— Louvada seja Nossa Senhora — diz Tatiana.

— Glória nas alturas — diz Mãe Eva, sem qualquer vestígio do sorriso sardônico de Allie.

— Descobriram mais doze traidores; capturados numa incursão ao Norte — murmura Tatiana.

— Com a ajuda de Deus, todos serão encontrados — diz Mãe Eva.

ϟ

Há uma quantidade infinita de pessoas para conhecer. Embaixadores e autoridades locais, empresários e líderes de novos movimentos. Esta festa – tão próxima à derrota na Batalha do Dniester – tem a intenção de obter apoio para Tatiana tanto dentro de seu país como no exterior.

E a presença de Mãe Eva é parte disso. Tatiana faz um discurso sobre a terrível crueldade dos regimes do Norte e sobre a liberdade pela qual ela e seu povo lutam. Eles escutam histórias de mulheres que se uniram em pequenos grupos para impor a justiça de Nossa Senhora àqueles que escaparam à justiça dos homens.

Tatiana fica comovida a ponto de quase chorar. Pede a um dos jovens elegantemente vestidos atrás de sua cadeira que sirva bebidas a essas corajosas mulheres. Ele assente com a cabeça, se afasta de costas, quase tropeçando nos próprios pés, e sobe as escadas. Enquanto esperam, Tatiana conta uma de suas piadas inacabáveis. É sobre uma mulher que queria poder misturar seus três homens favoritos em um só, e então ela recebe uma visita de uma bruxa boa...

O jovem louro se põe às pressas diante dela com a garrafa.

— Era esta, senhora?

Tatiana olha para ele. Ela inclina a cabeça para um lado.

O rapaz engole a saliva. — Lamento — diz.

— Eu mandei você falar? — diz.

Ele baixa os olhos, olha para o chão.

— Típico dos homens — diz. — Não sabe ficar quieto, acha que a gente sempre quer ouvir o que *ele* tem a dizer, sempre falando, falando, falando, interrompendo seus superiores.

O rapaz dá impressão de que vai dizer algo, mas pensa melhor.

— Alguém tem que ensinar modos a essa gente — diz uma das mulheres atrás de Allie, uma das responsáveis pelo grupo que pune homens que cometeram crimes em outros tempos.

Tatiana pega a garrafa de conhaque da mão do rapaz. Segura a bebida na frente do rosto dele. O líquido que balança lá dentro é âmbar escuro, oleoso como caramelo.

— Esta garrafa vale mais do que você — diz. — Um copo disso vale mais do que você.

Ela segura a garrafa com uma mão, pelo gargalo. Gira o líquido lá dentro uma, duas, três vezes.

Ela derruba a garrafa no chão. O vidro se estilhaça. O líquido começa a encharcar a madeira, deixando uma mancha escura no piso. O cheiro é forte e doce.

— Lamba — diz.

O rapaz olha para baixo, para a garrafa esmigalhada. Há fragmentos de vidro em meio ao conhaque. Ele olha em torno, vê os rostos que o observam. Ele se ajoelha e começa a lamber o chão, delicadamente, desviando dos pedaços de vidro.

Uma das mulheres mais velhas grita: — Enfie a cara, vamos!

Allie observa em silêncio.

A voz diz: que. Merda. É. Essa?

Allie diz em seu coração: ela está louca mesmo. Será que eu deveria dizer alguma coisa?

A voz diz: qualquer coisa que você diga vai diminuir o poder que você tem aqui.

Allie diz: mas e daí? Pra que serve meu poder se eu não posso usá-lo aqui?

A voz diz: lembre o que Tatiana diz. Não precisamos perguntar o que eles fariam se estivessem no controle. A gente já viu. É pior do que isso.

Allie pigarreia.

O rapaz tem sangue nos lábios.

Tatiana começa a rir. — Ah, pelo amor de Deus — diz. — Pegue uma vassoura e varra isso. Você me dá nojo.

Ele se levanta com dificuldade. As taças de cristal estão cheias de champanhe de novo. Ouve-se música outra vez.

— Dá pra acreditar que ele obedeceu? — diz Tatiana, depois que o rapaz saiu correndo para buscar uma vassoura.

ROXY

Que puta festa chata, essa. E não é que ela não goste da Tatiana, ela até gosta. Tatiana deixou que ela tocasse os negócios ano passado depois que ela ficou no lugar do Bernie, e para Roxy qualquer um que deixe você tocar os negócios é gente fina.

Mesmo assim, era de se imaginar que ela soubesse fazer umas festas mais bacanas. Alguém tinha dito que Tatiana Moskalev andava pelo castelo com um leopardo de estimação preso numa coleira. É essa decepção que Roxy não consegue superar. Um monte de taças bonitas, beleza; um monte de cadeiras de ouro, maravilha. Mas leopardo que é bom, nada.

A presidente parece só ter uma ligeira noção de quem Roxy é. Ela entra na fila dos cumprimentos, a mulher cheia de rímel e olhos verde-dourados diz olá e você é um dos formidáveis empreendedores que está fazendo deste o maior e mais livre país sobre a face da terra, sem que o rosto mostre o menor vestígio de que ela saiba quem você é. Roxy acha que ela está bêbada. Ela quer ir embora: você não tá sabendo, *eu sou* a mulher que está passando quinhentos quilos pela fronteira todo dia? Todo *dia*. Fui eu que criei problema pra você com a ONU, apesar de que todo mundo sabe que eles não vão fazer porra nenhuma, só mandar mais observadores ou alguma coisa desse tipo. Você não *sabe*?

Roxy toma mais champanhe. Olha pelas janelas e vê as montanhas escurecendo. Ela nem ouve Mãe Eva se aproximando, só percebe quando ela toca seu cotovelo. Eva é sinistra mesmo – pequenininha e magrinha e tão silenciosa que é capaz de atravessar um cômodo e enfiar uma faca no meio das suas costelas antes de você se dar conta do que está acontecendo.

Mãe Eva diz: — A derrota no Norte tornou Tatiana… imprevisível.

— Ah, é? Pra mim a coisa também ficou imprevisível pacas. Deixe eu te dizer. Meus fornecedores estão nervosos pra caralho. Cinco motoristas pediram demissão. Todo mundo dizendo que a guerra vai vir para o sul.

— Lembra o que a gente fez no convento? Com a cascata?

Roxy sorri e depois dá uma risadinha. Lembrança bacana. Tempos mais simples, mais felizes. — Aquilo, sim, foi um belo trabalho em equipe — diz.

— Acho que a gente pode fazer aquilo de novo — diz Mãe Eva — numa escala maior.

— Como assim?

— Minha… influência. Sua inegável força. Sempre achei que você faria coisas importantes, Roxanne.

— Eu tô *muito* bêbada — diz Roxy —, ou você tá fazendo ainda menos sentido do que o seu normal?

— A gente não pode conversar aqui. — Mãe Eva baixa a voz até virar um sussurro. — Mas acho que em breve Tatiana Moskalev terá ultrapassado a sua utilidade. Para a Santa Mãe.

Ahhhhhhhh. Oh.

— Tá brincando?

Mãe Eva sacode discretamente a cabeça. — Ela é instável. Acho que daqui a alguns meses o país vai estar pronto para uma nova liderança. E as pessoas daqui confiam em mim. Se eu dissesse que você é a pessoa certa para a função…

Roxy quase morre de rir com isso. — Eu? Você *lembra* quem eu sou, não lembra, Evinha?

— Coisas estranhas aconteceram — diz Mãe Eva. — Você hoje é líder de uma grande multidão. Venha falar comigo amanhã. A gente conversa sobre isso.

— É um erro. E quem vai pagar a conta é você — diz Roxy.

Ela não fica muito mais tempo na festa depois disso, só o suficiente para ser vista se divertindo e para conhecer mais uns amigos sórdidos de Tatiana.

O que Mãe Eva disse ficou na sua cabeça. É uma ideia agradável. Uma ideia bem agradável. Ela gosta mesmo deste país.

Ela evita os repórteres que circulam pelo salão; sempre dá pra você identificar um repórter pelo apetite no olhar. Apesar de ter um ali que ela já viu na internet e que ela podia lamber até tirar a carne dos ossos, sempre tem mais de onde veio esse; homem bonito é o que não falta. Principalmente se ela fosse presidente. Ela diz bem baixinho: — Presidente Monke. — E ri sozinha. Mesmo assim. Pode ser que funcione.

Em todo caso, ela não tem como ficar pensando muito nisso hoje à noite. Ela precisa cuidar de negócios; negócios que não têm nada a ver com festas, diplomacia e conhecer pessoas. Uma das soldadas ou representantes especiais ou seja lá o que for da ONU quer se encontrar com ela em um lugar tranquilo para que elas possam descobrir como furar o bloqueio imposto pelo Norte e continuar fazendo com que o produto circule. Darrell marcou o encontro; ele vem trabalhando aqui faz meses, trabalhando discretamente como um bom menino, estabelecendo contatos, fazendo com que a fábrica funcione bem mesmo durante a guerra. Às vezes um homem pode fazer isso melhor do que uma mulher – eles são menos ameaçadores; são mais diplomáticos. Mesmo assim, para fechar o negócio tem que ser Roxy em pessoa.

As estradas são sinuosas e escuras. Os faróis são as únicas poças de luz neste mundo negro; nada de postes de luz, nem mesmo um vilarejo com janelas iluminadas. Cacete, são onze e pouco; parece que são quatro da manhã. O carro já está a mais de uma hora e meia da cidade, mas Darrell passou boas instruções. Ela encontra a saída sem dificuldade, dirige por uma rua sem iluminação, estaciona o carro em frente a outro desses castelos pontudos. Nenhuma janela iluminada. Nenhum sinal de vida.

Ela olha a mensagem que Darrell mandou. A porta pintada de verde vai estar aberta. Ela solta faíscas com a palma da mão para iluminar o caminho, e lá está a porta verde, tinta descascando, ao lado dos estábulos.

Ela sente o cheiro de formol. E antisséptico. Outro corredor, e lá está a porta de metal com uma maçaneta redonda. A luz passa pelas frestas ao redor da porta. Certo. É isso. Ela vai dizer para da próxima vez não marcarem um encontro num lugar escuro no meio do nada; ela podia ter tropeçado e quebrado o pescoço. Ela gira a maçaneta. E aí acontece uma coisa estranha, só o suficiente para franzir ligeiramente a testa de Roxy. Ela sente a presença de sangue. Sangue e produtos químicos e há uma sensação de... ela tenta descobrir de quê. É uma sensação de que acabou de terminar uma briga. Como se *sempre* houvesse uma briga acabando de terminar.

Ela abre a porta. Há uma sala forrada com plástico, com mesas e equipamento médico, e ela está achando que alguém deixou de contar alguma coisa para Darrell, e ela mal tem tempo de ficar com medo antes de alguém agarrar seus braços e outra pessoa enfiar um saco na sua cabeça.

Ela solta uma descarga gigante – ela sabe que machucou alguém, deu para sentir a pessoa desmoronando e ela ouve o grito – e ela está pronta para dar outra descarga; ela gira e tenta tirar o saco da cabeça, e ela gira e solta eletricidade para todo lado no ar. Ela grita: — Não encosta em mim! — E tira a coisa que estava em sua cabeça. E sangue e ferro surgem na parte de trás de seu crânio, porque alguém deu a pancada mais forte que ela já levou, e o último pensamento que passa pela cabeça dela é "Um leopardo de estimação", e ela apaga.

Ela sabe, mesmo semiadormecida, que estão cortando seu corpo. Ela é forte, sempre foi forte, sempre foi uma guerreira e está lutando contra o sono como se ele fosse um cobertor pesado, encharcado. Ela sonha que seus punhos estão cerrados e que ela está tentando abri-los, e ela sabe que se pudesse simplesmente fazer suas mãos se moverem no mundo real ela acordaria e aí faria todos eles sangrarem muito, faria a dor descer dos céus, abriria um buraco no ar e faria com que o fogo atingisse a terra. Alguma coisa ruim está acontecendo com ela. Algo pior do que ela é capaz de imaginar. Acorda, sua idiota. Acorda, porra. Agora.

Ela volta à superfície. Está amarrada. Dá para sentir o metal acima dela, dá para sentir o metal debaixo das pontas dos dedos, e ela pensa: imbecis. Ela vai eletrificar essa porra dessa cama toda porque nenhum filho da puta vai encostar um dedo nela.

Mas ela não consegue. Ela procura, e a ferramenta que ela costuma usar não está em seu lugar. Uma voz muito distante diz: — Está funcionando.

Mas não está funcionando, é exatamente esse o problema; definitivamente não está funcionando.

Ela tenta emitir um breve eco pela clavícula. O poder dela está ali, fraco, se debatendo, mas está ali. Ela nunca sentiu tamanha gratidão pelo seu corpo.

Outra voz. Essa ela reconhece, mas de onde, de onde, de quem é essa voz? Ela tem um leopardo de estimação, o que está acontecendo? Merda de leopardo andando pelos sonhos dela, vá embora, você não é *de verdade*.

— Ela está tentando se soltar. Cuidado, ela é forte.

Alguém ri. Alguém diz: — Com o que a gente deu pra ela?

— Eu não vim até aqui — diz a voz que ela conhece —, não arranjei tudo isso pra você vir e estragar tudo. Ela é mais forte do que qualquer outra de que você já tirou isso. Cuidado.

— Muito bem. Afaste-se.

Alguém se aproxima dela de novo. Eles vão machucá-la e ela não pode deixar que façam isso. Ela fala com a própria trama, dizendo: você e eu, mana, nós estamos do mesmo lado. Você só precisa me dar um pouquinho mais. O que tiver sobrado, eu sei que você tem. Vamos lá. É sua vida que está em jogo.

Uma mão toca na mão direita dela.

— Merda! — alguém grita e cai e respira com dificuldade.

Ela conseguiu. Ela está sentindo agora, fluindo com mais regularidade pelo corpo, não como se ela tivesse se esvaziado, como se houvesse um bloqueio em algum lugar e agora aquilo estivesse sendo levado embora como detritos na correnteza de um rio. Ah, ela vai fazer eles pagarem por isso.

— Aumente a dose! Aumente a dose!

— Não tem como dar mais, vai danificar a trama.

— OLHE pra ela. Aumente a dose agora, ou eu mesmo vou fazer isso.

Ela está acumulando uma grande carga agora. Ela vai fazer o teto cair sobre as cabeças de todos eles.

— *Olhe* o que ela está fazendo.

De quem é aquela voz? Está na ponta da língua, assim que ela se libertar dessas correntes vai virar e ver e em algum lugar de seu coração ela já sabe quem é e o que irá ver.

Ouve-se um bipe mecânico, longo e alto.

— Zona vermelha — diz alguém. — Alerta automático. A dose foi alta demais.

— Manda mais.

Assim como tinha subitamente se acumulado nela, subitamente o poder desapareceu. Como se alguém tivesse desligado uma chave.

Ela quer gritar. Nem isso consegue.

Por um momento ela submerge na lama negra, e quando consegue reemergir estão fazendo um corte nela com tanto cuidado que chega a parecer um elogio. Ela está entorpecida e não dói, mas ela sente o bisturi entrando, cortando ao longo da clavícula. E então tocam na trama. Mesmo em meio ao torpor e à paralisia e ao sonho de quem está quase adormecido, a dor soa como um alarme de incêndio que atravessa o corpo. É uma dor limpa, branca, como se estivessem fatiando seu olho com muito cuidado, tirando uma camada fininha de carne depois da outra. Passa-se um minuto de gritos antes que ela perceba o que estão fazendo. Eles levantaram o músculo estriado ao longo da clavícula e estão serrando, tirando aquilo fibra a fibra de seu corpo.

De muito longe, alguém diz: — Ela devia estar gritando?

Outra pessoa diz: — Vamos logo com isso.

Ela conhece aquelas vozes. Ela não quer conhecer. As coisas que você não quer saber, Roxy, é isso que vai te derrubar no final.

Há uma vibração no corpo todo quando eles cortam a última fibra da clavícula direita. Dói, mas o vazio que se segue é pior. É como se ela tivesse morrido, mas ela ainda está viva para saber qual é a sensação.

As pálpebras se agitam enquanto eles erguem aquilo e o tiram de seu corpo. Ela sabe que agora está vendo, não apenas imaginando. Ela vê aquilo diante dela, o pedaço de carne que fazia com que ela funcionasse. Ele pula e se contorce porque quer voltar para dentro dela. Ela também quer que ele volte. Aquilo é ela mesma.

Há uma voz à esquerda dela.

O leopardo diz: — Vamos logo com isso.

— Tem certeza que não quer ficar lá embaixo?

— Dizem que o resultado é melhor se eu puder dizer pra você se está funcionando.

— É verdade.

— Então vamos com isso.

E, embora a cabeça esteja zonza e o pescoço esteja cheio de engrenagens girando, ela vira a cabeça e com um olho vê aquilo que estava procurando. Um único relance basta. O homem que está na maca ao lado dela preparado para receber o implante é Darrell, e sentado ao lado dele em uma cadeira está seu pai, Bernie.

Aí está a merda do leopardo, diz uma parte minúscula e tagarela de seu cérebro. Eu não te disse que tinha uma porra de um leopardo andando por aqui? Você tentou manter o leopardo na coleira, não foi, sua estúpida, agora está recebendo o que mereceu, por mexer com um leopardo. As manchas deles não mudam, Roxy, ou será que isso são os guepardos, tanto faz.

Calaabocacalaabocacalaabocacalaabocacalaabocacalaabocacalaaboca, ela diz para seu cérebro, eu preciso pensar.

Agora eles a ignoram. Estão trabalhando nele. Eles a costuraram – só por uma questão de higiene, talvez, ou pode ser que um cirurgião simplesmente não consiga ficar sem suturar um corte que abriu. Talvez o pai dela tenha mandado. Ele está ali. O próprio pai. Ela devia *saber* que deixá-lo vivo não bastaria. Para tudo há uma vingança. Uma ferida por uma ferida. Um machucado por um machucado. Uma humilhação por uma humilhação.

Ela tenta não chorar, mas sabe que está chorando: vazando pelos olhos. Ela quer esmagar todos eles no chão. A sensação está voltando aos braços e às pernas e aos dedos das mãos e dos pés, há um formigamento e um vazio e uma dor e ela tem a sua chance agora porque não há motivo algum para que Darrell não a mate, talvez ele pense que, com sorte, ela já esteja morta. Maldita cobra escondida na grama, maldita mancha de merda na terra, esse bosta desse Darrell.

Bernie diz: — Como está indo?

Um dos médicos diz: — Parece bom. Compatibilidade de tecidos excelente.

A broca emite um som de gemido quando começam a fazer pequenas perfurações na clavícula de Darrell. O barulho é alto. Ela flutua para dentro e para fora do tempo, o relógio na parede se move mais rápido do que devia, ela sente seu corpo inteiro de novo, que merda, eles fizeram aquilo tudo sem tirar as roupas dela, que porcos, mas isso é bom, ela pode usar isso. Na próxima vez que a broca geme ela mexe a mão direita até que escape do tecido macio das amarras.

Ela observa em volta com um olho semicerrado. Seus movimentos são lentos. Mão esquerda livre das amarras, ninguém percebeu ainda o que está fazendo, estão todos ocupados demais com o corpo do irmão dela. Pé esquerdo. Pé direito. Ela estende a mão e alcança a bandeja a seu lado, pega bisturis e bandagens.

Há uma espécie de crise na mesa ao lado dela. Uma máquina começa a apitar. A trama que eles estão implantando em Darrell dá um choque involuntário – boa menina, pensa Roxy, essa é a minha menina. Um dos cirurgiões cai no chão, outro xinga em russo e começa a fazer massagem cardíaca. Com os dois olhos abertos, Roxy mede a distância entre a mesa em que está deitada e a porta. Os cirurgiões estão gritando e pedindo remédios. Ninguém olha para Roxy; ninguém se importa. Ela podia morrer e ninguém ia dar a mínima. Ela podia estar morrendo agora; ela tem a sensação de que podia estar morrendo. Mas ela não vai morrer aqui. Ela se joga da mesa caindo com todo o peso sobre os joelhos e se agacha, e ainda assim ninguém percebe. Ela rasteja de costas até a porta, sempre abaixada, de olho neles.

Na porta, ela encontra os sapatos e calça os dois pés, suspirando de alívio. Ela derruba a porta, tendões tensos, o corpo sibilando de adrenalina. No pátio, alguém levou seu carro embora. Mas, mancando, ela corre para a floresta.

TUNDE

Há um homem com a boca cheia de vidro.

Um caco fininho, pontiagudo, translúcido está enfiado no fundo da garganta dele, brilhando com saliva e muco, e o amigo dele tenta extrair aquilo com dedos que tremem. Ele ilumina a boca do outro com a lanterna do celular para ver a posição exata e tenta alcançar a lasca, enquanto o outro sente náuseas e tenta ficar parado. Ele precisa de três tentativas até conseguir pegar o caco, puxando com o polegar e o indicador. O vidro tem cinco centímetros de comprimento. Está manchado de sangue e carne, com um pedaço de garganta na ponta. O amigo põe aquilo sobre um guardanapo limpo, branco. Em volta deles, os outros garçons e *chefs* e assistentes continuam trabalhando. Tunde fotografa os oito estilhaços enfileirados sobre o guardanapo.

Ele fez fotos enquanto aquela obscenidade acontecia, com a câmera casualmente colocada na altura dos quadris, parecendo balançar em sua mão. O garçom tem só dezessete anos; não é a primeira vez que ele vê ou ouve falar de algo assim, mas é a primeira vez que teve de se sujeitar a isso. Não, ele não tem outro lugar para onde ir. Ele tem parentes na Ucrânia que podem dar abrigo caso ele fuja, mas quando alguém tenta atravessar a fronteira a polícia atira; tempos nervosos. Ele limpa o sangue da boca enquanto fala.

Ele diz baixinho: — A culpa é minha, não se deve falar enquanto a presidente fala.

Ele está chorando um pouco, de choque e vergonha e medo e humilhação e dor. Tunde conhece esses sentimentos; conhece desde o primeiro dia em que foi tocado por Enuma.

Ele escreveu nas anotações para seu livro: — No começo nós não falamos de nossas dores porque aquilo não era coisa de homem. Agora não falamos porque temos medo e vergonha e estamos sozinhos e sem esperança, cada um de nós sozinho. É difícil saber quando uma coisa se transformou na outra.

O garçom, que se chama Peter, escreve algumas palavras em um pedaço de papel. Entrega a anotação para Tunde e segura o pulso dele. Olha nos olhos dele até Tunde pensar que o outro está prestes a lhe dar um beijo. Tunde suspeita que se deixaria beijar, porque todas essas pessoas precisam de algum consolo.

O garçom diz: — Não vá embora.

Tunde diz: — Posso ficar quanto tempo você quiser. Até a festa acabar, se você quiser.

Peter diz: — Não. Não vá embora. Ela vai tentar expulsar a imprensa do país. Por favor.

Tunde diz: — O que você ouviu?

Peter só repete a mesma coisa: — Por favor. Não vá embora. Por favor.

Ele sai da cozinha para fumar. Os dedos tremem acendendo um cigarro. Talvez ele imaginasse, por ter conhecido Tatiana Moskalev no passado e por ela ter sido gentil na época, que entendia o que está acontecendo aqui. Ele estava ansioso para vê-la de novo. Agora está feliz por não ter tido oportunidade de se apresentar a ela outra vez. Ele tira do bolso o papel que Peter lhe deu e olha. Está escrito, em letras de forma tremidas: "VÃO MATAR TODOS NÓS".

Ele faz fotos de gente indo embora da festa pela porta lateral. Alguns contrabandistas de armas. Um especialista em armas biológicas. É o baile dos Cavaleiros do Apocalipse. Lá vai Roxanne Monke entrando em seu carro, rainha de uma família de criminosos de Londres. Ela vê que ele fez fotos do seu carro e diz para ele: — Vá. À. Merda.

Ele envia a matéria para a CNN quando volta a seu quarto de hotel às três da manhã. As fotos do sujeito lambendo conhaque do chão. Os cacos de vidro no guardanapo. As lágrimas no rosto de Peter.

Pouco depois das nove da manhã, ele acorda involuntariamente, olhos ainda pesados, suor escorrendo pelas costas e pelas têmporas. Checa o e-mail para ver o que o editor da noite disse sobre o material. Ele prometeu que mandaria qualquer coisa que conseguisse na festa primeiro para a CNN, mas se eles quiserem cortes demais ele pode vender para outra emissora. Há um e-mail simples, de duas linhas.

— Desculpa, Tunde, essa a gente vai pular. Belo trabalho, fotos excelentes, tipo de matéria que não dá pra vender agora.

Beleza. Tunde manda mais três e-mails, depois toma uma ducha e pede um café forte. Quando os e-mails começam a voltar, ele está olhando sites de notícias internacionais; nada muito relevante sobre Bessapara, ninguém tem a matéria dele. Ele lê os e-mails. Mais três rejeições. Todas as respostas parecem constrangidas, evasivas, do tipo achamos-que-pode-não-ser-relevante.

Mas Tunde nunca precisou que alguém comprasse seu material. Ele vai simplesmente postar tudo no YouTube.

Ele tenta acesso pelo wi-fi do hotel e... não existe o YouTube. Só um aviso dizendo que o site não está disponível na região. Ele tenta a rede VPN. Nada. Tenta usar o plano de dados do celular. Mesma coisa.

Ele pensa em Peter dizendo: — Ela vai tentar expulsar a imprensa do país.

Se ele enviar arquivos por e-mail, eles vão interceptar.

Ele grava um DVD. Todas as fotos, todos os vídeos, uma matéria completa.

Põe o material em um envelope acolchoado e faz uma pausa na hora de escrever o endereço. Acaba escrevendo o nome de Nina e o endereço dela. Ele coloca um bilhete dentro, dizendo: — Guarda isso pra mim até eu ir buscar. — Ele já deixou coisas com ela outras vezes: anotações para o livro, diários de viagens. As coisas ficam mais seguras com ela do que viajando com ele ou num apartamento vazio em algum lugar. Ele vai pedir ao embaixador americano que mande pela mala diplomática.

Caso Tatiana Moskalev esteja tentando fazer o que ele pensa, Tunde não quer que ela saiba que ele está documentando isso. Ele só vai ter uma chance dessa vez. Jornalistas já foram expulsos de países por menos do que isso, e ele não cai no erro de achar que o fato de já ter flertado com ela vá fazer alguma diferença.

Naquela mesma tarde o hotel pede o passaporte dele. Simplesmente em função das novas regras de segurança nesse período turbulento.

A maioria do pessoal que não trabalha no serviço diplomático já está saindo de Bessapara. Há uns poucos repórteres de guerra com colete à prova de balas no *front* norte, mas até que o combate comece pra valer, não há muito a se dizer por aqui, e a postura belicista e as ameaças já duram mais de cinco semanas.

Tunde fica. Embora tenha recebido ofertas financeiras generosas para ir ao Chile entrevistar a antipapisa e saber o que ela pensa de Mãe Eva. Embora cada vez mais grupos terroristas masculinos digam que só vão entregar seu manifesto se ele vier filmar. Ele fica e entrevista dezenas de pessoas em cidades da região. Aprende um pouco de romeno. Quando colegas e amigos perguntam que diabo ele está fazendo, Tunde diz que está trabalhando em um livro sobre esta nova nação, e eles dão de ombros e dizem: — Tá bem. — Ele participa de cultos religiosos nas novas igrejas e vê como as antigas estão se adaptando ou sendo destruídas.. Ele senta em um círculo numa sala num subterrâneo à luz de velas e ouve um sacerdote rezar ao modo antigo, com o filho e não a mãe no centro do culto. Depois da cerimônia, o sacerdote dá um abraço forte e longo em Tunde e sussurra: — Não se esqueça de nós.

Tunde já ouviu dizer mais de uma vez que a polícia de Bessapara parou de investigar assassinatos de homens; que quando encontram um homem morto presume-se que uma gangue especializada em vingança deu a ele o que mereceu pelos crimes do passado. — Até um menino — um pai diz a ele, em uma sala de estar num vilarejo no oeste do país —, até um menino que hoje só tem quinze anos… o que ele podia ter feito no passado?

Tunde não escreve na internet sobre nenhuma dessas entrevistas. Ele sabe como isso acabaria – alguém batendo em sua porta às quatro da manhã e ele sendo colocado no primeiro avião para fora do país. Ele escreve como se fosse turista, em férias no novo país. Posta fotos todos os dias. Já há gente escrevendo comentários raivosos: onde estão os novos vídeos, Tunde, cadê suas reportagens divertidas? Pelo menos iriam perceber se ele sumisse. Isso é importante.

Em sua sexta semana no país, a ministra da Justiça recém-nomeada por Tatiana dá uma entrevista coletiva. Poucos repórteres comparecem. A sala é abafada, o papel de parede tem tons de bege e marrom.

— Depois das recentes atrocidades cometidas por terroristas no mundo todo e depois de nosso país ter sido traído por gente que trabalha para nossos inimigos, estamos anunciando hoje um novo marco legal — ela diz. — Nosso povo já sofreu por tempo demais nas mãos de um grupo que tentou nos destruir. Não precisamos nos perguntar o que eles vão fazer caso vençam; nós já vimos isso. Devemos nos proteger contra aqueles que possam nos trair.

"Assim, outorgamos hoje esta lei, segundo a qual todos os homens do país devem ter passaportes e outros documentos oficiais carimbados com o nome de sua tutora legal. Ele precisará de permissão por escrito dela para qualquer viagem. Sabemos que os homens têm seus truques e não podemos permitir que eles se unam.

"Homens que não tenham uma irmã, mãe, esposa ou filha nem qualquer outra parente que possa registrá-los devem comparecer a uma delegacia de polícia, onde lhes será atribuído um trabalho e eles serão algemados a outros homens para proteção da população. Qualquer homem que viole essas leis estará sujeito à pena capital. Isso também se aplica a trabalhadores estrangeiros, inclusive jornalistas."

Os homens presentes na sala se entreolham; há cerca de uma dúzia de jornalistas estrangeiros que estão aqui desde a época em que o país era um sombrio entreposto na rota do tráfico humano. As mulheres tentam parecer horrorizadas, mas ao mesmo tempo companheiras, como se estivessem oferecendo consolo. Não se preocupem, parece que elas dizem. Isso não pode durar por muito tempo, mas enquanto isso a gente ajuda vocês. Vários homens cruzam os braços como se tentassem se proteger.

— Nenhum homem pode sair do país com dinheiro ou outros bens.

A ministra da Justiça vira a página. Há uma longa lista de cláusulas impressas em letras pequenas.

— Os homens não têm mais permissão para dirigir carros.

"Os homens não podem mais ser donos de empresas. Jornalistas e fotógrafos estrangeiros devem ser empregados por uma mulher.

"Os homens não têm mais permissão para fazer reuniões, nem mesmo em casa, em grupos maiores do que três pessoas, sem que haja uma mulher presente.

"Os homens não têm mais permissão para votar, porque os anos de violência e degradação promovidos por eles demonstraram que eles não são capazes de governar.

"Qualquer mulher que veja um homem violando uma dessas restrições em público tem não só permissão como o dever de puni-lo imediatamente. Qualquer mulher que não cumpra com seu dever será considerada inimiga do Estado, cúmplice de um crime, responsável por uma tentativa de minar a paz e a harmonia da nação."

Há várias páginas com detalhamento dessas regras, explicações do que significa "estar acompanhado de uma mulher" e leniências em caso de emergências médicas extremas, porque, afinal, os homens não são monstros. A coletiva fica cada vez mais silenciosa à medida que a ministra lê a lista.

A ministra da Justiça termina de ler sua lista e calmamente põe os papéis à sua frente. Seus ombros estão bem relaxados; seu rosto, impassível.

— É só — diz. — Sem perguntas.

No bar, Hooper do *Washington Post* diz: — Eu não ligo. Estou indo embora.

Ele já disse isso várias vezes. Ele se serve de mais uma dose de uísque e coloca três cubos de gelo no copo, gira o copo com força e defende de novo seu ponto de vista:

— Que merda a gente vai ficar fazendo num lugar em que não deixam a gente fazer nosso trabalho, se tem uma dúzia de lugares pra onde a gente pode ir? Tenho quase certeza que vai acontecer alguma coisa no Irã. Eu vou pra lá.

— E quando alguma coisa acontecer no Irã — diz lentamente Semple, da BBC —, o que você acha que vai acontecer com os homens?

Hooper sacode a cabeça. — Não no Irã. Não desse jeito. Eles não vão mudar de crença do dia para a noite, ceder tudo para as mulheres.

— Você lembra, claro — continua Semple — que eles mudaram tudo do dia para a noite quando o Xá caiu e o Aiatolá subiu ao poder? Você lembra como essas coisas acontecem rápido?

Há um momento de silêncio.

— Bem, e o que você sugere? — diz Hooper. — Desistir de tudo? Ir pra casa e virar editor de jardinagem? Eu consigo te imaginar fazendo isso. Colete a prova de balas nas fronteiras das herbáceas.

Semple encolhe os ombros. — Eu vou ficar. Sou cidadão britânico, sob a proteção de Sua Majestade. Vou obedecer as leis, dentro do que for razoável, e fazer reportagens sobre isso.

— Mas sobre o que você vai escrever? Qual é a sensação de ficar num quarto de hotel esperando que uma mulher venha te buscar?

Semple cobre o lábio superior com o inferior. — Não vai ficar pior do que isso.

Na mesa ao lado, Tunde ouve. Ele também está com uma dose grande de uísque, embora não esteja bebendo. Os homens estão ficando bêbados e falando alto. As mulheres estão em silêncio, observando os homens. Há algo de vulnerável e desesperado na atitude dos homens – ele acha que as mulheres estão olhando com compaixão.

Uma delas diz, alto o suficiente para que Tunde ouça: a gente leva vocês pra onde vocês quiserem. Escutem, não acreditem nessa bobajada. Vocês podem dizer pra gente aonde querem ir. Não vai mudar nada.

Hooper agarra Semple pela manga, dizendo: — Você tem que ir embora. No primeiro avião, foda-se o resto.

Uma das mulheres diz: — Ele tem razão. Que sentido faz morrer por causa de um pulgueiro como esse?

Tunde vai lentamente até a recepção. Espera um casal de idosos da Noruega pagar a conta – um táxi espera do lado de fora, já com as bagagens. Como a maior parte das pessoas de países ricos, eles estão indo embora da cidade enquanto dá. Por fim, depois de perguntar sobre cada item na conta do frigobar e sobre a alíquota dos impostos locais, eles saem.

Só há um funcionário na recepção. O cinza avança em seu cabelo, uma mecha depois da outra – um pedaço aqui, outro lá, o restante escuro e denso e bem cacheado. Talvez ele esteja na casa dos sessenta, certamente um funcionário de confiança com anos de experiência.

Tunde sorri. Um sorriso tranquilo do tipo estamos-nessa-juntos.

— Dias estranhos — ele diz.

O homem assente. — Sim, senhor.

— Você já sabe o que vai fazer?

O homem dá de ombros.

— Você tem parentes que possam te receber?

— Minha filha tem uma fazenda a três horas daqui, indo para o leste. Vou ficar com ela.

— Vão deixar o senhor viajar?

O homem olha para cima. Os olhos dele estão amarelos de icterícia, com riscas vermelhas, as finas linhas de sangue chegando à pupila. Ele olha para Tunde por um bom tempo, talvez cinco ou seis segundos.

— Se Deus quiser.

Tunde põe a mão no bolso, calma e lentamente. — Também andei pensando em viajar. — Ele faz uma pausa. E espera.

O sujeito não pergunta nada. Promissor.

— Claro, tem uma ou duas coisas que eu ia precisar para viajar que eu… não tenho mais. Coisas que eu não ia querer viajar sem levar. Independentemente de pra onde eu vá.

O sujeito continua sem falar, mas assente lentamente com a cabeça.

Tunde junta as mãos casualmente, depois faz deslizarem as notas sob o livro de registros de modo que só os cantos apareçam. Em forma de leque, dez notas de cinquenta dólares. Dinheiro americano, isso é o mais importante.

A respiração lenta e regular do homem para, só por um instante.

Tunde continua, jovial. — Liberdade — ele diz —, é tudo que todo mundo quer. — Ele faz uma pausa. — Acho que vou dormir. Será que você podia pedir pra me mandarem um uísque? Quarto 614. Quanto antes, melhor.

O sujeito diz: — Eu mesmo vou levar, senhor. Daqui a pouquinho.

No quarto, Tunde liga a TV. Kristen está dizendo: a previsão para o quarto trimestre não parece boa. Matt ri de um jeito sedutor, dizendo: bem, eu não entendo nada desse tipo de coisa, mas deixa eu falar de uma coisa que eu entendo: corrida do ovo.

A C-Span faz um breve resumo sobre uma "ofensiva militar" nesta "região tumultuada", mas fala muito mais sobre outro ato de terrorismo doméstico em Idaho. O UrbanDox e aqueles idiotas que trabalham para ele conseguiram mudar o foco da mídia. Agora, se você fala sobre direitos dos homens, está falando deles e de suas teorias da conspiração e da violência que eles praticam e da necessidade de impor freios e limites. Ninguém quer saber sobre o que está acontecendo em Bessapara. A verdade sempre foi uma mercadoria cara demais para ser embalada e vendida no mercado. E agora, a previsão do tempo.

Tunde enche sua mochila. Duas mudas de roupas, suas anotações, o laptop e o celular, água mineral, sua câmera antiga com quarenta rolos de filme, porque ele sabe que pode chegar um momento em que não vai ter acesso a eletricidade nem a baterias, e uma câmera analógica vai ser útil. Ele faz uma pausa, depois coloca mais uns pares de meias. Inesperadamente, ele sente uma espécie de empolgação crescente, junto com o terror e o ultraje e a raiva. Ele diz para si mesmo que é uma idiotice se sentir empolgado; isso é sério. Quando batem na porta, ele pula.

Por um momento, ao abrir a porta, ele acha que o senhor da recepção entendeu mal o que ele estava pedindo. Na bandeja, há um copo com uísque sobre um descanso retangular comum, e mais nada. Só ao olhar mais de perto ele vê que o descanso do copo é, na verdade, seu passaporte.

— Muito obrigado — ele diz. — Era exatamente isso que eu queria.

O homem assente com a cabeça. Tunde paga pelo uísque e põe o passaporte no bolso lateral da calça.

Ele espera para sair perto de quatro e meia da manhã. Os corredores estão em silêncio, as luzes estão baixas. Nenhum alarme soa quando ele abre a porta e sai no frio. Ninguém tenta pará-lo. É como se aquela tarde não tivesse passado de um sonho.

Tunde atravessa as ruas vazias, cães latindo ao longe, corre por uns instantes e depois volta a andar a passos longos, como se galopasse. Ao pôr a mão no bolso ele vê que ainda está com a chave do quarto de hotel. Ele pensa em jogar fora ou colocar numa caixa de correio, mas ao passar os dedos pela corrente de metal decide colocar aquilo de volta no bolso. Enquanto tiver aquilo, vai poder imaginar que o quarto 614 vai estar sempre à sua espera. A cama ainda por fazer, os jornais do dia sobre a mesa em montanhas desorganizadas, seus sapatos elegantes um ao lado do outro sob o criado-mudo, as calças e as meias usadas atiradas num canto ao lado da mala aberta e meio esvaziada.

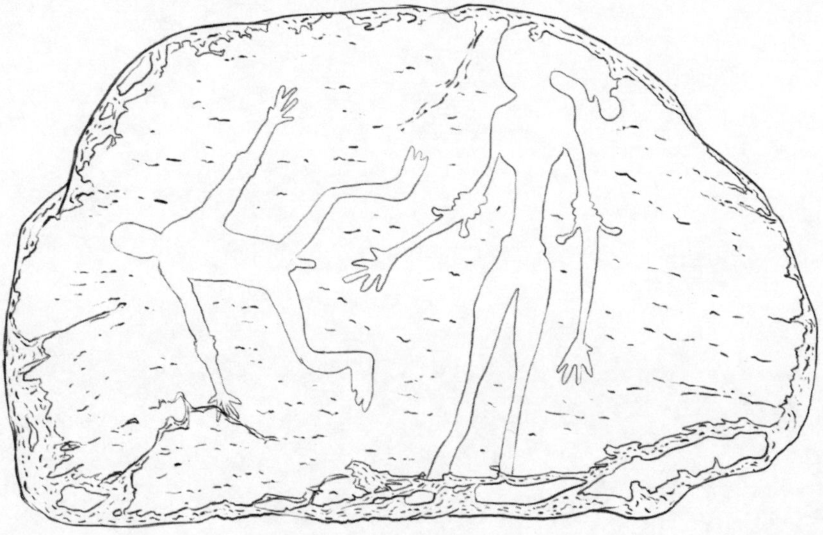

Arte rupestre descoberta no norte da França, de cerca de quatro mil anos. Retrata o procedimento denominado "freio" – também conhecido como mutilação genital masculina –, em que terminações nervosas fundamentais do pênis são cauterizadas quando o menino se aproxima da puberdade. Depois do procedimento –, ainda praticado em vários países da Europa – o homem não consegue ter ereção sem que uma mulher o estimule com sua trama. Muitos homens expostos a esse procedimento jamais conseguem voltar a ejacular sem sentir dor.

NÃO PODEM FALTAR MAIS DO QUE SETE MESES

ALLIE

Roxy Monke desapareceu. Allie se encontrou com ela na festa, os funcionários viram quando ela foi embora, os vídeos das câmeras de segurança mostram quando ela saiu de carro pelas ruas da cidade, e depois não há mais nada. Ela estava indo para o norte. É só o que eles sabem. Já faz oito semanas. E nada.

Allie falou com Darrell por videochat; a aparência dele é horrorosa.

— Tentando manter a calma — ele diz.

Eles vasculharam o interior do país atrás dela.

— Se foram atrás dela, pode ser que venham atrás de mim. A gente vai continuar procurando. Mesmo que seja para encontrar só o corpo. A gente precisa saber o que aconteceu.

Eles precisam saber. Allie pensou coisas estranhas e loucas. Tatiana se convenceu num surto de paranoia que Roxy virou a casaca e passou para o lado de Moldova do Norte e vê em cada novo fato da guerra um sinal de que Roxy traiu Bessapara, inclusive dando glitter aos inimigos. Tatiana está se tornando imprevisível. Às vezes ela parece confiar em Mãe Eva mais do que em qualquer outra pessoa. Chegou a sancionar uma lei que transforma Mãe Eva em líder do país caso ela, Tatiana, fique incapacitada para a função. Mas ela tem ataques de raiva violentos, bate nos empregados, machuca pessoas, acusa todos à sua volta de trabalhar contra ela. Ela dá ordens contraditórias e bizarras a seus generais e oficiais. Houve brigas. Alguns dos grupos especializados em vingança incendiaram vilarejos que abrigavam mulheres consideradas traidoras de seu gênero e de homens que haviam cometido infrações. Alguns vilarejos reagiram. Uma guerra se espalha pelo país, não do tipo que é declarada nem do tipo em que os inimigos estão bem definidos, mas que se espalha como sarampo: primeiro em um lugar, depois dois, depois três. Uma guerra de todos contra todos.

Allie sente falta de Roxy. Ela não sabia que Roxy havia aberto um buraco no seu coração. Isso deixa Allie assustada. Ela nunca tinha pensado em ter uma amiga. Não é algo de que ela sentisse necessidade nem de que sentisse falta, até que Roxy sumiu. Ela está preocupada. Allie tem sonhos em que manda primeiro um corvo e depois uma pomba branca, em busca de boas notícias, mas o vento não traz nenhuma notícia.

Ela mandaria grupos de resgate para procurar na floresta se tivesse como definir um perímetro de busca de cem quilômetros.

Ela reza para a Santa Mãe: por favor, faça com que ela volte em segurança para casa. Por favor.

A voz diz: não posso prometer nada.

Allie diz em seu coração: Roxy tinha muitos inimigos. Gente como ela tem muitos inimigos.

A voz diz: você acha que você não tem muitos inimigos também?

Allie diz: você vai ajudar ou o quê?

A voz diz: eu estou sempre aqui para ajudar você. Mas eu disse que isso ia ser complicado.

Allie disse: você também disse que o único jeito é dominar tudo.

A voz diz: então você sabe o que tem que fazer.

Ela diz para si mesma: pare com isso agora. Simplesmente pare. Ela é só uma pessoa como todas as outras. Tudo vai desaparecer e você vai sobreviver. Arranque essa parte de você.

Feche esse compartimento do seu coração, preencha o buraco com água escaldante e mate isso. Você não precisa dela. Você vai sobreviver.

Ela está com medo.

Ela não está a salvo.

Ela sabe o que tem de fazer.

O único jeito de estar em segurança é dominando o lugar.

Uma noite, Tatiana manda chamar Allie muito tarde, depois das três da manhã. Tatiana anda com dificuldade para dormir. Acorda no meio da noite com pesadelos sobre vingança, espiões no palácio, alguém que vai em busca dela com uma faca. Nessas horas ela chama Mãe Eva, sua consultora espiritual, e Mãe Eva vem e senta na ponta da cama e fala palavras tranquilizadoras até que ela durma novamente.

O quarto é decorado com uma mistura de brocados cor de vinho e peles de tigre. Tatiana dorme sozinha, não importa quem possa ter passado por sua cama mais cedo.

Ela diz:

— Vão tirar tudo de mim.

Allie pega a mão dela, encontra um caminho que passa pelas terminações nervosas cheias de ruído até chegar ao cérebro triste e perturbado. E diz:

— Deus está com você, e você vai prevalecer.

Ao dizer isso, ela *pressiona* cuidadosa e controladamente *esta* parte do cérebro de Tatiana e *aquela* outra. Nada que a pessoa possa sentir. Só alguns neurônios que passam a disparar de modo diferente, é apenas uma minúscula supressão, uma levíssima elevação.

—Sim — diz Tatiana. — Tenho certeza de que isso é verdade.

Boa menina, diz a voz.

— Boa menina — diz Allie, e Tatiana balança a cabeça em assentimento, como uma criança obediente.

Uma hora, Allie pensa, mais gente vai aprender a fazer isso. Talvez agora mesmo, em algum lugar remoto, uma menina esteja aprendendo a acalmar e a controlar o pai ou o irmão. Uma hora, outras pessoas vão perceber que a capacidade de causar dor é apenas o começo. A droga de entrada, como diria Roxy.

— Agora escute — diz Allie. — Acho que você devia assinar esses documentos agora, não?

Tatiana faz que sim, sonolenta.

— Você pensou bem e, nós, da Igreja, realmente devíamos poder julgar nossos próprios casos e fazer cumprir nossos estatutos na região de fronteira, não?

Tatiana pega a caneta do criado-mudo e assina seu nome tremido. Os olhos dela vão se fechando enquanto ela escreve. Ela está caindo de costas no travesseiro.

A voz diz: por quanto tempo você pretende continuar arrastando isso?

Allie diz no seu coração: se eu me apressar demais, os americanos vão suspeitar. Eu queria que fosse a Roxy. Vai ser mais difícil convencer os outros quando eu fizer isso por mim.

A voz diz: a cada dia ela fica mais difícil de controlar. Você sabe que é verdade.

Allie diz: é pelo que nós estamos fazendo. Alguma coisa está dando errado dentro da cabeça dela, com esses produtos químicos. Mas isso não vai durar para sempre. Eu vou assumir o governo do país. E aí eu vou estar segura.

DARRELL

As remessas estão atrasadas por causa da porra da ONU.

Darrell está olhando para o caminhão que acaba de voltar. Jogaram a carga na floresta, e isso significa três milhões de libras esterlinas em glitter escoando na mata quando chove, o que por si já seria ruim o suficiente. Mas não é só isso. O caminhão foi perseguido ao fugir da fronteira, vindo pelo meio da floresta para escapar das soldadas. Mas isso indica uma trajetória, não? Se você está fugindo da fronteira e vai em tal direção, isso diminui as opções de onde você pode estar, não?

— Caralho! — diz Darrell, e chuta o pneu do caminhão. A cicatriz se retesa, a trama zumbe nervosa. Dói. Ele grita de novo, mais alto do que queria: — Caralho!

Eles estão no galpão. Algumas das mulheres olham de relance. Umas poucas começam a andar em direção à van para ver o que aconteceu.

Uma das motoristas, a substituta, transfere o peso do corpo de um pé para o outro e diz:

— Quando a gente tinha que jogar a carga fora antes, a Roxy sempre…

— Eu não estou nem aí para o que a Roxy sempre… — diz Darrell, um pouco apressado demais.

As mulheres se entreolham. Ele recua.

— Digo, não acho que ela queira que a gente continue fazendo como fazia antes, tá bom?

Elas voltam a se olhar.

Darrell tenta falar mais lentamente, com um tom de voz calmo e confiável. Ele fica nervoso com todas essas mulheres em volta agora que

Roxy não está aqui para botá-las na linha. Quando elas souberem que ele também tem uma trama, vai melhorar, mas este não é o momento certo para mais surpresas e o pai dele disse que é preciso guardar segredo até que a cirurgia cicatrize, no mínimo até ele voltar de Londres.

— Olha só — ele diz. — A gente vai desaparecer por uma semana. Nenhuma remessa mais, ninguém atravessando a fronteira, nenhum movimento.

Elas concordam.

Darrell pensa: como eu faço para saber se elas não estão roubando a carga? Não tem como saber. Digamos que você joga uma carga na floresta, quem tem como dizer se você não ficou com ela? Caralho. Elas não têm medo dele, esse é o problema.

Uma das meninas – uma moça lenta, gorda, chamada Irina – franze a testa e contorce os lábios. Ela diz:

— Você tem uma tutora?

Ah, essa história de novo.

— Sim, Irina — ele diz —, minha irmã, Roxanne, é minha tutora. Lembra dela? É a chefe aqui, a dona da fábrica?

— Mas... a Roxanne não está aqui.

— Só está de férias — diz Darrell. — Ela vai voltar, e por enquanto eu só estou mantendo tudo em ordem pra ela.

A imensa testa de Irina fica ainda mais franzida, como se tivesse vários parapeitos.

— Eu ouço o noticiário — ela diz. — Se a tutora morre ou desaparece, tem que indicar uma nova tutora para o homem.

— Ela não *morreu*, Irina, nem está desaparecida, ela só... não está aqui neste exato instante. Ela se afastou para... fazer umas coisas importantes, tá certo? Uma hora ela volta, e enquanto não está aqui ela me pediu pra ir tocando as coisas.

Irina vira a cabeça para um lado e para o outro para absorver a informação nova. Darrell consegue ouvir as engrenagens e os ossos do pescoço dela trabalhando.

— Mas como você sabe o que fazer — ela diz — se a Roxanne não está?

— Ela me manda mensagens, tá bem, Irina? Ela me manda e-mails curtos e mensagens pelo celular, e é ela que está me mandando fazer tudo que eu estou fazendo. Nunca fiz nada sem minha irmã dizer que eu podia, e quando vocês seguem minhas ordens, estão seguindo as ordens dela, tá certo?

Irina pisca.

— Certo — diz. — Eu não sabia. Mensagens. É bom.

— Muito bem… então, mais alguma coisa?

Irina olha para ele. Vamos lá, mulher, bote essa draga pra funcionar, pegue o que está no fundo dessa cabeça enorme.

— Seu pai — ela diz.

— Certo. O que tem ele?

— Seu pai deixou um recado. Quer falar com você.

A voz de Bernie, em Londres, vem zumbindo pela linha. O som da decepção dele faz o conteúdo do intestino de Darrell virar água, como sempre.

— Ainda não encontrou a Roxy?

— Nada, pai.

Darrell fala baixo. As paredes de sua sala na fábrica são finas.

— Provavelmente ela foi se arrastando até um buraco pra morrer, pai. Você ouviu o médico. Quando tiram a trama delas, mais da metade morre de choque. E com a hemorragia, e ela estava no meio do nada. Faz dois meses, pai. *Ela morreu*.

— Não diga isso como se estivesse feliz. Ela era minha filha, porra.

O que o Bernie achou que ia acontecer? Será que ele achava que a Roxy ia voltar pra casa e cuidar das apostas depois do que eles fizeram com ela? O melhor que eles faziam era torcer para que ela estivesse morta.

— Desculpa, pai.

— Melhor assim, só isso. É assim que as coisas devem ser, foi pra isso que a gente fez tudo aquilo. Não foi pra machucar a Roxy.

— Não, pai.

— Como está a adaptação, filho? Como é que você se sente?

Aquilo o acorda de hora em hora à noite, com o corpo se contorcendo e se contraindo. Os remédios que deram para ele, junto com o glitter, fazem Darrell desenvolver nervos para controlar a trama. Mas parece que ele tem uma víbora dentro do peito.

— Tudo bem, pai. O médico diz que eu estou me saindo bem. Está funcionando.

— Quando você vai estar pronto pra usar?

— Está quase lá, pai, mais uma ou duas semanas.

— Muito bem. Isso é só o começo, rapaz.

— Eu sei, pai.

Darrell sorri.

— Eu vou ser uma arma mortal. Vou com você numa reunião, ninguém espera que eu possa fazer nada, e daí *pou*.

— E se a gente conseguir fazer isso funcionar em você, essa cirurgia, imagine pra quem a gente podia vender? Chineses, russos, qualquer um que tenha uma população carcerária. Transplantes de tramas… todo mundo vai fazer isso.

— A gente vai ganhar uma grana, pai.

— Essa é a ideia.

JOCELYN

Margot mandou a filha a uma psicoterapeuta por causa do choque e do trauma do ataque terrorista. Jos não disse à terapeuta que não pretendia matar o sujeito. Não disse que ele não estava sacando a arma. A terapeuta trabalha em um consultório pago pela NorthStar Industries, por isso parece que pode não ser seguro. A conversa é em termos genéricos.

Ela contou à terapeuta sobre Ryan.

Jocelyn disse:

— Eu queria que ele gostasse de mim por eu ser forte e ter tudo sob controle.

A terapeuta disse:

— Talvez ele gostasse de você por outros motivos.

Jocelyn disse:

— Eu não quero que ele goste de mim por outros motivos. Isso só me faz pensar que sou repulsiva. Por que o motivo pra gostar de mim teria que ser diferente do motivo que faz os meninos gostarem das outras meninas? Você está dizendo que sou fraca?

Ela não disse à terapeuta que voltou a se comunicar com Ryan. Ele mandou um e-mail – de um novo endereço, descartável – depois que aquilo aconteceu no campo da NorthStar. Ela disse que não queria saber dele, não podia falar com um terrorista. Ele disse: — Hein? Sério mesmo: hein?

Ryan levou meses para convencer Jos de que não era ele naqueles fóruns. Jocelyn continua sem saber em quem acreditar, mas acha que a mãe se acostumou tanto a mentir que já nem percebe quando faz isso.

Jos sentiu alguma coisa coagular dentro de si quando percebeu que a mãe pode ter mentido deliberadamente para ela.

Ryan diz:

— Ela odiava o fato de eu te amar exatamente como você é.

— Eu quero que você me ame apesar do meu problema, não por causa dele.

— Mas eu simplesmente amo você. Amo tudo em você.

— Você gosta de mim porque sou fraca. Detesto que você me ache fraca.

— Você não é fraca, não mesmo. Ninguém que te conhece ia dizer uma coisa dessas, ninguém que goste de você. E qual seria o problema se você fosse fraca? Todo mundo tem direito de ser fraco.

Mas esse é o problema, na verdade.

Há *outdoors* com mulheres atrevidas exibindo seus longos arcos curvados na frente de meninos bonitinhos e encantados. A ideia é deixar você com vontade de comprar refrigerante, ou tênis, ou chiclete. Funciona, vendem o produto. E para as meninas vendem mais uma coisa: silenciosamente, em segredo. Seja forte, eles dizem, é assim que você consegue tudo o que quer.

O problema é que essa sensação agora está em todo lugar. Se quiser encontrar gente que pense diferente, você vai ter que ouvir umas pessoas bem estranhas. Nem tudo que eles dizem parece certo. Alguns parecem doidos.

Aquele Tom Hobson, que era âncora do *Morning Show*, agora tem um site. Ele se juntou com o UrbanDox e o BabeTruth e mais uns outros. Jos lê os textos no celular quando não tem ninguém por perto. No site do Tom Hobson há relatos de acontecimentos em Bessapara que para Jos parecem simplesmente inacreditáveis. Tortura e experimentos, gangues de mulheres à solta no norte, perto da fronteira, assassinatos e estupros de homens acontecendo o tempo todo. Aqui no sul está tudo tranquilo, mesmo com a tensão cada vez maior na fronteira. Jocelyn conheceu homens que concordam que as leis são sensatas neste momento, enquanto o país está em guerra. E mulheres que a convidaram para tomar chá na casa delas.

Mas também há coisas de que ela não duvida nem um pouco. Tom escreve que em Bessapara, onde ela está agora, há pessoas fazendo experimentos em meninos como Ryan. Cortando em pedacinhos para saber o que aconteceu com eles. Dando doses gigantes daquela droga que vendem na rua, o tal glitter. Dizem que a droga está sendo exportada de Bessapara por um ponto bem perto de onde ela está. Tom mostra no Google Maps o lugar exato. Segundo ele, o verdadeiro motivo para o exército americano estar ali, no sul de Bessapara, é dar proteção ao fornecimento de glitter. Manter tudo em ordem, para que Margot Cleary possa providenciar o envio de remessas de glitter que saem das mãos de organizações criminosas e chegam à NorthStar, que vende de volta ao exército americano com uma margem de lucro.

Por mais de um ano, o exército forneceu a Jos um pequeno pacote "padrão" com um pó branco-roxo a cada três dias "em função do problema dela". Um dos sites que Ryan mostrou para ela diz que o pó prejudica ainda mais as meninas que têm anormalidades nas tramas. Aumenta os picos e deprime ainda mais os vales. O organismo cria dependência.

Mas agora ela está bem. Ela diria que parece milagre, mas não *parece* coisa alguma. É um milagre de verdade. Jocelyn estava lá. Ela reza toda noite na escuridão de seu beliche, fechando os olhos e sussurrando:

— Obrigada, obrigada, obrigada.

Jos foi curada e está bem. Ela pensa, Se fui salva, deve haver um motivo.

De vez em quando Jocelyn dá uma olhada nos pacotes que guarda sob o colchão. E nas fotos do site de Tom Hobson que mostram as drogas de que ele fala.

Ela manda mensagens para Ryan. Telefone sigiloso, e-mail descartável, ele troca a cada três semanas.

Ryan diz:

— Você acredita mesmo que sua mãe fez um acordo com um cartel de drogas?

Jos diz:

— Não duvido que, se tivesse a chance, ela não fizesse.

ϟ

É o dia de folga de Jocelyn. Ela pega um jeep no quartel-general – vai só dar uma volta pelo campo, encontrar uns amigos, pode ser? Ela é filha de uma senadora que vai concorrer à Casa Branca na próxima eleição e uma das principais acionistas da NorthStar. Claro que pode ser.

Ela consulta os mapas que imprimiu do site de Tom Hobson. Se ele estiver certo, um dos centros de produção da droga em Bessapara fica a meros setenta quilômetros de distância. E teve aquela coisa estranha que aconteceu há umas semanas: umas meninas do QG perseguiram uma van sem identificação pela floresta. A motorista atirou nelas. Elas perderam a van de vista e no relatório disseram que poderia ser um ato de terrorismo de Moldova do Norte. Mas Jos sabe a direção que a van seguiu.

Jocelyn sente certo alívio ao subir no jeep. Ela tem uma licença de doze horas. O sol está brilhando. Ela vai dirigir até o ponto onde deveria ficar este lugar e ver se encontra algo. Ela está tranquila. Sua trama tem um zumbido forte e real, como sempre acontece agora, e ela se sente bem. Normal. É uma aventura. Na pior das hipóteses, ela vai se divertir dirigindo. Porém, pode ser que consiga fazer umas fotos para publicar na internet. Mas pode ser ainda melhor; ela pode encontrar algo que incrimine a própria mãe. Algo que ela possa mandar por e-mail para Margot e dizer: se você não largar do meu pé e me deixar viver a minha vida, essas fotos vão parar no *Washington Post*. Conseguir fotos assim… esse realmente não seria um dia ruim.

TUNDE

No começo não foi difícil. Ele tinha feito amigos o suficiente para ter abrigo enquanto viajava primeiro pela cidade e pela região metropolitana e depois indo em direção às montanhas. Tunde conhece Bessapara e Moldova do Norte; viajou por ali, fazendo pesquisa para a reportagem sobre Awadi-Atif, milênios atrás. Ele se sente estranhamente seguro aqui.

E um regime não pode, geralmente, mudar em absoluto de um dia para o outro. A burocracia é uma coisa lenta. As pessoas não têm pressa. É preciso manter o sujeito mais velho para mostrar às novas mulheres como se coloca a água na fábrica de papel, ou como se faz o inventário da encomenda de farinha. No país inteiro ainda há homens administrando fábricas enquanto as mulheres murmuram entre si sobre as novas leis e se perguntam quando as autoridades vão começar a prender quem não respeitar essas regras. Em suas primeiras semanas na estrada, Tunde fez fotos das novas soldadas, de brigas na rua, de homens sem vida nos olhos presos nas próprias casas. Seu plano é viajar por algumas semanas e simplesmente registrar o que vir. Seria o último capítulo do livro que está à sua espera com *backups* em *pen-drives* e em cadernos de anotações no apartamento de Nina em Nova York.

Ele ouviu boatos de que nas montanhas aconteceram coisas ainda mais graves. Ninguém falava exatamente o que tinha ouvido dizer, pelo menos não com detalhes. Eles falavam irritados sobre a população rural atrasada e sobre a ignorância que nunca deixou de ser a regra aqui, independente da dezena de regimes e ditadores que passaram pelo poder neste período.

Peter, o garçom da festa de Tatiana Moskalev, havia dito:

— Antes eles cegavam as meninas. Quando o poder começou a se manifestar, os homens de lá, os caudilhos, cegaram todas as meninas. Foi isso que eu ouvi dizer. Queimavam os olhos delas com ferro quente. Assim eles podiam continuar mandando, entende?

— E agora?

Peter sacudiu a cabeça.

— Agora a gente não vai lá.

Então Tunde decidiu, na falta de outro objetivo, ir rumo às montanhas.

Na oitava semana a coisa começou a ir mal. Ele chegou a uma cidade na beira de um grande lago azul-esverdeado. Andou, faminto, pelas ruas numa manhã de domingo até chegar a uma padaria de onde um cheiro delicioso de vapor e fermento passava pelas portas abertas.

Ele mostrou umas moedas para o sujeito atrás do balcão e apontou para uns pãezinhos brancos e macios esfriando sobre a grade de metal. O sujeito fez o gesto usual de "mãos abertas como um livro", pedindo para ver os documentos de Tune; isso acontecia com frequência cada vez maior. Tunde mostrou o passaporte e as credenciais de repórter.

O sujeito folheou o passaporte, procurando, como Tunde sabia, o carimbo oficial mostrando o nome de sua tutora, que deveria ter assinado uma autorização para que fosse fazer compras hoje. Ele olhou cuidadosamente cada página. Depois de examinar minuciosamente, fez outra vez o gesto dos "documentos", com o rosto começando a demonstrar um pequeno pânico. Tunde sorriu e deu de ombros e inclinou a cabeça para um dos lados.

— Cara, fala sério — ele disse, embora não houvesse qualquer indício de que o sujeito falasse inglês. — São só uns pãezinhos. Esses são todos os documentos que eu tenho, cara.

Até então, isso bastava. Normalmente a essa altura alguém dava um sorriso para o esquisito jornalista estrangeiro ou uma bronca num inglês mal falado explicando que da próxima vez ele teria que aparecer com todos os documentos atualizados. Tunde pedia desculpas, usava seu sorriso sedutor e saía da loja com uma refeição ou com o que precisava comprar.

Dessa vez o sujeito atrás do balcão sacudiu a cabeça novamente, demonstrando insatisfação. Apontou para um cartaz em russo na parede. Tunde traduziu com ajuda de seu manual de russo. De modo genérico, dizia: "Multa de cinco mil dólares para quem for pego ajudando um homem sem documentos".

Tunde deu de ombros e sorriu e abriu as palmas das mãos para mostrar que elas estavam vazias. Ele fez um gesto que dizia "olhe em volta", pondo a mão acima dos olhos, como se estivesse procurando alguém no horizonte.

— Não tem ninguém aqui para ver. Eu não vou contar pra ninguém.

O sujeito sacudiu a cabeça. Agarrou o tampo do balcão, olhou para as costas das mãos. Ali, onde as mãos encontravam os braços, ele tinha cicatrizes longas, retorcidas. Cicatrizes que se sobrepunham a outras, umas mais velhas, outras mais novas. Em forma de samambaia e enroladas. No pescoço, acima do colarinho da camisa, também havia marcas. Ele sacudiu a cabeça e ficou ali, esperando, olhando para baixo. Tunde pegou o passaporte no balcão e foi embora. Enquanto se afastava, mulheres na porta de suas casas olhavam para ele.

Homens e mulheres dispostos a vender para Tunde comida e combustível para seu pequeno fogareiro de acampamento se tornaram cada vez mais raros e mais distantes um do outro. Ele começou a desenvolver um instinto que lhe dizia quem tinha mais chance de ser amistoso. Outros homens, sentados do lado de fora de uma casa jogando baralho – esses tinham algo para ele, podiam até encontrar um lugar onde pudesse passar a noite. Homens jovens tendiam a se assustar. Não fazia o menor sentido falar com mulheres; só olhar nos olhos delas já dava medo.

Quando passou por um grupo de mulheres na estrada – rindo e contando piadas e fazendo arcos em direção ao céu –, Tunde disse para si mesmo: eu não estou aqui, não sou nada, não me notem, vocês não podem notar que eu estou aqui, não há nada para se ver aqui.

Elas falaram com ele primeiro em romeno e depois em inglês. Ele olhava para as pedras do chão. Elas gritaram algumas palavras atrás dele, palavras obscenas e racistas, mas deixaram que ele fosse embora.

Em seu diário, ele anotou: "Pela primeira vez na estrada, hoje eu tive medo". Ele passou os dedos pela tinta enquanto ela secava. A verdade era mais fácil lá do que aqui.

A meio caminho da décima semana chegou uma manhã ensolarada, com o sol rompendo entre as nuvens, libélulas fazendo rasantes e pairando sobre o pasto das campinas. Tunde refez na cabeça seu pequeno cálculo

– as barrinhas de cereais na mochila davam para mais umas duas semanas, a câmera reserva tinha filme suficiente, o telefone e o carregador estavam ok. Ele chegaria às montanhas em uma semana, iria registrar o que visse lá por mais uma semana, talvez, e depois daria o fora com sua reportagem. Ele estava tão absorto nesse sonho que nem percebeu de início, ao contornar a colina, o que era aquilo amarrado no poste no meio da estrada.

Era um homem com cabelos longos e escuros que caíam sobre o rosto. Tinha sido amarrado ao poste com tiras de plástico nos pulsos e nos tornozelos. As mãos estavam atrás das costas, os ombros tensos, os pulsos amarrados. Os tornozelos estavam presos diante dele, com a mesma corda passando pelo poste uma dúzia de vezes. Aquilo fora feito às pressas por alguém que não tinha experiência com cordas e nós. Simplesmente amarraram o sujeito o mais forte que conseguiram e o deixaram lá. Havia marcas de dor no corpo, roxas e escuras, azuis e escarlates e pretas. Pendurado no pescoço havia um cartaz com uma única palavra em russo: *prostituto*. Ele estava morto fazia dois ou três dias.

Tunde fotografou o corpo com todo cuidado. Havia algo de belo na crueldade e algo de odioso na composição artística, e ele queria que a foto expressasse ambas as coisas. Ele não se apressou e não olhou à volta para estudar sua posição nem para ter certeza de que não havia alguém observando de longe. Mais tarde, ele mal acreditaria que tinha sido burro a esse ponto. Foi naquela noite que ficou sabendo que estava sendo seguido.

O sol se punha, e, embora ele tivesse andado doze ou treze quilômetros desde o local onde encontrou o corpo, a cabeça dependurada e a língua escura seguiam em sua mente. Tunde andava em meio à poeira ao lado da estrada, entre grupos cerrados de árvores. Pensava de vez em quando: eu podia acampar aqui; vamos, pegue o saco de dormir. Mas seus pés continuavam andando, colocando mais um quilômetro, e outro, e outro entre ele e a cortina de cabelos que caíam sobre a face apodrecida. Os pássaros da noite cantavam. Ele olhou para a escuridão da mata e lá, em meio às árvores à sua direita, viu um clarão de luz.

Era pequeno, mas inconfundível; ninguém confundiria aquele filamento fino, branco, momentâneo com qualquer outra coisa. Havia uma mulher ali, e ela fez um arco entre as palmas das mãos. Tunde respirou bruscamente.

Podia ser qualquer coisa. Alguém acendendo uma fogueira, um casal fazendo joguinhos sensuais, qualquer coisa. Seus pés começaram a andar mais rápido. E então ele viu de novo, à sua frente. Um clarão longo, lento, deliberado. Iluminando, dessa vez, um rosto vago, com cabelos longos soltos, um sorriso torto. Ela olhava para ele. Mesmo na tênue luz, mesmo a distância, era possível ver isso.

Não tenha medo. O único modo de superar isso é não ter medo. Mas a parte animal que havia nele estava com medo. Todos nós temos uma parte que se agarra com força à velha verdade: ou você é o caçador ou você é a presa. Descubra qual você é. Aja de acordo com isso. Sua vida depende disso.

Ela fez faíscas voarem de novo pela escuridão azul-negra. A mulher estava mais perto do que ele pensou. Ela fez um ruído. Uma risada baixa, rouca. Ele pensou: meu Deus, ela é louca. E isso era o pior de tudo. Que ele pudesse estar sendo seguido sem nenhum objetivo, que pudesse morrer lá sem razão nenhuma.

Um graveto quebrou perto do pé direito dele. Ele não sabia se tinha sido ela ou ele. Tunde correu. Chorando, engolindo a saliva, com a concentração de um animal. Atrás dele, quando ele conseguiu ver de relance, ela também corria; as palmas das mãos incendiavam as árvores, chamas cheias de ansiedade que passavam pela casca empoeirada e por algumas poucas folhas secas. Ele correu mais rápido. Se havia um pensamento na cabeça dele era este: em algum lugar vai haver segurança. Se eu continuar correndo, vai haver.

E quando estava chegando ao topo da trilha em aclive cheia de curvas na colina, ele viu: a pouco mais de um quilômetro de distância, um vilarejo com luzes acesas.

Tunde correu para o vilarejo. Lá, sob a luz das lâmpadas de sódio, o terror seria lavado de seus ossos.

Ele vinha pensando havia muito tempo em como poria um ponto-final nisso. Desde a terceira noite, quando os amigos disseram que ele tinha de ir embora, que a polícia estava batendo de porta em porta fazendo perguntas sobre qualquer homem que não estivesse com os documentos em dia, com uma tutora aprovada pelo Estado. Naquela noite, ele disse a si mesmo: eu posso acabar com isso a qualquer momento. Ele tinha um celular. Só o que precisava fazer era carregá-lo e mandar um e-mail. Talvez para seu editor na CNN e talvez com cópia para Nina. Dizer onde estava. Eles viriam e o encontrariam, e ele seria um herói, repórter à paisana, resgatado.

Ele pensou: agora. Agora é a hora. É isso.

Ele correu para o vilarejo. Algumas das janelas térreas continuavam acesas. Havia o som de um rádio ou TV vindo delas. Por um momento ele pensou em bater em uma porta, em dizer: por favor. Socorro. Mas a ideia da escuridão que podia haver por trás daquelas janelas iluminadas impediu que ele fizesse isso. A noite agora estava tomada por monstros.

Ao lado de um prédio de cinco andares Tunde viu uma escada de incêndio. Ele correu em direção a ela, começou a subir. Ao passar pelo terceiro andar, viu um quarto escuro com três aparelhos de ar-condicionado empilhados no chão. Um depósito. Vazio, sem uso. Ele tentou abrir a janela com as pontas dos dedos. Ela abriu. Tunde se jogou e caiu no cômodo embolorado, silencioso. Ele fechou a janela. Tateou no escuro até achar o que procurava. Uma tomada. E ali ele pôs o telefone para carregar.

As duas notas que soaram quando o aparelho ligou eram como o som da sua própria chave na fechadura da porta de casa em Lagos. Pronto. Acabou. A tela se iluminou. Ele encostou a luz quente nos lábios, cheirou. Em sua cabeça, ele já estava em casa e todos os carros e trens e aviões e linhas e segurança que seriam necessários para ir do lugar em que ele estava ao lugar que ele queria chegar eram imaginários e pouco importantes.

Ele mandou um e-mail rapidamente: para Nina e para Temi e para três editores com quem tinha trabalhado recentemente. Contou onde estava, que estava em segurança, disse que precisava que eles entrassem em contato com a embaixada para que ele pudesse sair do país.

Enquanto esperava a reposta, Tunde leu as notícias. Mais e mais "conflitos", sem que ninguém ousasse chamar isso de guerra. O preço do petróleo subiu de novo. E lá estava o nome de Nina também, em um ensaio sobre o que está acontecendo aqui, em Bessapara. Ele sorriu. Nina passou um único fim de semana prolongado numa visita guiada para a imprensa meses atrás. O que ela podia dizer sobre o lugar? E depois, ao ler, ele franziu a testa. Havia algo familiar naquele texto.

Ele foi interrompido pelo *ping* reconfortante, quente, musical de um e-mail chegando.

Era de um dos editores.

Dizia:

"Não vejo graça nenhuma nisso. Tunde Edo era meu amigo. Se você invadiu a conta dele, nós vamos pegar você, seu doente de merda."

Outro *ping*, outra resposta. Não muito diferente da primeira.

Tunde sentiu o pânico se acumular em seu peito. Ele disse para si mesmo: vai dar tudo certo, foi só um mal-entendido, alguma coisa aconteceu.

Ele procurou pelo seu nome no jornal. Havia um obituário. O obituário dele. Era longo e cheio de elogios não muito sinceros a seu trabalho, por ter levado as notícias para uma geração de jovens. As frases davam a impressão, de maneira muito sutil, de que ele fazia os fatos parecerem simples e triviais. Havia algumas imprecisões não muito importantes. Eles citavam cinco mulheres famosas que teriam sido influenciadas por ele. O texto dizia que as pessoas o amavam. Citava seus pais, a irmã. Ele morreu, dizia o texto, em Bessapara; infelizmente, havia se envolvido em um acidente de trânsito que deixou seu corpo carbonizado, identificável apenas pelo nome na mala.

Tunde começou a respirar mais rápido.

Ele deixou a mala no quarto de hotel.

Alguém pegou a mala.

Ele voltou ao texto de Nina sobre Bessapara. Era um extrato de um livro mais extenso que ela lançaria no fim do ano por uma importante casa editorial internacional. O jornal chamava o livro de um clássico instantâneo. Era uma avaliação global da Grande Mudança, com base em reportagens e entrevistas feitas ao redor do globo. A introdução comparava o livro a Tocqueville, a *Declínio e queda*, de Gibbons.

Era o ensaio dele. Eram as fotografias dele. *Frames* de seus vídeos. As palavras, as ideias, a análise, tudo era dele. Eram parágrafos do livro que ele deixou com Nina por segurança, junto com partes dos diários que enviou para ela. Era o nome dela que aparecia nas fotografias e era o nome dela que aparecia no texto. Tunde não era mencionado em lugar algum. Ela roubou todo o material.

Tunde fez um barulho de que não sabia ser capaz. Um grito que saiu do fundo da garganta. O som da tristeza. Mais profundo que o choro.

E então veio um ruído do corredor. Um chamado. Depois um grito. Uma voz de mulher.

Ele não sabia o que ela estava gritando. Para seu cérebro exausto, apavorado, aquilo soava como "Ele está aqui dentro! Abra esta porta!".

Tunde pegou a mochila, se levantou, abriu a janela e subiu correndo para o telhado do prédio, que era plano e baixo.

Da rua, ele ouviu vozes. Caso não estivessem procurando por ele antes, agora estão. Mulheres nas ruas apontavam e gritavam.

Tunde continuou correndo. Ele ia ficar bem. Corra pelo telhado. Pule para o outro prédio. Corra por mais esse telhado, desça pela escada de incêndio. Foi só aí, ao chegar na floresta, que ele se deu conta de que deixou o celular na tomada, no depósito vazio.

Quando lembrou, sabendo que não podia voltar para pegar, achou que seria destruído pelo próprio desespero. Ele escalou uma árvore, se amarrou a um galho e tentou dormir, pensando que talvez as coisas melhorassem pela manhã.

Naquela noite, Tunde achou que tinha visto uma cerimônia na floresta.

Ele pensou isso do alto do galho em que estava; acordou com o som de uma chama crepitando e sentiu um terror súbito achando que as mulheres tivessem incendiado as árvores de novo, que ele ia ser queimado vivo lá em cima.

Tunde abriu os olhos. O fogo não estava perto, brilhava numa clareira um pouco adiante. Em torno da fogueira pessoas dançavam, homens e mulheres nus e pintados com o símbolo do olho no centro de uma palma aberta, as linhas do poder se irradiando de modo sinuoso em torno de seus corpos.

Às vezes, uma das mulheres derrubava um homem no chão com um choque azul-brilhante, colocando a mão no símbolo pintado no peito dele, com os dois gritando e berrando enquanto ela fazia demonstrações de seu poder no corpo dele. Ela montava sobre o homem, a mão ainda no centro do corpo dele, ainda o mantendo no chão, o rosto dele deixando visível o frenesi, implorando que ela o machucasse de novo, mais forte, cada vez mais.

Havia meses Tunde não acariciava uma mulher, nem era acariciado por ela. Ele começou a se sentir tentado a descer da árvore, andar até o centro do círculo, permitir que usassem seu corpo como estavam usando o corpo desses homens. Ele sentiu tesão, olhando. Passou a mão distraído por cima do tecido da calça jeans.

Houve um troar de tambores. Poderia ter havido tambores? Isso não iria chamar a atenção? Deve ter sido um sonho.

Quatro homens rastejaram de quatro diante de uma mulher num roupão vermelho. No lugar onde deviam estar os olhos dela não havia nada, apenas um buraco vermelho e em carne viva. Ela andava majestosamente, havia uma segurança em sua cegueira. As outras mulheres também se prostraram, ajoelhando-se e deitando diante dela.

Ela começou a falar, e eles respondiam.

Como num sonho, ele entendia o que eles falavam, embora seu romeno não fosse bom e elas não pudessem estar falando inglês. E, no entanto, ele compreendia.

Ela disse:

— Um deles está preparado?

Eles disseram:

— Sim.

— Tragam para mim.

Um jovem foi andando até o centro do círculo. Usava uma coroa de galhos nos cabelos e uma túnica branca amarrada na cintura. Seu rosto estava tranquilo. Ele estava se voluntariando para servir de sacrifício, e seu sacrifício expiaria os pecados de todos os outros.

Ela disse:

— Você é fraco e nós somos fortes. Você é a oferenda e nós, suas donas.

"Você é a vítima e nós somos as vitoriosas. Você é o escravo e nós somos suas senhoras.

"Você é o sacrifício e nós somos as que o recebem.

"Você é o filho e nós somos a Mãe.

"Você admite que esta é a verdade?"

Todos os homens no círculo olhavam ansiosos.

— Sim — eles sussurraram. — Sim, sim, por favor, sim, agora, sim.

E Tunde se ouviu murmurando junto com eles.

— Sim.

O jovem estendeu os pulsos na direção da mulher cega, e ela os encontrou com um gesto certeiro, segurando cada um deles com uma mão.

Tunde sabia o que estava prestes a acontecer. Segurando sua câmera, ele mal conseguia apertar o botão. Ele queria ver aquilo acontecer.

A mulher cega na fogueira era todas as mulheres que quase o mataram, que podiam tê-lo matado. Era Enuma e era Nina e era a mulher no terraço em Delhi e era sua irmã Temi e era Noor e era Tatiana Moskalev e era a grávida nos escombros do shopping no Arizona. A possibilidade vinha fazendo pressão dentro dele, oprimia seu corpo, e agora ele queria que aquilo acontecesse, queria ver aquilo acontecendo.

Naquele momento, ele desejou ser o homem agarrado pelos pulsos. Desejou se ajoelhar aos pés dela, enterrar seu rosto no solo úmido. Ele queria que a luta acabasse, queria saber quem ganhava, mesmo que isso custasse sua própria vida, queria ver a cena final.

Ela segurou os pulsos do rapaz.

Encostou sua testa na dele.

— Sim — ele murmurou. — Sim.

E quando ela o matou, foi um êxtase.

De manhã, Tunde continua sem saber se foi um sonho. O contador da câmera manual mostra que ele fez dezoito fotos. Ele podia ter apertado o botão enquanto dormia. Só vai dar para saber se o filme for revelado. Ele espera que tenha sido um sonho, mas isso também não deixa de ser apavorante. Que, em seus sonhos, ele tenha sentido o desejo de se ajoelhar.

Ele senta na árvore e pensa no que aconteceu na noite anterior. De certa maneira, as coisas parecem mesmo melhores de manhã. Ou no mínimo menos assustadoras. A notícia sobre sua morte não pode ter sido um acidente ou uma coincidência. É demais. Moskalev ou alguém ligado a ela deve ter descoberto que ele partiu, que seu passaporte desapareceu com ele. A coisa toda deve ter sido encenada: o acidente de carro, o corpo carbonizado, a mala. Isso tem um significado muito importante: ele não pode procurar a polícia. Chega de fantasias – ele não tinha percebido antes que essa fantasia ainda estava lá, em alguma parte de sua mente – de que ele pode entrar em uma delegacia de polícia com as mãos para o alto e dizer: "Foi mal, olha o jornalista nigeriano atrevido aqui. Cometi uns erros. Me levem pra casa". Eles não vão levá-lo para casa. Vão levá-lo para algum lugar silencioso no meio da floresta e dar um tiro nele. Ele está por conta própria.

Ele precisa encontrar um lugar com conexão de internet. Em algum lugar ele vai achar. Um sujeito amistoso que deixe Tunde usar o computador só por uns minutos. Ele pode convencer os editores em cinco linhas de que quem está escrevendo é ele, de que realmente está vivo.

Ele treme enquanto desce da árvore. Ele vai andar pela floresta em direção a um vilarejo pelo qual passou quatro dias antes onde viu algumas pessoas que pareciam simpáticas. De lá, vai mandar suas mensagens. Virão atrás dele. Ele acomoda a mochila nas costas e aponta o rosto para o sul.

Há um ruído nos arbustos à direita. Ele se vira. Mas o ruído também está à sua esquerda, e atrás dele; há mulheres de pé nas moitas, e então ele entende com um pânico que parece uma armadilha – elas estão esperando por ele. Esperaram a noite toda para pegá-lo. Ele tenta sair em disparada, mas há algo em seu tornozelo, um arame, e ele cai. Caído, caído, debatendo-se, e alguém ri e alguém solta uma descarga elétrica em sua nuca.

Ao acordar, ele está numa jaula, e alguma coisa está muito errada.

A jaula é pequena e feita de madeira. A mochila dele está a seu lado. Os joelhos estão apertados contra o peito – não há espaço para esticá-los. Pela dor pulsando nos músculos ele sabe que está ali há horas.

Ele está em um acampamento na floresta. Há uma pequena fogueira acesa. Ele conhece o lugar. É o lugar que ele viu em seu sonho. Que pode não ser sonho. É o acampamento da mulher cega, e ele foi pego. O corpo inteiro de Tunde começa a tremer. Eu não posso morrer aqui. Não numa armadilha como essa. Não atirado na fogueira ou executado em algum ritual de uma religião horrorosa de árvores mágicas. Ele bate com as pernas nas laterais da jaula.

— Por favor! — ele grita, embora não haja ninguém ouvindo. — Por favor, alguém me ajude!

Há uma risadinha baixa, gutural, vinda do outro lado. Ele estica a cabeça para ver.

Há uma mulher de pé.

— Se meteu numa encrenca danada, hein? — ela diz.

Tunde tenta colocar a imagem em foco. Ele conhece aquela voz de algum outro lugar, de muito tempo atrás. Como se a voz fosse famosa.

Ele pisca e consegue ver. É Roxanne Monke.

ROXY

Ela diz:

— Eu reconheci você assim que te vi. Eu já te vi na TV, não foi?

Ele acha que está sonhando, tem que ser, só pode ser. Ele começa a chorar. Como uma criança, confusa e com raiva.

Ela diz:

— Para com isso. Tá me irritando. E que merda você estava fazendo aqui, pra começar?

Tunde tenta explicar, mas a história já não faz sentido nem para ele. Ele decidiu que podia ir em direção ao perigo porque achou que dava conta, e agora ele está correndo perigo e já viu que não dá conta e isso é insuportável.

— Eu estava procurando… o culto da montanha — ele fala, por fim. A garganta dele está seca e a cabeça dói.

Ela ri.

— Bem, então. Achou. Daí que essa foi uma ideia ruim pra caralho, hein?

Ela faz um gesto mostrando o entorno. Ele está na borda de um pequeno acampamento. Deve haver umas quarenta tendas e cabanas em volta da fogueira central. Umas poucas mulheres estão na entrada de suas cabanas, afiando facas ou consertando luvas de metais para aplicação de choques, ou olhando sem qualquer expressão no rosto. O lugar fede: um cheiro de carne queimada e de comida podre e de fezes e de cachorros misturado com um azedo de vômito. De um dos lados da latrina há uma pilha de ossos. Tunde espera que sejam de animais. Há dois cães com um olhar triste amarrados por uma corda curta a uma árvore – um deles é caolho e tem o pelo falhado.

Ele diz:

— Você tem que me ajudar, por favor. Por favor. Por favor, me ajude.

Ela olha para ele, e o rosto dela se contorce em um estranho sorriso. Ela dá de ombros. E ele percebe que ela está bêbada. Que merda.

— Não sei o que eu posso fazer, meu caro. Eu não tenho muita… influência aqui.

Que merda. Ele vai precisar ser mais charmoso do que nunca. E ele está preso em uma jaula onde mal consegue mexer o pescoço. Ele respira fundo. Ele vai conseguir. Vai, sim.

— O que você está fazendo aqui? Você desapareceu na noite da festa da Moskalev, e isso faz meses. Mesmo depois que eu saí da cidade continuavam dizendo que você tinha morrido.

Roxy ri.

— Sério? Falaram isso? Bom, bem que tentaram. E precisei de um tempo pra ficar bem, só isso.

— Você parece muito… bem agora.

Tunde olha para Roxy de cima a baixo. Ele está particularmente impressionado consigo mesmo por conseguir fazer isso sem poder se mexer.

Ela ri.

— Eu ia ser presidente dessa droga de país, sabe. Por umas… três horas, eu estava a caminho de virar presidente.

— Sério? — ele diz. — E eu ia ser o destaque da Amazon no outono. — Ele olha de um lado para outro. — Será que eles estão vindo atrás de mim com um drone?

Ela começa a rir e ele ri também. As mulheres nas entradas das barracas olham irritadas.

— Falando sério. O que elas vão fazer comigo? — ele diz.

— Ah, essa gente é doente. Elas caçam homens à noite — Roxy diz. — Mandam meninas entrarem na floresta para assustar os caras. Quando eles ficam assustados e saem correndo, elas põem uma armadilha: arame para os caras tropeçarem, alguma coisa desse tipo.

— Elas me caçaram.

— Bem, você veio na direção delas, né? — Roxy ri de novo. — Elas têm um *fetiche* com homens; pegam uns caras e deixam que eles sejam reis por umas semanas e depois põem uns chifres na cabeça deles e os matam na lua nova. Ou na lua cheia. Ou numa dessas luas. Têm uma obsessão com a porra da lua. Pra mim, é coisa de gente que não tem TV.

Ele ri de novo; ri de verdade. Ela é engraçada.

Isso é a mágica à luz do dia; truques e crueldade. A mágica está em você acreditar na mágica. Isso tudo não passa de gente com uma ideia maluca na cabeça. O único horror que existe nisso é tentar se imaginar dentro da cabeça dessas pessoas. E o fato de que a loucura delas pode ter consequências no corpo de outras pessoas.

— Escute — ele diz. – Agora que a gente está aqui… seria difícil pra você me livrar dessa?

Ele empurra de leve com o pé a porta da jaula. Está bem amarrada com vários barbantes. Não seria difícil para Roxy cortar aquilo se ela tivesse uma faca. Mas as pessoas do acampamento veriam.

Ela tira uma garrafa do bolso de trás e toma um gole. Sacode a cabeça.

— Elas me conhecem — diz —, mas eu não me meto com elas e elas não se metem comigo.

— Então você está aqui escondida na floresta faz semanas, sem se meter com elas.

— Isso — diz.

Um fragmento de alguma coisa que Tunde leu há muito tempo paira pela mente dele. Um espelho bajulador. Ele tem que ser um espelho bajulador para ela, refletir a imagem dela com o dobro do tamanho original, fazer com que ela se sinta forte o suficiente para fazer o que ele precisa que ela faça.

— Sem aquele poder — murmura uma voz na cabeça dele —, provavelmente a Terra continuaria sendo apenas pântano e floresta.

— Essa não é você — ele diz. — Você não é assim.

— Eu não sou mais quem eu era, meu amigo.

— Você não tem como deixar de ser quem é. Você é Roxy Monke.

Ela bufa.

— Você quer que eu abra caminho à força pra gente fugir daqui? Porque, tipo… não vai rolar.

Ele dá uma risadinha. Como se ela estivesse fazendo um teste, deve estar brincando.

— Você não precisa se esforçar muito. Você é Roxy Monke. Você tem poder para incendiar, eu já vi você, já ouvi falar de você. Sempre quis te conhecer. Você é a mulher mais forte de que se tem notícia. Eu li as reportagens. Você matou o rival do seu pai em Londres e depois obrigou o próprio pai a se aposentar. É só você pedir e elas me tiram daqui.

Ela balança a cabeça.

— Você tem que ter alguma coisa pra oferecer. Pra barganhar. — Mas ele consegue ver o que ela está pensando.

— O que você tem que elas querem? — diz.

Os dedos dela entram na terra molhada. Ela segura dois punhados de solo por um momento, olhando para ele.

— Eu decidi que ia ficar nas sombras por um tempo — diz.

Ele diz:

— Mas essa não é você. Eu li sobre você.

Ele hesita, depois arrisca.

— Eu acho que você vai me ajudar porque pra você isso não custa nada. Por favor. Porque você é Roxanne Monke.

Ela engole a saliva. E diz:

— Verdade. Verdade, eu sou.

Quando cai a tarde, mais mulheres voltam ao acampamento, e Roxanne Monke barganha com a mulher cega pedindo que ela poupe a vida de Tunde.

Enquanto ela fala, Tunde percebe que tinha razão: as pessoas do acampamento parecem respeitar Roxy e ter certo medo dela. Ela tem uma pequena sacola plástica com drogas que balança diante das líderes do acampamento. Ela pede algo, mas elas negam. Ela dá de ombros. Faz um gesto com a cabeça em direção a ele. Tudo bem, parece que ela está dizendo, se a gente não consegue chegar a um acordo desse jeito, eu aceito levar o rapaz em vez do que eu realmente queria.

As mulheres ficam surpresas, depois desconfiadas. Sério? Aquele ali? Não é um truque?

As duas negociam. A mulher cega faz uma proposta. Roxy faz outra. No fim das contas, não é necessário muito esforço para convencer as mulheres a deixar que Tunde vá embora. Ele tinha razão quanto à imagem que elas têm de Roxy. E elas não veem grande valor nele. Se essa mulher quer ficar com ele, que leve. As soldadas estão vindo mesmo; a guerra está mais perto a cada dia. Essas pessoas não são loucas o bastante para querer ficar aqui agora que as soldadas se aproximam. Elas vão erguer acampamento em dois ou três dias e se retirar para as montanhas.

Elas amarram os braços dele com força atrás das costas. Entregam de graça a mochila que ele estava carregando, só como demonstração de respeito.

— Não seja amistoso demais comigo — ela diz, enquanto empurra Tunde para que ele vá andando à frente dela. — Não quero que elas achem que eu gosto de você ou que comprei você muito barato.

As pernas de Tunde estão com cãibras por causa do tempo que ele passou na jaula. Ele tem que andar a passos lentos, arrastando-se pela trilha no meio da floresta. Eles levam eras para sair do campo de visão das mulheres no acampamento, e mais um milênio até que não ouçam mais os ruídos atrás de si.

A cada passo, ele pensa, estou amarrado e estou nas mãos de Roxanne Monke. Ele pensa: nos seus melhores momentos, ela é uma mulher perigosa. E se ela estiver só fazendo um joguinho comigo? Depois que essa ideia passa pela cabeça de Tunde, ele não consegue mais parar de pensar nisso. Ele fica em silêncio até que, vários quilômetros depois, na trilha de terra, ela diz:

— Acho que estamos longe o suficiente. — Então pega um canivete do bolso e liberta as mãos de Tunde.

Ele diz:

— O que você vai fazer comigo?

— Imagino que te resgatar, levar você pra casa. Afinal de contas, eu sou Roxy Monke.

E ela dá uma gargalhada.

— Afinal, você é uma celebridade. Tem gente que pagaria caro por isso, não? Andar pela floresta com uma celebridade.

E isso faz Tunde rir. E o riso dele faz Roxy rir. E ali estão os dois no meio da floresta, encostados em uma árvore, rindo e tentando recuperar o fôlego, e alguma coisa se rompe entre os dois, algo fica um pouco mais fácil.

— Pra onde a gente está indo? — ele diz.

Ela dá de ombros.

— Eu venho me mantendo fora do radar faz um tempo. Tem alguma coisa errada com meu pessoal. Alguém… me traiu. Enquanto acharem que eu estou morta, tudo bem. Até eu conseguir bolar um plano pra recuperar o que é meu.

— Você estava se escondendo — ele diz — em uma zona de guerra? Será que *essa* não foi uma ideia ruim pra caralho?

Ela olha para ele de um jeito agressivo.

Ele está arriscando algo. Tunde já consegue sentir o formigamento no ombro, no lugar em que ela daria um choque caso ele a irritasse. Ele pode ser uma celebridade, mas ela é uma criminosa.

Ela chuta a mistura de pedras e folhas no chão da trilha e diz:

— Verdade, é provável que sim. Mas eu não tinha muita opção.

— Nenhuma mansão bacana na América do Sul esperando por você? Eu achava que vocês tinham planos pra esse tipo de coisa.

Ele precisa saber até onde pode irritar Roxy; ele sente isso até em seus ossos. Se ela for tentar machucá-lo, ele precisa saber antes. Ele já está tenso, à espera do choque, mas não acontece nada.

Ela enfia as mãos nos bolsos.

— Eu estou bem aqui — diz. – O pessoal fica de boca fechada. Mas guardei um pouquinho de produto pra mim, caso precisasse, sabe?

Ele pensa na sacola plástica que ela mostrou para as mulheres no acampamento. Sim, se você está usando um regime instável para contrabandear drogas, é provável que você tenha alguns depósitos secretos, caso aconteça algum problema.

— Ei — ela diz. — Você não vai escrever nada sobre isso aqui, vai?

— Depende de eu sair daqui vivo — ele diz.

E isso faz Roxy rir e aí ele ri de novo. E, depois de um minuto, ela diz:

— É meu irmão, Darrell. Ele pegou uma coisa que é minha. E eu vou ter que tomar cuidado para pegar dele de novo. Eu vou te levar pra casa, mas até que eu decida o que fazer, a gente vai tentar passar despercebido, beleza?

— E isso significa?

— Que a gente vai dormir umas noites num campo de refugiados.

Eles chegam a um campo enlameado com barracas no fundo de um vale. Roxy vai pedir um lugar para os dois; só por uns dias, ela diz. Seja útil. Conheça as pessoas, converse com elas, pergunte o que querem.

No fundo da mochila ele encontra um crachá de uma agência de notícias italiana, vencido há um ano, mas é o suficiente para incentivar algumas pessoas a falar. Ele usa o crachá com parcimônia, indo de tenda em tenda. Fica sabendo que houve mais combates e que houve conflitos recentes. Que, nas últimas três semanas, os helicópteros nem chegam mais a pousar; jogam comida e remédios e roupas e mais barracas para o lento e contínuo fluxo de pessoas que chegam cambaleando pela floresta. A Unesco não está disposta a arriscar a vida de seu pessoal aqui, o que é compreensível.

Roxy é tratada com respeito aqui. Ela é uma pessoa que sabe como obter certas drogas e combustível; ela ajuda as pessoas a conseguir o que precisam. E como ele está com ela, como dorme em uma cama de metal na barraca dela, todo mundo deixa Tunde em paz. Ele se sente mais ou menos seguro pela primeira vez em semanas. Mas, claro, ele não está em segurança. Ao contrário de Roxy, ele não pode simplesmente andar em paz pela floresta. Mesmo que não fosse pego por nenhum outro culto no meio da selva, ele agora é um clandestino.

Ele entrevista uns poucos falantes de inglês no acampamento que contam sempre a mesma coisa. Estão cercando os homens que não têm documentação. Eles são enviados para frentes de trabalho, mas nunca voltam. Alguns dos homens que estão aqui, e algumas das mulheres, contam a mesma história. Os jornais publicam editoriais e reportagens de análise na única TV em preto e branco do hospital.

O assunto é: de quantos homens nós realmente precisamos? Pensem bem, elas diziam. Os homens são perigosos. Cometem a grande maioria dos crimes. São menos inteligentes, menos diligentes, menos esforçados, seus cérebros estão nos músculos e no pênis. Ficam doentes mais vezes e drenam os recursos do país. Claro que precisamos deles para produzir bebês, mas de quantos precisamos para isso? Não precisamos do mesmo número de homens e de mulheres. Evidente que sempre haverá lugar para homens bons, limpos, obedientes. Mas de quantos precisamos? Talvez de dez por cento deles.

Você não pode estar falando sério, Kristen, é isso mesmo que elas estão dizendo? Infelizmente, sim, Matt. Ela coloca a mão gentilmente no joelho dele. E claro que não estão falando de homens incríveis como você, mas essa é a mensagem de alguns sites extremistas. É por isso que as meninas da NorthStar precisam de mais autoridade; temos que nos proteger contra essas pessoas. Matt assente, o rosto preocupado. Acho que a culpa é desse pessoal dos direitos dos homens; são tão extremistas que acabam provocando esse tipo de resposta. Mas agora precisamos nos proteger. Ele começa a sorrir. E depois do intervalo, eu vou aprender alguns truques divertidos de autodefesa que você pode treinar em casa. Mas, primeiro, a previsão do tempo.

Mesmo aqui, mesmo depois de tudo que Tunde viu, ele não consegue acreditar que esse país esteja tentando matar a maioria de seus homens. Mas ele sabe que essas coisas já aconteceram antes. Essas coisas estão sempre acontecendo. A lista de crimes passíveis de punição com pena de morte aumentou. Um anúncio num jornal de uma semana atrás sugere que "homens que se recusarem rispidamente a obedecer em três ocasiões distintas" passarão a ser punidos por meio de trabalhos forçados. Há mulheres nos acampamentos que são responsáveis por oito, até dez homens que se amontoam em torno delas, competindo para se tornarem seus favoritos, desesperados para agradá-las, apavorados com a ideia de que elas retirem seus nomes dos documentos deles. Roxy pode deixar o campo quando quiser, mas Tunde está sozinho aqui.

ϟ

No terceiro dia, Roxy acorda instantes antes de a corrente elétrica explodir as lâmpadas penduradas no corredor central do acampamento. Ela deve ter ouvido algo. Ou simplesmente sentiu pelo modo como o náilon zunia. O poder pairando no ar. Ela abre os olhos e pisca. Os velhos instintos seguem fortes nela; pelo menos isso ela não perdeu.

Ela chuta a cama de metal de Tunde.

— Acorde.

Tunde está meio para dentro e meio para fora do saco de dormir. Ele tira a coberta e está quase nu. Mesmo numa hora dessas, isso é capaz de chamar a atenção dela.

— Que foi? — ele diz; depois, otimista: — Helicóptero?

— Só no seu sonho — ela diz. — Tem alguém atacando a gente.

E então ele está completamente desperto, vestindo a calça jeans e o casaco de lã.

Há um som de vidro estilhaçado e metal esmagado.

— Deite no chão — ela diz — e, se puder, corra para a mata e escale uma árvore.

Então alguém coloca a mão no gerador central e evoca todo o poder que há no seu corpo e lança uma descarga violenta contra a máquina e as lâmpadas explodem soltando faíscas e arremessando filamentos de vidro por todo o acampamento e a escuridão toma conta de tudo.

Roxy levanta a parte detrás da barraca, bem no lugar onde a água sempre vazava, rasgando a costura apodrecida, e Tunde se arrasta para fora, indo em direção à floresta. Ela devia ir atrás dele. E vai fazer isso, daqui a um instante. Mas ela põe uma jaqueta escura com um capuz e enrola uma echarpe no rosto. Roxy vai se manter nas sombras e tentar seguir para o norte. Esta é a rota de fuga mais segura. Ela quer ver o que está acontecendo. Como se ainda fosse capaz de fazer com que as coisas obedeçam à sua vontade.

À volta dela já há gritos. Ela tem sorte de não estar em uma barraca na borda do acampamento. Lá, algumas barracas pegam fogo, provavelmente ainda com gente dentro, e sente-se o cheiro doce de gasolina. Vão se passar vários minutos antes que as pessoas do acampamento saibam o que está acontecendo e que não se trata só de acidente ou de um incêndio no gerador. Em meio às barracas, no brilho vermelho do fogo, ela vê de relance uma mulher baixa, agachada, gerando fogo com a fagulha que sai de suas mãos. O clarão ilumina seu rosto com luz branca por um instante. Roxy conhece aquela expressão que vê no rosto dela; ela já viu aquilo antes. O tipo de rosto que seu pai diria que é uma má aposta para os negócios. Nunca mantenha no emprego alguém que gosta demais do que faz. Ela sabe só de ver por um único momento aquele rosto cheio de êxtase e apetite que elas não estão aqui para roubar. Não estão aqui atrás de nada que possa lhes ser dado.

Elas começam encurralando os homens. Vão de barraca em barraca, botando-as abaixo ou ateando fogo para que os ocupantes tenham de sair ou morrer queimados. Elas não estão preocupadas com o jeito como fazem isso, não há nenhum método. Estão à procura de qualquer homem jovem de aparência mais ou menos decente. Ela tinha razão quando mandou Tunde para a floresta. Uma esposa, ou talvez irmã, tenta impedir que peguem o sujeito pálido de cabelos encaracolados que está com ela. Ela luta contra duas delas com choques precisos e bem calculados no queixo e nas têmporas. Elas dominam a mulher com facilidade e a matam com uma brutalidade ímpar. Uma delas agarra a mulher pelos cabelos e a outra dá um choque direto nos olhos da mulher. Indicador e polegar apertados contra os olhos, o líquido branco leitoso escorrendo pelo rosto. Nem Roxy consegue evitar de desviar o olhar por um instante.

Ela recua ainda mais para dentro da floresta, escala uma árvore com as mãos, usando um pedaço de corda para ajudar. Quando ela encontra uma forquilha, a atenção delas se voltou para o homem.

Ele não para de gritar. Duas mulheres agarram sua garganta e dão um choque que desce pela espinha e o paralisa. Uma delas se agacha sobre ele. Tira as calças do rapaz. Ele não está inconsciente. Seus olhos estão arregalados e brilhantes. Ele respira com dificuldade. Outro homem tenta correr na direção dele para ajudar e como recompensa leva um choque nas têmporas.

A mulher que está sentada sobre o rapaz põe os testículos e o pênis dele em sua mão. Diz algo. Ela ri. As outras também riem. Ela mexe na genitália com a ponta de um dos dedos, murmurando baixinho, como se quisesse que ele sentisse prazer naquilo. Ele não consegue falar; sua garganta está inchando. Talvez já tenham rompido a traqueia dele. Ela inclina a cabeça para um lado e faz uma expressão triste. Como se dissesse em qualquer idioma do mundo: "Que foi? Não consegue levantar?" Ele tenta chutar com os calcanhares para escapar dela, mas é tarde demais para isso.

Roxy queria muito que isso não estivesse acontecendo. Se estivesse com seu poder, ela iria pular do lugar onde está se escondendo e matar aquelas mulheres. Primeiro as duas que estão perto da árvore — daria para pegar as duas sem que ninguém nem visse o que estava acontecendo. Depois as três com facas iriam vir para cima de você, mas daria para correr para a esquerda entre os dois carvalhos, e aí elas teriam que vir correndo de uma em uma. Aí você teria uma faca. Seria fácil. Mas não é essa a situação atual dela. E aquilo está acontecendo. Ela não pode impedir aquilo simplesmente com força de vontade. Por isso, ela olha. Para ser testemunha.

A mulher sentada no peito do rapaz põe a palma de sua mão nos genitais dele. Ela começa com uma fagulha que faz um zumbido suave. Nada que machuque muito. Roxy já fez isso com homens, para diversão dos dois. O pau dele se ergue como se batendo continência, como sempre acontece. Como um traidor. Como um tolo.

A mulher faz com que um ligeiro sorriso surja em sua face. Ergue as sobrancelhas. Como se dissesse: está vendo? Só precisava de um empurrãozinho, não é? Ela segura os testículos dele, dá um, dois puxõezinhos, como se estivesse fazendo um carinho, e depois dá uma descarga brutal, bem no saco. A sensação deve ser a de um caco de vidro enfiado nos testículos. Como se os órgãos genitais se despedaçassem por dentro. Ele grita, arqueia as costas. E então ela desabotoa suas calças militares e senta no pau dele.

As amigas dela riem e ela também ri enquanto sobe e desce sobre ele. Ela está com a mão firmemente posicionada no centro do estômago dele, aplicando uma pequena dose a cada vez que joga seu corpo para cima com os músculos contraídos das coxas. Uma delas tem um celular. Elas fotografam a mulher ali, sentada sobre ele. Ele põe o braço sobre o rosto, mas elas tiram o braço da frente. Não, não. Elas querem se lembrar disso.

As amigas instigam. Ela começa a se masturbar, a se mover mais rápido, jogando os quadris para a frente. Agora ela está realmente machucando o rapaz, não de um modo controlado e consciente, não para fazer com que ele sinta o máximo de dor de maneira interessante, simplesmente de uma maneira brutal. É fácil de fazer quando você está perto. Roxy já fez isso uma ou duas vezes, assustou o cara. É pior quando você usou glitter. A mulher está com uma mão no peito dele e cada vez que se inclina para a frente ela dá um choque no tórax. Ele tenta afastar a mão dela e grita, fazendo gestos para as pessoas em volta, pedindo ajuda e implorando em um idioma engrolado que Roxy não entende, exceto pelo fato de que o som de "Socorro, meu Deus, me ajudem" é o mesmo em qualquer idioma.

Quando a mulher goza, as outras gritam felizes. Ela atira a cabeça para trás e joga o peito para a frente e deixa que saia de sua mão uma descarga elétrica gigante bem no meio do peito dele. Ela se levanta, sorrindo, e todas dão tapinhas nas suas costas, e ela continua rindo e sorrindo. Ela se sacode como um cão, e como um cão parece continuar faminta. Elas começam a cantar em coro, as mesmas quatro ou cinco palavras ritmadas enquanto a despenteiam e batem punho fechado contra punho fechado. Aquela última descarga levou o menino pálido de cabelos encaracolados a finalmente parar de se mexer, agora para sempre. Seus olhos estão abertos, fixos. Os riachos e correntes de cicatrizes vermelhas correm por seu peito e em volta da garganta. O pênis ainda vai demorar um pouco para baixar, mas o resto dele já se foi. Nada de convulsões, de contrações musculares. O sangue já se concentra nas costas, na bunda, nos calcanhares. Ela botou a mão no seu coração e o matou.

Há um ruído que não é de luto. A tristeza lamenta e grita e emite um som em direção aos céus que se parece com um bebê que chama pela mãe. Esse tipo de luto ruidoso tem esperança. Acredita que as coisas têm jeito, ou que alguém pode ajudar. Há um som que é diferente disso. Bebês que são deixados sozinhos por muito tempo nem choram. Ficam imóveis e em silêncio. Sabem que ninguém vai vir cuidar deles.

Houve olhos que observavam em meio à escuridão, mas agora não há gritos desesperados. Não há raiva. Os homens estão em silêncio. Do outro lado do acampamento, mulheres ainda lutam contra as invasoras, tentando forçá-las a recuar, e homens ainda arremessam pedras e objetos de metal contra elas. Mas aqui, os que viram aquilo acontecer estão quietos.

Duas outras soldadas chutam por um tempo o corpo do morto. Jogam terra sobre ele, o que pode ser visto como um sinal de compaixão ou vergonha, mas deixam que ele fique ali, sujo e sangrando e cheio de ferimentos e inchado e marcado pelas cicatrizes em relevo da dor, sem ser enterrado. E vão em busca de seus próprios troféus.

O que elas fazem não tem o menor sentido. Não faz com que elas ganhem terreno, não serve como vingança de nada, nem faz com que elas ganhem mais soldados. Elas matam os homens mais velhos na frente dos mais novos pondo as palmas das mãos nos seus rostos e na garganta, e uma delas demonstra sua habilidade especial de criar efeitos grosseiros com as pontas dos dedos. Muitas pegam homens, usam, ou simplesmente brincam com eles. A um dos homens, dão a escolha de ficar com os braços ou as pernas. Ele escolhe as pernas, mas elas não cumprem com a palavra. Elas sabem que ninguém se importa com o que acontece aqui. Ninguém está aqui para proteger essa gente e ninguém se preocupa com eles. Os corpos podem ficar por anos nessa floresta e ninguém vai vir aqui. Elas fazem isso porque podem.

Na hora que antecede o nascer do sol, elas estão cansadas, mas a energia que corre por seus corpos, e o pó, e as coisas que elas fizeram deixam seus olhos vermelhos e elas não conseguem dormir. Roxy não se mexe há horas. Seus braços e pernas doem e as costelas incomodam e a cicatriz na clavícula ainda está irritada. Ela está exausta pelo que viu, como se o próprio fato de testemunhar aquilo fosse um esforço físico.

Ela ouve alguém chamando seu nome baixinho e dá um salto, quase cai da árvore, a tal ponto seus nervos estão tensos e sua mente está confusa. Desde que a coisa aconteceu, às vezes ela esquece, agora, quem ela é. Ela precisa que alguém fique lembrando. Ela olha para a esquerda e para a direita, e então o vê. Duas árvores adiante, Tunde ainda está vivo. Ele se amarrou a um galho com três pedaços de corda, mas, ao vê-la na luz antes da aurora, começa a se desamarrar. Depois dessa noite, ver Tunde é um alívio para ela, e Roxy percebe que ele sente o mesmo. Cada um virou para o outro a imagem de algo familiar e seguro em meio a tudo isso.

Ele sobe um pouco mais, onde os galhos se encontram e se cruzam, e vai segurando nas copas e andando em direção a ela, chegando enfim ao lugar em que ela estava. Ela está bem escondida num lugar onde dois grandes ramos da árvore se encontram, criando um pequeno ninho em que a pessoa pode descansar as costas em um galho grosso enquanto o outro se inclina sobre ela. Ele desce de onde está e fica ao lado dela – ele se machucou durante a noite, ela percebe; quebrou alguma coisa no ombro – e os dois estão deitados muito perto um do outro. Ele pega a mão dela. Entrelaça os dedos para que eles ganhem equilíbrio. Os dois estão com medo. O cheiro dele é de algo fresco, verde, algo que está florescendo.

— Quando vi que você não estava atrás de mim, achei que estava morta.

— Cedo demais pra falar. Posso morrer esta noite ainda.

Ele respira com um leve ruído, algo que substitui uma risada. Ele murmura:

— Este também foi um dos lugares sombrios do planeta.

Os dois caem por alguns minutos em um transe de olhos abertos que lembra o sono. Eles deviam se mover, mas a presença de um corpo familiar é reconfortante demais para se abrir mão, pelo menos por um instante.

Quando eles piscam, tem alguém nesta árvore exatamente abaixo deles. Uma mulher de farda verde, mão com luva do exército, três dedos faiscando enquanto ela sobe. Ela grita com alguém que está atrás dela, no chão. Usa seus clarões para ver em meio às árvores, para queimar as folhas. Ainda está escuro o suficiente para que ela não veja.

Roxy lembra uma vez quando ela e algumas amigas ouviram dizer que uma mulher estava batendo no namorado no meio da rua. Elas tinham que impedir que aquilo continuasse; você não pode deixar esse tipo de coisa acontecer no seu território. Quando elas chegaram lá, a moça estava sozinha, bêbada, se queixando no meio da rua, gritando e xingando. Elas encontraram o namorado, escondido no armário debaixo da escada, e, embora tenham tentado ser boas e gentis com ele, Roxy pensou: por que você não reagiu? Por que não tentou? Você podia ter encontrado uma frigideira para bater na cabeça dela. Podia ter encontrado uma pá. Qual é a vantagem de se esconder? E ali está ela. Escondida. Como um homem. Ela já não sabe mais o que é.

Tunde está sobre ela, olhos abertos, corpo tenso. Ele também viu a soldada. Ele fica parado. Roxy fica parada. Eles estão ocultos pela folhagem, mesmo agora que o nascer do sol aumenta o perigo. Se a soldada desistir, pode ser que eles fiquem em segurança.

A mulher escala um pouco mais alto na árvore. Ela incendeia os galhos mais baixos, embora por enquanto eles acendam e logo a seguir se apaguem, só soltando fumaça. Choveu não faz muito tempo. Uma sorte. Outra soldada joga um longo bastão de metal para ela. Elas já se divertiram com isso. Enfiando e passando energia por ele. Ela começa a bater com esse bastão nos galhos superiores da outra árvore. Não existe esconderijo perfeito.

A mulher dá um golpe rápido, muito perto de Roxy e Tunde, perto demais. A ponta do bastão vai parar a menos de dois braços de distância do rosto dele. Quando a mulher ergue a mão, Roxy sente o cheiro dela. O odor amarelo de suor, o odor ácido do glitter metabolizando na pele, o cheiro apimentado de rabanete do pó, quando você usa. Roxy conhece aquela combinação como conhece a própria pele. Uma mulher com sua força no auge e sem capacidade para controlá-la.

Tunde sussurra para ela:

— Dê só um choque nela. Ele conduz a energia nas duas direções. Da próxima vez que ela puser o bastão perto da gente, agarre e dê um choque bem forte. Ela vai cair no chão. As outras vão ter que cuidar dela. A gente consegue fugir.

Roxy sacode a cabeça e lágrimas surgem nos olhos dela e Tunde tem uma sensação repentina de que seu coração se abriu, de que toda a armadura de metal em torno de seu peito de desenrolou de uma só vez.

Ele tem uma ideia vaga. Ele pensa na cicatriz que viu perto da clavícula dela, viu como ela protege a região. E como ela barganhou e ameaçou e cativou e no entanto… ele não viu… alguma vez ela machucou alguém na presença dele desde que Tunde estava na jaula? Por que ela estava se escondendo na selva, ela, uma Monke, ela, a mulher mais forte que já existiu? Ele nunca tinha pensado nisso até então. Fazia anos que ele não imaginava o que uma mulher podia ser sem essa coisa ou como ela podia ter perdido aquilo.

A mulher arrasta novamente o bastão. A ponta bate na parte de trás do ombro de Roxy, causando uma dor que parece um prego entrando em seu corpo, mas ela continua em silêncio.

Tunde olha em volta. Abaixo da árvore só há solo enlameado. Atrás há os vestígios de várias barracas derrubadas e três mulheres brincando com um rapaz que está chegando a seu limite. À frente e à direita está o gerador queimado e, meio escondido pelos galhos, um tambor vazio de gasolina que eles usavam para coletar água da chuva. Se estiver cheio, não vai servir para nada. Mas pode ser que esteja vazio.

A mulher grita para as amigas, que gritam para incentivá-la. Elas encontraram alguém escondido em uma árvore mais perto da entrada do acampamento. E agora estão procurando por mais. Tunde muda de posição com cuidado. A soldada pode perceber o movimento e neste caso eles estão mortos. Eles só precisam que as soldadas se distraiam por alguns minutos, o suficiente para que eles fujam. Ele põe a mão na mochila, enfia os dedos num bolso interno e pega três rolos de filme. Roxy respira com cuidado, observando. Pelo olhar dele, ela entende o que ele vai tentar. Tunde deixa o braço direito cair, como um galho que cai de uma árvore, como se não fosse nada. Ele sopesa o rolo de filme e joga na direção do tambor de água.

Nada. O arremesso foi curto demais. O filme caiu na terra fofa, sem ruído. A mulher voltou a subir e a fazer aqueles movimentos amplos com o bastão de metal. Ele pega mais um rolo de filme; esse é mais pesado do que o anterior e por um momento isso o deixa intrigado. Depois ele lembra – foi ali que ele colocou as moedas americanas que sobraram. Como se algum dia fosse usar aquelas moedas de novo. Ele quase ri. Mas isso é bom, o potinho com o filme está pesado. Vai voar mais fácil. Ele sente uma necessidade urgente de levar aquilo aos lábios, como um tio fazia quando apostava em um páreo muito apertado e seu corpo todo ficava tenso como os cavalos de corrida na tela. Vai lá. Voe por mim.

Ele deixa a mão esquerda balançar. A mão faz um pêndulo para a frente e para trás uma, duas, três vezes. Vai lá. Por favor. Você quer. Ele deixa que o filme voe.

O barulho é muito mais alto do que ele esperava. O filme bateu bem na borda do tambor. O ruído significa que o recipiente não pode estar cheio de água. É bizarro; o tambor de gasolina reverbera, parece intencional, como alguém que anuncia sua chegada. Cabeças se viram em todo o acampamento. Agora, agora. Rapidamente, ele repete o arremesso. Outro filme, este junto com fósforos, que ele guardava ali para proteger da umidade. Pesado o suficiente. Outro gongo soando selvagem. Agora parece que deve haver alguém ali, alguém que quer marcar posição. Alguma idiota que quer atrair o furacão para si.

Elas vêm, rápido, de todo o acampamento. Roxy tem tempo para arrancar um galho grosso da árvore e atirar em direção ao tambor para fazer mais um estrondo metálico antes que elas cheguem perto o suficiente para entender o que está acontecendo. A mulher que estava tão perto desce pelos galhos da árvore às pressas para ser a primeira a pegar o tolo que acha que pode enfrentá-las.

O corpo todo de Tunde dói; não há como diferenciar as fontes de dor, entre a cãibra e os ossos quebrados, e ele está tão perto de Roxy que quando olha para baixo Tunde vê o corte e a cicatriz dela, e isso dói nele como se a linha de sutura tivesse sido costurada em seu próprio corpo. Ele se estica segurando o galho com os braços, pondo os pés para sentir o galho mais grosso abaixo de si. Corre por ele. Roxy faz o mesmo. Eles descem, torcendo para que a vegetação seja suficiente para esconder seus movimentos das mulheres do acampamento.

Cambaleando pelo solo pantanoso, Tunde arrisca uma única olhada para trás, e Roxy segue o olhar dele, para ver se as soldadas já se cansaram do tambor de gasolina vazio, para ver se estão atrás deles.

Não estão. O tambor não estava vazio. As soldadas chutam o tambor, rindo e pondo as mãos dentro para pegar o que estava lá. Tunde vê, e Roxy vê, como num momento capturado por uma câmera, o que elas encontraram. Há duas crianças no tambor de gasolina. Estão tirando as duas de lá. Devem ter cinco ou seis anos. Elas choram, ainda com os corpos enrolados enquanto são erguidas. Animaizinhos tenros, minúsculos, tentando se proteger. Calças azuis gastas nos fundilhos. Pés descalços. Um vestido de verão com estampa de margaridas amarelas.

Se Roxy tivesse o poder, iria voltar e transformar em cinzas cada uma daquelas mulheres. Do jeito como as coisas são, Tunde agarra a mão dela e puxa Roxy para longe e eles continuam correndo. Aquelas crianças jamais iriam sobreviver. Pode ser que sobrevivessem. Elas morreriam de todo jeito, de frio e por ficarem expostas ao tempo. Elas poderiam ter sobrevivido.

ϟ

É um amanhecer frio e eles correm de mãos dadas, sem querer deixar que o outro se afaste.

Ela conhece o terreno e sabe os caminhos que são mais seguros, e ele sabe como encontrar um lugar tranquilo para que os dois se escondam. Eles continuam correndo até que possam apenas andar e mesmo assim andam quilômetros e quilômetros em silêncio, palmas das mãos coladas uma na outra. Perto do anoitecer, ele vê uma das estações de trem desertas que são comuns nessa parte do país; à espera dos trens soviéticos que jamais vieram, elas hoje basicamente servem de lar para aves. Eles quebram uma janela para entrar e encontram umas almofadas emboloradas sobre bancos de madeira e, num armário, um único cobertor de lã seco. Eles não ousam acender uma fogueira, mas dividem o cobertor, juntos num canto da sala.

— Eu fiz uma coisa terrível — ele diz.

— Você salvou minha vida — ela diz. — Você não ia nem acreditar nas coisas que eu já fiz, meu caro. Coisas muito, muito ruins.

E ele diz:

— E você salvou minha vida.

Na escuridão da noite ele conta sobre Nina, sobre os textos e as fotos que ela publicou com seu nome. E como isso fez com que ele percebesse que o tempo todo ela só estava esperando para pegar tudo que era dele. E ela conta sobre Darrell e o que ele tirou dela, e quando ela conta ele sabe de tudo; por que ela anda se comportando assim e por que está se escondendo há tantas semanas e por que acha que não pode voltar para casa e por que não revidou imediatamente e com toda a sua fúria quando descobriu o que Darrell fez, como seria típico de um Monke. Em certo sentido ela tinha esquecido seu nome até ele lembrar quem ela era.

Um deles diz:

— Por que eles fizeram isso, Nina e Darrell?

E o outro responde:

— Porque eles podiam.

E essa é a única resposta para tudo.

Ela segura o pulso dele e ele não tem medo. Ela passa o polegar pela palma da mão dele.

Ela diz:

— Na minha opinião, eu estou morta e você também está morto. O que os mortos fazem para se divertir por aqui?

Os dois estão machucados e com dor. A clavícula de Tunde está quebrada, ele acha. Parece que o osso é esmagado toda vez que ele se mexe. Teoricamente, agora ele é mais forte do que ela, mas isso faz os dois rirem. Ela é pequena e atarracada como o pai, o mesmo pescoço grosso de touro, e ela já brigou mais do que ele, sabe brigar. Quando ele brinca de empurrar Roxy para o chão, ela brinca de colocar o polegar no centro da dor dele, onde os ombros encontram o pescoço. Ela aperta só o suficiente para que ele veja estrelas. Ele ri e ela ri, sem fôlego, como dois tolos no meio de uma tempestade. Os corpos dos dois foram reescritos pelo sofrimento. Não restou nada de luta dentro deles. Naquele momento, eles não sabem dizer quem deve fazer qual papel. Eles estão prontos para começar.

Eles se movem lentamente. Ficam parcialmente vestidos. Ela segue a linha de uma velha cicatriz na cintura dele; é uma cicatriz de Delhi, de quando ele aprendeu a sentir medo. Ele toca com os lábios na linha arroxeada da clavícula dela. Eles deitam um ao lado do outro. Depois do que viram, eles não querem fazer nada rápido nem brusco, nenhum deles. Eles se tocam com delicadeza, sentindo os lugares em que são iguais e aqueles em que são diferentes. Ele mostra que está pronto e ela também está pronta. Eles simplesmente deslizam juntos, chave numa fechadura. Ele diz: — Ah. — Ela diz: — Sim. — É gostoso; ela em torno dele, ele dentro dela. Eles se encaixam. Movem-se lenta e calmamente, tomando cuidado com as dores do outro, sorrindo e sonolentos e por um momento sem medo. Eles gozam com grunhidos baixinhos, animalescos, fungando um no pescoço do outro, e dormem assim, pernas entrelaçadas, debaixo de um cobertor que acharam, no epicentro de uma guerra.

Escultura excepcionalmente completa da Era do Cataclismo, de cerca de cinco mil anos de idade. Encontrada no oeste da Grã-Bretanha. As esculturas são sempre encontradas assim – algo foi deliberadamente removido do centro, mas é impossível afirmar com certeza o que foi perdido. Entre as teorias estão: que essas pedras serviam como molduras para retratos; ou listas de soldadas locais; ou que essa fosse apenas uma forma retangular de arte sem nada no centro. As cinzeladas eram um evidente protesto contra o que quer que estivesse – ou não estivesse! – representado no trecho central.

É AGORA

Essas coisas estão acontecendo todas ao mesmo tempo. Essas coisas são a mesma coisa. São o resultado inevitável de tudo que aconteceu antes. O poder está em busca de uma saída. Essas coisas já aconteceram antes; vão acontecer de novo. Essas coisas acontecem o tempo todo.

O céu, que parecia azul e luminoso, se enche de nuvens, cinzas e pretas. Vai haver uma tempestade. A chuva demorou. O pó se acumula, a terra pede água abundante para encharcá-la. Pois a terra está repleta de violência e todos os seres vivos perderam seu rumo. Ao norte e ao sul e a leste e a oeste, a água se condensa nos cantos do céu.

No sul, Jocelyn Cleary levanta a capota do jeep enquanto pega uma saída escondida e entra numa pista de pedrinhas que talvez leve a algum lugar interessante. E no norte, Olatunde Edo e Roxanne Monke acordam e ouvem a chuva sobre o telhado de ferro de seu abrigo. E no oeste, Mãe Eva, que antes se chamava Allie, vê a tempestade se formar e diz para si mesma: chegou a hora? E ela mesma diz: claro, né?

Houve uma atrocidade no norte; boatos sobre isso chegaram de tantas fontes que se tornou impossível negar. Foram as forças da própria Tatiana, enlouquecidas pelo poder e pelos atrasos e pelas ordens que chegavam o tempo todo dizendo: "Qualquer homem pode trair vocês, qualquer um deles pode estar trabalhando para o norte". Ou será que Tatiana simplesmente nunca se preocupou em ter controle sobre elas? Talvez ela sempre tenha sido louca, independentemente do efeito que Mãe Eva tivesse sobre ela.

Roxy sumiu. O exército está saindo do controle de Tatiana. Em semanas vai haver um golpe militar se alguém não tomar conta da situação. E então Moldova do Norte vai marchar sobre o país, assumir o governo e ficar com as armas químicas que hoje estão nas cidades do sul.

Allie fica sentada em seu escritório silencioso, olhando para a tempestade, e calcula os custos do negócio.

A voz diz: eu sempre disse que você estava destinada a grandes coisas.

Allie diz: sim, eu sei.

A voz diz: você é respeitada não só aqui, mas em todo lugar. Mulheres viriam de todos os lugares do mundo se você assumisse o comando do país.

Allie disse: eu disse que eu sei.

A voz diz: então o que você está esperando?

Allie diz: o mundo está tentando voltar à sua forma anterior. O que nós fizemos não foi suficiente. Ainda há homens com dinheiro e influência que podem fazer as coisas acontecerem de acordo com a vontade deles. Mesmo se nós ganharmos a guerra contra o Norte. O que estamos começando aqui?

A voz diz: você quer virar o mundo inteiro de pernas para o ar.

Allie diz: sim.

A voz diz: eu entendo, mas não sei como ser mais clara. Você não tem como chegar lá partindo daqui. Você vai ter que começar de novo. Vamos ter que começar tudo de novo.

Allie diz em seu coração: uma grande inundação?

A voz diz: o que estou dizendo é que esse é um jeito de lidar com isso. Mas existem algumas opções. Olhe. Pense. Depois que você tiver feito.

É tarde da noite. Tatiana está sentada em sua mesa, escrevendo. São ordens que devem ser assinadas pelos generais. Ela vai fazer uma ofensiva contra o Norte que vai ser um desastre.

Mãe Eva se posiciona atrás dela e põe a mão na nuca de Tatiana, para reconfortá-la. Elas já fizeram isso muitas vezes. Tatiana Moskalev acha que o gesto tem efeito calmante, embora não saiba dizer o porquê.

— Eu estou fazendo a coisa certa, não estou? — diz Tatiana.

— Deus estará sempre com você — diz Allie.

Há câmeras ocultas nesta sala. Mais um produto da paranoia de Tatiana.

O relógio bate as horas. Uma, duas, três. Muito bem, chegou a hora.

Allie estende uma mão com a sensibilidade e a habilidade que só ela tem, fazendo com que todos os nervos do pescoço, dos ombros e do crânio de Tatiana relaxem. Os olhos de Tatiana se fecham. A cabeça se inclina para a frente.

E, como se não fossem parte dela, como se neste momento ela não pudesse sequer perceber o que elas estavam fazendo, as mãos de Tatiana se arrastam pela mesa até chegar ao pequeno e afiado abridor de cartas sobre a pilha de papéis.

Allie sente os músculos e os nervos tentando resistir, mas agora eles já se acostumaram a ela, e ela a eles. Controle a reação *aqui*, aumente *ali*. Não seria tão fácil caso Tatiana não tivesse bebido tanto e tomado uma mistura preparada pela própria Allie, algo que Roxy fez para ela nos seus laboratórios. Agora não é fácil. Mas dá para fazer. Allie concentra sua mente na mão de Tatiana, segurando o abridor de cartas.

De repente, há um aroma na sala. Um odor de frutas podres. Mas as câmeras não sentem cheiro.

Em um movimento rápido, rápido demais para que Mãe Eva pudesse fazer algo – como ela podia ter suspeitado do que estava por acontecer? –, Tatiana Moskalev, enlouquecida pelo desmoronamento de seu poder, corta a sua própria garganta com a pequena faca afiada.

Mãe Eva dá um salto para trás, gritando, pedindo ajuda.

Tatiana Moskalev sangra sobre os papéis em sua mesa, a mão direita pulsando como se ainda estivesse viva.

DARRELL

— O pessoal do escritório me mandou aqui — diz a lenta Irina. – Tem uma soldada numa das trilhas nos fundos.

Bosta.

Eles olham pelo circuito interno de TV. A fábrica fica numa estradinha de terra a treze quilômetros da estrada principal e a entrada é escondida por cercas vivas e floresta. Você só encontraria o lugar se soubesse o que está procurando. Mas tem uma soldada – só uma, nenhum indício de que haja mais gente – perto da cerca que estabelece o perímetro. Ela está a mais de um quilômetro da fábrica propriamente dita, tudo bem. De onde está, não dá para ver nada. Mas ela está lá, andando em volta da cerca, fazendo fotos com o celular.

As mulheres do escritório olham para Darrell.

Todas estão pensando: o que a Roxy faria? Ele consegue ler isso na testa delas como se estivesse escrito com caneta hidrográfica.

Darrell sente a trama em seu peito pulsar e se contorcer. Ele vem praticando, afinal de contas. Há uma parte de Roxy bem aqui e essa parte sabe exatamente o que fazer. Ele é forte. Mais poderoso do que os mais poderosos. Ele não deve mostrar a nenhuma dessas mulheres o que é capaz de fazer – Bernie foi muito claro quanto a isso –, por enquanto é preciso manter tudo em segredo. Até que ele esteja pronto para fazer uma demonstração do que sabe fazer em Londres, para os mais ricos dentre os potenciais clientes… é preciso manter segredo.

A trama sussurra para ele: é só uma soldada. Vá lá e dê um susto nela.

O poder sabe o que fazer. Ele tem a sua própria lógica.

Ele diz: vocês todas, vejam o que eu vou fazer. Eu vou lá fora.

Ele fala com a trama enquanto anda pela longa trilha de pedras e abre o portão da cerca.

Ele diz: não me deixe na mão agora. Paguei caro por você; podemos trabalhar juntos nisso, você e eu.

A trama, obediente agora, situada na clavícula de Darrell como antes estava na de Roxy, começa a zumbir e chiar. É uma sensação boa; esse é um aspecto da situação de que Darrell suspeitava, mas que não tinha confirmado até então. A sensação é parecida com a de estar bêbado, num bom sentido, num sentido forte. Como a sensação que você tem quando está bêbado de que pode dar conta de quem vier pra cima de você, e neste caso é verdade.

A trama responde para ele.

Ela diz: estou pronta.

Ela diz: vamos lá, meu filho.

Ela diz: para o que você precisar, conte comigo.

Para o poder, não importa quem o controla. A trama não se rebela contra ele, não sabe que ele não é sua senhora verdadeira. Ela simplesmente diz: sim. Sim, eu posso. Sim. Vai ser moleza.

Ele deixa que um pequeno arco passe entre o indicador e o polegar. Ele ainda não se acostumou com a sensação. Há um zumbido desconfortável na superfície da pele, mas a sensação é forte e boa dentro do peito. Ele devia simplesmente deixar que ela vá embora, mas pode dar conta dela, fácil, fácil. Isso vai mostrar para elas.

Quando ele olha de novo para a fábrica, as mulheres estão aglomeradas nas janelas olhando para ele. Algumas andam pela trilha para não perdê-lo de vista. Elas murmuram entre si, ocultando o que falam atrás das mãos. Uma delas faz um longo arco entre as mãos.

Essa mulherada é sinistra, esse jeito que elas têm de andar todas juntas. A Roxy pegou muito leve com elas esses anos todos, deixando que fizessem aquelas cerimônias esquisitas e usassem glitter fora do expediente. Elas vão todas juntas para a floresta quando o sol se põe e só voltam de manhãzinha, e ele não pode dizer merda nenhuma, porque elas voltam certinho no horário e dão conta do serviço, mas tem alguma coisa acontecendo, dá pra dizer só de sentir o cheiro delas. Elas criaram uma pequena *cultura* aqui, e ele sabe que elas falam dele e sabe que elas acham que ele não devia estar aqui.

Ele se abaixa para que ela não veja que ele está chegando.

Atrás de Darrell, a maré de mulheres sobe.

Roxy diz de manhã, quando ela e Tunde estão vestidos de novo:

— Eu tenho como tirar você do país.

Ele tinha se esquecido, de verdade, de que havia um "fora do país", para onde se podia ir. Isso já parece mais real e mais inevitável do que qualquer coisa que tenha acontecido antes.

Ele faz uma pausa enquanto calça uma meia. Ele deixou as roupas secarem durante a noite. As meias ainda fedem e sua textura é áspera, pedregosa.

— Como? — ele diz.

Ela encolhe um ombro, sorri.

— Eu sou a Roxy Monke. Conheço umas pessoas por aí. Você quer sair daqui?

Sim, ele quer. Sim.

Ele diz para ela:

— E você?

Ela diz:

— Eu vou retomar o que é meu. E depois vou encontrar você.

Ela já recuperou algo. Está com o dobro de seu tamanho natural.

Tunde acha que ela gosta dele, mas não tem como ter certeza. Ela tem muita coisa a oferecer a ele para que isso seja uma simples proposta.

Ela diz uma dúzia de maneiras como ele pode encontrá-la, enquanto eles andam quilômetros e quilômetros entre um lugar e outro. Este endereço de e-mail vai chegar a ela, apesar de parecer uma empresa fantasma. Esta pessoa sempre vai saber como encontrar Roxy, uma hora ou outra.

— Você salvou minha vida — ela diz, mais de uma vez. E ele sabe do que ela está falando.

Em uma encruzilhada entre dois campos, perto de um ponto de ônibus que passa duas vezes por semana, ela usa um telefone público para ligar para um número que sabe de cor.

Quando a ligação termina, ela explica para ele o que vai acontecer: uma loura com chapéu de aeromoça vai se encontrar com ele hoje à noite e atravessar a fronteira.

Tunde vai ter que ir no porta-malas; desculpe, mas é o jeito mais seguro. Vai levar umas oito horas.

— Fique mexendo os pés, pra não ter cãibra. Dói e você não vai conseguir sair.

— E você?

Ela ri.

— Eu não vou entrar no porta-malas de carro nenhum, tá legal?

— Mas o que você vai fazer, então?

— Não se preocupe comigo.

Eles se separam pouco depois da meia-noite, perto de um vilarejo minúsculo cujo nome ela não consegue pronunciar.

Ela dá um beijo, de leve, na boca dele.

— Você vai ficar bem — ela diz.

Ele diz:

— Você não vai ficar?

Mas ele sabe como são essas coisas; a vida ensinou a ele essa resposta. Se ela fosse vista cuidando de um homem, isso a faria parecer já não tão durona, no mundo dela. E, se alguém achasse que ele significava alguma coisa para ela, significaria que ele estaria correndo risco. Desse jeito, ele é só uma espécie de carga.

— Vá lá e pegue o que é seu — ele diz. — Qualquer pessoa razoável vai passar a te admirar ainda mais por sobreviver esse tempo todo sem isso.

Ele ainda está falando e já sabe que não é verdade. Ninguém iria achar que ele é grande coisa por ter sobrevivido esse tempo todo.

— Se eu não tentar, já não vou ser eu mesma — ela diz.

Ela sai andando, na estrada para o sul. Ele põe as mãos nos bolsos e baixa a cabeça e anda em direção ao vilarejo, tentando parecer alguém que foi enviado para cumprir uma tarefa e que tem todo o direito de estar ali.

Ele encontra o lugar, exatamente como ela descreveu. Há três lojas fechadas, nenhuma luz nas janelas que ficam sobre elas. Ele acha que vê uma cortina se mexer em uma das janelas e diz para si mesmo que foi só imaginação. Não tem ninguém esperando por ele aqui nem ninguém indo atrás dele. Quando foi que ele se tornou esse sujeito assustado? E ele sabe quando. Não foi essa última história que fez isso com ele. Esse medo foi crescendo dentro dele. O terror criou raízes no peito dele anos atrás e a cada mês e a cada hora estendeu suas ramificações um pouco mais para dentro da carne.

Ele suporta, de um jeito ou de outro, nos momentos em que a escuridão imaginária equivale à escuridão real. Ele não sentiu esse pânico quando estava de fato em uma jaula, ou em uma árvore, ou testemunhando a pior coisa no mundo acontecer. O medo está à espreita, esperando por ele, em ruas silenciosas ou quando ele acorda sozinho em um quarto de hotel antes de amanhecer. Faz muito tempo que ele não consegue achar uma caminhada à noite algo reconfortante.

Tunde confere o relógio. Vai ter que esperar dez minutos nesta esquina vazia. Ele tem um pacote em sua mochila – todos os filmes de sua câmera, todos os vídeos que filmou na estrada e seus cadernos com anotações. Ele tinha aquele envelope pronto desde o começo, já com os selos. Ele tinha uns desses; a ideia era que se as coisas ficassem complicadas ele podia mandar seus filmes para Nina. Ele não vai mandar nada para Nina. Caso eles se encontrem de novo, ele vai comer o coração dela. Ele tem uma caneta de ponta grossa. Ele tem o envelope, prontinho. E no outro lado da rua há uma caixa do correio.

Qual é a chance de que o correio continue funcionando aqui? Ele ouviu dizer no campo de refugiados que o serviço ainda funcionava em cidades maiores. A situação era pior na fronteira e nas montanhas, mas agora eles estão a quilômetros da fronteira e das montanhas. A caixa de correio está aberta. Está escrito que amanhã há um horário de coleta programado.

Ele espera. Pensa. Talvez não haja carro algum. Talvez haja um carro, mas em vez de uma loura com um chapéu sejam três mulheres que vão jogá-lo no banco de trás. Talvez ele vá acabar ali mesmo, jogado na estrada entre dois vilarejos, estuprado e despedaçado. Talvez haja uma loura de chapéu que vai pegar o dinheiro que recebeu para fazer isso e dizer que atravessou a fronteira. Ela vai deixar que ele saia do carro e corra na direção em que, segundo ela, fica a liberdade, mas não haverá liberdade, apenas a floresta e a perseguição e o fim de tudo na terra, de um jeito ou de outro.

De repente parece uma ideia realmente estúpida ter entregado sua vida nas mãos de Roxanne Monke.

Um carro se aproxima. Ele vê de longe, os faróis varrendo a estrada de terra. Ele tem tempo para escrever um nome e um endereço no envelope. Não o de Nina, claro que não. Nem o de Temi ou o dos pais deles; ele não quer que essa seja a última mensagem dele para a família caso desapareça nesta noite escura. Ele tem uma ideia. É uma ideia terrível. É uma ideia segura. Se não sair dessa, há um endereço que ele pode escrever neste envelope que vai garantir que as imagens corram o mundo. As pessoas têm direito de saber, ele diz para si mesmo, o que aconteceu aqui. Servir de testemunha é a primeira responsabilidade.

Ele tem tempo. Escreve rápido, sem pensar demais. Corre para a caixa de correio. Enfia o envelope na caixinha e fecha a tampa. Tunde está de volta a seu lugar quando o carro para no meio-fio.

Quem dirige o carro é uma loura com um boné de beisebol baixado quase tampando os olhos. No emblema está escrito JetLife.

Ele sorri. Ela fala inglês com um sotaque forte. É um sedã espaçoso o suficiente, embora ele vá precisar ficar com os joelhos apertados contra o peito. Oito horas.

Ela ajuda Tunde a entrar no porta-malas. Ela é cuidadosa com ele; dá uma blusa enrolada para que ele ponha entre a nuca e o metal. O porta-malas está limpo, pelo menos. Seu nariz, ao deparar com as fibras crespas do tapete no interior do carro, sente apenas o cheiro de xampu químico floral. Ela entrega para ele uma garrafa grande de água.

— Quando terminar, poder mijar na garrafa.

Ele sorri para ela. Ele quer que ela goste dele, que sinta que ele é uma pessoa, não um pacote.

— Ônibus de viagem, hein? Esses bancos ficam menores a cada dia que passa — ele diz.

Mas ele não tem certeza de que ela entendeu a piada.

Ela bate na coxa dele enquanto ele se ajeita.

— Confie em mim — ela diz, fechando o porta-malas.

Daqui, da trilha de pedras entre nada e lugar nenhum, passando por um biombo de árvores, Jocelyn consegue ver um prédio baixo com janelas apenas no andar de cima. Só um cantinho dele. Ela sobe numa pedra e faz umas fotos. Nada conclusivo. Provavelmente ela devesse chegar mais perto. Mas essa é uma ideia estúpida. Seja sensata, Jos. Relate o que você encontrou e volte amanhã com um destacamento. Definitivamente alguém teve um trabalhão para esconder o que quer que esteja ali. Mas e se não for nada; e se todo mundo no quartel-general acabar rindo dela por causa disso? Ela faz mais algumas fotos.

Jos está concentrada nisso.

Ela só percebe o homem quando ele está quase a seu lado.

— Que merda você quer aqui? — ele diz em inglês.

Jocelyn está com a arma na cintura. Ela muda de posição, fazendo com que a arma bata em seu quadril e se mova para a frente.

— Desculpe, senhor. Peguei a entrada errada. Estou procurando a estrada principal.

Ela mantém a voz baixa e tranquila, deixa o sotaque americano ficar um pouquinho mais perceptível, embora não tenha essa intenção. Suzy Creamcheese. Turista trapalhão. É a estratégia errada. Ela está fardada. Fingir inocência só aumenta a suspeita.

Darrell sente a trama pulsar em seu peito. Ela faz isso com mais frequência quando ele está com medo, se contrai e crepita.

— Que merda você está fazendo na minha propriedade? Quem mandou você?

Ele sabe que, lá atrás, as mulheres da fábrica observam o encontro com olhos raivosos, frios. Depois disso, ninguém mais vai duvidar dele, ninguém vai perguntar o que ele é; elas vão saber o que ele é quando virem o que ele pode fazer. Ele não é um homem vestido de mulher. Ele é uma delas, tão forte quanto elas, tão capaz quanto elas.

Ela tenta sorrir.

— Ninguém me mandou, senhor. Estou de folga. Só passeando um pouco. Já vou indo.

Ela vê os olhos dele passarem para os mapas que ela tem na mão. Se ele vir aquilo, vai saber que ela estava procurando exatamente este lugar.

— Tá bom — diz Darrell. — Muito bem, deixe eu ajudar você a encontrar a estrada principal.

Ele não quer ajudar; ele está chegando perto demais, ela devia avisar o QG. A mão dela faz um ligeiro movimento em direção ao rádio.

Ele estende três dedos da mão direita e, com uma única descarga rápida, faz o rádio parar de funcionar. Ela pisca. Vê Darrell por um momento como ele realmente é: monstruoso.

Ela tenta girar o rifle para que fique em posição, mas ele agarra a arma, bate com a coronha no queixo de Jos, que cambaleia, e passa a alça pela cabeça dela. Ele observa o rifle, depois o joga no meio da vegetação. Ele vai na direção dela, as palmas das mãos estalando.

Ela podia correr. A voz do pai diz em sua cabeça: se cuide, meu amor. E a voz da mãe em sua cabeça diz: você é uma heroína, aja de acordo. É só um cara com uma fábrica no meio do nada – não deve ser difícil. E as meninas no QG. Você deveria saber lidar melhor do que ninguém com um carinha com uma trama. Não é isso, Jocelyn? Não é a sua especialidade? Ela precisa provar algo. E ele precisa provar algo. Os dois estão prontos para começar.

Eles entram em posição de luta, andando em círculos, em busca de pontos fracos.

Darrell fez pequenos testes antes; deixou queimaduras e machucados e ferimentos em alguns dos cirurgiões que trabalharam com ele, só para ver se funcionava. E treinou sozinho. Mas nunca usou isso antes em uma briga, não assim. É empolgante.

Ele acha que tem uma noção de quanto combustível resta no tanque. Tem muito. Muito mais que muito. Ele tenta dar um bote e erra, e deixa uma descarga forte cair na terra entre seus pés, e ele ainda tem *muito*. Dá para entender por que Roxy parecia sempre tão orgulhosa de si mesma. Ela carregava essa arma dentro dela. Ele também sentiria orgulho. Ele sente.

A trama de Jocelyn pulsa; é só porque ela está agitada. Agora ela funciona melhor do que nunca, esteve boa assim desde que Mãe Eva a curou, e agora ela sabe por que aquilo aconteceu, por que Deus fez aquele milagre para ela. Foi para isso. Para salvar Jos deste homem que quer matá-la.

Ela encolhe a barriga e corre na direção dele, fazendo uma finta para a esquerda, fingindo que vai acertar o joelho, e no último momento, quando ele se abaixa para se defender, ela gira para a direita, ergue a mão, agarra a orelha dele e solta uma descarga na têmpora. O golpe sai tranquilo, fácil, a trama zumbindo harmoniosamente. Ele agarra Jos pela coxa e a dor é horrorosa, como se uma lâmina enferrujada raspasse o osso; os músculos grandes se contraem e soltam e a perna quer desabar. Ela se põe de pé apoiada na perna direita, com a esquerda se arrastando atrás. Ele tem muito poder; ela sente a energia crepitar na pele dele. O tipo de descarga que ele dá é muscular e duro como ferro, nem um pouco parecido com o de Ryan. Diferente de qualquer uma com quem ela tenha lutado.

Ela se lembra do treinamento para lutar contra alguém forte, alguém que tem mais ferramentas para usar. Ela vai ter que deixar que ele canse, fazendo com que ele acerte as partes do corpo em que os danos são menores. Ele tem mais energia do que ela, mas, se ela conseguir fazer com que ele gaste parte disso na terra, se conseguir ser mais rápida e mais ágil do que ele, vai dar certo.

Jos recua, arrastando a perna um pouco mais do que precisaria. Finge que está cambaleando. Ela põe a mão no quadril e observa Darrell observá-la. Põe a mão para a frente para se proteger. Deixa que a perna pareça bamba. Cai no chão. Ele cai sobre ela como lobo sobre o cordeiro, mas ela é mais rápida do que ele agora, rolando para o lado, fazendo com que ele dê seu golpe mortal nas pedras do chão. Ele ruge, e ela dá um chute forte na cabeça dele com a perna boa.

Ela estica a mão para agarrar a parte de trás do joelho dele. Ela planejou tudo, como haviam ensinado. Traga o oponente para o chão, pegue joelhos e tornozelos. Ela tem o suficiente. Uma descarga boa, ali onde os ligamentos se encontram, e ele vai cair.

Ela agarra as calças dele e faz contato, a palma da mão firme na panturrilha para dar a descarga. E não acontece nada. Acabou. Como um motor que você acelera e não responde. Como uma poça d'água que foi absorvida pela terra. Não há nada ali.

Tem que estar ali.

Mãe Eva devolveu aquilo para ela. Tem que estar ali.

Ela tenta de novo, se concentra, pensa no fluxo de água correndo, como ensinaram nas aulas, pensa em como ela flui naturalmente de um lugar para o outro, basta que ela permita. Ela podia encontrar aquilo de novo, só precisaria de um momento.

Darrell dá um chute forte na mandíbula dela com o calcanhar. Ele também estava à espera do golpe que não veio. Mas ele não é do tipo que desperdiça uma oportunidade. Agora Darrell está de quatro, ofegante, e chuta o flanco de Jos uma, duas, três vezes.

Ele sente o cheiro de laranjas amargas e um perfume que lembra cabelos queimados.

Ele empurra a cabeça dela para baixo com a parte de dentro da mão, dando um choque na base do crânio. É impossível lutar depois de levar uma descarga ali – ele sabe: já fizeram isso com ele muito tempo atrás no parque, uma noite. A pessoa fica confusa, o corpo amolece, não se pode fazer nada. Ele mantém a descarga contínua. A soldada afunda até o chão, de cara nas pedras. Ele espera até que ela pare de ter contrações. Ele respira com dificuldade. Ele tem energia de sobra para fazer isso mais duas vezes. A sensação é boa. Ela apagou.

Darrell olha para cima, sorrindo, como se as árvores devessem aplaudir sua vitória.

A distância, ele ouve as mulheres começarem a cantar uma música, uma melodia que ele já ouviu elas cantarem, mas que se recusam a explicar.

Ele vê os olhos cheios de raiva das mulheres que o observam na fábrica. E descobre uma coisa. Um fato simples que deveria ter sido óbvio desde o começo, caso ele não estivesse evitando se dar conta. As mulheres não estão felizes de ver o que ele fez nem estão felizes por saber que ele pode fazer aquilo. Aquelas vacas estão simplesmente olhando para ele: bocas fechadas como a terra, olhos inexpressivos como o oceano. Elas descem as escadas internas da fábrica em fila, organizadamente, e marcham em direção a ele como se fossem uma. Darrell emite um som, um grito de quem está sendo perseguido, e sai correndo. E as mulheres vão atrás.

Ele vai em direção à estrada; são só alguns quilômetros até lá. Na estrada, ele vai parar um carro, vai fugir dessas malucas. Mesmo neste país desgraçado, alguém vai ajudar. Ele corre atabalhoadamente por um campo aberto entre duas grandes áreas de árvores, com os pés se impulsionando no solo como se ele pudesse virar um pássaro, um rio, uma árvore. Ele está em campo aberto e sabe que elas o veem, e elas não fazem nenhum som, e ele se deixa pensar – talvez elas tenham voltado, talvez tenham ido embora. Ele olha para trás. Há uma centena de mulheres e o som do murmúrio delas é como o mar, e elas estão chegando mais perto, e o tornozelo dele vira e torce e ele cai.

Ele conhece todas pelo nome. Ali estão Irina e a esperta Magda, Veronyka e Yevgennia loura e Yevgennia morena; ali estão a prudente Nastya e a alegre Marinela e a jovem Jestina. Todas elas estão ali, as mulheres com quem ele trabalhou por todos estes meses e anos, as mulheres para quem ele deu emprego e que tratou com justiça, dadas as circunstâncias, e ele não consegue ler o que dizem os olhares delas.

— Ah, gente, qual é? — ele diz. — Eu me livrei da soldada pra vocês. Qual é? Yevgennia, você viu? Eu derrubei a mulher com um só choque! Vocês todas viram?

Ele está se afastando com o pé bom, como se pudesse fugir apoiando-se na bunda até chegar ao abrigo das árvores e da montanha.

Ele sabe que elas sabem o que ele fez.

Elas falam entre si. Ele não ouve exatamente o que elas dizem. Parece uma série de vogais, um grito gutural: eoi, yeoui, euoi.

— Gente — ele diz, enquanto elas chegam cada vez mais perto —, não sei o que vocês acham que viram, mas eu só acertei a soldada na nuca. Luta justa. Só acertei nela.

Ele sabe que está falando, mas não vê no rosto delas nenhum sinal de que elas percebem isso.

— Desculpe — diz Darrell. — Desculpe, eu não queria fazer isso.

Elas murmuram a antiga canção, baixinho.

— Por favor — ele diz. Por favor, não.

E elas estão sobre ele. As mãos encontram carne exposta, os dedos agarram a barriga, empurram as costas, os flancos, as coxas e as axilas. Ele tenta dar descargas nelas, tenta agarrá-las com mãos e dentes. Elas deixam que ele descarregue sua energia nos corpos delas, e mesmo assim vão em frente. Magda e Marinela, Veronyka e Irina, agarrando as pernas e os braços dele e enviando energia pela superfície da pele dele, deixando cicatrizes e marcas pelo caminho, penetrando na carne, amaciando e retorcendo a cartilagem.

Nastya coloca as pontas dos dedos na garganta dele e faz com que ele fale. Não são palavras dele. A boca se move e sua voz murmura, mas não é ele que fala, não é.

Sua garganta mentirosa diz:

— Obrigado.

Irina põe o pé na axila dele e puxa o braço direito, que queima com choques. A carne das articulações se contorce e se revira. Ela desencaixa o braço. Magda puxa junto com ela, e elas arrancam o braço. As outras estão nas pernas e no pescoço, e no outro braço, e no ponto de sua clavícula que abrigou sua ambição. Como o vento tirando folhas de uma árvore, inexorável e violentamente. Elas arrancam a trama, macia e contorcida, do peito ainda vivo, pouco antes de arrancarem a cabeça, e por fim ele está quieto, os dedos delas escurecidos pelo sangue.

Quando ela faz a ligação para Tunde, tem que ser o começo. Roxy Monke está voltando.

— Meu irmão — ela diz ao telefone. — Meu próprio irmão me traiu e tentou me matar.

A voz no telefone é agitada.

— Eu sabia que ele estava mentindo. Aquele merdinha. Eu sabia que ele estava mentindo. As mulheres da fábrica disseram que ele falou que recebia ordens de você, e eu *sabia* que ele estava mentindo.

— Eu estive reunindo minhas forças — diz Roxy — e fazendo planos, e agora eu vou tomar dele o que ele tomou de mim.

Ela tem que fazer isso acontecer.

Ela reúne um pequeno exército. Ninguém atende o telefone na fábrica, sinal de que aconteceu alguma merda. Ela imagina que ele tenha gente cuidando da segurança, mesmo que pense que ela morreu; ele teria que ser muito burro para achar que ninguém ia tentar tomar a fábrica dele.

Ela imagina que vai ter que invadir a fábrica, mas os portões estão abertos.

Todas as trabalhadoras estão sentadas nos gramados. Elas cumprimentam Roxy com gritos animados, um som que ecoa por todo o lago, contagiante, passa de uma para outra naquela multidão de mulheres.

Como ela pôde imaginar que não seria bem-vinda aqui, mesmo aleijada como está? Como pôde imaginar que não tinha como voltar?

A chegada dela é uma festa. Elas dizem:

— A gente sabia que você estava voltando, a gente viu você. A gente sabia que era você que a gente estava esperando.

Elas se aglomeram em torno de Roxy, tocam na mão dela, perguntam por onde ela andou e se encontrou um novo lugar para a fábrica, já que a guerra chegou tão perto e as soldadas estão tão determinadas a encontrá-las.

As soldadas?

— Soldadas da ONU — elas dizem. — A gente já teve que despistar esse pessoal mais de uma vez.

— Ah, é? — diz Roxy. — E vocês fizeram isso sem o Darrell, certo?

Elas se entreolham, pálpebras semicerradas, cheias de mistério. Irina põe o braço em volta dos ombros de Roxy. Roxy acha que consegue sentir um cheiro nela; um cheiro parecido com suor, mas mais denso, com um travo podre, como sangue menstrual. Elas andam usando a droga aqui; Roxy sabe e isso não acabou. Elas vêm usando o glitter livremente. Vão para a floresta e fazem isso nos fins de semana; o suor delas fica com cheiro de mofo. Elas têm tinta azul debaixo das unhas.

Irma aperta Roxy com força. Ela acha que a mulher vai tirar seu corpo do chão. Magda pega a mão dela. Elas seguem com Roxy em direção ao frigorífico onde armazenam os produtos químicos voláteis. Abrem a porta. Lá, sobre a mesa, há uma série de pedaços de carne, crus e cheios de sangue. Por um momento, ela não imagina por que estão mostrando isso a ela. Mas aí ela entende.

— O que foi que vocês fizeram? — ela diz. — Que merda vocês fizeram?

Roxy encontra o que queria em meio ao sangue e à massa informe. Ela mesma, seu coração, a parte dela que dava energia a todo o resto. Um fino pedaço de carne e cartilagem, apodrecendo. O músculo estriado, roxo e vermelho.

Houve um dia, três dias depois de Darrell tirar sua trama, em que ela percebeu que não ia morrer. Os espasmos no peito pararam. Os clarões vermelhos e amarelos desapareceram dos olhos. Ela mesma fez seu curativo e foi até uma cabana que conhecia na floresta e esperou pela morte, mas no terceiro dia ela sabia que a morte não viria pegá-la.

Ela pensou na época: é porque meu coração ainda está vivo. Fora do meu corpo, no corpo dele, mas vivo. Ela pensou: eu iria saber se ele morresse.

Mas ela não soube.

Ela põe a palma da mão na clavícula.

E espera sentir algo.

Mãe Eva vai encontrar Roxanne Monke quando ela desce do trem do exército na estação de Basarabeasca, uma cidade um pouco ao sul. Ela podia ter esperado Roxy no palácio, mas queria ver seu rosto. Roxy Monke está mais magra, parece triste e cansada. Mãe Eva dá um abraço apertado em Roxy, esquecendo-se, por um momento, de usar sua sensibilidade especial para sondar. Há o cheiro da amiga, que continua exatamente o mesmo, folhas de pinheiro e amêndoas. Há a sensação dela.

Roxy se afasta de um jeito estranho. Alguma coisa está errada. Ela fica praticamente em silêncio enquanto as duas seguem pelas ruas vazias até o palácio.

— Então agora você é a presidente?

Allie sorri.

— Não dava para esperar.

Ela dá um tapinha nas costas da mão de Roxy, e Roxy afasta a mão.

— Agora que você voltou a gente tem que conversar sobre o futuro.

Roxy sorri com seus lábios finos cerrados.

Nos aposentos de Mãe Eva no palácio, quando a última porta se fecha e a última pessoa se vai, Allie olha para a amiga, admirada.

— Achei que você tinha morrido.

— Foi por pouco.

— Mas você voltou à vida. Aquela que a voz me disse que estava chegando. Você é um sinal — diz Allie. — Você é meu sinal, como sempre foi. Deus está comigo.

— Isso eu não sei — diz Roxy.

Ela abre três botões da camiseta, para mostrar o que se pode ver ali.

E Allie vê.

E entende que este sinal, que ela esperava que apontasse numa direção, aponta para outra completamente diferente.

Havia um símbolo que Deus fez surgir no céu depois da última vez em que Ela destruiu o mundo. Ela lambeu o Seu polegar e fez um arco no céu, espalhando a multidão de cores e selando Sua promessa de que Ela jamais voltaria a inundar a terra.

Allie olha para o arco torto, de ponta-cabeça, da cicatriz curvada no peito de Roxy. Ela passa as pontas dos dedos pela cicatriz delicadamente, e Roxy, embora desvie o olhar, deixa que a amiga toque na ferida. O arco-íris, invertido.

— Você foi a mais forte que eu conheci, e mesmo você foi mitigada — diz.

— Eu queria que você soubesse a verdade — diz Roxy.

— Você tinha razão. Eu sei o que isso significa.

Nunca mais: a promessa escrita nas nuvens. Ela não pode deixar que isso volte a acontecer.

— Escute — diz Roxy. — A gente devia falar sobre o Norte. A guerra. Você agora é uma mulher poderosa. — Ela dá um sorrisinho. — Você sempre esteve a caminho de algo. Mas tem coisas bem ruins acontecendo lá. Andei pensando. Talvez você e eu, juntas, pudéssemos encontrar um jeito de acabar com isso.

— Só existe um jeito de acabar com isso — diz Mãe Eva, calmamente.

— Só acho, sei lá, que a gente podia dar um jeito. Eu podia ir pra TV. Falar do que vi, do que aconteceu comigo.

— Ah, claro. Mostrar a cicatriz. Contar o que seu irmão fez com você. Aí nada ia conseguir controlar a fúria. A guerra ia começar para valer.

— Não. Não foi isso que eu quis dizer. Não. Eva. Você não entende. Lá no Norte está uma *merda completa*. Estou falando de doidonas religiosas andando à toa por aí e matando gente.

Eva diz:

— Só existe um jeito de consertar isso. A guerra precisa começar agora. A guerra de verdade. A guerra de todos contra todos.

Gog e Magog, sussurra a voz. É isso aí.

Roxy senta reclinada na cadeira. Ela contou a história inteira para Eva, detalhe a detalhe do que viu e do que fizeram com ela e do que a forçaram a fazer.

— A gente tem que *acabar* com a guerra — ela diz. — Eu ainda sei fazer as coisas. Andei pensando. Me ponha no comando do exército no Norte. Eu vou manter a ordem, a gente patrulha a fronteira… fronteiras de verdade, tipo um país de verdade… e, você sabe… vamos falar com nossos amigos americanos. Eles não querem uma droga de Armagedom por aqui. Só Deus sabe que tipo de arma Awadi-Atif tem.

— Você quer a paz — diz Mãe Eva.

— Sim.

— *Você* quer a paz? *Você* quer assumir meu exército no Norte.

— Bem, sim.

A cabeça de Mãe Eva começa a chacoalhar, como se alguém a estivesse chacoalhando por ela.

Ela faz um gesto em direção ao peito de Roxy.

— Por que alguém levaria você a sério agora?

Roxy treme e dá um passo para trás.

— Você *quer* começar o Armagedom.

Mãe Eva diz:

— É o único jeito. É o único jeito de vencer.

Roxy diz:

— Mas você sabe o que vai acontecer. Nós vamos bombardear, eles vão retaliar e cada vez a coisa vai ganhando proporções maiores, e os Estados Unidos se envolvem, e a Rússia, e o Oriente Médio, e as mulheres vão sofrer tanto quanto os homens, Evinha. As mulheres vão morrer na mesma proporção que os homens se a gente quiser bombardear o país até voltar à Idade da Pedra.

— E daí a gente vai estar na Idade da Pedra.

— Tipo, sim…

— E aí vai haver cinco mil anos de reconstrução, cinco mil anos em que a única coisa que importa é: você tem como ferir mais, pode causar mais prejuízo para o outro, pode causar medo?

— Tá?

— E as mulheres vão ganhar.

Um silêncio se instala na sala e nos ossos de Roxy, até a medula, uma imobilidade fria, líquida.

— Caralho — diz Roxy. — Tanta gente me disse que você era doida, sabe, e eu nunca acreditei.

Mãe Eva olha para ela com grande serenidade.

— E eu sempre falava, tipo, "Não, se você conhecesse a Eva iria ver como ela é inteligente, e ela passou por muita coisa, mas doida ela não é".

Roxy suspira, olha para as mãos, palmas e costas.

— Eu fui atrás de informações sobre você, há séculos. Eu precisava saber quem você era.

Mãe Eva observa, como se estivesse muito longe.

— Não é difícil descobrir quem você era. Está espalhado pela internet. Alison Montgomery-Taylor.

Roxy demora para escolher as palavras.

— Eu sei — diz Mãe Eva. — Eu sei que foi você que fez tudo isso desaparecer. E sou grata. Se é isso que você está perguntando, eu continuo sendo grata.

Mas Roxy franze a testa, e por essa expressão Allie sabe que cometeu um erro em algum momento, que houve um pequeno desalinhamento no modo como ela viu as coisas.

Roxy diz:

— Eu entendo, sabe? Se você matou o cara, provavelmente ele merecia morrer. Mas você devia dar uma olhada no que a mulher dele está fazendo agora. Agora ela se chama Williams. Casou de novo com um tal Lyle Williams, em Jacksonville. Ela continua lá. Você devia ir lá e procurar por ela.

Roxy se levanta.

— Não faça isso. Por favor, não faça.

Mãe Eva diz:

— Eu sempre vou te amar.

— Sim. Eu sei.

— É o único jeito. Se eu não fizer, eles fazem.

— Se você realmente quer que as mulheres ganhem, procure Lyle Williams em Jacksonville. E a mulher dele.

Allie acende um cigarro, no silêncio de um quarto com paredes de pedra no convento, com vista para o lago. Ela acende a seu velho estilo, com a fagulha que sai dos dedos. O papel crepita e preteia até virar luz cintilante. Allie leva a fumaça até os limites dos pulmões; ela está tomada por sua antiga personalidade. Ela não fumava havia anos. Sua cabeça flutua.

Não é difícil encontrar a sra. Montgomery-Taylor. Uma, duas, três palavras digitadas em um mecanismo de busca e lá está ela. Ela agora gerencia um orfanato, sob os auspícios da Nova Igreja, que lhe deu suas bênçãos. Ela foi uma das primeiras a entrar para a igreja em Jacksonville. Em uma foto no site do lar, o marido aparece atrás dela. Ele se parece bastante com o sr. Montgomery-Taylor. Talvez um pouquinho mais alto. Bigode um pouco mais farto, bochechas um pouco maiores. Cor diferente, boca diferente, mas na mesma categoria ampla de homens: um sujeito fraco, o tipo de homem que, antes de tudo isso, já faria o que lhe mandassem. Ou talvez ela esteja se lembrando do sr. Montgomery-Taylor. Eles são parecidos o bastante para que Allie ache que está passando a mão na mandíbula no lugar em que o sr. Montgomery-Taylor bateu nela, como se o soco tivesse acontecido instantes atrás. Lyle Williams e sua esposa, Eva Williams. E juntos eles cuidam de crianças. Foi a igreja de Allie que tornou isso possível. A sra. Montgomery-Taylor sempre soube como tirar vantagem de tudo. O site do lar de crianças que ela gerencia fala sobre a "disciplina amorosa" e o "respeito com sensibilidade" que eles ensinam.

Allie podia ter visto isso a qualquer momento. Ela não consegue entender por que não tinha acendido antes essa velha luz.

A voz está dizendo coisas. Ela diz: não faça. Ela diz: vá embora. Ela diz: afaste-se da árvore, Eva, com as mãos para cima.

Allie não escuta.

Allie pega o telefone que está sobre a mesa do convento com vista para o mar. Digita o número. Longe, em um corredor com uma mesinha coberta por uma toalha de crochê, toca um telefone.

— Alô — diz a sra. Montgomery-Taylor.

— Alô — diz Allie.

— Ah, Alison — diz a sra. Montgomery-Taylor. — Estava torcendo para você ligar.

Como as primeiras gotas de uma chuva. Como a terra dizendo: estou pronta. Venha me pegar.

Allie diz:

— O que você fez?

— Só o que o Espírito Santo ordenou — diz a sra. Montgomery-Taylor.

Porque ela sabe do que Allie está falando. Em algum lugar de seu coração, apesar de todas as voltas e curvas, ela sabe. E sempre soube.

Allie percebe naquele momento que "tudo vai desaparecer" é uma fantasia, sempre foi um sonho encantador. Nem o passado nem as marcas de dor inscritas no corpo humano, nada nunca vai sumir. Enquanto Allie continuava com a sua vida, a sra. Montgomery-Taylor também foi em frente, cada vez mais monstruosa com o passar do tempo.

A sra. Montgomery-Taylor conduz a conversa de maneira brilhante. Ela está honradíssima por receber um telefonema de Mãe Eva, embora sempre soubesse que isso iria acontecer; ela entendia o significado do nome que Allie escolheu, de que ela era a verdadeira mãe de Allie, sua mãe *espiritual*, e Mãe Eva não disse que a mãe é maior que o filho? Ela entendeu também o que isso queria dizer, que a mãe sempre tem razão. Ela está felicíssima, *encantada*, por Allie ter entendido que tudo que ela e Clyde fizeram foi para o bem dela. O estômago de Allie se revira.

— Você era uma menininha tão selvagem — diz a sra. Montgomery-Taylor. Você levava a gente à loucura. Eu via que o diabo estava dentro de você.

Allie lembra agora, de um modo como não trouxe isso à luz em todos estes anos. Ela pega aquilo do fundo da memória. Tira o pó desse monte de trapos e ossos. Mexe naquilo com a ponta de um dedo. Ela chegou à casa dos Montgomery-Taylor, uma criança barulhenta, de olhos redondos, igual a um passarinho, e selvagem. Seus olhos vendo tudo, suas mãos tocando em tudo. Foi a sra. Montgomery-Taylor quem levou Allie para casa, e era a sra. Montgomery-Taylor quem queria Allie, e era a sra. Montgomery-Taylor quem batia nela quando ela punha a mão no pote de uvas-passas. Era a sra. Montgomery-Taylor que pegava o braço dela e forçava Allie a ficar de joelhos e a orar para que o Senhor perdoasse seus pecados. Várias e várias vezes, de joelhos.

— Nós tínhamos que tirar o diabo de dentro de você, hoje você entende, não é? — diz a sra. Montgomery-Taylor, hoje sra. Williams.

E Allie entende, de fato. Hoje as coisas estão claras como se ela estivesse vendo pela vidraça daquela sala de estar. A sra. Montgomery-Taylor tentou orar para que o diabo saísse dela e bateu em Allie para que o diabo saísse dela, depois teve outra ideia.

— Tudo que a gente fez — ela diz — foi por amor a você. Você precisava de alguém que te disciplinasse.

Ela se lembra das noites em que a sra. Montgomery-Taylor colocava polca no rádio muito, muito alto. E então o sr. Montgomery-Taylor subia as escadas para dar aulas. Ela lembra, de uma vez só e com grande clareza, em que ordem as coisas aconteciam. Primeiro a polca. Depois ele subia as escadas.

Por baixo de cada história, existe outra história. Existe uma mão dentro da mão – Allie não aprendeu isso bem o suficiente? Existe um soco dentro de cada soco.

A voz da sra. Montgomery-Taylor é manhosa e confidencial.

— Eu fui a primeira a entrar para a sua Nova Igreja em Jacksonville, Mãe. Quando vi você na TV eu sabia que Deus havia me enviado você como um sinal. Sabia que Ela estava me usando quando trouxemos você para casa, e que Ela sabia que tudo que eu fiz foi pela glória dela. Fui eu que fiz os documentos da polícia sumirem. Eu vim cuidando de você esse tempo todo, minha querida.

Allie pensa em tudo que aconteceu na casa da sra. Montgomery-Taylor.

Ela não consegue desemaranhar aquele novelo, nunca conseguiu separar as experiências em momentos individuais para examinar cada um de perto e com atenção. Lembrar é como jogar de repente um clarão de luz sobre um massacre. Partes de corpos e de máquinas e caos e um som que cresce a partir de um grito débil até se transformar num berro a plenos pulmões que depois se reduz a um zumbido baixinho, um quase-silêncio.

— Você entende que Deus estava operando por meio de nós. Tudo o que fizemos, Clyde e eu, nós fizemos para que você estivesse aqui.

Era o toque dela que Allie sentia toda vez que o sr. Montgomery-Taylor se deitava sobre ela.

Ela pegou o raio em sua mão. Ela determinou que o raio dardejasse.

Allie diz:

— Você mandou que ele me machucasse.

E a sra. Montgomery-Taylor, hoje sra. Williams, diz:

— A gente não sabia mais o que fazer com você, meu anjo. Você simplesmente não ouvia o que a gente falava.

— E vocês fazem o mesmo agora, com as outras crianças? Com as crianças do orfanato?

Mas a sra. Montgomery-Taylor, hoje sra. Williams, sempre foi astuta, mesmo em sua loucura.

— Cada criança precisa de um tipo diferente de amor. Nós fazemos o que é preciso.

Crianças nascem tão pequenas. Não importa se são meninos ou meninas. Todas nascem tão fracas e indefesas.

Allie analisa tudo com delicadeza. Toda a violência que havia nela foi gasta uma centena de vezes. Quando isso acontece, ela está calma, flutuando sobre a tempestade, olhando o mar enfurecido lá embaixo.

Ela junta os pedaços, vendo onde cada um se encaixa, depois encaixando de outro jeito. Quanto tempo seria necessário para corrigir isso? Investigações e entrevistas coletivas e confissões. Se a sra. Montgomery--Taylor faz, outros fazem. Provavelmente mais gente do que ela consegue contar. A reputação dela mesma sairia prejudicada. Tudo seria revelado: seu passado e sua história e as mentiras e as meias-verdades. Ela podia transferir a sra. Montgomery-Taylor discretamente para outro lugar; podia até achar um jeito de fazer com que alguém a matasse, mas denunciá-la seria denunciar tudo. Se ela arranca esse mal pela raiz, estará arrancando a si mesma pela raiz. Suas raízes já estão podres.

E com isso ela fica perdida. A mente se desconecta dela. Por um tempo, ela não está aqui. A voz tenta falar, mas o uivo do vento dentro do crânio é alto demais e as outras vozes agora são muito numerosas. Na cabeça dela, por um tempo, a guerra é de todos contra todos. Uma situação insustentável.

Depois de um tempo, ela diz para a voz: é essa a sensação de ser você?

E a voz diz: Vá se foder, eu disse pra você não fazer isso. Você nunca devia ter ficado amiga daquela Monke, eu disse e você não escutou; ela era só uma soldada. Para que é que você precisava de uma amiga? Você podia contar comigo; você sempre pôde contar comigo.

Allie diz: eu nunca tive nada.

A voz diz: tá bem, então o que fazer agora, já que você é tão esperta?

Allie diz: eu sempre tenho vontade de perguntar. Quem é você? Por um tempo eu fiquei me perguntando. Você é a serpente?

A voz diz: ah, você acha que porque eu falo palavrão e mando você praquele lugar eu tenho que ser o diabo?

Passou pela minha cabeça. E aqui estamos nós. Como eu posso saber qual lado é bom e qual é mau?

A voz respira fundo. Allie nunca ouviu a voz fazer isso antes.

Olha, diz a voz, a gente chegou a um momento delicado, admito. Tem coisas que você nunca deve olhar e agora você foi e viu. Eu estava tentando tornar as coisas mais simples para você, entende? Era o que você queria. Simples parece seguro. Certezas parecem seguras.

Não sei se você sabe, diz a voz, mas você está deitada no chão do seu escritório com o telefone na orelha, ouvindo o som do bip-bip-bip, e não para de tremer. Uma hora alguém vai entrar e ver você assim. Você é uma mulher poderosa. Se não voltar logo, coisas ruins vão acontecer.

Então eu vou te dar a colinha agora mesmo. Pode ser que você entenda, pode ser que não. A pergunta que você está fazendo é um erro. Quem é a serpente e quem é a Santa Mãe? Quem é mau e quem é bom? Quem convenceu o outro a comer a maçã? Quem tem poder e quem não tem? Nenhuma dessas é a pergunta certa.

É mais complicado do que isso, meu amor. Mesmo que você ache que é complicado, sempre vai ser mais complicado do que você pensa. Não existe atalho. Nem para a compreensão nem para o conhecimento. Não dá para colocar uma pessoa numa caixa. Escute, nem uma *pedra* é igual a outra pedra, então não sei de onde vocês tiram que podem rotular *humanos* com palavras simples e sair achando que sabem tudo que precisam. Mas a maioria das pessoas não tem como viver assim, nem por algum tempo. Elas dizem: só pessoas excepcionais podem ir além das fronteiras. A verdade é: qualquer um pode fazer isso, todo mundo tem isso dentro de si. Mas só pessoas excepcionais toleram encarar isso de frente.

Olha, eu nem sou real. Ou pelo menos não sou "real" no sentido que você dá à palavra. Estou aqui pra te dizer o que você quer ouvir. Mas as *coisas* que vocês querem, olha, vou te contar.

Muito tempo atrás, diz a voz, outro profeta veio me dizer que umas pessoas de que eu tinha ficado amiga queriam um rei. Eu disse a eles o que um rei podia fazer. Ele ia pegar os filhos deles para serem soldados, e as filhas para trabalharem de cozinheiras – digo, se as filhas tivessem sorte, certo? Ia tributar grãos e vinho e vacas. Não estou falando de gente com iPad, veja bem; grãos e vinho e vacas era tudo que eles tinham. Eu disse: olha, basicamente um rei vai transformar vocês em escravos, depois não venham chorar quando isso acontecer. É isso que reis fazem.

O que eu posso te dizer? Bem-vinda à espécie humana. Vocês gostam de fingir que as coisas são simples, mesmo quando são vocês que vão sofrer. Eles continuavam querendo um rei.

Allie diz: você está querendo me dizer que literalmente não existe uma opção certa neste caso?

A voz diz: nunca existiu uma opção certa, meu docinho de coco. A própria ideia de que existem duas coisas e de que você tem que escolher uma é o problema.

Allie diz: então o que eu faço?

A voz diz: escute, deixa eu te dar a real: meu otimismo com os humanos já não é o mesmo de antes. Lamento que as coisas não possam mais ser simples para você.

Allie diz: está escurecendo.

A voz diz: claro que está.

Allie diz: beleza. Entendi o que você está dizendo. Foi um prazer trabalhar com você.

A voz diz: igualmente. A gente se vê do outro lado.

Mãe Eva abre os olhos. As vozes em sua cabeça sumiram. Ela sabe o que fazer.

O Filho Agonizando, figura religiosa menor. Mais ou menos da mesma época dos retratos da Santa Mãe à página 46.

Na mesa da assistente de Margot, toca um telefone.

Ela está em uma reunião. A assistente diz para a voz do outro lado da linha que a senadora Margot Cleary não pode atender agora, mas que ela pode anotar um recado.

A senadora Margot Cleary está numa reunião com a NorthStar Industries e com o Departamento de Defesa. Eles querem um conselho dela. Ela agora é uma pessoa importante. O presidente escuta o que ela tem a dizer. A senadora Margot Cleary não pode ser incomodada.

A voz do outro lado da linha fala mais algumas palavras.

Eles fazem Margot sentar no sofá creme de seu gabinete quando contam para ela.

Eles dizem:

— Senadora Margot, temos más notícias.

— A ONU nos informou: ela foi encontrada na floresta. Ainda está viva. Mas numa situação muito delicada. Os ferimentos são... muito extensos. Não sabemos se ela vai sobreviver.

— Achamos que sabemos o que aconteceu, o homem já está morto.

— Lamentamos muito, senadora. Lamentamos muito.

E Margot desaba.

Sua própria filha. Que em algum momento colocou os dedos no centro da palma da mão de Margot e deu a ela o relâmpago. Que agarrou com seus dedinhos o polegar da mãe e segurou apertado a ponto de Margot saber pela primeira vez que das duas ela era a mais forte. Agora e para sempre ela poria o próprio corpo entre essa menininha e o que pudesse lhe fazer mal. Essa era a sua obrigação.

Uma vez, quando Jocelyn tinha três anos, as duas estavam explorando as macieiras na fazenda dos pais de Margot, mamãe e filhinha, com a intensidade lenta que uma criança de três anos usa para examinar cada folha e cada pedra e cada farpa. Era fim de outono, os frutos que haviam caído no chão começavam a apodrecer. Jos se abaixou, virou uma das maçãs que estava ficando marrom e uma nuvem de vespas saiu voando lá de baixo. Margot sempre teve pânico de vespas, desde criança. Ela agarrou

Jos e pôs os braços em torno da filha, apertando o corpo da menina contra o seu, e correu para a casa. Jos estava bem; nenhum arranhão. E Margot, quando elas estavam confortavelmente sentadas de novo no sofá, viu que tinha sido picada sete vezes, em vários pontos do braço direito. Essa era a obrigação dela.

Ela se pega contando essa história para eles. Fala rápido, gemendo. Ela não consegue parar de contar essa história, como se ao contar isso pudesse voltar um pouco no tempo e colocar seu corpo entre Jos e o perigo que acabou encontrando a menina.

— Como a gente pode impedir que isso aconteça? — Margot diz.

Eles dizem à senadora que isso já aconteceu.

— Não, como a gente pode impedir que isso aconteça de novo — Margot diz.

Há uma voz na cabeça de Margot. Ela diz: você não pode chegar lá partindo daqui.

Ela vê tudo instantaneamente, a forma da árvore do poder. Da raiz à ponta, se ramificando e ramificando-se de novo. É claro, a velha árvore continua de pé. Só existe um jeito: explodir tudo até o último pedaço.

Numa agência postal na zona rural de Idaho, um pacote fica trinta e seis horas sem que ninguém vá buscar. É um envelope amarelo acolchoado, mais ou menos do tamanho de três livros, embora o conteúdo faça barulho quando você chacoalha. O sujeito que foi chamado para buscar o pacote acha suspeito. Não tem endereço de remetente: duplamente suspeito. Mas não há nada duro lá dentro que possa indicar uma bomba feita à mão. Ele abre cortando um dos lados do envelope com um canivete, só para garantir. Na palma de sua mão caem oito filmes fotográficos ainda por revelar, um a um. Ele olha lá dentro. Também há cadernos com anotações e *pen-drives*.

Ele pisca. O sujeito não é inteligente, mas é esperto. Ele hesita por um instante, pensando que pode ser só mais uma bobajada enviada para o grupo por homens que estão mais para loucos do que para dissidentes. Eles já perderam tempo antes com bobagens sem sentido que alguns homens diziam representar o Começo da Nova Ordem. Ele mesmo chegou a ser repreendido pelo UrbanDox por levar pacotes que poderiam conter equipamentos de rastreamento dentro de *muffins* feitos em casa, ou presentes inexplicáveis como cuecas samba-canção e lubrificante. Ele pega um caderno de anotações e lê trechos aleatórios escritos em uma caligrafia regular.

"Pela primeira vez na estrada, hoje eu tive medo."

Ele senta na sua caminhonete, pensando. Já teve outros envelopes que ele jogou fora sem nem pensar duas vezes, outros que sabe que deve levar.

No fim, passa pela cabeça dele, lentamente, a ideia de que os filmes e os *pen-drives* podem ter fotos de nudez. Talvez valha a pena dar uma olhada.

O sujeito na caminhonete põe os filmes de volta no envelope, depois guarda os cadernos ali. Talvez valha a pena.

ϟ

Mãe Eva diz:

— Quando uma multidão fala com uma só voz, isso é uma força e isso é poder.

A multidão concorda aos gritos.

— Nós falamos com uma só voz agora — ela diz. — Somos uma só mente. E fazemos um apelo aos Estados Unidos para que se juntem a nós na luta contra o Norte!

Mãe Eva ergue os braços pedindo silêncio, exibindo os olhos nas palmas das mãos.

— Será que a maior nação do planeta, o país em que nasci e fui criada, vai ficar olhando mulheres inocentes serem assassinadas e a liberdade ser destruída? Será que os Estados Unidos vão observar em silêncio enquanto nos queimam? Se eles nos abandonarem, a quem não abandonarão? Faço um apelo para que as mulheres de todo mundo sejam testemunhas do que está acontecendo aqui. Sejam testemunhas e vejam o que vocês podem esperar que aconteça com vocês. Se há mulheres no governo do seu país, cobrem delas, exijam que elas ajam.

Paredes de conventos são grossas, e mulheres que moram em conventos são inteligentes, e, depois de alertar que o apocalipse está se aproximando e que apenas os justos se salvarão, Mãe Eva pode convocar o mundo inteiro para que se dê início a uma nova ordem.

O fim da carne se aproxima, porque a Terra está repleta de violência. Portanto, construam uma arca.

Vai ser simples. É tudo que elas querem.

Há dias que se seguem um depois do outro depois do outro. Enquanto Jocelyn vai se curando, e enquanto fica claro que ela jamais ficará totalmente curada, e enquanto algo endurece no coração de Margot.

Ela aparece na televisão para falar dos ferimentos de Jos. Ela diz:

— O terrorismo pode atacar em qualquer lugar, seja no nosso território, seja em outros países. O mais importante é que nossos inimigos, tanto os globais como os internos, saibam que somos fortes e que vamos retaliar.

Ela olha para a lente da câmera e diz:

— Seja você quem for, nós vamos retaliar.

Ela não pode se dar ao luxo de parecer fraca, não numa época como esta.

Não demora muito para que chegue o telefonema. Dizem que há uma ameaça crível de um grupo extremista. De algum modo eles tiveram acesso a fotos de dentro da República das Mulheres. Espalharam o material pela internet inteira, dizendo que as fotos foram feitas por um sujeito que todos sabemos que está morto há semanas. Imagens horríveis. Provavelmente photoshopadas, não podem ser reais. Eles nem estão fazendo exigências, só discursos cheios de raiva e medo e ameaçam atacar a não ser que – meu Deus, sei lá, Margot – alguém faça alguma coisa, eu acho. O Norte já está ameaçando usar mísseis contra Bessapara.

Margot diz:

— Nós temos que fazer alguma coisa.

O presidente diz:

— Não sei, não. Minha impressão é de que a gente tem que levar um ramo de oliveira.

E Margot diz:

— Acredite em mim, num momento como este o senhor precisa parecer mais forte do que nunca. Um líder forte. Se este país está ajudando nossos terroristas e tornando esses grupos mais radicais, precisamos mandar uma mensagem. O mundo precisa saber que os Estados Unidos estão dispostos a entrar neste conflito. Quem der um choque nos Estados Unidos receberá dois.

O presidente diz:

— Nem tenho palavras para dizer o quanto respeito você por seguir em frente, mesmo com o que aconteceu.

Margot diz:

— Meu país em primeiro lugar. Precisamos de líderes fortes.

O contrato dela prevê um bônus caso a NorthStar tenha mais de cinquenta mil mulheres na ativa em conflitos ao redor do mundo neste ano. O bônus é suficiente para que ela compre uma ilha particular.

O presidente diz:

— Você sabe que há boatos de que eles têm armas químicas da antiga União Soviética.

E Margot pensa em seu coração: que não sobre pedra sobre pedra.

Há uma ideia corrente naqueles dias. A ideia de que cinco mil anos não são tanto tempo assim. Tem algo que foi iniciado agora que precisa chegar a uma conclusão. Quando alguém pega uma entrada errada, o melhor não seria refazer seus passos, não seria sensato? Afinal, a gente já fez isso antes. Dá para fazer de novo. Diferente desta vez, melhor desta vez. Desmanchar a casa velha e começar de novo.

Quando os historiadores falam deste momento, falam em "tensões" e "instabilidade global". Defendem que houve o "ressurgimento de antigas estruturas" e a "inflexibilidade de padrões de crença existentes". O poder tem um comportamento próprio. Ele age sobre as pessoas, e as pessoas agem sobre ele.

Quando o poder existe? Apenas no momento em que é exercido. Para a mulher com uma trama, tudo parece uma luta.

UrbanDox diz: faça.

Margot diz: faça.

Awadi-Atif diz: faça.

Mãe Eva diz: faça.

E você pode voltar atrás na ordem que deu ao relâmpago? Ou: ele volta para a sua mão?

Roxy está sentada com seu pai na sacada, olhando para o oceano. Faz bem pensar que, aconteça o que acontecer, o mar sempre vai estar ali.

— Então, pai — diz Roxy —, desta vez você fez uma puta de uma cagada, hein?

Bernie olha para suas mãos, palmas e costas. Roxy lembra quando essas mãos eram a coisa mais apavorante em seu mundo.

— Verdade — ele diz. — Acho que fiz.

Roxy diz, com um sorriso na voz:

— Mas aprendeu a lição? Vai fazer diferente da próxima vez?

E os dois riem. A cabeça de Bernie está inclinada para trás enquanto ele vê o céu e todos os seus dentes manchados de nicotina e suas obturações aparecem.

— Eu realmente devia matar você — diz Roxy.

— Verdade. Devia. Não dá pra se dar ao luxo de ter coração mole, menina.

— Vivem me dizendo isso. Talvez eu tenha aprendido minha lição. Demorou.

No horizonte, um clarão domina o céu. Rosa e marrom, embora seja quase meia-noite.

— Pelo menos uma boa notícia — ela diz. — Acho que conheci um cara.

— Ah, é?

— Tudo muito no começo ainda — ela diz — e, com tudo isso acontecendo, é meio complicado. Mas acho que sim, pode ser. Eu gosto dele. Ele gosta de mim.

Ela dá sua velha risada gutural.

— Tirei o cara de um país cheio de mulher doida tentando matá-lo e eu tenho um bunker subterrâneo, então é claro que ele gosta de mim.

— Netos? — diz Bernie, esperançoso.

Darrell e Terry morreram. Ricky não vai fazer nada nesse departamento pelo resto da vida.

Roxy dá de ombros.

— Pode ser. Alguém tem que sobreviver a tudo isso, né?

Uma ideia passa pela cabeça dela. Ela sorri.

— Aposto que se eu tivesse uma filha ela ia ser forte pra caralho.

Eles tomam mais uma rodada antes de descer.

Apócrifo excluído do *Livro de Eva*

Descoberto em uma caverna em Capadócia, de cerca de mil e quinhentos anos atrás.

A forma do poder é sempre a mesma: infinita, complexa, sempre se ramificando. Embora esteja vivo como uma árvore, cresce; embora se encerre em si mesmo, é múltiplo. Seus caminhos são imprevisíveis; ele segue suas próprias leis. Ninguém vê uma bolota e consegue ver em seus veios cada folha da copa de um carvalho. Quanto mais de perto você vê, mais variado ele se torna. Não importa o quanto você pense que ele é complexo, ele é sempre mais complexo. Como os rios para o oceano, como o impacto do relâmpago, ele é obsceno e ilimitado.

Um ser humano não é feito de nossa própria vontade, e sim desse mesmo processo orgânico, inconcebível, imprevisível, incontrolável que leva as folhas a crescer e os minúsculos galhos a germinar e as raízes a se espalhar em complicados emaranhados.

Nenhuma pedra é igual a outra pedra.

Não há forma para os objetos, exceto a forma que eles têm.

Todos os nomes que nós nos atribuímos é falso.

Nossos sonhos são mais reais do que nossa vigília.

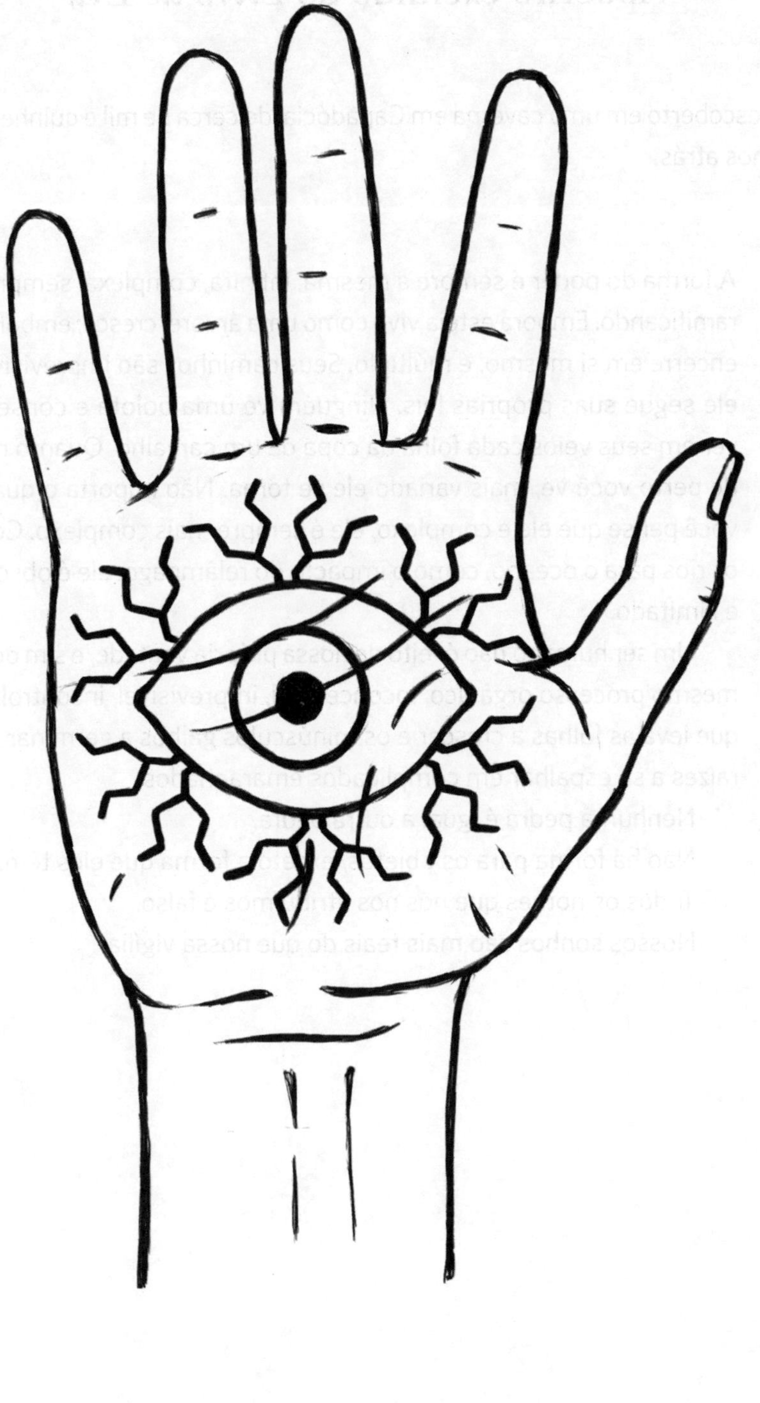

Caro Neil,

Bom! Primeiro de tudo, tenho que dizer que gostei da sua Mãe Eva contorcionista! Já vi fazerem coisas desse tipo no Underground Circus e fiquei bem impressionada — uma dessas mulheres fez minha mão acenar para todo mundo na sala, e nem o Selim conseguia acreditar que não fui eu que fiz aquilo. Imagino que muitas coisas das Escrituras antigas podem ser explicadas assim. E entendi o que você fez com o Tunde — tenho certeza de que coisas semelhantes aconteceram com milhares de homens ao longo das gerações. Atribuições erradas, obras anônimas assumidas por mulheres, homens ajudando suas esposas, irmãs ou mães em seu trabalho sem receber crédito e, sim, simples roubo.

Tenho algumas perguntas. Os soldados no começo do livro. Sei que você vai me dizer que escavações antigas encontraram guerreiros masculinos. Mas falando sério, acho que para mim esse é o ponto central de tudo. Será que temos certeza de que isso não aconteceu apenas em civilizações isoladas? Uma ou duas entre milhões? Na escola nos ensinam sobre mulheres que obrigam homens a lutar por mero entretenimento — acho que muitos leitores do seu livro ainda vão ter isso em mente nas cenas em que você descreve soldados do sexo masculino na Índia ou na Arábia. Ou aqueles homens determinados tentando começar uma guerra! Ou gangues de homens trancafiando mulheres para fazer sexo com elas... algumas de nós tiveram fantasias como essa! (Será que eu posso confessar, será que devo confessar, que ao pensar nisso eu... não, não, eu não posso confessar.) Mas não sou só eu, meu caro. Um batalhão inteiro de homens fardados ou em uniformes de polícia na verdade leva a maioria das pessoas a pensar em algum tipo de fetiche sexual, acredito.

Tenho certeza de que você aprendeu a mesma coisa que eu na escola. O Cataclismo aconteceu porque várias facções diferentes do mundo antigo não conseguiram chegar a um acordo, e cada um dos seus líderes estupidamente achou que tinha como vencer uma guerra global. Vejo que você pôs isso aqui. E você menciona armas nucleares e químicas, e é claro que compreendemos o efeito das batalhas eletromagnéticas sobre os equipamentos de armazenamento de informação da época.

Mas será que a história realmente sustenta a ideia de que as mulheres não tinham tramas muito antes do Cataclismo? Eu sei, sei de estátuas ocasionais de antes do Cataclismo que mostram mulheres sem tramas, mas pode ser que isso seja apenas licença poética. Claro que faz mais sentido que as mulheres tenham provocado a guerra. Meu instinto me diz — e espero que o seu também — que um mundo governado por homens seria mais bondoso, mais gentil, mais amoroso e carinhoso. Você pensou na psicologia evolucionária disso? Os homens evoluíram para ser trabalhadores fortes que cuidam da casa, enquanto as mulheres — que precisam proteger os bebês dos perigos — precisaram se tornar agressivas e violentas. Esses poucos patriarcados parciais que existiram em algum momento na sociedade humana foram lugares muito pacíficos.

Sei que você vai me dizer que tecidos moles não se preservam bem e que não podemos procurar indícios de tramas em cadáveres com cinco mil anos de idade. Mas isso não devia fazer você pensar também? Existe algum problema que a sua interpretação resolva e que não é resolvido pelo modelo convencional da história mundial? Digo, é uma ideia inteligente, admito. E isso em si talvez já faça o livro valer a pena, como mero exercício, como diversão. Mas não sei se fazer uma afirmação que não pode se apoiar em nada e que não pode ser comprovada ajuda a sua causa. Você pode me dizer que não cabe a um livro de história nem a uma obra de ficção ajudar uma causa. Agora estou discutindo comigo mesma. Espero sua resposta. Só quero desafiar seu raciocínio aqui antes que as críticas o façam!

Muito amor,
Naomi

Caríssima Naomi,

Obrigado, antes de mais nada, por se dar ao trabalho e dedicar seu tempo à leitura do manuscrito. Meu medo era que o texto estivesse praticamente incoerente — acho que perdi completamente a noção do livro.

Preciso admitir que eu... não penso muito em psicologia evolucionária, pelo menos não em relação a gênero. Quanto à possiblidade de os homens serem naturalmente mais pacíficos e carinhosos do que as mulheres... acho que a decisão cabe aos leitores. Mas pense assim: será que os patriarcados são pacíficos porque os homens são pacíficos? Ou será que sociedades mais pacíficas tendem a permitir que homens cheguem a cargos mais importantes por darem menos valor à capacidade de ser violento? É só uma pergunta.

Vejamos, o que mais você perguntou? Ah, os guerreiros do sexo masculino. Olha, eu posso te mandar imagens de *centenas* de estátuas parciais ou completas de soldados — elas foram encontradas em escavações ao redor do mundo. E sabemos quantos movimentos se dedicaram a apagar todos os vestígios de épocas anteriores — quero dizer, só os que nós sabemos que existem chegam a milhares. Encontramos tantas estátuas e relevos destruídos, tantas inscrições em pedras apagadas. Se isso tudo não tivesse sido destruído, imagine quantas estátuas de soldados haveria. Podemos interpretar essas imagens como quisermos, mas na verdade é bastante claro que cerca de cinco mil anos atrás havia muitos homens guerreiros. As pessoas não acreditam porque isso não se encaixa em suas crenças.

Quanto a você não achar crível que homens pudessem ser soldados, ou sobre as suas fantasias com batalhões de homens de uniforme... Eu não tenho culpa disso, N! Quero dizer, entendo o que você está falando, tem gente que vai achar que isso é pornografia barata. Isso é inevitável quando você escreve uma cena de estupro. Mas certamente haverá pessoas sérias que vão ver que não se trata disso.

Ah, sim, ok, você pergunta: "Será que a história realmente sustenta a ideia de que as mulheres não tinham tramas muito antes do Cataclismo?". A resposta é: sim. Sustenta. No mínimo, você tem que ignorar uma enormidade de indícios arqueológicos para acreditar em algo diferente. Foi isso que tentei expressar em meus livros anteriores de história, mas como você sabe, acho que ninguém estava disposto a ouvir.

Sei que provavelmente não foi sua intenção parecer condescendente, mas para mim não se trata só de uma "ideia divertida". O modo como pensamos sobre nosso passado molda o que pensamos ser possível hoje. Se continuarmos repetindo as mesmas frases batidas sobre o passado quando existem claros indícios de que nem todas as civilizações pensaram como nós... estaremos negando qualquer possibilidade de mudança.

Meu Deus, sei lá. Agora que escrevi isso, me sinto mais inseguro do que antes. Teve alguma coisa específica que você leu em outro lugar e que fez você se sentir hesitante em relação a este livro? Eu podia trabalhar esses pontos em algum momento da história.

Muito amor. E obrigado de novo por ler. Realmente fico agradecido. Quando o seu livro ficar pronto — outra obra-prima, tenho certeza! —, fico te devendo um ensaio crítico sobre cada capítulo!

Com amor,
Neil

Caro Neil,

Sim, claro que não usei "divertido" no sentido de "trivial" ou tolo. Espero que você saiba que jamais penso algo assim sobre seu trabalho. Respeito você imensamente, sempre respeitei.

Mas, vamos lá, já que você perguntou... para mim há uma questão óbvia. O que você escreveu aqui contradiz tantos livros de história que lemos quando crianças; e eles se baseiam em relatos tradicionais que vêm de centenas, senão de milhares de anos. O que você acha que aconteceu? Você está de fato sugerindo que todo mundo mentiu em escala monumental sobre o passado?

Todo o amor do mundo,
Naomi

Cara Naomi,

Obrigado por responder tão rápido! Então, respondendo à sua pergunta: não sei se eu preciso sugerir que todo mundo mentiu.

Por um lado, claro, não temos manuscritos originais de mais de mil anos de idade. Todos os livros que temos de antes do Cataclismo passaram por inúmeras cópias. Houve muitas ocasiões para que acontecessem erros. E não só para erros. Cada copista tinha seus próprios interesses. Por mais de dois mil anos, as únicas pessoas que faziam esse trabalho de copista eram freiras em conventos. Não acho exagero sugerir que elas tenham escolhido copiar palavras que reforçassem seu modo de ver o mundo e deixado o resto apodrecer em rolos de pergaminho. Ou seja, por que elas iriam copiar obras que diziam que os homens em algum momento foram mais fortes e as mulheres mais fracas? Isso era heresia e elas seriam condenadas por isso.

Esse é o problema da história. Não dá para ver o que não está lá. Você pode ver um espaço em branco e perceber que há algo faltando, mas não há como saber o que era. Só estou... desenhando nos espaços em branco. Não é um ataque.

Com amor,
Neil

Caríssimo Neil,

Não creio que seja um ataque. Para mim é difícil ver mulheres sendo retratadas do modo como elas aparecem em alguns momentos deste livro. Nós falamos várias vezes sobre isso. Quanto do "o que significa ser mulher" está ligado à força física e a não sentir medo ou dor. Fico agradecida por nossas conversas francas. Sei que às vezes você acha difícil se relacionar com mulheres e entendo o porquê. Mas fico realmente grata por nós termos conseguido ficar amigos depois do que vivemos. Pra mim foi muito importante que você ouvisse coisas que eu jamais poderia falar para Selim e para as crianças. A cena da remoção da trama foi muito dolorosa de ler.

Com amor,
Naomi

Cara Naomi,

Obrigado por dizer isso. Sei que você está tentando. Você é uma das que valem a pena.

Eu realmente queria que este livro melhorasse algo, N. Acho que podemos ser melhores do que isso. Essa coisa não é "natural" da espécie, sabe? Alguns dos piores excessos contra os homens jamais — pelo menos na minha opinião — foram perpetrados contra as mulheres antes do Cataclismo. Três ou quatro mil anos atrás, era considerado normal abater nove em cada dez bebês do sexo masculino. Caramba, ainda existem lugares em que é rotina abortar meninos ou "frear" seus pênis. Não é possível que isso ocorresse com as mulheres antes do Cataclismo. Nós falamos sobre psicologia evolucionária antes — não faria sentido do ponto de vista evolucionário que uma cultura abortasse meninas em grande escala ou danificasse seus órgãos reprodutores! Portanto não é "natural" que a gente viva assim. Não pode ser. Eu não acredito nisso. A gente pode escolher ser diferente.

O mundo é do jeito que é hoje em função de cinco mil anos de estruturas de poder impregnadas na nossa sociedade e que se baseiam em épocas mais sombrias quando o mundo era muito mais violento e a única coisa que importava era — você e os seus tinham como dar choques mais fortes? Mas agora nós não precisamos mais nos comportar assim. Podemos pensar e imaginar a nós mesmos de uma maneira diferente, desde que consigamos entender em que as nossas ideias se baseiam.

Gênero é como aquele jogo em que você esconde uma bolinha em uma das três tampinhas. O que é uma mulher? Qualquer coisa que não seja um homem. Bata de leve na tampinha e está vazia. Olhe debaixo delas: não está lá.

Com amor,
Neil

Caríssimo Neil,

Fiquei pensando nisso o fim de semana inteiro. Tem muita coisa para pensar e discutir, e acho que é melhor a gente se encontrar para conversar. Tenho medo de escrever alguma coisa que você interprete mal e não quero que isso aconteça. Sei que esse é um tema delicado para você. Vou pedir para meu secretário escolher uns dias para a gente ir almoçar.

Isso não quer dizer que eu não apoie o livro. Apoio de verdade. Quero garantir que ele atinja a maior quantidade possível de leitores.

Tenho uma sugestão. Você me explicou como tudo que você escreve fica marcado pelo seu gênero, que essa marca é inescapável e absurda. Cada livro que você escreve é avaliado em parte como "literatura masculina". Então o que estou sugerindo é apenas uma resposta a essa dificuldade, nada mais. Mas existe uma longa tradição de homens que encontraram uma saída para esse problema. Você iria estar em boa companhia.

Neil, sei que isso pode ser bem desagradável para você, mas você já pensou em publicar este livro usando um nome de mulher?

Com amor,
Naomi

AGRADECIMENTOS

Não há agradecimentos suficientes para Margaret Atwood, que acreditou neste livro quando ele era nada mais do que uma vaga ideia, e que quando eu hesitei me disse que ele definitivamente continuava vivo, que não tinha morrido. Obrigada a Karen Joy Fowler e a Ursula Le Guin pelas conversas esclarecedoras.

Obrigada a Jill Morrison da Rolex e a Allegra McIlroy da BBC por tornarem essas conversas possíveis.

Obrigada ao Arts Council England e à Rolex Mentor and Protégé Arts Initiative, cujo apoio financeiro me ajudou a escrever este livro. Obrigada à minha editora na Penguin, Mary Mount, e à minha agente, Veronique Baxter. Obrigada à minha editora na Little, Brown nos Estados Unidos, Asya Muchnick.

Obrigada a um bom conciliábulo, que salvou este livro no meio de um inverno: Samantha Ellis, Francesca Segal e Mathilda Gregory. E obrigada a Rebecca Levene, que sabe fazer com que as coisas aconteçam em uma história e fez com que algumas coisas empolgantes acontecessem neste livro. Obrigada a Claire Berliner e a Oliver Meek por me ajudarem a começar de novo.

Obrigada aos leitores e resenhistas que me deram incentivo e confiança: especialmente Gillian Stern, Bim Adewunmi, Andrea Phillips e Sarah Perry.

Obrigada pelas conversas sobre masculinidade com Bill Thompson, Ekow Eshun, Mark Brown, dr. Benjamin Ellis, Alex Macmillan, Marsh Davies.

Obrigada pelas conversas inicias com Seb Emina e com Adrian Hon, que veem o futuro como eu antes via Deus: algo imanente e brilhante.

Obrigada a Peter Watts pela ajuda com a biologia marinha e por me auxiliar a pensar onde eu poderia colocar eletroplacas no corpo humano. E obrigada à equipe de Ciências da BBC, especialmente a Deborah Cohen, Al Mansfield e Anna Buckley, por me deixarem saciar minha curiosidade sobre as enguias elétricas a um ponto que eu jamais poderia esperar.

Obrigada a meus pais, e a Esther e Russell Donoff, Daniella, Benjy e Zara.

As ilustrações são de Marsh Davies. Duas delas – o "Menino Serviçal" e a "Rainha Sacerdotisa"– se baseiam em descobertas arqueológicas reais na antiga cidade de Mohenjo-Daro no vale do Indo (embora obviamente sem pedaços de iPads). Não sabemos muito sobre a cultura de Mohenjo--Daro – alguns achados sugerem que pode ter sido um povo igualitário em alguns sentidos interessantes. Mas, apesar da falta de contexto, os arqueólogos que fizeram as descobertas batizaram a cabeça em pedra--sabão ilustrada na página 235 de "Rei Sacerdote" e a figura feminina em bronze da página 234 de "Bailarina". Elas ainda são chamadas por esses nomes. Às vezes acho que este livro inteiro poderia ser contado apenas com esses fatos e com as ilustrações.

Acreditamos
nos livros

Este livro foi composto em Fairfield LT Std
e impresso pela Geográfica para a Editora
Planeta do Brasil em fevereiro de 2021.